AF537839

Annette Mingels, geboren 1971, studierte Germanistik und promovierte über Dürrenmatt und Kierkegaard. Danach arbeitete sie als Dozentin und Journalistin. 2003 veröffentlichte sie ihren ersten Roman, dem fünf weitere und ein Erzählband folgten. Annette Mingels lebt, nach einigen Jahren in San Francisco, seit 2021 mit ihrer Familie in Berlin. Für ihren Roman *Was alles war* erhielt sie 2017 den Buchpreis Familienroman der Stiftung Ravensburger Verlag.

Dieses entsetzliche Glück in der Presse:

»Das Buch ist psychologisch ganz fein gestrickt. (…) Sehr unterhaltend zu lesen.« *WDR 4 Bücher, Elke Heidenreich*

»Eine eigene, eine sehr moderne Stimme.« *NZZ am Sonntag, Peer Teuwsen*

»Annette Mingels erzählt voller Melancholie und Menschenkenntnis.« *Deutschlandfunk, Manuela Reichart*

»Der neue Roman von Annette Mingels widmet sich mit virtuoser Leichtigkeit dem schwersten aller Themen: der Unmöglichkeit von Nähe.« *Bayerischer Rundfunk, B5 »Neues vom Buchmarkt«*

»Ein außergewöhnliches Buch, das Lust auf mehr von Mingels' Geschichten macht.« *BuchMarkt*

»Ein Buch der kunstvollen Aussparungen, die exakt dessen reiches poetisches Kapital bilden.« *Darmstädter Jury »Buch des Monats e.V.« Oktober 2020*

Außerdem von Annette Mingels lieferbar:

Tontauben
Was alles war

Annette Mingels

DIESES ENTSETZLICHE GLÜCK

ROMAN

Penguin Random House Verlagsgruppe FSC® N001967

1. Auflage 2022

Umschlaggestaltung: Favoritbuero
Umschlagabbildungen: © Austrian Archives/Imagno/picturedesk.com/
Spiel der Wellen: Stoffmuster-Entwurf von Kolo Moser
für Backhausen & Söhne, Wien
Satz: Uhl + Massopust, Aalen
Druck und Bindung: GGP Media GmbH, Pößneck
Printed in Germany
ISBN 978-3-328-10714-9
www.penguin-verlag.de

Für meine Nichten und Neffen
Andrina, Kyra, Renja, Lena und Christian.
In Erinnerung an Florian.

In unserem Leben gibt es einige wenige Orte oder vielleicht nur den einen Ort, wo etwas geschah, und dann gibt es noch all die anderen Orte.

Alice Munro

1

RETTER

Ziemlich genau vor einem Jahr hatten Robert und Amy eine Vereinbarung getroffen: sie durften beide mit anderen schlafen. Das Problem war nur, dass Robert das gar nicht wollte.

Vielleicht war es auch so, dass niemand mit *ihm* schlafen wollte, dachte er jetzt, als er den Zug bestieg, um die einstündige Heimfahrt anzutreten. Aber dann fiel ihm wieder die Praktikantin aus der Anzeigenabteilung ein, die einige Wochen lang Interesse signalisiert hatte. Das erste Mal war es ihm am Weihnachtsfest der Firma aufgefallen, und vielleicht wäre damals sogar etwas passiert, hätte er ihre Blicke, Komplimente und ihr Lachen, sobald er auch nur ansatzweise geistreich war, nicht als übertriebene Höflichkeit gedeutet. Die Vorstellung, dass er mit ihr hätte schlafen können, war berauschend. Gleichzeitig wusste er, dass er es nicht getan hätte. Das Mädchen war gerade mal drei Jahre älter als seine eigene Tochter, er dagegen fünfzig, und er sah keinen Tag jünger aus. Jedem war nur ein bestimmtes Maß an Selbstverleugnung gegeben, und seines war nicht besonders groß.

Sie hätten bestimmt, dachte er, als er die zweite Klasse in Richtung erster durchschritt, ein anderes Projekt finden können.

Eine Weltreise vielleicht. Ein Umzug. Irgendein gemeinsames Hobby. Aber als sich Amys Adoptionspläne zerschlagen hatten – um genau zu sein, hatte Robert dies durch seinen Rückzieher getan –, schien ihr das einzige Mittel zur Rettung ihrer Ehe fremdzugehen.

Er hatte es eine ganze Zeit lang nicht gemerkt, und genau das, sagte Amy später, war bezeichnend. Tatsächlich war er darauf gekommen, weil sie neue Ohrringe trug, winzige farblose Diamanten, die man zwischen ihren dunklen Haaren nur sehen konnte, wenn das Licht sich in ihnen verfing. Sie hatte sofort gestanden, dass sie sie von Liam bekommen hatte, der mit ihr in der Stadtverwaltung arbeitete und dem Robert ein paar Mal dort begegnet war. »Warum sollte er dir Ohrringe schenken?«, fragte Robert verwirrt. Amy sah ihn nur gelangweilt an. Immerhin: es war keine große Liebe zwischen den beiden entbrannt. Es war einfach so, dass es sich als angenehmer Zeitvertreib erwiesen hatte, mit Liam zu schlafen und ihn auf diese Art ganz neu kennenzulernen. Glaubte man Amy, verbarg sich hinter dem harmlosen Aussehen Liams – seinem schwarzen Haar, das er immer mit zu viel Gel nach hinten kämmte, seiner dunklen Hornbrille, dem grau werdenden Bart und der behäbigen Figur eines ehemaligen Ringers – ein durchaus interessanter Mann. »Er ist fürsorglich«, sagte sie, »und er hat Humor.« »Dann soll er dir einen Kaffee und einen Witz servieren«, sagte Robert, und Amy erwiderte spitz: »Das tut er auch. Nach dem Sex.« Robert war sich nicht sicher, was schlimmer war: betrogen zu werden oder verspottet.

Es hatte einige unschöne Szenen gegeben. Sie hatten sich angeschrien, wie sie es nur in der allerersten Zeit ihrer Beziehung getan hatten. Als sie einander nach Tagen des Streitens und Schmollens versicherten, dass sie sich immer noch liebten, schien das Schlimmste überstanden. An diesem Tag gingen sie zusammen ins Bett, und Robert verdrängte die Bilder, die sich in seinem Kopf zusammenballten. Amy in den Armen von Liam, er über ihr, sie auf ihm. Wahrscheinlich erging es Amy ähnlich. Nachdem sie sich voneinander gelöst hatten, schien für einen Moment alles möglich, und als Amy in die Stille hinein sagte, dass sie trotzdem noch mit Liam schlafen wolle – mit Liam oder vielleicht auch einem anderen –, war Robert für einen Moment so erschöpft und befriedigt, dass er, tu das, sagte: »Dann tu das.«

Die eigentlichen Verhandlungen begannen am nächsten Tag, als sie sich – wie früher zu einer ihrer Familienkonferenzen – am Küchentisch zusammensetzten und auf einem Blatt Papier die neuen Regeln und Pflichten festlegten. »Was machen wir jetzt mit dem Zettel?«, fragte Robert. »Sollen wir ihn an die Küchenwand hängen, wie früher die von Anna?« Zu seiner Erleichterung fing Amy an zu lachen. Dann lachten sie beide, und als sie damit fertig waren, schliefen sie noch einmal miteinander.

Das Problem an ihrer Vereinbarung war seither, dass sie einseitig ausgeführt wurde. Offenbar war es so, dass sich Amy mühelos Gelegenheiten boten, und Robert war ihr heimlich dankbar, dass sie immerhin die ersten zwanzig Jahre ihrer Ehe auf so vieles verzichtet hatte. Trotzdem schmerzte es, sie bei einem anderen zu wissen. Eine ihrer Regeln war Diskretion – sowohl nach außen als auch im Umgang miteinander, und so wusste er zwar, wenn sie zu einem anderen Mann ging, aber mehr als seinen Vornamen verriet sie ihm nicht. In letzter Zeit war es ohnehin nur Liam gewesen.

Er hatte sich angewöhnt, sich mit Sport abzulenken. In Hollyhock hatte ein neues Sportstudio aufgemacht, und es war ihm wie ein Wink des Schicksals erschienen, als ihm eine junge, blond gelockte Frau einen Flyer in die Hand drückte, der einen kostenlosen Probemonat anpries. Als einer der ersten Kunden fand er sich in dem riesigen, von Spiegeln und blank polierten Maschinen funkelnden Raum ein, und als einer der Ersten meldete er sich für ein ganzes Jahr an. Dreimal die Woche mühte er sich nun an den Maschinen ab, und das Bild, das sich ihm bot, wenn er sich dabei in den Spiegeln beobachtete, wurde von Woche zu Woche erträglicher.

Vor dem Zugfenster zog die flache Landschaft Virginias vorbei, Wiesen, Wälder und Felder wechselten einander ab. Zwischen den Wipfeln der Bäume ragte der Wasserturm von Albemarle auf, dessen ovaler Speicher Robert immer an ein Ufo erinnerte. Das Korn war grün und kaum kniehoch, es würde noch Wochen brauchen, um zu reifen. Als Kind hatte er manchmal mit seinen Brüdern zwischen den Ähren gespielt, stets auf der Hut vor den Bauern, die wütend wurden, wenn sie die Eindringlinge entdeckten.

Auf der Sitzbank gegenüber hatte eine junge Frau mit drei kleinen Kindern Platz genommen. In ihrem Schoß lag ein Buch, aus dem sie den Kindern vorlas. Das Jüngste bohrte selbstvergessen in der Nase, die Augen auf die Bilder im Buch gerichtet. Das Älteste, ein dünnes, etwa zehnjähriges Mädchen mit wirren blonden Haaren und hellblauen Augen, sah manchmal zu Robert hin, als gelte es, ihn im Blick zu behalten. Die Mutter konnte höchstens Ende zwanzig sein, und Robert fragte sich, wie sie so früh so viele Kinder hatte bekommen können. Es musste einfach so geschehen sein, dachte er, ohne viel Aufhebens, dem Gesetz der Fortpflanzung gehorchend. Weil man sich liebte, weil es alle so machten, weil sich nichts Besseres bot. Bevor Amy schwanger wurde, hatten sie eine ganze Reihe von Gesprächen geführt, in denen sie die Vor- und Nachteile gegeneinander abwogen, und die, kaum war Anna geboren, absurd schienen. Trotzdem war es bei dem einen Kind geblieben – es hatte sich keine weitere Schwangerschaft ergeben, und sie hatten sich nicht ernsthaft darum bemüht. Erst als Anna zum College gegangen war, hatten sie noch einmal über Kinder gesprochen, aber da war es zu spät gewesen.

Vom vorderen Teil des Waggons näherte sich der Schaffner, der die Tickets kontrollierte. Robert hielt ihm seine Monatskarte hin, und der Schaffner nickte kurz. Dann wandte er sich der jungen Mutter zu, die begonnen hatte, in ihrer Tasche zu wühlen. Das Buch hatte sie vor sich auf den Tisch gelegt, die Kinder saßen und standen um sie herum und beobachteten interessiert ihre zunehmend nervöse Suche. Der Schaffner wandte den Blick nicht von ihr ab. Es war, als schauten sie alle einem Schauspiel zu, als führe die junge Frau hier etwas auf, von dem jeder bereits das Ende kannte, und die einzige Frage war, wie gut ihr die Vorstellung gelingen würde.

»Keine Panik«, sagte der Schaffner nun mit einer überraschend tiefen Stimme. »Ich komm dann noch mal zurück.«

Die Frau nickte und hielt sich die Hand vor den Mund, als müsse sie sich daran hindern aufzuschluchzen. Das kleinste der drei Kinder drängte sich an ihr Bein, und als die Mutter es mit einer unwilligen Bewegung wegschob, legte das größere Mädchen ihm beide Hände auf die Schultern. Keines der Kinder sagte ein Wort. Auf alle hatte sich eine unheimliche Stille gesenkt, in der das raschelnde Geräusch, mit dem die Frau ihre Tasche durchwühlte, ungebührlich laut schien.

Als der Schaffner zurückkam, hatte die Frau schon länger aufgehört zu suchen. Sie hatte sich das kleinste der Kinder auf den Schoß gezogen und ihren Kopf an seinen Rücken gelehnt, als wollte sie sich dahinter verstecken.

»Meine Geldbörse ist nicht da«, sagte sie tonlos, als der Schaffner neben ihr stand. »Ich weiß nicht, ob sie gestohlen wurde oder ob ich sie verloren habe – aber sie ist nicht da, und in der Geldbörse waren die Tickets.«

»Wohin fahren Sie?«, fragte der Schaffner. Er konnte nicht viel älter als sie sein, hatte aber ein breites, biederes Gesicht, das wahrscheinlich nie wirklich jugendlich ausgesehen hatte. »Nach Hollyhock?«

»Ja.« Die Frau nickte, und Robert hatte das Gefühl, dass sie zu jedem Ort ja gesagt hätte.

»Und wie alt sind die Kleinen?«

Offensichtlich versuchte der Schaffner, Ordnung in das Geschehen zu bringen, und Robert bewunderte ihn insgeheim für seine Redlichkeit.

»Vier«, sagte die Mutter und deutete auf das kleine Mädchen. »Sechs.« Sie legte die Hand auf die Schulter des Jungen, der grimmig auf den Boden schaute. »Und meine Älteste ist neun.«

Sie sah ernst und unglücklich aus und vermied es sorgsam, Robert oder einen anderen der Passagiere anzusehen. Auch den Schaffner lächelte sie nicht an, und doch schien es, als begebe sie sich vertrauensvoll in seine Obhut.

Nein, dachte Robert, nicht vertrauensvoll. Eher resigniert.

Der Schaffner holte eine kleine Maschine hervor und tippte darauf herum.

»Das wären neunundsechzig Dollar«, verkündete er schließlich.

»Tja.« Jetzt lächelte die Frau, aber es war kein freundliches Lächeln. »Wie gesagt. Ich habe keine Geldbörse.«

»Aber doch bestimmt einen Ausweis«, sagte der Schaffner.

Die Frau zuckte mit den Schultern. »Alles in der Geldbörse.«

Sie sah den Schaffner jetzt mit einem herausfordernden Blick an, und Robert fühlte sich an die Zeit erinnert, als seine Tochter in die Highschool ging und manchmal Freundinnen mit nach Hause brachte. Auf den ersten Blick schienen sie alle wohlerzogen, doch bei manchen spürte Robert, dass die Höflichkeit nur aufgesetzt war und direkt darunter eine durch nichts zu beeindruckende Verachtung lauerte – für ihn, für Amy und, was am schlimmsten war, für Anna.

Der Schaffner hob die Augenbrauen und sah auf sein Gerät, als könnte es ihm verraten, was zu tun sei. Der Junge hatte seinen grimmigen Blick jetzt auf ihn gerichtet.

»Ich komm gleich wieder«, sagte der Schaffner und ging mit schaukelnden Schritten aus dem Waggon. Die Geräusche kehrten zurück, ein Zeitungsrascheln hier, leise Gespräche dort, ein Telefon, das die Melodie von Star Wars spielte. Der Junge nahm das Buch auf, die Mutter seufzte und begann wieder zu lesen. Ihr Haar war wellig und braun wie Maisbart, oberhalb der Stirn schien es feucht von Schweiß zu sein. Die braunen Augen standen so weit auseinander, dass sie unter den schmalen Brauen schutzlos aussahen, während die breite Unterlippe ihrem Gesicht etwas Aufmüpfiges verlieh. Ihre Schönheit, dachte Robert, musste sie irgendwann selbst überrascht haben, und wahrscheinlich würde sie in einigen Jahren erkennen, dass sie ihr weniger gebracht hatte als erhofft.

Als der Schaffner zurückkam, las die Frau den Satz zu Ende und klappte dann das Buch zu. Sie richtete ihren Blick auf den Schaffner, als wäre es an ihm, sich zu erklären.

»Also«, sagte er. »Irgendwas haben Sie sicher dabei, um sich auszuweisen. Irgendwas, wo Ihr Name draufsteht.«

Die Frau legte ihre Stirn unwillig in Falten. »Was denn?«, fragte sie. »Namensschildchen in meinen Kleidern, oder was?«

Das ältere Mädchen prustete los und legte sich sofort eine Hand vor den Mund. Die Mutter warf ihr einen tadelnden und gleichzeitig amüsierten Blick zu, und das Mädchen nahm die Hand vom Mund und grinste breit.

»Gucken Sie halt mal nach.«

Die Stimme des Schaffners klang jetzt nicht mehr freundlich. Vielleicht war ihm klar geworden, dass er sich hier in der besseren Position befand. Die Frau schob das Kind von ihrem Schoß und angelte nach ihrer Tasche, die auf dem Boden lag. Dann holte sie nacheinander und immer wieder mit hochgezogenen Brauen zum Schaffner blickend sämtliche Utensilien aus ihrer Tasche: eine aufgerissene Tüte Lifesavers, ein Handy in einer gelben Kunstlederhülle, zwei Matchboxautos, eine kleine Kosmetiktasche, einen Teebeutel in bunter Papierverpackung, ein Paar Kindersocken, ein Buch über die Pflege und Aufzucht von Chinchillas, vier Zahnbürsten und eine Tube Zahnpasta, ein Päckchen Zigaretten, ein grellpinkes Feuerzeug, eine Plastikdose mit Schmerztabletten.

Der Schaffner musterte die Habseligkeiten.

»Haben Sie gar kein Gepäck dabei?«

Die Frau schüttelte den Kopf. »Wir fahren am Abend wieder zurück«, sagte sie und sah den Schaffner mit einem spöttischen Lächeln an. »Ein Familienausflug, verstehen Sie? Nur ein kleiner Familienausflug.«

Wieder prustete die ältere Tochter los, aber diesmal brachte ihre Mutter sie mit einem strengen Blick zum Schweigen.

»Okay«, sagte der Schaffner. Er klang wütend. »Dann müssen wir halt die Polizei verständigen.«

Er kramte das Telefon aus seiner Hosentasche, während die Frau ihn feindselig ansah. Der Junge begann zu weinen, und seine Mutter streichelte ihm über den Rücken. Der Schaffner blickte auf den Jungen und hatte plötzlich etwas Zerknirschtes an sich. Trotzdem begann er eine Nummer einzutippen.

»Einen Moment«, sagte Robert und war selbst erstaunt, dass er sich zu Wort meldete. Es hatte etwas Ungeheuerliches an sich, fast als würde er eine Bühne betreten, während dort noch gespielt wurde. »Ich muss auch nach Hollyhock.« Er räusperte sich. »Ich kann gern für die junge Dame bezahlen. Und natürlich für die Kinder.« Er holte sein Portemonnaie heraus und zählte einen Fünfzig- und zwei Zehndollarscheine ab. »Neunundsechzig, nicht wahr?«

Der Schaffner nickte und steckte das Handy wieder in seine Hosentasche. Robert hielt ihm die glatt gestrichenen Scheine hin und winkte ab, als der Schaffner ihm das Rückgeld geben wollte. Achselzuckend steckte der Schaffner das Geld ein, druckte mit seiner kleinen Maschine vier Tickets aus und hielt sie Robert hin. Robert machte eine auffordernde Handbewegung zur Frau hin, und die Frau nahm die Tickets und sah ihn zum ersten Mal an. Ihr Blick war abschätzend und auf unbestimmte Weise belustigt.

»Danke«, sagte sie. »Sehr freundlich von Ihnen.«

Sie schien noch etwas hinzufügen zu wollen, doch dann lächelte sie nur kurz und schwieg.

Robert nickte ein paar Mal. »Schon gut. Nicht der Rede wert.«

Er holte aus seiner Tasche die Zeitung, die er heute Morgen schon gelesen hatte, und nickte der Frau noch einmal zu. Dann schlug er die Zeitung auf und begann zu lesen.

Hollyhock Station war ein eingeschossiger, lang gestreckter Bau mit weiß gerahmten Bogenfenstern. Im letzten Jahr war das Gebäude rot gestrichen worden und hatte ein Dach aus Zink bekommen, das jetzt die späte Nachmittagssonne reflektierte. Früher war Robert an den Wochenenden gerne mit Anna hierherspaziert, um die ein- und abfahrenden Züge zu beobachten. Anna hatte den Passagieren zugewunken, und viele von ihnen hatten zurückgewunken. Natürlich hatte Amy recht gehabt, wenn sie vermutete, dass es weniger Anna als er selbst war, der die Züge anschauen wollte, doch auch heute noch gehörten die gemeinsamen Spaziergänge und das friedliche Warten am Bahnhof zu seinen schönsten Erinnerungen an Annas Kindheit, und er hoffte, dass es Anna ähnlich erging.

Robert überquerte die kleine Holzbrücke, die über die Gleise führte. Am Fuß der Treppe stand die junge Frau. Die Kinder waren vorausgelaufen, drängten sich nun vor einem Getränkeautomaten und überlegten laut, was sie auswählen würden, wenn sie könnten. Als Robert nach unten kam, drehte sich die Frau zu ihm um. Sie schien nicht überrascht, ihn zu sehen, und lächelte.

»Da sind Sie ja.«

Sie sagte es so, als hätten sie eine Verabredung, zu der er eine entschuldbare Viertelstunde zu spät kam.

»Ja.« Er erwiderte ihr Lächeln und fragte besorgt: »Was machen Sie jetzt? So ohne Geld, meine ich.«

Die Frau schlenderte zum Getränkeautomaten und begann in ihrer Jackentasche zu kramen. Als sie ihre Hand herauszog, hatte sie etliche Quarters darin, die sie ihren Kindern hinhielt. Wie gierige Vögel stürzten sie sich darauf und steckten sie in den Automaten.

»So ganz ohne Geld bin ich ja nicht«, sagte die Frau. Die erste Dose fiel polternd in das Ausgabefach, dann die zweite. »Obwohl. Jetzt schon so ungefähr.« Sie blickte Robert an. »Wohnen Sie hier? In –«, sie drehte sich zu dem Stationsschild um und las: »Hollyhock?«

Robert nickte.

»Mit Frau und zwei reizenden Kindern?«

Sie legte den Kopf ein wenig schief. Zwischen ihren Vorderzähnen befand sich eine kleine Lücke, die sie noch jünger wirken ließ. Robert spürte eine flatternde Aufregung in seiner Brust.

»Mit *einem* reizenden Kind«, sagte er. »Und das ist auch schon im College.«

»Wie praktisch.« Die Frau seufzte in gespielter oder echter Erschöpfung. »Das dauert bei meinen leider noch.«

Die Kinder hatten angefangen, ihre Limonaden zu trinken. Das ältere Mädchen brachte der Mutter die restlichen Münzen.

»Müssen Sie auch da lang?«, fragte Robert und deutete auf die von hohen Laubbäumen gesäumte Straße, die vom Bahnhof wegführte.

»Ich muss gar nichts. Ist das nicht großartig?«, sagte die Frau und reckte ihr Kinn ein wenig vor. Sie schien noch etwas sagen zu wollen, doch dann drehte sie sich zu ihren Kindern um und rief sie zu sich.

»Wir gehen einfach ein Stück mit Ihnen, okay?« Sie klang jetzt fast schüchtern. »Und schauen uns Hollyhock an.«

»Klar«, sagte Robert. »Warum nicht.«

Im Gehen wandte er sich ihr zu. »Ich heiße übrigens Robert.«

»Julie«, sagte die Frau. »Und diese Entchen hier sind Stacey, Leo und Coco.«

»Kommen Sie aus Washington?«

»Ursprünglich aus Maryland«, erklärte Julie. »Aber ja, heute, und seit einigen Jahren: aus Washington.« Sie kickte eine Dose, die auf dem Weg lag, so mit dem Fuß an, dass sie im Gebüsch am Rand verschwand. »War übrigens nett von Ihnen, uns zu helfen.«

»Kein Problem.«

Sie waren an einer Kreuzung angekommen, und Robert deutete nach links.

»Am besten gehen Sie hier entlang. Ich komme noch ein bisschen mit, dann muss ich abbiegen. Das ist das Stadtzentrum. Es gibt da ein paar nette Geschäfte und Restaurants.« Er hielt inne. »Ach herrje, Sie haben ja gar kein Geld.«

»Schon okay«, sagte Julie. Sie hatte ihre Hände in die Taschen gesteckt und sah ihn nicht an. Der Junge lehnte sich an sie, das ältere Mädchen drückte immer wieder auf den Knopf der Fußgängerampel. Kaum, dass es Grün wurde, rannte sie vorneweg über die Straße und hüpfte auf der anderen Seite ungeduldig auf der Stelle, bis die anderen auch da waren.

»Werden Sie denn heute noch nach Washington zurückfahren?«, fragte Robert. Es schien ihm plötzlich alles schrecklich verworren und planlos.

Die Frau zuckte mit den Schultern. »Mal sehen.«

Robert blieb stehen. Sie auch.

»Hören Sie«, sagte er. »Es geht mich alles nichts an, aber was machen Sie hier? Sie wollten doch gar nicht nach Hollyhock, oder?«

Zu seinem Schrecken sah er, wie sich die Augen der Frau mit Tränen füllten. Eilig wischte sie mit beiden Händen darüber.

»Blitzmerker«, sagte sie trotzig. Sie hatte jetzt etwas so Unfertiges an sich, dass sie die Schwester ihrer Kinder hätte sein können. Wie auf ihren Leitwolf warteten die drei einige Meter entfernt. Der Junge und das kleinere der Mädchen hatten sich auf eine niedrige Mauer gesetzt, während die Größere neben ihren Geschwistern stand, als gelte es Wache zu halten.

»Ich musste weg«, erklärte Julie. »Davie, mein Freund, hatte einen seiner Aussetzer.«

»Ist das der Vater der Kinder?«, fragte Robert.

»Von Coco.« Julie sah ihn von unten herauf an und zog die Nase hoch. »Hören Sie, ich weiß, was Sie denken. Und ich weiß selbst, dass ich peinlich bin. Drei Kinder von drei Männern, als hätte ich kein anderes Hobby, ich weiß schon.« Sie wischte sich mit dem Handballen unter der Nase entlang. »Aber so ist es halt, ich kann's nicht mehr ändern.«

»Davie schlägt Sie, ja, ist es das?« Robert sah sie eindringlich an.

»Na ja.« Julie stampfte mit der Ferse des rechten Fußes ein paar Mal leicht auf den Boden. Dann tippte sie die Schuhspitze auf wie eine Tänzerin. »Mich. Die Kinder. Den Hund. Kommt vor.«

»Und Sie haben niemanden, zu dem Sie gehen können?«

»Doch.« Julie sah ihn an und holte tief Luft. »Meine Mutter. Sie wohnt in Raleigh, drei Stunden weiter südlich.«

»Aber Ihr Portemonnaie wurde gestohlen«, resümierte Robert.

Julie schüttelte den Kopf.

»Nein.« Sie fasste in ihre Hosentasche und zog eine flachgedrückte orangefarbene Geldbörse heraus. »Ich habe mein Portemonnaie«, sagte sie. »Es ist nur nichts drin.«

Wie zum Beweis hielt sie es ihm geöffnet hin. Er blickte kurz hinein und sah zwei Dollarscheine, eine Bankkarte und eine *Safeway*-Mitgliedskarte.

Sie hatte gelogen. Aber das war nicht wichtig. Trotzdem: irgendetwas irritierte ihn.

»Und auf dem Bankkonto ist auch nichts.«

Julie nickte. »Stimmt genau, Sir.«

»Okay.«

Er blickte zu den Kindern hinüber, die nun alle auf der Mauer saßen. Sie unterhielten sich nicht, warteten nur geduldig auf das, was kommen würde. Es war nicht das erste Mal, dass sie fliehen mussten, erkannte Robert plötzlich. Vielmehr war es etwas, das sie schon gewohnt waren: die überstürzten Abreisen, die Lügen, die ungewisse Zukunft wie eine raue Brandung, darin ihre raffinierte, unbeständige, ratlose Mutter als einziger Halt. Er dachte kurz an Amy, dann schob er diesen Gedanken beiseite. Julie sah ihn unverwandt an.

»Okay«, wiederholte er. »Es gibt hier ein nettes kleines Hotel, da besorgen wir Ihnen und den Kindern ein Zimmer, und dann gebe ich Ihnen Geld, damit Sie morgen weiter zu Ihrer Mutter fahren können. Einverstanden?«

Zu seiner Verwunderung sah er, dass Julie verlegen wurde.

»Ich weiß nicht.« Sie schien nachzudenken. »Ich kenne Sie ja kaum.«

»Ja«, sagte er und bemühte sich um einen leichten Ton. »Und das wird wohl auch so bleiben. Nehmen Sie es als gute Tat eines Fremden.«

Sie schien immer noch skeptisch, und plötzlich verstand Robert. Er spürte, wie ihm die Hitze ins Gesicht stieg.

»Nein«, sagte er rasch und wie ertappt, »ich verlange nichts dafür. Das ist doch absurd. Sehe ich etwa so aus?«

Julie sah ihn jetzt aufmerksam an. »Nein.« Sie lächelte. »Nein, eigentlich sehen Sie nicht so aus.«

Das Hotelzimmer war klein und sauber. Ein breites Bett mit hölzernem Kopfteil nahm fast den ganzen Raum ein. Auf den beiden Nachttischchen stand je eine Lampe mit geblümtem Schirm und gusseisernem Fuß. Von dem Zimmer ging eine Verbindungstür zu einem zweiten Zimmer ab, in dem zwei Einzelbetten standen. Die Kinder stürmten sofort hinein und begannen auf den Betten zu hüpfen.

»Zieht gefälligst die Schuhe aus!«, rief Julie und trat ans Fenster, um hinauszuschauen. Auf der anderen Straßenseite war eine Pizzeria, die behauptete, die beste Pizza der Stadt zu servieren.

»Da isst man ganz gut«, sagte Robert und deutete aus dem Fenster. Dann wandte er sich zu Julie um. »Das Hotelzimmer ist schon bezahlt«, erklärte er. »Und dann lass ich Ihnen noch Geld hier. Ich muss es nur rasch am Automaten besorgen.«

Sie setzte sich aufs Bett und sah ihn von unten herauf dankbar an.

»Ich würde es Ihnen gerne zurückgeben«, sagte sie, aber er wehrte ab. »Lassen Sie mal. Schon gut.«

Er nahm seine Tasche wieder zur Hand. »Ich hinterlege das Geld für Sie an der Rezeption, okay? Ich schreibe Ihnen meine Handynummer dazu. Rufen Sie an, wenn irgendwas ist.«

Sie folgte ihm an die Tür.

»Danke nochmals.« Sie wandte sich zu den Kindern um. »Kinder, sagt danke und tschüss zu Robert.«

Vom anderen Zimmer aus hörte Robert die Rufe der Kinder.

»Schlaft gut!«, rief er, dann nickte er Julie zu. »Alles Gute für Sie.«

Sie machte einen Schritt auf ihn zu und streckte die Hand aus. »Vielen Dank.«

»Klar«, sagte er und nahm ihre Hand. »Kein Problem.«

Am Ende der Straße war eine Bank. Robert steckte seine Karte in den Geldautomaten. Ich handle aus Mitleid, dachte er, es ist, als ob ich eine Spende tätige, statt für mittellose Mitbürger dieses Jahr eben für Julie und ihre Kinder. Er würde es Amy erklären können. Er sah Julies Gesicht vor sich, ihren Körper, wie er sich unter der hellen Bluse, den Jeans abgezeichnet hatte, und ein unwillkommener, beinahe schmerzhafter Stich des Begehrens durchfuhr ihn. Rasch steckte er das Geld in seine Tasche und ging zurück zum Hotel.

An der Rezeption ließ er sich einen Briefumschlag und einen Stift geben, notierte seine Telefonnummer auf dem Umschlag, schrieb einen kurzen Gruß dazu, steckte das Geld in den Umschlag und verschloss ihn sorgfältig.

Statt direkt nach Hause zu gehen, lief Robert weiter durch die Innenstadt. Die Restaurants waren gut besucht, manche hatten Tische und Stühle auf die Bürgersteige gestellt, es hatte fast etwas Mediterranes an sich. Ein Paar kam ihm Hand in Hand entgegen, und er meinte für einen Moment, Dan, den Bruder seiner Frau, zu erkennen, aber als er sich umdrehte, waren die beiden schon nicht mehr zu sehen. Im Zoogeschäft stand ein hell erleuchtetes Aquarium, in dem einige Fische auf der Stelle schwebten wie bunte Sterne. Er ging näher an die Scheibe heran, die Fische schienen mit weit geöffneten Augen zu schlafen. Aus einem französischen Restaurant, in dem er noch nie gewesen war, kamen die Klänge einer Jazzband, und er blieb kurz stehen, um den Musikern – drei Männern und einer Frau – zuzusehen. Er fühlte eine Leichtigkeit, wie er sie schon lange nicht mehr gespürt hatte. Es war, als habe er die ganze Zeit eine Last mit sich herumgetragen, die sich plötzlich in Nichts auflöste.

Sie hatte ihn gebraucht. Wie eine Liedzeile kreiste dieser Satz in seinem Kopf. Sie hatte ihn gebraucht, und er war zur Stelle gewesen. Wie damals, vor so vielen Jahren, als Amy ihn gebraucht hatte. Nicht wegen seines Geldes – er besaß, als sie sich am staatlichen College in Williamsburg begegnet waren, ebenso wenig wie sie –, sondern wegen dem, was er für sie war. Die Liebe meines Lebens, so hatte sie ihn wirklich einmal genannt. Es war an dem Wochenende gewesen, als sie ihre Familie das erste Mal besuchten und ein anstrengendes Abendessen hinter sich brachten, bei dem Amy mit ihrer Schwester in Streit geriet und ihre Eltern, zwei schmächtige, graugesichtige Leute, so unbeholfen vermittelten, dass sich der Unmut der Schwestern schließlich gegen sie richtete. Robert war unbehaglich zumute gewesen in dem kleinen Haus, das es inzwischen schon lange nicht mehr gab. Er hatte im Gästezimmer im Keller schlafen müssen, in einem nach kaltem Moder riechenden Raum mit einem schmalen Bett und zwei, drei offensichtlich ausrangierten Möbelstücken. Amy war nachts zu ihm gekommen, nicht um mit ihm zu schlafen, sondern nur um ihm das zu sagen. Die Liebe meines Lebens. Ihr ernstes Gesicht, wie sie da im Türrahmen lehnte, als wage sie nicht, in den Raum zu treten. Ihr Geständnis wie eine unausgesprochene Bitte, sie nicht zu verlassen, und er war dieser Bitte nachgekommen, auch dann noch, als Liam auftauchte und er am liebsten abgehauen wäre.

Es war dunkel geworden, als er sich auf den Heimweg machte.

Die Straßenlaternen mit ihren würdevoll geschwungenen Masten – wie die Hälse von Schwänen, dachte Robert – beschienen die überquellenden Blumenampeln und malten Lichtflecken auf den Boden. Der Feierabendverkehr hatte sich aufgelöst. Als er in seine Straße einbog, sah er sein Haus. Sämtliche Fenster im Erdgeschoss waren erleuchtet, und auch im Obergeschoss brannte ein Licht. Eine Sehnsucht überkam ihn, nach der Geborgenheit, die dieses Haus – sein Zuhause – einmal für ihn gehabt hatte. Es war seine Zuflucht gewesen vor der Welt, doch jetzt hatten er und Amy die Welt hineingelassen. Wie ein stoischer Gast machte sie sich in ihrem Haus breit und forderte ihren Anteil an seinen Bewohnern.

Hinter dem Küchenfenster konnte er Amy sehen. Sie stand an der Arbeitsfläche, mit dem Gesicht zum Fenster. Die dunklen Haare fielen offen über ihre Schultern, und ihr Gesichtsausdruck war prüfend. Als sie lächelte, erwiderte er ihr Lächeln, doch sie hatte ihn nicht gesehen: sie hatte ihrem eigenen Spiegelbild zugelächelt. Er blieb stehen und sah sie an. Sie war immer noch schön, er stellte das mit Verwunderung fest. Wenn andere, Fremde, ihr Komplimente machten, berichtete sie ihm davon, und er ertappte sich manchmal bei der Vermutung, sie müsse sich verhört haben. Sie kannten einander seit mehr als dreißig Jahren, und wenn er ehrlich war, musste er zugeben, dass er seit Langem aufgehört hatte, sie schön zu finden. Nicht dass er ihr Aussehen nicht mochte. Es war ihm einfach gleichgültig geworden. Er hatte ihr von Zeit zu Zeit gesagt, dass er sie liebte – zumindest hoffte er das. Aber so wenig er sich schön fand, so wenig fand er sie schön. Es war ihm nicht mehr wichtig gewesen, und vielleicht, dachte er jetzt, war das ein Fehler.

Sie verließ die Küche, und Robert ging unentdeckt zur Tür, schloss auf und rief, dass er da sei. Sie antwortete ihm aus den Tiefen des Hauses, und nachdem er die Tasche abgestellt und die

Jacke aufgehängt hatte, fand er sie im Schlafzimmer. Sie saß auf dem Bett und war dabei, sich ihr Nachthemd anzuziehen.

»Gehst du nicht mehr raus, heute Abend?«, fragte er.

Sie schüttelte den Kopf, und er konnte sehen, dass sie unglücklich war. In den letzten Tagen war sie nie weggegangen, um sich mit Liam zu treffen. Vielleicht war er verreist. Oder sie hatten Probleme. Er hätte sie gern gefragt, aber er fühlte sich dazu nicht in der Lage. Ohnehin hätte er sie nicht trösten können. Er hasste Liam. Ja, sicher, es hatte andere gegeben, zwei, drei Vornamen, an die er sich erinnerte, aber keiner von ihnen war lange geblieben. Nur Liam war immer wieder aufgetaucht, wie ein dummer, treuer, zugelaufener Hund.

»Ich habe dich vorhin am Fenster gesehen«, sagte Robert.

Amy sah ihn unwillig an.

»Du sahst schön aus.«

Sie schnaubte spöttisch. »So aus der Entfernung, was?«

»Nein.« Er schüttelte den Kopf. »So habe ich das nicht gemeint.«

»Schon gut.« Er konnte sehen, wie sie sich ein Lächeln abrang. »Komm, lass uns eine Flasche Wein öffnen und uns betrinken.«

Im Nachthemd ging sie vor ihm her in die Küche, holte eine Flasche Wein und einen Korkenzieher, ließ ihn öffnen.

»Ich frag jetzt nicht, wie war dein Tag. Aber wie war er denn?«

Robert lachte. Er mochte es, wenn sie ironisch war, auch wenn er meistens das Opfer ihrer Witze war.

»Mir ist was Seltsames passiert«, sagte er, und dann erzählte er ihr von Julie und den Kindern und ihrer Zugfahrt ohne Ticket. Auch von dem Hotel erzählte er ihr, und dass er Julie Geld gegeben habe für die Weiterfahrt.

»Zweihundert Dollar?« Amy sah ihn mit weit aufgerissenen Augen an. »Bist du verrückt geworden?«

»Sieh es doch als unsere jährliche Spende. Diesmal halt für eine Person, die wir kennen. Also ich zumindest.«

Der Gedanke, der vorhin noch so überzeugend gewesen war, klang, als er ihn jetzt aussprach, nicht mehr ganz so bezwingend.

»Muss sie denn wieder erster Klasse fahren? Fühlt sie sich sonst nicht wohl?«

Das war es gewesen, dachte er. Das war es, was ihn irritiert hatte. Nicht, dass sie schwarzgefahren war, aber dass sie es in der ersten Klasse getan hatte.

»Nein, sicher nicht«, sagte er lahm. »Ich hatte nur den Eindruck, dass sie etwas in Reserve braucht.«

»Okay.« Amy hatte die Knie angezogen und ihr Weinglas darauf abgestellt, hielt es aber mit einer Hand fest. Sie sprach jetzt zu ihrem Glas. »Und sie ist hübsch, sagtest du?«

Robert konnte sich nicht erinnern, das gesagt zu haben.

»Weiß nicht.« Er sah sie unschlüssig an. »Sie sieht ein bisschen aus wie du.«

»Wie ich vor zwanzig Jahren, schätze ich mal.«

Amy legte den Kopf schief, als ob sie mit einem begriffsstutzigen Kind spräche, und Robert erkannte, dass sie sich gegen seine Antwort wappnete.

»Du bist immer noch schön«, sagte er. »Wirklich.«

Er nahm einen Schluck von seinem Wein, dann stellte er das Glas auf den niedrigen Tisch. »Ich sag's vielleicht nicht oft genug. Aber es stimmt.«

Amy sah kurz zu ihm hin, dann wieder zu ihrem Glas.

»Danke«, sagte sie. »Auch wenn ich jetzt vielleicht ein bisschen zu sehr darum betteln musste.« Sie blickte auf, ihm in die Augen. Der Spott in ihrem Gesicht verschwand und ließ es geradezu nackt zurück.

»Wollen wir schlafen gehen?« Sie hielt ihm die Hand hin, und er nahm sie und erhob sich vom Sofa.

Sein Telefon klingelte.

»Geh schon vor«, sagte er. »Ich komme gleich.«

Es war Julie. Ihre Stimme klang anders als vorhin. Sie schien dem Weinen nahe zu sein.

»Ich wollte nicht stören.« Sie machte eine Pause, und Robert versicherte ihr, dass sie das nicht tue.

»Es ist nur.« Sie seufzte. »Ich fühle mich so verloren. Ich trau mich nicht mal, was essen zu gehen.«

Robert hatte das Telefon mit ins Bad genommen und die Tür hinter sich zugezogen. Er saß auf dem Wannenrand und sah auf die Wand vor sich. In den weißen Kacheln spiegelte sich das Deckenlicht, kleine weiße Sprenkel überall.

»Warum nicht?«, fragte er.

»Weiß auch nicht.« Sie schniefte leise wie ein Kind.

»Haben Sie denn alle nichts gegessen?«

»Doch. Die Kinder schon. Ich habe ihnen eine Pizza geholt, und sie haben Fernsehen geschaut und dabei Pizza in sich reingestopft.« Ihre Stimme klang jetzt gereizt. »Den Kindern geht's gut, nur mir halt nicht.«

»Ach so.«

Er stand auf und betrachtete sich im Spiegel. Seine Haare ragten drahtig über der Stirn auf, in das Braun mischten sich schon seit Längerem graue Strähnen, und seine leicht hervorquellenden Augen waren umgeben von einem Kranz kleiner Fältchen. Er war nie der Typ Mann gewesen, den die Frauen attraktiv fanden, aber zumindest konnte man sagen, dass das Alter ihm nicht schadete. Wenn überhaupt, machte es ihn interessanter, stellte er jetzt fest.

»Kann ich denn irgendwas tun?«, fragte er.

»Ja.« Sie machte eine Pause, dann sagte sie: »Wir könnten vielleicht zusammen essen gehen.«

Er würde zu ihr gehen. Die Erkenntnis, dass er dazu fähig war, erschreckte ihn. Doch er würde ihr nur helfen, indem er bei ihr war. Mehr würde nicht sein. Bloß diese Art des Beistands.

Er fuhr sich mit der Hand über sein Kinn, das nach der Rasur am Morgen schon wieder rau war.

»Okay. Ich bin in zehn Minuten da.«

Er steckte das Telefon ein, beugte sich über das Waschbecken, ließ kaltes Wasser in die Schale seiner Hände laufen und tauchte sein Gesicht hinein. In sich spürte er eine Aufregung, es war, als müsste er losrennen, in riesigen Schritten und ohne jemals müde zu werden, durch die Stadt und über das Land hinweg, als ob er flöge.

»Ich muss noch mal weg!«, rief er. »Kann ein bisschen dauern.«

Er hörte Amys Stimme aus dem Schlafzimmer, aber er war schon halb aus der Tür hinaus.

»Warte nicht auf mich!«

Dann schloss er die Tür hinter sich.

»Ich bin's.«

Nach dem ersten leisen Klopfen öffnete Julie die Tür, als habe sie direkt dahinter gewartet.

»Das sehe ich.«

Sie lächelte, und die kleine Zahnlücke zwischen ihren Schneidezähnen betonte die Makellosigkeit ihres Gesichts. Sie musste ihre Haare lange gebürstet haben, sie glänzten im Licht der Nachttischlampe.

»Wollen wir zur Pizzeria gegenüber gehen?« Sie deutete mit einer Bewegung des Kopfes zum Fenster.

»Und was ist mit den Kindern?«

»Die schlafen tief und fest. Und wir sind ja nicht lange weg. Wenn die Kleinen wach werden, wecken sie Stacey, und die kann sie dann beruhigen.«

Robert nickte ein paar Mal. Ihre Formulierung ging ihm nicht aus dem Kopf: wir sind ja nicht lange weg. Als ob es ein Wir gäbe, das nachher zusammen zurückkommen würde. Um was zu tun? Eine Schwäche erfasste ihn, kurz das Gefühl zu taumeln.

»Gut«, sagte er, »dann lass uns gehen.«

Ohne zu überlegen, hielt er ihr seine Hand hin, und sie nahm sie.

Der Kellner brachte sie zu ihrem Tisch, einem Zweiertisch nahe der Bar. Julie warf nur einen kurzen Blick auf die Speisekarte und legte sie dann weg.

»Ich nehme das Gleiche wie du«, sagte sie.

»Egal, was es ist?«

Sie sah ihn ernst an. »Ganz egal.«

Erst als er angefangen hatte zu essen, merkte er, wie hungrig er war. Er hatte Lachs bestellt auf einem Spinatbett, und sie hatte sich gefreut, als sie seine Bestellung gehört hatte. Vielleicht, dachte er, war Lachs eine der Sachen, die sie nicht oft aß.

Es war erstaunlich, wie einfach es war, mit ihr zu sprechen. Noch bevor er seine Sätze beendete, schien sie zu wissen, was er sagen wollte, und obwohl sie mehr als zwanzig Jahre jünger war als er – sie hatte ihm verraten, dass sie siebenundzwanzig war und ihn nicht nach seinem Alter gefragt –, verstanden sie einander vollständig. Sie erzählte ihm von ihrer Kindheit, vom ersten Stiefvater, dem zweiten, dann dem dritten, über den sie Andeutungen machte, die nur den einen Schluss zuließen, aber immerhin hatte ihre Mutter ihn verlassen, als sie mitbekommen hatte, dass er vorzugsweise dann ins Bad musste, wenn seine zwölfjährige Stieftochter duschte. Mitleid überkam Robert, wenn er sich ihre Bedrängnis vorstellte. Er hatte ihr von dem seltsamen Arrangement seiner Ehe erzählt, von Liam, der nicht verschwinden wollte, und von den anderen, und dass er selbst bisher nie den Wunsch verspürt hatte, es seiner Frau gleichzutun.

»Bisher?«, fragte sie, und er zögerte kurz und wiederholte dann im festen Ton: »Bisher.«

Als er aufblickte, sah er, dass Nicole Clarkson und ihr Mann Paul an der Bar Platz genommen hatten. Er kannte die beiden aus der Zeit, als ihre Töchter gemeinsam auf die Hollyhock High gegangen waren. An etlichen Elternabenden hatten er und Amy neben ihnen gesessen und den Anliegen der Lehrer gelauscht. Damals war ihnen das alles so wichtig erschienen: die anstehende Klassenfahrt, die Neugestaltung des Campus, die Frage, ob es am Schulkiosk Süßigkeiten zu kaufen geben sollte oder nicht. Es hatte einige erbitterte Auseinandersetzungen zwischen den Eltern gegeben, und Robert erinnerte sich, dass er und Paul zumeist einer Meinung gewesen waren. Er hatte ihn immer gemocht, seine Beflissenheit und Freundlichkeit, die, wenn auch etwas forciert, doch angenehmer war als die Angriffslust seiner Frau. Jetzt winkte er ihm kurz zu, als er sich auf seinem Barstuhl umdrehte, und auch Paul hob grüßend die Hand und lächelte freundschaftlich.

Der Kellner brachte die Rechnung, und Robert bezahlte.

»Ich bring dich zu deinem Hotel«, sagte er.

»Das hoffe ich doch.«

Julie lachte leise und hielt ihm ihre offene Handfläche auf dem Tisch entgegen, als wollte sie ein Pferd füttern, und er wusste, es war falsch, aber er konnte nichts dagegen tun: er musste sein Gesicht in diese Hand legen und sie küssen.

Das Hotel war dunkel, nur das Licht über dem Eingang sprang an, als sie sich näherten.

»Hier.« Sie gab ihm den Schlüssel. »Ich bin zu nervös, um aufzuschließen.«

Er beugte sich über das Türschloss, während sie ihn von hinten umarmte und ihre Hände nach vorne wandern ließ, über seine Hüften zum Bauch. Er merkte, wie er zitterte. Schließlich hatte er die Tür geöffnet, und sie gingen, einander ungelenk umarmend, die Treppe zum ersten Stock hoch. Die Zimmertür war nicht abgeschlossen, und sie drängten sich gemeinsam hinein, als dürften sie keine Sekunde voneinander lassen.

»Komm«, sagte sie. »Komm her.«

Sie klang lockend und atemlos, und Robert ließ sich von ihr zum Bett ziehen, bereit, in ihr, in all dem hier, für immer zu versinken. Sie öffnete ihre Bluse und zog sie aus, ohne den Blick von Robert zu nehmen.

»Mama?« Aus dem anderen Zimmer klang ein Ruf herüber. »Bist du das, Mama?«

Julie setzte sich auf. Im schwachen Licht der Laterne sah sie wie eine Statue aus: das ebenmäßige Profil, die feste Kontur ihrer Schulter, ihrer Brust.

»Ja, Stacey, ich bin es. Schlaf jetzt weiter.«

Robert lag auf die Ellenbogen gestützt vor Julie und machte sich am obersten Knopf ihrer Jeans zu schaffen. Von drüben war jetzt ein Weinen zu hören, und Julie schob seufzend seine Hände zur Seite und stand auf. Er sah ihr hinterher, wie sie mit nacktem Oberkörper zur Verbindungstür ging und sie ein Stück weit öffnete. Ihre Stimme war ungeduldig, aber sie bemühte sich um einen freundlichen Ton.

»Was ist los, Stacey? Hast du schlecht geträumt?«

Stacey wimmerte weiter, dann zog sie die Nase hoch und sagte: »Coco ist weg, Mama. Ich wurde wach, und sie war weg.«

Sie suchten das gesamte Hotel ab. Stacey war angewiesen worden, im Zimmer zu bleiben, falls ihr Bruder aufwachen oder ihre Schwester zurückkommen würde, und sie hatte unglücklich zugestimmt. Robert und Julie hatten sich aufgeteilt: Julie würde im

Erdgeschoss und ersten Stock suchen, Robert im zweiten, dritten und vierten Stock.

Nach dem ersten Schreck hatten sie beide versucht, Stacey, einander und sich selbst zu beruhigen, und als sie mit der Suche begannen, waren sie zuversichtlich gewesen, Coco bald zu finden. Doch als sie vor dem Hotelzimmer wieder zusammentrafen, war die Zuversicht verschwunden. Er konnte es an Julies Gesicht sehen, in dem sich eine namenlose Angst spiegelte. Alles war jetzt möglich, jede Zimmertür ein vernichtendes Schicksal, und wenn es Coco gelungen war, mit ihren kleinen Händen die schwere Eingangstür aufzuziehen, irrte sie vielleicht in diesem Moment in einer Stadt umher, die sie nicht kannte.

»Hast du im Erdgeschoss alles abgesucht, bist du sicher?«

»Ich weiß nicht. Ja, doch.«

Julies Stimme war schrill, es schien, als müsste sie darum kämpfen, Luft zu bekommen, und Robert erinnerte sich, wie er einmal Anna verloren hatte. Sie musste damals drei oder vier Jahre alt gewesen sein, nicht viel jünger als Coco jetzt. Sie war aus einem Schuhgeschäft gerannt, während er ein Paar Turnschuhe anprobiert hatte. Im einen Moment hatte er ihr die Turnschuhe gezeigt, im nächsten war sie fort gewesen. Er erinnerte sich an das Gefühl einer Übelkeit erregenden Angst; das Unheil war über ihn hergefallen, bereit, ihn und sein bisheriges Leben zu zerstören, und er war aus dem Laden gestürzt und hatte Annas Namen geschrien. Eine Verkäuferin aus dem benachbarten Kleidergeschäft hatte sie schließlich gefunden – sie hatte sich in einer Umkleidekabine versteckt, stolz auf ihr gelungenes Spiel.

»Ganz ruhig«, sagte Robert und legte einen Arm um Julies Schulter. »Wir finden sie, versprochen. Ich geh noch mal nach unten.«

Die Rezeption lag verlassen. Rechts davon, hinter einer Glastür, war der Frühstücksraum. Robert ging hinein und lief zwischen den ordentlich eingedeckten Tischen umher. Vom Frühstücksraum aus führte eine Schwingtür in die Küche. Ein grün leuchtendes Schild über einer anderen Tür wies den Weg zum Notausgang. Wie unberührt lag die Küche in ihrem matten Glanz. Robert schaltete die Deckenlampe ein, und im grellen Licht konnte er die Abnutzungen am hellgrauen Kachelboden sehen und die Striemen auf der Chromfläche hinter dem Herd. In der hintersten Ecke gab es eine weitere Tür, und Robert ging zu ihr hin und stieß sie auf. Es war der Pausenraum der Angestellten, ein karges rechteckiges Zimmer mit einer Reihe von Spinden wie in einer Turnhalle. Er betätigte den Schalter neben der Tür, aber statt einer Lampe ging mit surrendem Geräusch der Ventilator an und zeichnete einen weißen Lichtkreis über seinem Kopf. Hinter den Spinden stand ein Süßigkeitenautomat. Im fahlen Licht nahm Robert eine Bewegung wahr.

»Coco?« Er bemühte sich, sanft zu klingen, sang fast ihren Namen. Ein Schluchzen antwortete ihm.

»Coco.«

Sie hatte sich hinter dem Automaten versteckt, jetzt trat sie hervor, eine kleine geisterhafte Erscheinung, in Unterhose und Unterhemd.

»Wolltest du dir Süßigkeiten holen?«

Sie schüttelte den Kopf. Wahrscheinlich hatte sie ihre Mutter gesucht und war, zufällig oder weil er ihr in ihrer Verlassenheit tröstlich schien, vor diesem Automaten gestrandet.

»Möchtest du welche?«

Sie nickte, und Robert fischte ein paar Münzen aus seiner Hosentasche und ließ sie eine Rolle Kaubonbons aussuchen. Dann erlaubte sie ihm, sie auf den Arm zu nehmen und nach oben, zu ihrer Mutter zu bringen. Ihr dünner Arm um seine Schulter, das geringe Gewicht des kleinen, angespannten Körpers, ihr fruchtig süßer Atem. Das Gefühl, noch mal davongekommen zu sein. Er würde später immer wieder daran denken müssen, wie er sie die Treppen hochgetragen hatte in dieser Nacht.

Es ging auf Mitternacht zu, als er nach Hause kam. Amy hatte im Wohnzimmer ein Licht für ihn brennen lassen, und er zog sich leise aus und ging ins Bad, um die Zähne zu putzen. Vor dem Schlafzimmerfenster hing der Vollmond wie eine fleckige Scheibe aus Perlmutt und füllte den Raum mit einer seltsamen Helligkeit. Er roch den leicht stickigen, zimtigen Geruch des Zimmers. Ein Fremder, der ihr Haus zum ersten Mal betrat, würde diesen Geruch sofort wahrnehmen. Sie selbst bemerkten ihn schon lange nicht mehr.

Amy lag auf ihrer Bettseite, das Gesicht seitlich auf dem weißen Kissen. Robert beugte sich über sie. Sie hatte geweint, er konnte es sehen: die zarte Schwellung unter den Augen.

»Ich bin zurück«, flüsterte er, und als ihre Augenlider flatterten, legte er sich dicht neben sie, einen Arm um sie geschlungen, als könnte er sie beide auf diese Weise retten.

2

GÄSTE

Der Schlüssel passte nicht.

Es war ein Samstagmorgen, Ende Mai, kurz vor zehn, und Susan war spät dran. Für halb elf hatte sie einen Termin vereinbart, um einer Familie das Haus in der Great Bridge Lane zu zeigen. Eines ihrer Lieblingshäuser, ein breiter, rot verklinkerter Bau mit zwei Giebeldächern und einer kleinen Veranda, auf der an Ketten eine Hollywoodschaukel befestigt war. Die leicht abfallende Rasenfläche erstreckte sich vom Haus bis zum Bürgersteig, und vor der Veranda stand in einem Rondell eine Linde, sodass man, wenn man auf der Schaukel saß, vor Blicken geschützt war. Im Inneren gab es vier große Schlafzimmer und ebenso viele Bäder, außerdem ein Wohn- und Esszimmer, ein Büro und eine Art Empfangsraum, der mit den zwei hellen Ledersofas an der Wand tatsächlich ein wenig an ein Wartezimmer erinnerte. Susan hatte die Besitzer – ein Paar in den frühen Siebzigern, deren Kinder schon vor Langem ausgezogen waren – überreden können, einen Teil ihrer Möbel vorerst im Haus zu lassen. Die fehlenden Lampen, Vorhänge, Bilder und Pflanzen hatte sie von der Staging-Agentur ersetzen lassen, mit der sie schon so lange zusammenarbeitete, dass ihr fast jeder der

Gegenstände schon einmal in einem anderen Haus begegnet war. Ihr Plan war es gewesen, die Heizung und einige der Lichter einzuschalten. Das Beste war immer, wenn es ihr gelang, so pünktlich da zu sein, dass sie all das tun konnte und dann noch Zeit hatte, sich selbst in Ordnung zu bringen. Die perfekte Gastgeberin. Sobald es klingelte, würde sie die Haustür öffnen und die Besucher ins Warme bitten.

Sie überlegte, ob sie John anrufen sollte. Aber er hasste es, wenn er beim Arbeiten gestört wurde. Seit er sich im Frühling sein Büro im kleinen Gästezimmer unterm Dach eingerichtet hatte, hatte sie sich angewöhnt, besonders leise zu sein, wenn sie zu Hause war. Er war Steuerberater. Um genau zu sein, war er *ihr* Steuerberater gewesen, bevor aus ihnen ein Paar wurde, und die erste Zeit hatte Susan es als Nachteil empfunden, dass er bereits so viele Informationen über sie besaß, während sie von ihm so gut wie nichts wusste. Er kannte ihr Alter, dreiundfünfzig, und ihren vollständigen Namen – Susan *Wichita* Satran –, und er wusste, dass sie nach ihrem texanischen Geburtsort benannt worden war, an dem sie auch die ersten achtzehn Jahre ihres Lebens verbracht hatte. Er wusste, dass sie schon zweimal verheiratet gewesen war und keine Kinder hatte – wenn er auch nicht wusste, dass sie einmal ein Kind bekommen hatte, ein Mädchen, das eine knappe Stunde nach seiner Geburt in ihren Armen gestorben war. Er wusste nicht, dass das der Grund für das Scheitern ihrer zweiten Ehe gewesen war, und er wusste nicht, dass sie danach nie mehr versucht hatte, schwanger zu werden, weil es einfach unmöglich schien, diesen Schmerz noch einmal aushalten zu können.

Was sie über ihn erfuhr, waren Bruchstücke. Es schien ihm Spaß zu machen, ihr die Informationen zu seiner Person in kleinen Häppchen zu liefern. Er war in Kentucky aufgewachsen und mit Ende zwanzig nach Hollyhock gekommen. Damals war er verheiratet gewesen mit einer Lehrerin, die an der örtlichen Highschool Sozialkunde und Spanisch unterrichtete. Wenn Susan richtig kombiniert hatte, war es die Lehrerin gewesen, die die Beziehung nach mehr als achtzehn Jahren beendet hatte, aber was er danach getrieben hatte, verlor sich im Dunkeln. Manchmal tauchten Frauennamen auf, und Susan hatte sich im Kopf eine Liste angelegt mit den vorherrschenden Eigenschaften der Frauen: L., die Sportliche, S., die Kluge, G., die Unternehmungslustige. Je weniger sie über die Frauen wusste, desto strahlender erschienen sie ihr, und sie musste sich manchmal daran erinnern, dass sie auch ohne ihn ganz gut zurechtgekommen war. Er war nicht eigentlich schön – jahrelanges Hockeyspielen hatte seinen Tribut gefordert und sein Nasenbein war nicht nur durch mehrere Brüche breiter, sondern auch krumm geworden –, aber das immer noch dichte blonde Haar und die hellgrünen Augen entschädigten dafür. Außerdem war er groß und muskulös, und sobald er einen Bauchansatz bei sich bemerkte, machte er jeden Abend hundert Sit-ups, wozu er anfangs auch Susan einlud. »Vergiss es«, hatte sie nach den ersten Versuchen gesagt und sich wie zum Trotz ein Glas Wein geholt. Er hatte sie seitdem nicht mehr zu überreden versucht, auch das rechnete sie ihm an.

Während sie von der Great Bridge Lane auf die Hauptstraße einbog, überschlug sie, wie lang sie wohl brauchen würde. Mit etwas Glück konnte sie die Fahrt in zehn Minuten schaffen, ins Haus rennen, den Schlüssel holen und in zehn Minuten zurückfahren. Sie wusste, wo der richtige war: in der Holzschale im Flur, in die sie immer alle Schlüssel hineinwarf. Kein Wunder, dachte sie. Aber sie kannte sich gut genug, um zu wissen, dass sie nichts ändern würde. Sie würde den richtigen herausfischen und den falschen genau wie bisher in die Schale werfen, auf haarsträubende Weise optimistisch, dass sich der Fehler nicht wiederholen würde.

Sie fuhr an der *Southgate Mall* und an *Gold's Gym* vorbei. Hier hatte sie im letzten Jahr ein Abo gebucht, von dem sie John nie etwas erzählt hatte. Die ersten Wochen war sie regelmäßig hingegangen und hatte das Programm, das ihr die deprimierend gut gelaunte Fitnesstrainerin erstellt hatte, getreulich ausgeführt. Dann war sie krank geworden – kaum mehr als eine starke Erkältung, doch sie hatte die Pause als Gelegenheit genommen, das Training nicht nur zu unterbrechen, sondern zu beenden. Zweimal hatte das Studio sie angerufen, und zweimal hatte sie versprochen, bald wieder zu kommen. Danach hatte sie den Hörer nicht mehr abgehoben, wenn sie die Nummer erkannte. Manchmal stellte sie sich vor, der Trainerin in der Stadt zu begegnen. Sie wusste, sie würde sie nicht ignorieren können, und befürchtete, mit Floskeln und vorauseilenden Selbstbezichtigungen zu reagieren. Sie hasste sich dafür, so schwach zu sein: zu undiszipliniert, um das Training wenigstens für die Zeit fortzuführen, die sie notgedrungen bezahlen musste, und zu unsicher, um zu ihrer Entscheidung zu stehen. So war sie schon immer gewesen, und allmählich gab sie die Hoffnung auf, mit zunehmendem Alter irgendeine Form von Souveränität zu erlangen. Ob es den anderen auch so ging? Dass sie immer älter wurden, sich aber innerlich, abgesehen von einer zunehmenden Müdigkeit und Ernüchterung, genauso unfertig fühlten wie als Jugendliche?

Als sie neben dem *Jewel Music Store* an der Ampel anhielt, sah sie Dan Kulinski aus der Tür treten. In der Hand trug er eine Tüte. Sie erinnerte sich, dass sie einmal ein Gespräch über Musik mit ihm geführt hatte. Es war an einem Sommer- oder Frühlingsfest gewesen, und sie hatte hinter ihm in der Schlange gewartet, um sich einen Hotdog zu kaufen. Neben ihm hatte eine zierliche Frau gestanden, mit grell bemalten Fingernägeln und braunem, kurz geschnittenem Haar. Sie schien in seinem Alter zu sein – Ende vierzig –, aber sie trug einen Minirock, der nur bis zur Mitte ihrer Oberschenkel reichte, und dazu ein gelbes, trägerloses Top, das sie immer wieder zurechtzupfen musste. Susan hatte verschiedene Male mit Dan gearbeitet. Er war Handwerker und auf Renovierungen spezialisiert, und sie hatte ihn als verlässlich und fleißig erlebt. Als Dan sie erkannte, stellte er die Frau neben ihm vor. Ihr Name war Danielle, und sie stand kurz davor, seine Ehefrau zu werden, nachdem ihn ein Jahr zuvor seine erste Frau von heute auf morgen verlassen hatte.

»Danielle und Dan«, stellte Susan fest. »Das muss wohl Schicksal sein«, und Danielle lachte und sagte, das habe sie sich auch gedacht.

»Aber eigentlich heißt er Dariusz«, fuhr sie fort. »Wussten Sie das?«

»Hat mich nur nie jemand so genannt«, sagte Dan und zog ein Gesicht. »Gute Musik, nicht wahr?«, wechselte er brüsk das Thema und deutete mit einem Kopfnicken in Richtung der Jazzband, die auf einer kleinen, improvisierten Holzbühne stand und Freejazz spielte, der eher in eine Bar als auf dieses Fest passte.

»Zu ambitioniert für mich«, gestand Susan, und Dan sagte: »Reine Übungssache. Man muss sich erst an das Unmelodische gewöhnen. Danach scheint einem alles andere seicht.«

Er zuckte mit den Achseln, wie um eine Angeberei abzuschwächen, und Susan sagte: »Ist bestimmt so.«

Als sie, Monate später, wieder einmal mit ihm zusammenarbeitete, erzählte er ihr, dass er selbst Musik mache. Nichts Tolles, versicherte er, einfach mit Freunden ein bisschen rumschrammeln. Auf ihre Frage, wo man sie denn mal hören könne, gestand er mit einem verschämten Lächeln, in seinem Keller, das sei der

Übungsraum. Ihr fiel auf, dass er keinen Ehering trug. Vielleicht hatte die Trauung mit Danielle noch nicht stattgefunden, oder er hatte auf einen Ring verzichtet.

Jetzt winkte sie ihm zu, und Dan, der aus den Augenwinkeln die Bewegung hinter der Autoscheibe bemerkt haben musste, winkte zurück. Die Ampel hatte auf Grün gewechselt, und Susan bog in die Turney Avenue ein. Sie schaute auf die Uhr im Armaturenbrett. Zehn Uhr acht. Wenn alles gut ging, würde sie rechtzeitig zurück sein. Als sie an der Davis Street vorbeikam, überlegte sie, ob genügend Zeit bliebe, rasch bei *Knakal's Bakery* vorbeizugehen. Sie hatte am Morgen nichts gefrühstückt, nur einen schnellen Kaffee im Stehen getrunken, während John sich sein Müsli aus Haferflocken, geraspelten Äpfeln, selbst gemahlenen Mandeln, Rosinen und Magerjoghurt zubereitet hatte. Was sie nicht verstand, war, dass er alle Zutaten auf der kleinen Küchenwaage abwog, die er bei seinem Einzug mitgebracht hatte. Konnte er nicht einfach die immer gleichen Zutaten zusammenrühren? Warum kam es auf jedes Gramm an? Es musste ein Bedürfnis dahinterstecken, entschied sie, ein Bedürfnis danach, die Kontrolle zu behalten, den Überblick.

Es war nicht so, dass sie dieses Bedürfnis nicht kannte. Als John zu ihr zog – ein gutes Jahr war das jetzt her –, hatte sie in einer Nacht kurz vor seinem Einzug wach gelegen. In Wellen war die Angst über sie gekommen, hatte sie dunkel und heiß unter sich begraben, und erst wenn sie, mit klopfendem Herzen und am ganzen Körper zitternd, tief einatmete, löste sich das Dunkel auf, nur um sie kurz darauf wieder gefangen zu nehmen. Irgendwann war sie aufgestanden und in die Küche gegangen. Das grelle Licht schmerzte in den Augen, doch nach ein, zwei Minuten hatte sie sich daran gewöhnt. Sie machte sich einen Becher Milch warm, tat Honig hinein. Warum bloß ließ sie sich noch einmal darauf ein, mit einem Mann zusammenzuleben? Warum war sie bereit, ihr Haus, ihr Refugium, aufzugeben und mit jemandem zu teilen? Das ganze Vorhaben erschien ihr mit einem Mal vollkommen abwegig und einzig und allein auf der Annahme gegründet, dass sie, sollte sie Johns Idee nicht zustimmen (denn es war *seine* Idee gewesen, zu ihr zu ziehen), den Rest ihres Lebens allein verbringen müsse.

Als sie am nächsten Morgen auf dem Sofa erwachte, war die Angst wie ein nächtlicher Spuk verschwunden, und die Aussicht auf ein Leben mit einem klugen, manchmal witzigen, wenn auch etwas schwer zu durchschauenden Mann erschien ihr wieder reizvoll.

Sie hatte das schmale, zweigeschossige Holzhaus vor fünfzehn Jahren gekauft, als sie, mit den druckfrischen Scheidungsunterlagen und der soeben erworbenen Maklerlizenz in der Tasche, von Clarksburg nach Hollyhock gezogen war, entschlossen, ihr bisheriges Leben hinter sich zu lassen und noch einmal von vorn zu beginnen.

Es war nicht der erste Neustart gewesen, doch der erste, den sie alleine unternahm. Ihre erste Ehe – mit kaum achtzehn Jahren auf dem Standesamt von Wichita Falls und in Anwesenheit von zwei Schulkameradinnen geschlossen, die sie gerade gut genug kannte, um sie um diesen Gefallen zu bitten – war für sie nicht mehr als ein Ticket gewesen: die Möglichkeit, von ihrer Familie wegzukommen. Sie hatte Gabriel erst einige Wochen zuvor im Kino kennengelernt. Während sie mit ihrer Freundin dem Film zu folgen versuchte, hatte er mit seinen Kumpels die Geschehnisse auf der Leinwand lautstark kommentiert und bei den Liebesszenen übertriebene Kussgeräusche von sich gegeben. Ihre Freundin, als mutigere, hatte sich immer wieder zu den Jungen umgedreht und Ruhe verlangt, und Susan hatte sie unterstützt, indem sie mit den Augen rollte und genervte Grimassen zog. Aber manchmal hatte sie auch lachen müssen, und die Jungen hatten das als Ermunterung genommen weiterzumachen. Nach dem Kino waren sie sich im Eiscafé wieder begegnet, und als Gabriel sie – zur Entschuldigung, wie er behauptete – auf ein Eis einladen wollte, sagte sie ja. Hätte ihnen damals jemand erzählt, dass sie drei Monate nach dieser Begegnung heiraten würden, hätten sie ihn wohl beide für verrückt erklärt. Doch in den nächsten Wochen hatte sich die angespannte Stimmung zwischen Susan und ihren Eltern weiter verschlechtert, und als Gabriel, der aus einer tief religiösen Familie stammte und trotz seiner Skepsis nicht davon wegkam, vorehelichen Geschlechtsverkehr als direkte Fahrkarte in die Hölle anzusehen, von Heirat zu sprechen begann, hatte sich für Susan plötzlich eine Lösung abgezeichnet.

Sie hatten ihren Eltern nichts von der geplanten Hochzeit gesagt. Als sie am Nachmittag ihres Hochzeitstages erst zu ihren und dann zu seinen Eltern fuhren, war diesen angesichts der Dokumente nichts anderes übrig geblieben, als ihnen zu glauben. Auf Susans Drängen hin verließen sie Wichita Falls und zogen nach Little Rock in Arkansas, wo Gabriel bei einem Versicherungskonzern arbeitete und Susan das örtliche College besuchte.

Als das College zu Ende ging, war auch ihre Ehe am Ende. Es hatte keinen Streit gegeben, doch irgendwann war ihnen klar geworden, dass diese auf akuten Bedürfnissen gründende Verbindung ihren Zenit überschritten und bereits jetzt mehr geleistet hatte, als zu erwarten gewesen war. Sie teilten geschwisterlich ihre wenigen Besitztümer, und Susan stolperte innerhalb weniger Wochen in ihre zweite Ehe, diesmal mit einem Mann, den sie auf einer Party kennengelernt hatte. Sie zog mit ihm nach Clarksburg, West Virginia, wo sie sich eine Stelle in einem Reisebüro suchte.

Es war die Zeit, bevor das Internet die Reiseagenturen reihenweise zum Aufgeben zwang, und Susan liebte es, die idealen Urlaube für ihre Kunden zusammenzustellen. Sie, deren Familie nie genug Geld für Reisen gehabt hatte, fuhr nun zu Studienzwecken in jeden einzelnen Staat der USA. Und weiter. Als sie ihre erste Reise nach Europa antrat, hatte sie das Gefühl, ein für allemal Wichita Falls und ihrer Familie entkommen zu sein. Von Lissabon, Paris und Rom aus schrieb sie Postkarten an ihre fünf Geschwister, mit denen sie sonst höchstens ein- oder zweimal im Jahr sprach. Und als sie nach Jahren zum ersten Mal ihre Eltern in Texas besuchen ging, brachte sie ihnen exotische Stoffe und kleine goldfarbene Bronzefiguren aus Indien mit, die sie mit hochgezogenen Brauen bewunderten und dann für immer weglegten.

Am Ende der Turney Avenue war eine rot-weiße Straßensperre aufgestellt worden, und Susan erkannte zu spät, dass die Leister Street, in die sie hätte einbiegen müssen, für Hollyhocks alljährliche Feuerwehrparade gesperrt war. Bis zu ihrem Haus war es nicht mehr weit, doch wenn sie erst noch einen Parkplatz suchen und dann bis zur Cazneau Street laufen müsste, würde sie auf jeden Fall zu spät kommen. Sie suchte nach ihrem Handy, um John anzurufen, aber er ging nicht ans Telefon. Dann kramte sie in ihren Unterlagen nach der Telefonnummer der Familie, der sie das Haus zeigen wollte, und als sie auch hier niemanden erreichte, hinterließ sie auf der Mailbox eine Nachricht.

Langsam fuhr sie die Turney Avenue rückwärts bis zum Parkplatz des kleinen Supermarkts. Unter dem Schild, das das kostenpflichtige Abschleppen unrechtmäßig geparkter Autos ankündigte, stellte sie ihren Wagen ab. Wenn sie Glück hatte, würde Angus, der den Laden betrieb und ein alter Bekannter von ihr war, ihn erkennen und stehen lassen.

Auf der Leister Street hatte die Parade inzwischen begonnen. Der Wagen des Sheriffs, der von vier Motorrädern begleitet wurde, bildete die Vorhut. Die Motorradfahrer fuhren dicht am Straßenrand vorbei, um mit einer Hand die Hände der Zuschauer abzuklatschen, ein Unterfangen, das Susan gefährlich vorkam. Es folgte eine Gruppe Fahnen schwenkender Frauen in Gewändern, die offenbar aus goldfarbener Rettungsfolie gefertigt worden waren. Hinter ihnen marschierte die Blaskapelle des Ortes. Auf beiden Seiten der Straße war kein Durchkommen, die Menschen standen dicht gedrängt auf den Bürgersteigen, und die Musik war ohrenbetäubend laut.

Als die Feuerwehrautos auffuhren, trat Susan auf die Straße und lief schnell am Straßenrand entlang. Sie hatte das Gefühl, dass man ihr missbilligend nachblickte. Sie hielt den Kopf gesenkt und setzte ein entschuldigendes Lächeln auf. Durch ihren Beruf kannte sie viele Leute in Hollyhock, und sie wusste, dass es für einen Immobilienmakler nichts Wichtigeres gab, als Teil der Gemeinschaft zu sein. Immer wenn sie aufschaute, sah sie Leute, die sie kannte. Sie winkte ihnen zu, als wäre sie selbst Teil der Parade, und beschleunigte ihren Schritt, sodass jeder sehen konnte, dass sie in Eile war.

An der Ecke zur Cazneau Street sah sie John auf der anderen Straßenseite. Er war nicht allein, vor ihm stand eine Frau mit langen, sehr blonden Haaren. Sie trug ein schwarzes Kleid, das weit ausgeschnitten war. Abrupt blieb Susan stehen, dann stellte sie sich rasch zwischen die Menschen auf dem Gehweg. John hatte sie nicht gesehen. Er beugte sich gerade nach vorne, um der Frau etwas ins Ohr zu flüstern, und daran, wie nah er ihr kam und wie sehr sie über das, was er sagte, lachte, erkannte Susan, dass John und sie sich nicht zufällig hier begegnet waren. Soweit sie es von hier aus erkennen konnte, berührten sie sich nicht. Aber es konnte natürlich sein, dass die Frau sich zurücklehnte und John sie mit seinem Körper unbemerkt stützte. Es ging eine Vertraulichkeit von ihnen aus, die Susan verwirrte. Umso mehr, als sie die Frau jetzt erkannt hatte. Ihr Name war Sylvia Persson. Sie kannte das Haus von ihr, ein zweistöckiges Gebäude im Kolonialstil, mit verzogenen Fensterrahmen und abblätternder Farbe. Es stand ein ganzes Stück außerhalb der Stadt, an der Landstraße nach Barnesville. Susan hatte in dieser Gegend schon zwei oder drei Häuser verkauft, und man hatte ihr erzählt, dass Sylvia das Haus samt angrenzendem Roggenfeld vor Jahren von ihrer Mutter geerbt und seitdem nie etwas daran gemacht hatte. Das Feld hatte sie bald schon verpachtet, der Garten jedoch war nichts als ein halb vertrockneter Rasen, und offenbar nahmen ihr das die Nachbarn übel, deren Gärten mit Plastikflamingos, farbigen Windrädchen und *Make-America-Great-Again*-Parolen dekoriert waren.

Susan selbst hatte nur ein- oder zweimal mit Sylvia gesprochen; sie konnte nicht mal mehr sagen, bei welcher Gelegenheit. Aber sie wusste, dass Sylvia zwei Töchter hatte, von denen eine in der Drogerie arbeitete. Das Mädchen hatte schwarz gefärbte Haare, und vielleicht war das der Grund, warum sie ihrer Mutter auf den ersten Blick nicht ähnlich sah. Irgendwo gab es auch noch einen Sohn, aber Susan konnte sich kaum an ihn oder an die zweite Tochter erinnern, und auch den Vater kannte sie nicht.

Auf der Straße fuhr jetzt ein antikes Feuerwehrauto vorbei, auf dessen offener Sitzbank zwei alte Männer saßen. Statt der dunkelblauen Uniformen trugen sie trotz des kühlen Wetters kurze beigefarbene Hosen und rote Poloshirts. Aus einer Tasche, die zwischen ihnen stand, holten sie Hände voll Bonbons heraus und warfen sie den Zuschauern vor die Füße. Neben Susan bückte sich ein Mann, um etwas aufzuheben. Als er sich wieder aufrichtete, hielt er ihr seine offene Handfläche hin, auf der einige glänzend verpackte Bonbons lagen. Susan wollte schon ablehnen, dann nahm sie doch eines, und der Mann sagte: »Quint. Robert Quint. Wir sind uns ein paar Mal begegnet.«

»Ja«, sagte Susan. »Natürlich.«

Sie erinnerte sich jetzt wirklich an ihn; er hatte sich wie sie in dem Komitee engagiert, das sich den Neubau der Gemeindebibliothek zum Ziel gesetzt hatte, aber nach den ersten Malen war er nicht mehr zu den Sitzungen erschienen, und erst als gut zwei Jahre später die neue Bücherei eröffnet wurde, hatte sie ihn mit seiner Frau und seiner Tochter wiedergesehen.

»Wie geht es Ihnen und Ihrer Familie?«, fragte sie, und Robert sagte, dass alles bestens sei, die Tochter inzwischen am College und Amy, seine Frau, weiterhin in der Stadtverwaltung. Seine dunklen Haare waren an den Schläfen grau geworden, und er hatte etwas Gebücktes an sich, fand Susan, als drückte ihn das Leben, sacht und unerbittlich, immer ein wenig hinunter.

»Bei Ihnen auch alles gut?«, fragte er, und Susan sagte abwesend, ja, und ließ den Blick zur anderen Straßenseite schweifen. John und Sylvia waren verschwunden. Sie sah sich suchend um, weit konnten sie noch nicht gekommen sein. Ihre Armbanduhr zeigte kurz vor halb elf. Wenn sie noch einigermaßen pünktlich kommen wollte, musste sie sich beeilen, doch sie blieb einfach stehen. Nach den Feuerwehrfahrzeugen fuhren jetzt in der Parade zwei Pick-ups, auf deren mit Flaggen geschmückten Ladeflächen die Mitglieder des Stadtrats standen, die Frisbeescheiben und Wasserpistolen aus blauem Plastik in die Menge warfen. Zwei dicke Jungen neben Susan ergatterten die Pistolen und gingen umstandslos dazu über, sie auf die vorbeifahrenden Autos zu richten. Dann wandten sie sich einander zu, hielten sich gegenseitig die Pistolen an den Kopf und drückten ab.

Auf dem Beifahrersitz eines Cabriolets saß ein Mädchen mit Krone und Schärpe, sie musste bei irgendeinem Wettbewerb gewonnen haben, und der Mann am Steuer – schwarzhaarig wie sie und von gedrungener Statur – war wahrscheinlich ihr Vater. Zwei Teenager in kurzen blauen Röcken hielten ein Transparent zwischen sich gespannt, das Werbung für eine örtliche Anwaltskanzlei machte. Ihnen folgte, als einer der letzten Wagen, ein rot-blau-weiß geschmückter Transporter von *Baby Jinys Snackbar*.

Neben Susan hatte Robert sein Handy aus der Jackentasche geholt und telefonierte. Sie nickte ihm zum Abschied zu, dann ging sie an den Jungen vorbei, die ihre Waffen nun auf sie richteten und ihr Schussgeräusche hinterherschickten. Als sie hochblickte, sah sie, dass die Körbe an den gusseisernen Laternenmasten zur Feier des Tages mit neuen Blumen bestückt worden waren. Der Himmel war blassblau. Zwei Kondensstreifen bildeten ein Kreuz, und Susan erinnerte sich an die Theorie, die ihr ein älteres Hippiepärchen dargelegt hatte, deren Haus sie vor einigen Tagen in Augenschein genommen hatte. Hinter den Streifen verberge sich ein Programm der Regierung, die auf diese Weise hoch dosierte Chemikalien in Umlauf brächte, um sowohl das Bewusstsein als auch das Klima zu verändern. Als Beweis hatte die Frau ihr zwei Bäume im Garten gezeigt, die eingegangen waren. Susan hatte genickt und sich dem Haus zugewandt. Es war vollgestellt mit Gerümpel, das sich, überquellend wie Lava, bis in den Garten ergoss.

Immer noch konnte sie John und Sylvia auf der anderen Straßenseite nicht entdecken. Es war, als habe sich der Boden aufgetan und sie verschluckt. Oder als sei ihr Anblick nichts als ein Trugbild gewesen, wie einer der Träume, nach denen man mit gedrückter Stimmung durch den Tag geht, weil sie so echt scheinen.

Das Holztor zu ihrem Vorgarten stand offen. Vor der Garage parkte Johns blauer Pontiac. Als sie leise in den Hausflur trat, konnte sie die Geräusche aus dem Wohnzimmer hören. Jemand schien die Terrassentür zu öffnen, um die Sonnenstrahlen, die um diese Zeit direkt auf die Scheibe zielten, hereinzulassen. Sie liebte diese Stunde des Vormittags, wenn der Raum fast golden schien.

Sie konnte Johns Stimme hören und wie Sylvia ihm antwortete, zustimmende, interessierte Einwürfe, mehr nicht, denn John hatte begonnen, ihr von seiner Kindheit zu erzählen, von seinem Aufwachsen in einem Dorf in Kentucky, von den Eishockeyspielen, von den Pokalen und Medaillen, die auf einem Regal in seinem Kinderzimmer präsentiert wurden (und die immer noch im Keller in einer Vitrine standen, aber das erzählte er Sylvia nicht).

»Es gab da diesen Jungen«, sagte er, »Kai. Er hatte einen Zwillingsbruder, und dieser Zwillingsbruder war krank, von Geburt an, irgendwas, das dafür sorgte, dass er sich nicht so richtig entwickelte, weder geistig noch körperlich, was natürlich umso mehr auffiel, als Kai sich ja ganz prächtig entwickelte. Aber die Eltern waren sehr nett, auch und gerade zu dem anderen, ich weiß seinen Namen nicht mehr.«

John machte eine Pause, und Susan stellte sich vor, wie Sylvia ihn ansah, interessiert an der Geschichte, aber mehr noch an ihm.

»Na ja«, begann er wieder, und Susan konnte hören, dass es ihm schwerfiel weiterzusprechen. Aber wenn dem so war, warum erzählte er dann Sylvia diese Geschichte? Und warum hatte er sie ihr nie erzählt?

»Kai spielte auch Eishockey, und wie eigentlich alles, was er tat, machte er auch das richtig gut. Wir spielten im gleichen Team, aber im Training wurden wir immer in zwei Mannschaften aufgeteilt, und meistens waren Kai und ich in verschiedenen Mannschaften, weil wir eben beide sehr gut waren, die Besten, kann man sagen.«

»Na klar«, sagte Sylvia mit einem kleinen neckenden Lachen, doch John schien nicht beleidigt, sondern gab nur ein leises Schnauben von sich.

»Na, wie auch immer«, fuhr er fort. »Es war also mal wieder so, dass wir gegeneinander spielten, Kai und ich, und dass wir einander nichts schenkten. Ich meine, Eishockey ist eben kein Schach, da geht man mit dem ganzen Körper rein, und klar, manchmal foult man auch.«

Er machte wieder eine Pause, und Susan spürte, wie sich die Angst auf ihre Brust legte, sodass sie kaum zu atmen wagte.

»Es gibt da etwas, das man Bandencheck nennt, hast du das schon mal gehört? Nein? Okay. Das ist letztlich das Gleiche wie ein Bodycheck, du schubst den Gegner an Schulter oder Hüfte, aber eben in Nähe der Bande. Nicht wirklich erlaubt, aber recht wirksam.«

»Und das hast du gemacht.« Sylvias Stimme war jetzt voller Wärme.

»Ja«, sagte John. »Das habe ich gemacht.«

Er klang so mutlos und erschöpft, wie Susan ihn nie gehört hatte. Wer war dieser Mann, mit dem sie seit mehr als einem Jahr zusammenlebte?

»Und dabei ist ihm etwas Schlimmes passiert.«

Das war wieder Sylvia, sehr verständnisvoll.

»Ja. Es war zu heftig, weißt du? Nicht extra, ich meine, ich hab nicht darüber nachgedacht, aber natürlich: *das* hatte ich nicht gewollt.« John räusperte sich, dann fuhr er fort: »Querschnittsgelähmt. Es war ziemlich schnell klar, dass er nicht mehr würde laufen können. Meine Mutter nahm mich ein paar Tage später mit ins Krankenhaus. Ich hatte mich geweigert, aber sie hat mich gezwungen. Und als wir da ankamen, saß die ganze Familie ums Bett rum, Vater, Mutter und der Bruder in seinem Rollstuhl. Sie nahmen uns sofort in diesen Kreis auf, und dann beteten wir zusammen, und die ganze Zeit hielt ich die kleine, irgendwie verkrüppelte Hand des Bruders in meiner, und ich weiß noch, wie ich innerlich betete: Wenn's dich gibt, lieber Gott, hol mich hier raus.« Er lachte spöttisch. »Tja, hat er nicht gemacht.«

Dann sagte niemand mehr etwas, sie hatten aufgehört zu sprechen.

Sehr vorsichtig nahm Susan den Schlüssel aus der Schale. Er lag obenauf, mit einem Anhänger aus drei roten, runden Glassteinen.

Hinterm Gartentor rannte sie los, immer schneller, als liefe sie vor etwas davon. Wenn ihr jemand entgegenkam, lächelte sie, um zu zeigen, dass nichts von alldem sie erschütterte. Die Parade war vorbei, einzelne Bonbons und blaue Wasserpistolen lagen an den Straßenrändern, und kleine Flaggen an weißen dünnen Plastikstangen steckten in den Blumenrabatten.

Sie hatte Glück, ihr Auto stand noch auf dem Parkplatz. Vielleicht hatte Angus Mitleid mit ihr gehabt, oder es hatte einfach niemanden gekümmert.

»Alles okay«, sagte die Frau beruhigend, als Susan sie um kurz vor elf erreichte. »Wir haben uns hier schon ein bisschen umgeschaut, ein Gefühl für die Gegend bekommen, wissen Sie? Es gefällt uns hier, ich bin gespannt aufs Haus. Bis gleich.«

Susan ließ die Eltern vorangehen. Sie folgte mit den Kindern, zwei Jungen und ein Mädchen, alle fein gemacht wie für einen sonntäglichen Besuch. Als müsste nicht nur das Haus sie beeindrucken, sondern auch umgekehrt.

Sie schätzte das Mädchen auf zwei Jahre. Die dunkelblonden Haare waren zu einem Pagenkopf geschnitten und wurden von einer blassrosa Schleife an der rechten Seite zurückgehalten. Sie war schon sicher auf den Füßen, aber ihre älteren Brüder ließen ihre Hände trotzdem nicht los. Bei aller Verlegenheit schienen sie stolz auf ihre Schwester zu sein, und auch auf ihre Fürsorge für sie.

»Sie heißt Annie«, verriet der jüngere der Brüder, während seine Schwester versuchte, ihm ihre Hand zu entwinden, um auf ihren kurzen dicken Beinchen in alle Ecken des Zimmers zu rennen. Sie standen in einem der Schlafzimmer, und auch der ältere der Jungen ließ jetzt seine Schwester los, um die Länge des Raumes abzuschreiten. Der Blick aus dem Fenster ging in den hinteren Garten, an dessen von Bäumen und Büschen markiertem Ende ein hellgrau gestrichener Holzschuppen stand. An den Seiten war der Garten nicht abgegrenzt. Die Nachbargärten fügten sich zu einem einzigen Rasen zusammen und boten den Kindern parkähnliche Spielflächen.

»Fünf Meter«, verkündete der ältere Junge und setzte hinzu: »Das ist meins.«

»Mal schauen«, sagte seine Mutter. Ihre Stimme war matt und melodisch, als wäre sie auf angenehme Weise müde. Ihr Mann war groß und sehr schlank, er sah jünger aus als sie, und vielleicht war er das auch. In jedem neuen Zimmer stellte sich die Mutter in die Mitte des Raumes, um sich nach allen Seiten umzublicken, und jedes Mal kam er zu ihr und legte seinen Arm um sie, als könnten sie nur so – dicht beieinander und sich nach allen Seiten drehend – das Haus wirklich erfassen.

Im Wohnzimmer setzten sich die Jungen auf das Sofa, und während Annie, rückwärts und auf allen Vieren, die breite Treppe vom Obergeschoss herabkam, erläuterte Susan den Eltern alle wesentlichen Fakten. Am Vortag hatte sie in der Nachbarschaft etliche Kinder gesehen, das erzählte sie ihnen jetzt, ihr letzter Trumpf. Als der Mann sie fragte, ob es Mitbewerber gebe, sagte sie wahrheitsgemäß, sie seien die Ersten, denen sie das Haus gezeigt habe, aber es gebe weitere Anfragen.

»Ich mag es«, sagte die Frau. »Ich mag es wirklich sehr.«

»Ich auch.«

Er lächelte seine Frau an, Annie schrie auf, weil sie auf den letzten Stufen der Treppe abgerutscht war, die Jungen hatten angefangen, sich auf dem Sofa zu balgen, und Susan überkam so unvermittelt ein Gefühl der Eifersucht, dass sie sich abwenden musste.

Im Vorgarten schüttelte sie allen die Hand, dann winkte sie noch einmal und schloss die Tür. Die perfekte Gastgeberin, dachte sie bitter. Sie ging in das Wohnzimmer zurück, klopfte die zerdrückten Kissen zurecht, stellte die Sessel wieder gerade. An der Fensterscheibe zur Terrasse hin hatten die kleinen Hände von Annie Abdrücke hinterlassen, und Susan zog die Strickjacke über ihre Hand und wischte sie damit weg.

Nichts davon gehörte ihr: nicht dieses Haus, nicht dieser Garten mit seinem bäuerlich wirkenden Schuppen, keines der Kinder, kein Mann, der es nicht lassen konnte, sie in den Arm zu nehmen, auch wenn sie erschöpft und nicht sonderlich hübsch war. Nicht einmal zwei Brüder hatte sie, zumindest keine, die sich je um sie gekümmert hätten wie die beiden eben, auch wenn sie damit ein Stück weit einfach nur hatten angeben wollten. Alles besser, als die Jüngste von sechsen zu sein, die für alle nur eine Last, ein weiterer Esser, ein weiterer Konkurrent um zu wenig von allem war.

Egal, dachte sie, während sie immer noch an der Scheibe rumwischte, egal und vorbei. Aus der Küche holte sie die Angebotsvordrucke. Sie hatte der Frau einen mitgegeben und war sich ziemlich sicher, dass sie ihn bald ausgefüllt zurückbekommen würde. Es hatte Jahre gedauert, bis sie diejenige Maklerin in Hollyhock war, die die besten Häuser in ihrem Portfolio hatte.

Das ist doch was, dachte sie.

Das ist zumindest nicht nichts.

Und nachdem sie einige Minuten auf dem Sofa gesessen und geweint hatte, verließ sie das Haus, das ganz so aussah, als wäre nichts geschehen.

3

VERBÜNDETE

Aiko war frühmorgens in Pittsburgh losgefahren, und als sie in Hollyhock ankam, hatte die Sonne ihren höchsten Stand erreicht. Im gleißenden Licht sah das große viktorianische Holzhaus plötzlich schäbig aus. Wie ein alter Mensch, der im Pyjama Besucher empfing. Viel fehlte nicht, und es würde an Ort und Stelle in sich zusammensacken.

Sie trug die Bücher und Ordner in ihr Zimmer. Ihre Eltern waren noch im Krankenhaus, sie würden nicht vor dem frühen Abend nach Hause kommen. Aiko legte sich ins Sonnendreieck, das sich auf dem Parkett abzeichnete. Wenn sie die Augen schloss, war sie wieder ein Kind an einem dieser Nachmittage, die sich endlos in die Länge zogen. Die vertrauten Stimmen. Kenjis Klavierspiel, die immer gleichen Melodien, als gälte es, jede so lange zu spielen, bis sie niemand mehr ertragen konnte. Die Magnolie vor dem Haus, wenn die Blüten im Frühjahr plötzlich auf den Ästen thronten wie prächtige Vögel. Die Ketten und Armbänder am Haken in der Wand, im Schuppen das blaue Fahrrad. Damit durch die Straßen kurven, hoch zu Ross, eine freundliche Monarchin.

Am Morgen wachte sie davon auf, dass jemand in der Küche mit Töpfen hantierte. Sie zog sich an und ging die Treppe hinab. Ihr Vater hatte Eier mit Milch und Salz verrührt und goss sie gerade in die Pfanne, als Aiko die Küche betrat.

»Ist Mama schon gegangen?«, fragte sie.

Ihr Vater nickte. »Ich muss auch gleich los, aber ich wollte noch schnell mit dir frühstücken.«

Sie stellte zwei Teller auf den Tisch, Tassen dazu. Gabel und Messer, Brot und Butter.

»Hat Mama nichts gegessen?« Sie sah sich in der Küche um.

»Nein. Macht sie oft nicht, wenn sie es eilig hat.« Ihr Vater zerstückelte mit einem Holzlöffel das Ei in der Pfanne. »Die Eltern verlottern, wenn die Kinder ausziehen, wusstest du das nicht?«

Während er das Rührei auf den Tellern verteilte, schenkte Aiko den Kaffee ein. Ohne sich abzusprechen, setzten sie sich beide auf ihre angestammten Plätze, Aiko gegenüber ihrem Vater. Von hier aus hatten sie sich früher unauffällig austauschen können, wenn es dicke Luft gab. Ein schnelles, mehrmaliges Zwinkern. Ein ganz leichtes Heben der Augenbrauen. Ihr Vater hatte nie Position gegen ihre Mutter bezogen, doch er hatte Aiko wortlos unterstützt, und das hatte ihr genügt.

Als ihr Vater das Haus verlassen hatte, ging sie in ihr Zimmer und setzte sich an den Schreibtisch. Seit zwei Monaten befolgte sie einen strikten Lernplan. Die drei Bereiche Anatomie, Biochemie und Physiologie hatte sie in Unterbereiche aufgeteilt. Herz, Kreislauf, Atemwege. Leistungsbereich der oberen und unteren Extremitäten. Verdauungssystem. Endokrine Organe. Sinnesorgane. Embryologie. Zelluläre Strukturen. Blutsystem. Hormone. Homöostase. Sinnesphysiologie. Sexualität. Alles wiederum unterteilt in unzählige Einzelbereiche. Hinzu kamen Pathologie, Pharmakologie, Mikrobiologie. Es war unüberschaubar. Jeden Tag setzte sie sich aufs Neue an ihre Unterlagen, bewältigte den Lernstoff in kleinen Schritten. Wie Odysseus den Gesang der Sirenen scheute sie den Blick aufs Ganze: es hätte sie in einen Strudel der Angst hinabgezogen.

Als sie das *Frost* Café betrat, war ihre Mutter schon da. Aiko war seit Jahren nicht mehr hier gewesen, obwohl das *Frost* früher ihr Lieblingscafé gewesen war. Hier hatten sie und ihre Freundinnen sich getroffen, um nach der Schule Hamburger und Pommes frites zu essen und dabei die kleine Jukebox, die an jedem Tisch befestigt war, mit Münzen zu füttern. Zur Musik von Nirvana und Sonic Youth hatte sie hier von ihrer Freundin Rachel erfahren, dass sie eine Affäre mit dem Spanischlehrer hatte, und Zoë, die mit ihnen befreundet war, zeigte ihnen die harmlos aussehenden Pillen, die sie Wochenende für Wochenende in Hochstimmung versetzten. Sowohl Rachel als auch Aiko hatten versucht, sie davon abzubringen. Aber am Ende war es Rachel gewesen, die, nachdem sie sie ein paar Mal probiert hatte, nicht mehr davon loskam.

Seitdem sie wieder hier war, hatte sie Rachel noch nicht angerufen. Beim letzten Telefonat hatte ihre Freundin sich gerade von ihrem Job als Apothekerin beurlauben lassen und war nach Hollyhock zurückgekehrt. Um ihrer kranken Mutter zu helfen, wie sie erklärte. Doch Aiko bezweifelte, dass das der wirkliche Grund war. Solang sie sich erinnern konnte, hatten die beiden sich nichts als Gleichgültigkeit entgegengebracht – es hatte sie früher verblüfft, wie das möglich war, und manchmal hatte sie Rachel darum beneidet.

Aiko umarmte ihre Mutter, die sitzen geblieben war.

»Du wartest aber noch nicht lange?«

»Keine Sorge.« Ihre Mutter sah rasch auf die Uhr über der Theke. »Nur fünf Minuten.« Sie hielt Aiko die Speisekarte hin. »Auf jeden Fall lang genug, um die Karte durchzulesen. Unübersichtlich ist sie ja nicht gerade.«

»Ich weiß, ich weiß. War wohl eine sentimentale Anwandlung.«

Aiko zuckte leicht mit den Schultern, und ihre Mutter strich mit einer Hand ihr immer noch schwarzes Haar glatt.

»So sehe ich wenigstens mal, wo du dich immer rumgetrieben hast.«

Es war, als bekäme man kaltes Wasser übergeschüttet, wenn man am wenigsten damit rechnete. Aber ich hätte damit rechnen sollen, dachte Aiko.

Sie versuchte zu lächeln. »Rumgetrieben klingt allerdings ein bisschen schlimmer, als es war.«

Vor ihr auf dem Tisch lagen ihre Hände, und eine Liebe zu diesen unschuldigen, langweiligen Händen mit den treuherzig kurz geschnittenen Nägeln stieg in ihr auf. Sie war wie sie, das würden auch ihre Freundinnen bestätigen. Gutmütig und etwas langweilig und viel zu sehr darauf bedacht, die Harmonie zu wahren, um sich rumzutreiben, und es war verwunderlich, dass jemand, der sie so gut kannte wie ihre Mutter, sie so falsch einschätzen konnte.

Das Café hatte sich inzwischen gefüllt. Ein paar Frauen und Männer, die wahrscheinlich in einer der zwei Bankfilialen arbeiteten. Kleinkinder, die von ihren Nannys in hohe Kinderstühle gehievt und mit Nudeln gefüttert wurden. Zwei junge Frauen mit großen Rucksäcken neben sich auf der Sitzbank, wie stumme, etwas klobige Begleiter. An einem der Fenstertische sah sie Alice Okafor, die Mutter von Kenjis bestem Freund Basil. Sie schaute hinaus, und Aiko folgte ihrem Blick zur Straße, wo eben im Schritttempo eine mit Blumen und weißen Schleifen geschmückte Limousine vorbeifuhr. Wenn Aiko als Kind gefragt worden war, ob sie je heiraten wollte, hatte sie immer geantwortet: Mit dreiunddreißig. Noch drei Jahre. Wahrscheinlich werde ich dann meinen Namen behalten wollen, dachte sie.

Aiko Block. Oder Aiko Goldman? Alexander Block? Goldman Block, vielleicht.

»Die haben ganz gut zu tun hier«, stellte ihre Mutter fest.

»So viele Restaurants gibt's in Hollyhock halt auch nicht«, sagte Aiko.

»Denkst du.« Ihre Mutter sah sich interessiert um. »Im letzten Jahr haben drei neue aufgemacht. Die Stadt boomt, weißt du.«

Die Kellnerin brachte das Essen. Riesige Omeletts, zwischen einem Berg Salat und einem Berg Pommes frites. Ihre Mutter schnitt das Omelett in säuberliche Stücke. Legte das Messer ab, wechselte die Gabel in die andere Hand, pickte ein Stück nach dem anderen auf, während sie die Beilagen ignorierte wie übertriebene Geschenke.

Zuhause hatte sie immer mit Stäbchen gegessen. Aiko hatte es geliebt, ihr dabei zuzusehen. Die Eleganz, mit der die dünnen Stäbe ins Essen fuhren, kleine Häufchen auf sich luden, Stücke zwischen sich festklemmten, mit zielgenauem Griff, wie der lange Schnabel eines Reihers. Sie hatte ihre Mutter damals für vieles bewundert, und sie hatte es ihr oft gesagt und sich an ihre Seite gedrängt. Du bist die Beste. Die Schönste. Du bist so lieb. Ihre Mutter hatte ihr den Rücken geklopft wie einem alten anhänglichen Hund und sie ein wenig von sich geschoben, und Aiko hatte den Druck verstärkt.

»Wie geht das Lernen voran?«

»Überhaupt nicht«, sagte Aiko. »Ich dachte, schlimmer als Jura könnte es nicht werden. Na ja, ich bin jetzt eben älter. Das Gehirn baut ab.«

Aber wahrscheinlich stimmte das gar nicht, und das Examen in Jura war ihr damals ebenso schlimm erschienen. Diese elende Verklärung der Vergangenheit! Bloß weil etwas vorbei war, wurde es gleich um einige Grad rosiger. Sie kannte das schon.

Demnächst würde sie noch finden, dass ihre Arbeit als Anwältin in der Pittsburgher Kanzlei von Meyers & Meyers eigentlich sehr gut gelaufen war. Stellte sich nur die Frage, warum sie dann nochmals ein Studium auf sich genommen hatte.

Zurückgekrebst zum Start, die Ablösung gescheitert. Aber damals musste es ja unbedingt etwas anderes sein.

»Wäre etwas früh.«

Die Stimme ihrer Mutter war beruhigend. So musste es sich anfühlen, ihre Patientin zu sein. Aiko hatte sich manchmal gewünscht, von ihr behandelt zu werden, aber als sie dann wirklich einmal eine Operation brauchte – ihre Mandeln mussten entfernt werden, als sie dreizehn war –, hatte ihre Mutter einen Kollegen darum gebeten. Aiko war tagelang verstimmt gewesen, doch dann hatte sie ihre Mutter zu dem Kollegen sagen hören, sie selbst könne ihr Kind nicht operieren, ihr würden schon beim Gedanken daran die Hände zittern. Immer wieder ließ Aiko damals diese Worte aufmarschieren, sich aneinanderreihen, vorbeiziehen wie eine Laufschrift. Es war, als wäre, warm und goldgelb, eine Flamme in ihrem Inneren entzündet worden.

Ihre Mutter redete jetzt, wie in letzter Zeit oft, von ihrem Alltag im Krankenhaus. Seit Aiko Medizin studierte, fühlte es sich manchmal so an, als nähme ihre Mutter sie plötzlich als sachkundige Zuhörerin wahr.

Sie bestellten Kaffee und ein Stück Kirschkuchen, zwei Gabeln dazu. Als der Kuchen kam, zerteilte ihre Mutter ihn in zwei Stücke und schob das größere Aiko zu.

»Du fragst dich sicher, warum ich dich hier treffen wollte«, sagte sie.

Zu ihrer Überraschung sah Aiko, dass ihre Mutter verlegen war. Eine leichte Röte überzog ihre Wangen, und für einen Moment wirkte sie wie das junge Mädchen, das sie von Fotos kannte.

»Es geht um deinen Vater.« Ihre Mutter winkte ab. »Keine Sorge. Er ist nicht krank, zumindest weiß ich von nichts.«

Sie klang gereizt, als wäre das Missverständnis zu erwarten gewesen und trotzdem ärgerlich.

»Weißt du eigentlich, dass dein Vater so gut wie kein Japanisch spricht?« Sie sah an ihrer Tochter vorbei, als spielten sich direkt hinter ihr interessante Dinge ab. »Ja, sicher, vor euch tut er ganz gern so, als könne er es, aber das Einzige, was er sagen kann, sind Sachen wie: Guten Tag, Auf Wiedersehen, Wie geht es hier zum Bahnhof.« Ihr Blick lag nun auf Aiko. »Wahrscheinlich hat er sich die paar Sätze aus dem Reiseführer rausgesucht und auswendig gelernt.«

»Aber er hat doch eine Zeit lang in Japan gelebt.«

»Umso schlimmer.« Ihre Mutter schwieg kurz. »Er hat damals fast nur Englisch gesprochen, und als er meine Eltern traf, habe ich gedolmetscht. Aber es ist nicht nur die Sprache. Ich glaube, er hat von dem ganzen Land nichts begriffen. Er ist da durchgelaufen wie durch ein Museum, hat alles bewundert und damit unecht gemacht, verstehst du, was ich meine? Er hat den Abstand nie aufgehoben, er ist dem Land nie nahgekommen. Er weiß eigentlich nichts darüber. Weil es ihn eben nie wirklich interessierte.«

Aiko stach ein weiteres Stück vom Kuchen ab und steckte es sich in den Mund, um nichts sagen zu müssen. Die Geschäftsleute hatten das Restaurant schon länger verlassen, jetzt schulterten die zwei Frauen ihre Rucksäcke. Sie ragten ein ganzes Stück über ihre Köpfe hinaus, am unteren Ende waren zusammengerollte Isomatten befestigt, Trinkflaschen steckten in den Seitentaschen. Aiko hätte alles dafür gegeben, mit ihnen tauschen zu können. Rausgehen, weiterziehen, die Nacht in einem Zelt schlafen, während der Wind an den Stoffwänden rüttelt. Einen einzigen Urlaub hatte sie so verbracht, mit Rachel war sie damals in die Adirondacks gefahren. Sie waren gewandert und hatten ihr Lager errichtet, wo immer es ihnen passend erschien. Abends krochen sie hintereinander ins Zelt, in dem es bald gemütlich warm wurde. Sie hatte den Eindruck gehabt, dass es Rachel war, von der die Wärme ausging, aber Rachel hatte sie korrigiert. Sie sei genauso warm. Sie wärmten sich gegenseitig, wie Pinguine.

»Ich weiß, du hältst deinen Vater für großartig.« Ihre Mutter betonte das letzte Wort. »Ich gebe sogar zu, dass mich das immer etwas geärgert hat. Ich hatte die Erziehung zu erledigen, und er konnte abends nach Hause kommen und sich feiern lassen.«

»Aber du hast doch auch gearbeitet.«

»Die ersten Jahre nicht, falls du dich erinnerst. Später schon, aber natürlich nie so viel wie dein Vater. Er hat seine Karriere gemacht, ich den Rest.« Ihre Mutter nahm einen Schluck Kaffee. »Wie ist das bei dir? Möchtest du mal Kinder haben? Heiraten? Karriere machen?«

Aiko hatte ihr Stück Kuchen aufgegessen, jetzt legte sie die Gabel neben den Teller und rückte sie sorgfältig gerade. Dann nahm sie sie noch mal zur Hand und wischte mit ihrem Daumen am Griff herum, bis er glänzte.

»Ja. Doch. Schon.«

»Also das ganze Paket. Das ist gut. Nur dann schau, dass du den richtigen Mann dafür erwischst. Bei dem sich die Vorstellung von Emanzipation nicht darin erschöpft, dass die Frauen jetzt einfach *alles* machen dürfen – und müssen. Gibt es im Moment jemanden?«

Aiko hatte schon überlegt, ob sie ihrer Mutter von Alex erzählen sollte, aber sie hatte es sich deutlich anders vorgestellt. Eine Atmosphäre der Vertraulichkeit, in der sie ihn beschreiben und auch die Schwierigkeiten benennen würde, in denen sie steckten – denn immerhin war Alex bis jetzt noch mit Simona zusammen, auch wenn sich das bald ändern würde –, aber als ihre Mutter sie jetzt im Verhörton befragte, schüttelte sie nur den Kopf.

»Na, dann wird das vielleicht auch nichts mehr.«

Die Stimme ihrer Mutter war sachlich, und Aiko kannte sie gut genug, um zu wissen, dass sie nicht grausam, sondern nur ehrlich sein wollte. Tatsächlich tat es ihr diesmal kaum weh. Das Wissen um Alex' Liebe war wie ein geheimer Trost, der sie über all das – das Beschwerliche, Anstrengende, die ganzen alltäglichen Widrigkeiten – hinwegtrug.

Natürlich hatte es etwas Abgeschmacktes an sich, mit dem Freund einer Freundin eine Affäre zu beginnen – das Seltsame war nur, dass es sich überhaupt nicht so anfühlte. Die ganze Sache hatte damit begonnen, dass sie Alex in der U-Bahn begegnet war. Sie hatte ihn zuvor einmal bei Simona gesehen, als sich die Lerngruppe bei ihr getroffen hatte. Er war im Hintergrund geblieben, hatte nur Getränke aus der Küche ins Wohnzimmer gebracht, und Aiko erinnerte sich, dass er eine Schale mit Trauben dazugestellt hatte. Im Nachhinein war es unglaublich, dass sein Anblick damals nichts bei ihr ausgelöst hatte, keine Zuneigung, nicht einmal Interesse, aber so war es gewesen.

Sie hatte nicht gewusst, dass er als Assistent im medizinischhistorischen Fachbereich arbeitete – er wollte kein praktizierender Arzt werden, sondern in der Forschung bleiben. Das erzählte er ihr in der U-Bahn, als sie sich neben ihn gesetzt und ihn nach seinem Weg gefragt hatte. Er war einige Jahre jünger als sie – weil Medizin ihr zweiter Studiengang war, war Aiko so was wie der Dinosaurier unter den Studenten –, doch es hatte sie nicht gestört. Alex überragte sie um zwei Köpfe und strahlte eine Zuversicht aus, die sie von ihrem Bruder kannte: wie er schien auch Alex in seinem Körper zuhause zu sein. Sie hatte das immer an Kenji bewundert.

Nachdem sie die U-Bahn verlassen hatten, gingen sie den Weg zur Uni gemeinsam. Das Institut für Geschichte der Medizin kam vor der medizinischen Fachbibliothek, in die Aiko gehen musste, aber Alex ging einfach mit ihr weiter. Sie hatte ihn erst auf seinen Fehler hinweisen wollen, doch dann schwieg sie.

In der Bibliothek half er ihr, die Bücher herauszusuchen. Als die Bibliothekarin an der Buchausgabe fragte, ob sie zusammengehörten, sagte er, ja, und Aiko, verwirrt und glücklich, hätte gern seine Hand genommen. Sie gingen danach in die Mensa, holten sich ein Mittagessen, von dem sie kaum aßen, denn es gab so viel zu besprechen. Es hatte sie überrascht, dieses Bedürfnis mit ihm zu reden, und ihm schien es genauso zu gehen. Als sie sich verabschiedeten, umarmte er sie. Und auf dem Nachhauseweg, alleine jetzt, erhielt sie die erste von vielen seiner Nachrichten.

Seitdem hatten sie sich dreimal getroffen. Er war abends zu ihr gekommen, und sie hatten keine Zeit mit Essen oder Trinken verschwendet, sondern geredet. Beide waren entschlossen, nichts miteinander zu beginnen, solange er mit Simona zusammen war, und außer einigen Küssen und einem hektischen Herumwälzen in voller Bekleidung war ihnen das auch gelungen. Nur beim letzten Mal hatte er sie gebeten, sich auszuziehen. Sie hatte es zögerlich getan, hatte sich ihm präsentiert, als zeige sie sich zum ersten Mal einem Mann, und als sie ihn anschaute – als sie sah, wie er sie ansah –, hatte sie ihm erlaubt, seinen Kopf für einen Moment zwischen ihren Beinen zu versenken. Es war jetzt entschieden, dass er Simona verlassen würde, und eigentlich, dachte Aiko, hatte das von Anfang an festgestanden.

Am Nebentisch hatten zwei Jugendliche die Jukebox bedient, *Stairway to Heaven*, offenbar war die Musikauswahl seit Jahren die gleiche geblieben. Aiko beugte sich vor, um einen Blick aus dem Fenster zu werfen. Das Sonnenlicht war milder geworden, die größte Hitze des Tages vorbei. Hollyhock erwachte aus der lähmenden Mittagsstunde wie ein schläfriger Löwe.

Ihre Mutter winkte der Kellnerin und starrte für einen Moment in die Leere neben Aikos Kopf.

»Weißt du, dein Vater hat mir nie absichtlich weh getan. Aber er hat es eben getan. Und irgendwas ging dabei kaputt.«

Sie sah auf einmal so erschöpft aus, dass es Aiko nicht gewundert hätte, wenn sie die Arme auf den Tisch gelegt und ihren Kopf darauf gebettet hätte, aber natürlich tat sie es nicht.

»Wir bringen alle unsere Geschichte mit. Wir sind alle geprägt durch unsere Kultur. Und ich habe schon seit Langem den Eindruck, dass ich mich selbst verloren habe, indem ich meine Kultur verloren habe.« Sie gab der Kellnerin ihre Kreditkarte und sah ihr hinterher, als sie zum Tresen ging.

»Ich hätte Japan nie verlassen sollen.« Ihre Stimme war jetzt bitter, und Aiko, die wusste, dass sich hinter der Härte ihrer Mutter Trauer verbarg, versuchte, nicht verletzt zu sein. Denn was sie ihr gerade gesagt hatte, war: Ich hätte dieses Leben nie führen, diese Familie nie gründen sollen.

»Was ich nicht verstehe«, begann sie, brach ab und setzte neu an. »Warum jetzt? Ich meine: warum nach all den Jahren?«

Ihre Mutter überlegte kurz. Als sie antwortete, klang ihre Stimme so, als taste sie sich selbst erst an ein Verständnis heran.

»Vielleicht weil die Zeit knapp wird?« Sie betrachtete ihre Tochter, dann wiegte sie ganz leicht den Kopf. »Vielleicht auch, weil meine Eltern alt sind und mich brauchen. Ich werde erstmal zurück nach Japan gehen. Und dann schaue ich, was ich mache. Es ist noch nichts entschieden.«

»Weiß Kenji davon?«

»Ach Kenji.« Ihre Mutter klang plötzlich zärtlich und verächtlich zugleich. »Hast du sein Buch gelesen?«

Aiko nickte. Im Frühjahr hatte ihr Bruder ein Buch veröffentlicht. Kurzgeschichten. Sie hatte das Buch gelesen und sich gewundert, dass in jeder Geschichte jemand starb, einmal auch eine Frau, die sie, wahrscheinlich zu Recht, für sich selbst hielt.

»Er ist ein Träumer.« Ihre Mutter sah sie müde an. »War er schon immer. Ein Träumer, für den sich die Welt um ihn selbst drehen muss. Lieb, clever, ein wenig gerissen. Er will nichts Böses – in diesem Punkt ist er wie sein Vater –, aber sein Ego ist größer als deins und meins. Da bleibt nicht viel Raum für uns.«

Die Kellnerin brachte die Kreditkarte und die Quittung zurück. Aikos Mutter unterschrieb und kramte eine Handvoll Dollarscheine aus ihrem Portemonnaie.

»Er ist natürlich sehr begabt, keine Frage. Aber ich weiß nicht, wie sehr ihn berührt, was um ihn herum passiert. Immerhin wird es ihn nicht weiter stören, wenn ich seinen Vater verlasse.«

Sie deutete ein Achselzucken an, und Aiko sah etwas in ihrem Gesicht, das sie stutzen ließ: eine Liebe zu Kenji, die keinen Grund brauchte. Wie sehr hatte sie sich als Kind diese Liebe gewünscht, und wahrscheinlich tat sie es immer noch. Stattdessen war sie eine Verbündete geworden. Kritisch beäugt, gnadenlos bewertet, aber als vertrauenswürdig befunden. Sie verstand es nicht, und es machte sie nicht glücklich, doch es war das, was zu haben war.

Sie konnte jetzt nicht nach Hause gehen und lernen, es war nicht einmal daran zu denken. Sie fuhr aus der Stadt, schlug den Weg zum Wald ein. Der Parkplatz war leer, bis auf einen Pontiac, dessen auffällige blaue Lackierung sie an das Auto erinnerte, das ihre Eltern früher besessen hatten. Die langen Fahrten am Wochenende, der Geruch nach gelben Äpfeln, die samtige Beschaffenheit der Veloursitze, das einschläfernde Schaukeln – ihr war jedes Mal schlecht geworden.

Sie parkte ihr Auto und ging auf den Pfad, der zum Fluss hinunterführte. An sommerlichen Wochenenden waren hier Scharen von Menschen unterwegs, wie zu einer Pilgerstätte trieb es sie zum Wasser, wo man baden oder angeln konnte. Jetzt war sie allein auf dem holprigen, von Wurzeln und Steinen durchsetzten Weg. Der Waldboden war grün von Moos, das gnädig jeden umgestürzten Baum überzog. Sie hörte das Zirpen eines Vogels, überraschend laut für ein solch kleines Tier. Er wiederholte seinen Ruf, lockend und triumphierend, aber es kam keine Antwort. Graue Eichhörnchen rannten kopfüber die Bäume herab, irgendwo erklang ein Pochen wie von einem Specht.

In den Wald zu gehen hatte sie immer beruhigt; es war, als könnte sie hier freier atmen und als ordneten sich ihre Gedanken von alleine. So war es auch jetzt. Wie ein Labsal umfing sie die schattige Kühle, und mit jedem Schritt wurde ihr Denken klarer.

Was heute geschehen war, bedeutete das Ende der Familie, wie sie sie bisher gekannt hatte, aber es bedeutete nicht das Ende ihrer Familie. Sie würde weiter bestehen, die Distanz würde zwar noch größer werden, als sie schon war, aber vielleicht, dachte Aiko, würde darin auch die Chance liegen, sich anders wieder zu begegnen. Nicht als Mutter und Tochter, zum Beispiel, sondern als zwei erwachsene Frauen, die vor der gleichen Herausforderung standen: die verschiedenen Ansprüche in sich zu vereinen. Es war verlockend, sich dieses neue Bündnis vor Augen zu führen. Als habe sie die Seiten gewechselt und so eine andere Sichtweise gewonnen. Natürlich liebte sie ihren Vater und Kenji auch weiterhin, aber das hinderte sie nicht, die beiden kritisch zu bewerten. Dass jemand nicht absichtlich egoistisch war, änderte nichts daran, dass er es war. Die Frage war nur: Warum hatte ihre Mutter es zugelassen? Und waren alle Männer so?

Wenn Aiko auf die Männer in ihrem Leben zurückblickte – es

waren nicht viele gewesen, drei, um genau zu sein –, musste sie zu dem Schluss kommen, dass sie es nicht wusste. In den ersten zwei Fällen war es nicht über eine Verliebtheit hinausgegangen, die nach wenigen Wochen versickert war, ohne dass etwas Neues hinzukam. Bei ihrem letzten Freund war es anders gewesen. Sie waren vier Jahre zusammengeblieben. Er war der erste Mann, für den Aiko sich auch dann noch interessierte, als die anfängliche Begeisterung abgeflaut war. Sie hatten nie zusammengewohnt, aber wenn sie jemand gefragt hätte, ob sie einmal heiraten würden, hätten sie wohl beide Ja gesagt. Sie hatten sich im Jurastudium kennengelernt, hatten im Abstand von einem Jahr ihr Studium abgeschlossen, waren jeder einer Anwaltskanzlei beigetreten, über deren Geschäfte sie nicht miteinander sprachen. Sie hatte nie das Gefühl gehabt, dass er ihre Arbeit weniger wichtig nahm als seine – allerdings hatte es in dieser Hinsicht auch nie eine Konkurrenz gegeben. Es gab keinen gemeinsamen Haushalt, geschweige denn gemeinsame Kinder, und so wusste Aiko nicht, wie anfällig sie für übernommene Rollenbilder gewesen wären. Als sie erkannte, dass sie ihn nicht mehr liebte, brachte das ihre Partnerschaft in ein Ungleichgewicht, und sie erinnerte sich daran, wie sehr sie seine plötzliche Schwäche geärgert hatte. Sie hasste es, ihm wehzutun, aber gleichzeitig konnte sie nicht glauben, dass diese schal gewordene Beziehung wirklich das war, was er für den Rest seines Lebens haben wollte.

Mit Alex war alles anders. Sie hatte das Gefühl, dass sie beide die Phase übersprungen hatten, in der es vor allem um das Körperliche ging. Natürlich sehnte sie sich danach, mit ihm zu schlafen, aber was sie von Anfang an gespürt hatte, war etwas Anderes, Größeres. Es war zweifellos überstürzt, von Liebe zu sprechen, aber genau so fühlte es sich an.

Die Sonnenstrahlen stürzten wie Lichtpfeile auf den Fluss, und Aiko musste eine Hand über die Augen legen, um nicht geblendet zu werden. Sie setzte sich auf einen Felsen am Ufer und beobachtete eine Wolke von Kriebelmücken über dem Wasser, das so träge floss, dass man es fast nicht bemerkte. Jeden Sommer hatte sie hier mit Kenji gespielt. Er hatte erst spät schwimmen gelernt – mit sieben oder acht –, und darum sah sie ihn immer in seiner bunten Schwimmweste vor sich. Sie hatte sich Spiele ausgedacht, er hatte bereitwillig mitgemacht. Sie waren Helden gewesen und Astronauten und Ritter und Mutter und Sohn. Bis er in die Schule kam, hatte er jedem ungefragt verkündet, dass er Aiko liebte. In der Pubertät unternahmen sie weniger miteinander, aber sie standen sich immer noch nah, vertrauten sich Geheimnisse an, die sie vor ihren Eltern verbargen, verbrachten manchmal sogar die Schulpausen miteinander. Erst als Kenji mit Lucy zusammenkam, war ihre Beziehung schwieriger geworden. Aiko wusste bis heute nicht, ob das an ihr oder an Lucy gelegen hatte – sie hatte bis dahin nicht mal geahnt, dass sie sie nicht mochte. Vielleicht war es Lucys Ausstrahlung gewesen, die sie verunsicherte. Die Selbstsicherheit, die darin lag, in schlampiger Kleidung und offensichtlich ungekämmt in der Schule aufzukreuzen und trotzdem die Hübscheste von allen zu sein. Die Gleichgültigkeit, die sie allem entgegenbrachte, und die man leicht als Freundlichkeit missverstehen konnte. Ihre Eltern waren Psychologen und betrieben eine gemeinsame Praxis, und Aiko kam es damals so vor, als wäre hier das gesamte Wissen über die Bewohner Hollyhocks gespeichert. Wahrscheinlich aber, dachte Aiko heute, war sie einfach eifersüchtig auf Lucy gewesen, weil Kenji sie liebte. Es war das einzige Mal in ihrem Leben, dass sie Eifersucht gespürt hatte, und sie fand es ein scheußliches Gefühl, das nichts als Unheil anrichtete. Daran hatte sie sich erinnert, als sie das Buch von Kenji gelesen hatte. Er hatte es Lucy gewidmet, obwohl sie ihn schon vor mehr als drei Jahren verlassen hatte.

Der Parkplatz war inzwischen leer bis auf ihr eigenes Auto. Unter dem Scheibenwischer steckte ein Zettel. Das hingekritzelte Bild einer Frau mit katzenartigen Augen – sollte das sie sein? –, dazu ein Satz: *Little Chinagirl, ich sah dich mit deinem langen schwarzen Haar.* Eine Telefonnummer. Sie zerknüllte den Zettel. Die Vorstellung, dass sie jemand beobachtet hatte, wie sie allein durch den Wald ging, allein am Ufer saß, löste Angst in ihr aus. Sie setzte sich ins Auto, verriegelte die Türen und startete den Motor.

»Bestimmt kein Vergewaltiger«, sagte Rachel am Telefon und schnaubte spöttisch. »Die schreiben vorher keine Nachrichten.«

»Trotzdem unheimlich«, sagte Aiko und betrachtete den Eingang des *Walmart*, vor dem sie geparkt hatte. Zwei alte Frauen gingen gerade, aufeinander gestützt, durch die Schiebetür, Trippelschritt für Trippelschritt, und Aiko fragte sich, ob sie einander eher halfen oder behinderten. Wahrscheinlich beides.

»Total«, stimmte Rachel zu. Aiko konnte hören, wie sie die Luft ausstieß. Offensichtlich hatte Rachel wieder zu rauchen angefangen, nachdem sie im letzten Jahr damit aufgehört und viel Aufhebens davon gemacht hatte. Aus der Schiebetür kam jetzt ein Mädchen mit glitzernden Mäuseohren auf dem Kopf, zwei Schritte hinter ihr ein Mann, vielleicht ihr Vater, der einen kleinen Jungen auf dem Arm trug.

»Wie geht es deiner Mutter?«, fragte Aiko.

»So lala. Sie genießt die Fürsorge ihrer Tochter.«

»Glaubst du, dass sie wieder gesund wird? Was sagen die Ärzte?«

»Ach die.« Aiko konnte geradezu sehen, wie ihre Freundin mit den Augen rollte. »Die können auch nur Prognosen abgeben. Wahrscheinlich wird sie erst mal wieder gesund, aber du weißt ja, wie das ist: meistens kommt der Krebs zurück.« Sie senkte ihre Stimme. »Das finde ich das Grausame, weißt du?

Dass gerade dann, wenn du meinst, du hast es geschafft, so ein Rückschlag kommen kann. Und mich nervt auch, dass alle immer so rumloben, von wegen gegen den Krebs gekämpft und so. Als wären die, die dann dran sterben, einfach nur zu schwach gewesen.«

»Stimmt.«

Ein Mann in einem grauen Anzug ging jetzt in das Geschäft. Die Jacke war so groß, dass er förmlich darin zu schwimmen schien, und die Hose schlappte über seine Schuhe. Die aschblonden Haare des Mannes waren struppig, er sah klein und verlottert aus, und als er sich kurz umdrehte, erkannte Aiko Fred wieder, den alle nur *Fred the Fool* nannten, der offizielle Dorfdepp, wenn man so wollte, der nur den kleinsten Kindern Angst einjagte.

»Ich sehe gerade *Fred the Fool* in den Laden gehen«, sagte sie, und Rachel lachte kurz auf.

»Dass es den noch gibt! Eine der Sehenswürdigkeiten Hollyhocks.«

»Wie lang hast du dir eigentlich frei genommen?«

»Für immer«, sagte Rachel leichthin. »Na, du weißt schon. Arbeitsverhältnis beendet in gegenseitigem Einverständnis, blablabla.«

»Für immer? Weshalb denn das?«

Aiko kniff die Augen zusammen, um einen Jugendlichen besser sehen zu können, der den Bürgersteig entlangschlenderte. Er hatte Kopfhörer auf den silbrig blonden Haaren und ein Skateboard unter dem Arm. Mit dem anderen Arm stieß er rhythmisch in die Luft, während er von Zeit zu Zeit kleine, irritierende Tanzschritte in sein Schlendern einbaute.

»Oh Mann.« Rachel atmete tief ein und mit einem ungeduldigen Seufzen aus. »Okay. Also, erinnerst du dich an den dicken Bäcker, wie hieß der noch? Der mit dem dicken Sohn und der dicken Frau?«

»Knakal«, sagte Aiko. »Und der Junge, glaube ich, Bill. Oder Bob.«

»Gut. Weißt du noch, was meine Mutter über die gesagt hat? Von wegen, dass die selbst ihre besten Kunden sind?«

»Ja, kann sein.«

Aiko erinnerte sich genau. Es war eine der kleinen Gemeinheiten gewesen, mit denen Rachels Mutter immer um sich geworfen und gegen die sie nie etwas zu sagen gewagt hatte.

»Tja, so ungefähr war's bei mir auch.«

»Was war *wie* bei dir?«

Der Junge war aus ihrem Blickfeld verschwunden, und Aiko wischte mit einem Finger den Staub vom Armaturenbrett. Da ihr Auto so alt war, gab es nur eine Handvoll Knöpfe: Warnblinker, Air Condition, Radio, Innenlicht, Heizung.

»Oh Gott, Aiko. Manchmal stehst du echt auf dem Schlauch.« Rachel seufzte noch einmal, dann leierte sie mit tonloser Stimme: »Ich heiße Rachel und ich bin tablettenabhängig. Ich habe jahrelang meinen Arbeitgeber beklaut und sollte mir definitiv einen Job suchen, in dem Medikamente keine Rolle spielen.«

»Ach, du Scheiße.«

»Ja, da hast du wohl recht.« Rachel lachte kurz und trocken. »Aber ich bin immerhin auf dem Weg der Besserung. Wusstest du, dass es in der Rehaklinik hier eine ganze Abteilung für Drogis gibt? Ich dachte immer, dass da nur die mit Beinbrüchen und Schlaganfällen hingehen.«

»Warum hast du denn nie etwas gesagt?« Aiko merkte selbst, dass sie vorwurfsvoll klang, und setzte hinzu: »Ich hätte dir doch vielleicht helfen können.«

»Ach, Quatsch«, sagte Rachel vergnügt. »Da kann einem niemand helfen. Und ich hab's nicht nur dir verschwiegen, sondern mir auch.«

»Es tut mir so leid«, sagte Aiko.

»Vergiss es. Oh hoppla – meine Mutter ruft nach mir. Ich muss dann mal auflegen. Ich komm ja schon!«, schrie sie, und Aiko nahm kurz den Hörer vom Ohr. »Ich ruf dich wieder an, ja?«, sagte Rachel, und bevor Aiko etwas erwidern konnte, hatte sie aufgelegt.

Erst als sie zu Hause angekommen war und sich wieder an ihre Unterlagen gesetzt hatte, begriff Aiko, woher ihr Gefühl kam, belogen worden zu sein. Nicht in der Vergangenheit, sondern jetzt, gerade eben.

Sie wählte die Nummer von Alex, und er nahm nach dem dritten Klingeln ab.

»Meine Mutter verlässt meinen Vater«, erzählte sie ihm. »Meine beste Freundin ist tablettenabhängig und bedient sich wahrscheinlich in diesem Moment an den Schmerztabletten ihrer Mutter. Es ist, als ob alles in sich zusammenbricht – dieses Haus übrigens auch –, und ich sitze hier und versuche mir einzuprägen, wie die Knochen der Hand heißen und funktionieren.«

»Tja«, sagte Alex. »Hört sich schlecht an.«

Er klang niedergeschlagen.

»Oh je.« Sie stöhnte laut auf. »Du bist nicht allein.«

»Doch. Ich bin allein, Aiko.«

»Ah. Okay.«

Das Schweigen, das aus dem Hörer kam, schien sich auszubreiten wie Rauchschwaden. Als habe jemand eine Nebelkerze gezündet und schwenke sie nun.

»Ich vermisse dich so sehr.« Sie lauschte, und als keine Antwort kam, holte sie tief Luft und sagte: »Ich liebe dich.«

»Ja.« Seine Stimme war jetzt geduldig und unendlich weit weg. »Ist gut, Aiko.«

Kahnbein, Mondbein, Dreiecksbein, Erbsenbein, Großes Vieleckbein, Kleines Vieleckbein, Kopfbein, Hakenbein.

Ein Kahn, der fährt im Mondenschein, im Dreieck um das Erbsenbein. Vieleck groß, Vieleck klein, der Kopf, der muss beim Haken sein.

Die Fingerknochen. Die Mittelhandknochen, lateinisch abgezählt, daumenseitig begonnen. Stoff des ersten Semesters, aber gerade den konnte man leicht vergessen. Aiko zeichnete eine Hand auf, trug wie bei einer Landkarte die Namen ein.

Ist gut, Aiko, hatte Alex gesagt.

Mehr hatte es nicht gebraucht, damit sie verstand. Wahrscheinlich war er erleichtert gewesen, als sie aufgelegt hatte.

Ist gut.

Selbst schuld.

Wie hatte sie nur so naiv sein können?

Es klopfte an die Zimmertür, und ihr Vater steckte den Kopf herein.

»Hast du Zeit, mit mir zu essen?«

Er blinzelte ein paar Mal, und sie wusste, dass er sich sofort zurückziehen und die Tür leise hinter sich schließen würde, wenn sie stattdessen weiterlernen wollte. Er würde sie vielleicht sogar dafür loben, nur damit sie kein schlechtes Gewissen hätte.

»Wo ist Mama?«, fragte sie.

»Sie war müde.« Ihr Vater hatte die Tür ein bisschen weiter geöffnet. »Große Operation heute, glaube ich. Sie ist ganz erledigt.«

Sie sah ihren Vater an, wie er da stand. Fürsorglich, verletzlich, nichts ahnend. Wie ich selbst, dachte sie, wie wir alle. Ahnungslos und zerstörerisch, unschuldig und schuldig. Sie wusste, dass er eine Frist hatte bis zu ihrer Abreise. Ihre Mutter würde nicht vorher mit ihm sprechen, und sie würde ihn nicht warnen.

Nichts blieb, wie es war. Aber wie war es überhaupt gewesen?

Da saß sie, die freundliche Monarchin, hoch zu Ross und ganz verblüfft über den Aufstand ihres Volks.

»Ich komme gleich«, sagte sie.

4

TRICERATOPS

Folgendes war passiert: Er hatte sein erstes Buch veröffentlicht, und der Gedanke, den er zuvor gehabt hatte – dass er nämlich, wenn es erst einmal dieses Buch vom ihm geben würde, ein anderer sein müsse –, hatte sich nicht bewahrheitet.

Natürlich war es ein aufregendes Gefühl gewesen, die Kiste mit den Freiexemplaren auszupacken, zum ersten Mal das Buch, *sein* Buch, in den Händen zu halten. Das dunkle Cover, darauf in gelber Schrift sein Name, über zwei Zeilen gehend, je fünf Buchstaben pro Zeile: Kenji Block. Doch schon die dritte Seite brachte die Ernüchterung, ein Tippfehler, zwei L statt einem. Später dann ein fehlendes Leerzeichen. Auf der vorletzten Seite *elt* statt *Welt*. Er klappte das Buch zu und warf es ans Ende des Sofas, wo es den Rest des Tages liegen blieb.

Im Copyshop erkannte ihn keiner. Während er die Bachelor- und Masterarbeiten zwischen farbigen Einbänden abheftete, während er die Flugzettel, die Einladungen, die Arbeitsblätter und Rundbriefe kopierte, einmal Gedichte, manchmal Memoiren und Erzählungen, ruhte das Wissen um sein Buch (und darum, dass es besser war als *das* hier) in ihm und ließ ihn seine Kundschaft mit herablassender Freundlichkeit behandeln.

Nach zwölf Tagen die erste Rezension, in einer Zeitung, von der Kenji nie zuvor gehört hatte: dass es eine Talentprobe sei, nicht weniger, nicht mehr, mit zähem Anfang, doch einer Steigerung zum Ende hin. Da hatte er das Buch schon an Aiko geschickt, an seine Eltern und seine Großmutter, hatte vorne je eine Zeile reingeschrieben, kaum mehr als seinen Namen und den der Beschenkten, und sie hatten ihn angerufen, ihm gratuliert und versprochen, es bald zu lesen.

»Was mich gewundert hat«, hatte Aiko gesagt und sich unterbrochen: »Ach, ist ja auch egal.«

»Nein«, hakte Kenji nach, »was denn?«

Er konnte hören, wie seine Schwester tief einatmete und dann die Luft ausstieß, ein Geräusch, das er von früher kannte und das gewöhnlich einer Kapitulation vorausging.

»Die Widmung«, sagte sie. »Ich habe mich gewundert, dass du das Buch Lucy gewidmet hast.«

»Wem denn sonst?«

Aiko schwieg kurz, dann lachte sie trocken und sagte ebenso schlicht: »Ja, wem denn sonst.«

Als er am Wochenende in seiner Stammkneipe eine Frau traf, die er dort nie zuvor gesehen hatte, erzählte er, dass er Bücher schreibe. Er sagte nicht, dass er Schriftsteller sei, doch sie sagte es. Vielleicht war das der Grund, warum sie mit zu ihm kam.

Manchmal ging er zu einer Dichterlesung: Lorrie Moore, die über die wenigen Verkäufe ihres ersten Buches vor dreißig Jahren lachte, siebentausend oder acht, auch das Publikum lachte, nur Kenji nicht. David Mitchell, der ihn grüßte, als er den Raum – eine kleine, mit Regalen vollgestopfte Buchhandlung in Brooklyn – betrat, nicht weil er ihn kannte, sondern zufällig, aus Höflichkeit oder Unsicherheit. Trotzdem gab es ihm für den Rest des Abends ein Hochgefühl. Jonathan Franzen, hinter einem Stehpult, nur kurze Passagen lesend, ansonsten erzählend, auch die Zuschauer standen.

Eine zweite Rezension erschien, diesmal ein Lesetipp in der *Glamour*, auf Amazon schnellten die Verkäufe seines Buches für einen Tag nach oben. Der erste Verriss, zwei Wochen später, traf ihn unvorbereitet – ein Punch aus unerwarteter Ecke: In der *Hollyhock Gazette* schrieb eine ehemalige Mitschülerin über sein Buch. Er erinnerte sich nur vage an sie, ein hübsches, pummeliges Mädchen, das noch in der Highschool darauf geachtet hatte, dass ihre Haarreifen farblich zu den Pullovern passten.

»Google nicht so viel rum«, sagte sein Lektor, als Kenji ihm davon berichtete.

Seine Eltern, die die lokale Tageszeitung abonniert hatten, schwiegen taktvoll. Er schickte ihnen die zwei zuvor erschienenen Rezensionen, außerdem ein Foto, das er in einer Buchhandlung in Little Italy gemacht hatte, wo er seine erste und bisher einzige Lesung gehabt hatte: sein Buch, zu einem eindrucksvollen Stapel aufgetürmt, daneben ein Porträt von ihm, sein ernster Blick in die Kamera.

In der Buchhandlung war ein schmales Pult neben die Kasse gestellt worden. Er hatte ans Mikrofon geklopft und hallo gesagt, seine Stimme überlaut in dem kleinen Raum. Dann hatte er das Mikrofon zur Seite geschoben, die sechs nur spärlich besetzten Sitzreihen gemustert, hatte: »Geht, glaub ich, auch so«, gesagt und angefangen zu lesen. Drei Bücher musste er danach signieren.

»Nur meinen Namen?«, fragte er. »Oder was Persönliches?«

»Etwas für meine Tochter«, sagte eine Frau. Sie sei vor Kurzem verlassen worden. »Vielleicht etwas Tröstliches?«

Liebe Unbekannte, schrieb er, *es geht auch wieder bergauf.*

Ein Freund, den er aus dem Schreibkurs in seinem letzten Semester kannte, rief an. Er unterrichtete seit einiger Zeit in einem Literaturhaus in der Bronx, gab dort Kurse für Jugendliche, daneben schrieb er an seinem ersten Roman, für den er vor längerer Zeit schon einen hohen Vorschuss von einem renommierten Verlag erhalten hatte. Seitdem ging es stockend voran. Es gebe eine Anfrage, sagte der Freund, für einen anderen Kurs. Kreatives Schreiben für Behinderte, *geistig* Behinderte, konkretisierte er. Das Ganze sei gut bezahlt, alle zwei Wochen montagabends, die Vorbereitung minimal, die Nachbereitung auch. Die kurzen Texte müssten nur abgetippt und die gröbsten Rechtschreibfehler beseitigt werden, sodass sie auf die Website gestellt werden könnten. Außerdem habe er Hilfe vor Ort, Caroline, eine Fachkraft, spezialisiert auf geistige Behinderungen. Er wolle es sich anschauen, sagte Kenji. Danke, fügte er hinzu.

Der Kurs fand in Hoboken statt – was bedeutete, dass Kenji eineinhalb Stunden Fahrzeit rechnen musste, von seiner Wohnung in Queens mit der U-Bahn bis zur West 39th Street, von da aus mit der Fähre nach Hoboken. Die Schule lag in der Nähe des Fähranlegers, ein kastenförmiger Bau in trübseligem Grau, mit gelben, roten und violetten Farbstreifen, die offenbar aufmunternd wirken sollten. Der Geruch in den Gängen glich dem aller Schulen, nach Bleistiften, Kreide, Radiergummis, muffigen Kleidern, nach nassen Schuhen, darunter, ganz schwach, der Zitrusgeruch eines Reinigungsmittels.

Caroline war schon im Klassenzimmer. Sie war klein und zierlich, mit schulterlangen dunklen Locken, ein blaues Batiktuch um den Hals, Jeans, klobige Schuhe. Sie war ein paar Jahre älter als Kenji, drei oder vier, vielleicht erinnerte sie ihn deshalb an seine Schwester.

»Du musst Kenji sein«, stellte sie fest, als er den Kopf in den

Raum gestreckt und hallo gesagt hatte. Sie reichte ihm die Hand. »Setz dich doch, sie müssten gleich kommen.«

Sie selbst setzte sich auf eines der Pulte und lächelte ihm von da aus zu. »Ich habe dein Buch gelesen.«

Es klang wie ein Geständnis, doch bevor sie weitersprechen konnte, wurde die Tür aufgestoßen. Ein Mann stand im Rahmen und strahlte Caroline an. Er war kaum größer als sie und stämmig, die wenigen Haare zurückgekämmt, ein Gesicht wie das eines Kindes, braune runde Augen, eine knubbelige Nase. Er breitete die Arme aus und stieß dazu ein Geräusch aus, einen kehligen Laut, und Caroline umarmte ihn so fest, als müsste sie ihn trösten.

»Da ist ja unser Jack. Wie geht es dir?«

Jack machte wieder ein Geräusch und wedelte mit den Händen.

Kenji schaute betreten zu Boden, seine rot-weißen Turnschuhe kamen ihm auf einmal furchtbar auffällig vor.

»Komm.« Caroline legte einen Arm um Jacks Schulter. »Ich will dir Kenji vorstellen.«

Jack sah misstrauisch zu Kenji herüber und gleich wieder zu Caroline.

»Kenji«, wiederholte sie langsam. »Ich habe dir doch erzählt, dass er zu uns kommt? Weil Margret keine Zeit mehr hat? Erinnerst du dich?«

Jack nickte, sah jetzt wieder zu Kenji hin, lächelte unsicher.

»Hallo«, sagte Kenji, und Jack hielt ihm die Hand hin und ließ ein weiteres Stöhnen hören, oder vielleicht war es eher ein Knurren.

»Jack kann nicht sprechen«, erklärte Caroline. »Aber er erzählt uns auf seine Weise doch sehr spannende Geschichten.«

Wieder wedelte Jack mit den Händen, wieder die kehligen Laute, er lachte dabei und wand sich, als wäre es ihm unangenehm, im Mittelpunkt zu stehen. Gleichzeitig schien er es zu genießen.

»Und da kommt Karen«, sagte Caroline, noch bevor eine Frau mit Rollator den Raum betrat. »Ich höre es an ihrem Gang«, fügte sie leise hinzu.

Karen war etwa vierzig Jahre alt, hatte kurz geschnittene, dunkelblonde Locken und eine Hornbrille mit dicken Gläsern. Sie lachte viel und entblößte dabei große Zähne, die so gleichmäßig waren, dass sie ein Gebiss sein mussten.

»Oh«, rief Karen, »da ist er ja der neue Lehrer!«

Sie stockte zwischen den einzelnen Wörtern und schleuderte sie dann so wuchtig von sich wie Diskusscheiben. Dabei sah sie Kenji interessiert an. »Schön«, sagte sie, mit langgezogenem Ö und einem anzüglichen Grinsen. Sie setzte sich ans Ende des Tisches, den Rollator samt Jacke neben sich. Aus ihrer Tasche holte sie einen Laptop und einen leicht zerdrückten Baiserkuchen.

»Ich habe was Süßes mitgebracht«, sagte sie stockend, woraufhin Caroline »ach ja, das Essen!« rief und ihrerseits Tüten mit Gummibärchen, Salzgebäck und einige Äpfel aus einem Korb holte.

»Hilfst du mir rasch?«, fragte sie Kenji und ging bereits zu einem Schrank, aus dem sie einige Glasschalen nahm. »Kannst du die Naschsachen darauf verteilen?«

Bis Viertel nach sechs waren die Teilnehmer des Kurses vollzählig eingetroffen. Neben Jack und Karen waren das Jennifer, eine hübsche Braunhaarige von etwa dreißig Jahren, die mit staksenden Bewegungen an zwei Stöcken ging und die Wörter zu einer für Kenji kaum entwirrbaren Schleppe verwebte, Frank, der eine Barbiepuppe gegen sein Wasserglas lehnte, und Meghan, die sich in die erste Reihe setzte und das Gesicht so in die Hände stützte, dass sie niemanden anschauen musste. Außerdem war noch Marcus gekommen, ein asiatischer Mittdreißiger mit Downsyndrom, mit seinem Betreuer Steven, und Jona, der in einem vollautomatischen Rollstuhl und in Begleitung seiner Mitbewohnerin Olivia in den Kurs kam.

»Fehlt noch jemand?«, fragte Caroline in die Runde, und Karen rief: »Esther fehlt!«

»Ja«, stimmte Caroline zu, »richtig. Aber wir fangen trotzdem schon an.« Sie machte eine Handbewegung zu Kenji hin. »Ich habe euch ja von Kenji erzählt und dass er für Margret einspringt, sodass wir unseren Kurs fortsetzen können. Erinnert ihr euch?«

Die Kursteilnehmer nickten, manche murmelten beifällig.

»Kenji«, wandte sich Caroline jetzt an ihn, »magst du dich vielleicht selbst vorstellen?«

»Tja«, sagte er, »klar.« Er überlegte kurz aufzustehen, doch dann blieb er sitzen. »Also ich habe studiert, Literatur und Soziologie.« Er grinste. »Sehr aussichtsreiche Fächerkombination.« Er räusperte sich. »Und dann habe ich ein Buch geschrieben und arbeite seit ein paar Jahren in einem Copyshop.«

Großartig, dachte er, was für eine Bilanz: Studium, Copyshop, ein Buch, das keiner las, und jetzt noch eine Gruppe Behinderter, von denen er nicht mal wusste, wie viel sie von dem verstanden, was er ihnen erzählte. Gut möglich, dass das hier der vorläufige Tiefpunkt einer hoffnungslosen Abwärtsspirale war.

Die Kursteilnehmer hatten angefangen, die Süßigkeiten zu essen. Jack hatte eine Schüssel mit Gummibärchen zu sich herangezogen und steckte sich eins nach dem anderen in den Mund, ohne den Blick von Kenji zu lösen. Der Baiserkuchen stand vor Karen, die ihn mit einem Taschenmesser in krümelige Stücke geschnitten hatte. Nun klaubte sie sich eines der Stücke mit den Fingern vom Teller.

Olivia fragte: »Kommt denn Margret mal wieder zu Besuch?« Ihre Stimme war hoch und zittrig, sie klang, als wäre sie den Tränen nah, und sie vermied es sorgsam, Kenji anzuschauen. Mit einer Hand zog sie sich die langen krausen Haare so vors Gesicht, dass es fast dahinter verschwand.

»Nein.« Caroline schüttelte den Kopf. »Vorerst nicht. Irgendwann vielleicht.« Sie lächelte aufmunternd in die Runde. »Aber jetzt haben wir ja auch erst einmal Kenji hier.«

Kenji grinste unbehaglich. So musste es sich anfühlen, der Trostpreis bei einer Tombola zu sein: übrig geblieben und von keinem gewollt. Es war eine alte Vorstellung von ihm, eine, die ihn als Kind bewogen hatte, sich der Hässlichen anzunehmen: die hässlichsten Stofftiere, die hässlichsten Spielautos waren seine, dann, mit zwölf, als er endlich sein erstes Haustier haben durfte, das hässlichste Meerschweinchen, weiß und glatt wie eine Ratte und mit roten blinden Augen. Nur bei den Mädchen machte er eine Ausnahme. Nach zwei unattraktiven Freundinnen mit sechzehn, die ihn beide verlassen hatten, nahm er sich danach der attraktiven an, die ihn mochten, da er bewiesen hatte, dass er trotz seines guten Aussehens nicht oberflächlich war.

Etwas stieß gegen die Tür, dann wurde sie von außen geöffnet, und ein junger Mann mit gelber Regenjacke und zotteligem Bart schob einen elektrischen Rollstuhl in den Raum, darin eine Frau mit schwarzen kurzen Haaren. Ihr Kopf hing zur Seite.

»Esther!«, riefen Karen und Caroline gleichzeitig. »Da kommt sie ja!«

Esther lachte, als sie ihren Namen hörte.

Ihr Begleiter half ihr aus dem Mantel, der sie wie ein Umhang einhüllte. Kenji sah, dass Esthers Hand- und Fußgelenke am Rollstuhl angebunden waren. Wenn sie den Kopf heben wollte, musste der Betreuer ihr helfen: Mit einer Berührung, die Kenji unendlich sanft vorkam, hob er ihr Kinn an, sodass ihr Kopf an der Rückenlehne des Rollstuhls zum Liegen kam.

»Wie schön, dass du noch kommen konntest, Esther«, sagte Caroline und fügte hinzu: »Du natürlich auch, Michael, entschuldige!«

Michael lächelte, er schien nicht gekränkt über die Nichtbeachtung, vielmehr kam es Kenji so vor, als sei er stolz auf die Freude, die Esthers Ankunft auslöste.

Caroline zeigte auf Kenji. »Schau mal, Esther, das ist Kenji, der neue Lehrer.«

»Hallo«, sagte Kenji, »es freut mich, dich kennenzulernen.«

Esthers Lachen war ein Zischen, kehlig und gurgelnd, ihr Gesicht verzog sich, sie warf den Kopf ruckartig nach hinten, Spucke lief ihr aus dem offen stehenden Mund.

»Schön«, sagte Caroline und wandte sich wieder an Kenji. »Dann lass mal hören, was wir heute machen.«

Die Übung, die er sich ausgedacht hatte, war, das erkannte er jetzt, zu schwierig. Er hatte sie aus einem Schreibseminar an der Universität übernommen. Damals waren sie losgezogen, alleine oder in Zweiergruppen, auf der Suche nach einem *Gegenstand mit Geschichte*, wie ihr Lehrer es genannt hatte, oder wenigstens einem Gegenstand, aus dem man eine Geschichte machen konnte. Ein guter Schriftsteller könne das ohnehin aus allem, hatte er hinzugefügt und einen absolut hoffnungslosen Blick auf die Studenten geworfen, unter denen ihm, so viel war klar, kein einziger auch nur annähernd guter Schriftsteller zu sein schien. Er selbst hatte vor ungefähr hundert Jahren zwei Lyrikbände veröffentlicht, die großartige Kritiken und auch den einen oder anderen Preis erhalten hatten. Das alles war nachzulesen auf der Homepage des Lehrers, der danach nur noch eine Novelle geschrieben und ein Buch mit Kurzgeschichten herausgegeben hatte.

Kenji habe, hatte der Lehrer am Ende des Kurses zu ihm gesagt, zwei Eigenschaften, die ihn zum erfolgreichen Autor prädestinierten: er sei eitel und kriecherisch. Eine Einschätzung, die Kenji kurz erschreckte, bevor er sie zur Anekdote umrüstete. Er erinnerte sich, wie sorglos er damals gewesen war, wie anmaßend und begierig dazuzugehören. Wie er aufblickte zu seinen Idolen, bewundernd und insgeheim voller Mitleid, weil er wusste, dass ihre Zeit vorbei war.

»Da wir uns alle noch nicht gut kennen«, sagte Kenji, »schreiben wir heute etwas über uns.«

Er stand auf und ging zur Tafel. *Das bin ich*, schrieb er in Druckschrift an die Tafel mit dem winzigen Stück Kreide, das er gefunden hatte. Zweimal unterstrichen.

»Der heutige Titel. Ihr könnt euch natürlich etwas ausdenken, aber vielleicht schreibt ihr ja wirklich über euch, damit ich euch besser kennenlerne.«

Er lächelte in die Runde und setzte sich wieder. Die Schalen mit den Gummibärchen und Knabbersachen waren fast leer. Michael hielt Esther ein Glas Saft hin, aus dem sie mithilfe eines Strohhalms trank, dann wischte er ihr mit einer geblümten Mullwindel Mund und Hals ab.

»Was machen wir mit Jack?«, fragte Kenji flüsternd Caroline.

Sie zuckte mit den Schultern. »Gar nicht so schwer, komm mit.«

Sie führte Jack zu einem abseits stehenden Pult und setzte sich ihm dort gegenüber.

»Also Jack«, sagte sie, »womit fangen wir an? Mit deinem ganzen Namen, würde ich sagen, oder?«

Er nickte.

»Ich heiße«, sagte Caroline, während sie schrieb, »Jack Snyder.« Sie hielt inne. »Hast du noch einen Vornamen?«

Er nickte.

»Oh Gott.« Caroline lachte leise. »Wie kriegen wir den jetzt raus? Soll ich raten, ja, soll ich das?«

Er grinste und nickte.

»John«, sagte Caroline, »Thomas, Gordon, Felix, Marc?«

Er lachte tonlos und schüttelte immer wieder den Kopf.

»Du musst mir ein Zeichen geben, wenn ich den richtigen sage, okay?«

Karen rief: »Er heißt Moses!«

»Stimmt das, Jack?«, fragte Caroline. »*Moses*?«

Er nickte breit grinsend.

»Da wäre ich nie drauf gekommen«, murmelte Caroline. »Also: Ich heiße Jack Moses Snyder und bin zweiundvierzig Jahre alt. Stimmt das, Jack?«

Er schüttelte den Kopf und verzog das Gesicht vor Abscheu.

»Stimmt nicht«, stellte Caroline fest. »Dreiundvierzig? Oder erst einundvierzig? Ah, vierzig erst, okay. Entschuldige, entschuldige, du wirkst halt schon so reif.«

Michael und Esther hatten sich in eine andere Ecke des Klassenzimmers zurückgezogen. Michael hielt einen Block auf dem Schoß und lauschte auf das, was Esther erzählte. Kenji hörte ein langgezogenes Wimmern, in dem sich die Tonlage hob und senkte. Es war, als müsste sie jedes einzelne Wort aus einem Wust von Tönen herausklauben, es zu fassen bekommen wie einen Fisch in wirbelndem Wasser, und immer wenn ihr das gelungen war, wenn sie also ein Wort so ausgestoßen hatte, dass es – für Michael, nicht für Kenji – einigermaßen verständlich war, musste sie sich wieder an die Arbeit machen und das nächste Wort irgendwie zutage fördern.

Kenji ging herum und sah den Schülern über die Schulter. *Schön*, las er bei Jona, *war mein Leben eigentlich nur als Kind*. Olivia hatte *Das bin ich* von der Tafel abgeschrieben und wie dort zweimal unterstrichen. Ihre Hand mit dem Stift zitterte, sie schien zu überlegen.

»Fang doch mit der Eigenschaft an, die dich am besten charakterisiert«, sagte Kenji leise zu ihr.

»Okay«, sagte Olivia. Sie klang nicht überzeugt. Ihre Stimme war so zittrig wie ihre Hände.

Meghan hatte die Arme vor der Brust verschränkt, aber immerhin lagen jetzt ein Stift und ein Blatt Papier auf ihrem Tisch. Kenji betrachtete ihr mürrisches Gesicht unter den stoppeligen Haaren. Sie schien auf etwas zu warten und gleichzeitig schon jetzt böse über jede Störung zu sein. Als er sich zu ihr hinunterbeugte, sah sie ihn aus den Augenwinkeln an.

»Schon gut«, sagte sie barsch. »Ich fang gleich an.«

»Ich dräng dich nicht«, sagte er, »lass dir Zeit.«

Aber er blieb, wie er war: vorgebeugt, einen Ellbogen auf den Tisch gestützt.

Er wollte etwas Tröstliches sagen, doch ihm fiel nur ein Satz ein, den einmal, vor Jahren, ein Mann in Quebec zu ihm gesagt hatte. Beim Ausparken hatte er das Auto des Mannes gestreift, es war nichts zu sehen gewesen, trotzdem hatte er sich überschwänglich entschuldigt. Der Mann hatte mit den Schultern gezuckt und »il y'a des jours bordels« gesagt. Er und Lucy verbrachten damals ihren ersten gemeinsamen Urlaub, und wahrscheinlich hatten sie sich gerade mal wieder gestritten. In seiner Erinnerung machte er ihr ständig Komplimente, aber nie war es genug, nicht eine Stunde, einen Tag, schon gar nicht einen ganzen Urlaub lang. Erst als sie bereits etliche Jahre zusammen waren, schien sie zu glauben, dass er sie liebte, doch statt Gelassenheit machte sich fast sofort Langeweile zwischen ihnen breit. »Was erwartest du von jemandem, der nach *I Love Lucy* benannt wurde?«, sagte sie. Kurze Zeit darauf verließ sie ihn, um ihr Kunststudium in Stanford fortzusetzen. Kenjis besten Freund Basil nahm sie mit. Jetzt daran zu denken war wie eine verkrustete Wunde aufzukratzen: töricht, schmerzhaft und unwiderstehlich.

»Es gibt solche Scheißtage«, sagte er nach einer kleinen Weile, und Meghan entgegnete grimmig: »Es gibt kaum andere.«

Er richtete sich auf. »Dann schreib genau darüber.«

»Kannst du mir mal helfen?«, fragte Karen sehr laut, und Kenji sagte: »Schon unterwegs.«

»Noch zehn Minuten!«, rief er in die Runde. »Dann lesen wir vor.«

*

Das bin ich. Ich heiße Frank. Ich habe eine Freundin. Sie ist eine Barbiepuppe. Vorher war eine Stoffpuppe meine Freundin, aber ich glaube, das ist zu albern. Meine Freundin heißt Kathleen. Sie ist so hübsch. Ich mag sie. Ein Leben ohne sie wäre schrecklich. Kathleen ist meine Traumfrau. Sie tröstet mich und beschützt mich. Ich liebe Kathleen. Wenn mich jemand fragen würde, würde ich sagen, ich habe fünf Vorsätze in meinem Leben: alleine wohnen, mehr reisen, eine richtige Freundin finden, einen kleinen Hund haben (nicht nur den elektrischen), ins Schreibseminar kommen.«

Alle klatschten.

»Das war toll«, sagte Caroline, »wirklich wunderbar.«

»Hast du den elektrischen Hund noch?«, fragte Olivia.

Frank nickte. »Aber nicht dabei.«

Kenji sah von Frank zu der Puppe. Von Zeit zu Zeit hatte Frank sie in die Hand genommen und sehr sanft mit ihr gesprochen, einmal hatte er sie mit geschlossenen Augen geküsst. Jetzt lehnte sie wieder am Wasserglas. Kenji sah Frank an: sein liebes, offenes, einfältiges Gesicht unter den braunen Locken.

»Kathleen ist wirklich sehr hübsch«, sagte er, und Frank lächelte stolz und zog ganz leicht die Brauen hoch.

»Ich bin ein Mann«, las Karen stockend vor. »Ich bin splitterfasernackt und extrem cool. So gehe ich auch in den Supermarkt. Ich stoße eine Gurke der Verkäuferin in den Rücken und schreie: Das ist ein Überfall! Als sie umkippt, lache ich wie so 'ne Kichererbse. Dann kommen die vom Irrenhaus und stecken mich in die Hab-dich-lieb-Jacke. Da lache ich immer noch, weil jetzt ist es ja eh scheißegal.«

»Hab-dich-lieb-Jacke?«

»Zwangsjacke, Mensch Kenji, du weißt aber auch gar nix!«

»Das bist aber nicht du«, stellte er fest.

»Das will ich aber sein«, sagte sie.

»Meine Arbeit nervt. Weil ich eigentlich mehr machen könnte, wenn die mich lassen würden. Nicht nur blöde Teile in blöde Teile stecken. Ich glaube, ich bin in meinem Kopf so gut wie du. Aber die anderen glauben, ich weiß nicht, wie das alles geht. Du weißt, was ich meine, bei der Arbeit werde ich nicht gefördert. Und ich möchte alleine wohnen, nicht immer in einer WG. Und meine Schwester öfter sehen.«

Michael hatte vorgelesen, was Esther ihm diktiert hatte. Als sie klatschten, warf Esther vor Freude den Kopf nach hinten, und Michael legte ihr eine Hand auf den Arm. Um ihr zu gratulieren oder sie zu beruhigen, Kenji wusste es nicht.

Marcus hatte ein Gedicht geschrieben, das Steven vorlas. Es hieß *Stevie*, und Steven entschuldigte sich achselzuckend für den Inhalt, bevor er zu lesen begann.

»*Stevie*«, las er. »Stevie raucht. Stevie hat eine Wampe. Er furzt. Er kann mir vor die Füße kotzen. Er kann vom Dreier springen. Er kann vom Einer springen. Arschbombe. Er kann Eis lecken. Stevie macht mich fertig. Hat er Busen? Stevie hat ein paar Windeln an! Er trägt Hosen. Stevie hat ein Taxi gerufen. Plumpsklo. Da geht Stevie hin. Stevie hat einen BH. Ist er schwanger? Stevie schmust an Richard. Er küsst ihn. Stevie küsst den Hund. Der Hund leckt Stevie. Geil.«

»Okay«, sagte Kenji, als das Lachen verklungen war. Am lautesten hatte Marcus gelacht, er hatte sich in seinem Stuhl zurückgelehnt und vor Freude geschnaubt. Die anderen hatten verhaltener mitgemacht und Steven unsichere Blicke zugeworfen, aber der schien kein Problem mit dem Gedicht zu haben.

»So macht Marcus das immer«, flüsterte Caroline Kenji zu. »Der Betreuer, der mit ihm herkommt, wird lyrisch verewigt. Für die Website nehmen wir dann einfach einen neutralen Namen.«

Jennifer hatte über ihr Leben geschrieben, wie es vor dem Unfall war und wie danach. Der Unfall selbst, schrieb sie, sei eine schwarze Schlucht, die die beiden Leben voneinander trenne und selbst dunkel bleibe. Null Erinnerung daran. Ein Motorradunfall, ihr damaliger Freund sei gefahren, er selbst blieb unverletzt. »Er kam kein einziges Mal ins Krankenhaus«, las sie. »Zeit genug wäre gewesen, ich lag dort ein ganzes Jahr.« Ihre Aussprache war schleppend, Kenji musste genau hinhören, um sie zu verstehen. Aber was sie geschrieben hatte, war klar und präzise. »Heute«, las sie, »ist mein Leben wieder schön. Im Atelier habe ich einen Beruf, den ich mag. Und inzwischen habe ich auch die Liebe gefunden.«

»Na toll«, sagte Meghan, bevor sie vorlas. »Ich erzähl euch was von M.«

»M. ist eine etwas korpulente Frau. Sie pöbelt manchmal rum. Aber sie hat auch eine nette Seite. Wenn man zum Beispiel bei irgendeiner Sache nicht weiterweiß, hilft sie einem. Sie hat zwei Geschwister, sie sind Drillinge, darum auch der Scheiß bei der Geburt. Die Schwester von ihr ist nett, der Bruder nicht. Mit der Laune ist das so eine Sache bei M.: Oft steht sie am Morgen schon mit der total miesen Laune auf, und so geht es dann den ganzen Tag weiter. Sie geht in einen Supermarkt, Tüten packen, Wagen einsammeln, ganz große Sache, kotz. Am Abend raucht sie manchmal Shisha und freut sich aufs Fernsehgucken, am liebsten Serien mit Geheimagenten. Den einen davon, Piers, würde sie schon mal nehmen, aber eigentlich steht sie mehr auf Frauen. Mehr gibt's über M. nicht zu erzählen.«

Als die anderen klatschten, verneigte sie sich übertrieben, und Kenji sah sie zum ersten Mal lächeln.

Jona las: »Schön war mein Leben eigentlich nur als Kind. Obwohl: auch nicht immer. Als meine Mutter mal was vorhatte, bin ich für zwei Wochen in ein Ferienlager gefahren. Ich war neun oder zehn Jahre alt. Allein die ersten Tage waren schon beschissen. Da habe ich nur geheult. Aber später wurde es besser, die haben mich dort abgelenkt. Wir sind zu einem Flughafen gefahren, ins Restaurant, ich durfte mir einen Apfelsaft bestellen. Es war sehr schön da. Saft trinken und die Flugzeuge beim Landen und Starten beobachten. Am letzten Tag machten wir einen Zuckertütenbaum, und ich durfte mir eine Zuckertüte mitnehmen. Ich habe mich wahnsinnig gefreut, als es wieder nach Hause ging. Mein Vater war überraschend von See heimgekommen, und beide haben mich abgeholt.«

»Und jetzt?«, fragte Kenji. »Wie ist dein Leben jetzt?«

»Oh Mann.« Jona zog verächtlich einen Mundwinkel hoch und hob seine verkrampfte Hand, um sich die Haare aus der Stirn zu streichen. »Du stellst vielleicht Fragen.«

Für Jack las Caroline vor. Wie er heiße, was er liebe. Cherry Cola und Radio Louisville. Und seinen Bruder, der drei Jahre älter sei und Ingenieur. Sonntags lange ausschlafen. Schokolade und Gummibärchen. Während sie vorlas, bewegte Jack sich auf seinem Stuhl vor und zurück, er lachte lautlos und nahm strahlend den Applaus entgegen.

Als Letzte las Olivia vor, was sie geschrieben hatte. Sie atmete so heftig, dass Kenji Angst um sie bekam. Ihre Hände zitterten, sie musste das Blatt ablegen und sich über den Tisch beugen.

»Das bin ich«, las sie sehr leise, und Kenji sagte: »Bitte etwas lauter, Olivia.«

»Das bin ich«, wiederholte sie kaum lauter als vorher, »oder vielmehr: Das wäre ich gern. Die Frau, in die sich einfach jeder Mann verlieben muss. Und niemand ist eifersüchtig, weil das eben nur normal so ist. Ich sehe aus wie eine Fee – hell und schmal und so, als ob ich schwebe. Natürlich tanze ich, Ballett oder etwas Ähnliches. Am Abend, wenn ich müde bin von all dem Tanzen, der Liebe und der Bewunderung, falte ich mich zusammen wie eine Blüte und bin schon eingeschlafen. Keine Schlafmittel nötig, keine Beruhigungstropfen. Keine fusseligen Haare auf dem Kopf und überall, keine müden Beine, keine Hornhaut an den Füßen. Keine epileptischen Anfälle. Keine Lernbehinderung. Keine blöden Mitbewohner, die sofort rumschreien, wenn man das warme Wasser aufbraucht. Kein Betreuer, der sonntags bei seiner Familie bleiben muss: bei Frau und Kind und Katze, so klein und weiß und flauschig wie eine Feder, aber kratzbürstig wie ich.«

*

Ein leichter Nieselregen hatte eingesetzt, die Plätze unter Deck waren begehrt, der Blick auf die Skyline ebenso unwichtig wie der Mond, so rund wie von einem Kind gemalt. Kenji stellte sich an die Reling, betrachtete diesen Mond, diese Lichter auf dem schwarzen Wasser.

Kurz vor acht, noch bevor er sich eine Verabschiedung überlegt hatte, waren seine Schüler wie auf ein geheimes Kommando hin unruhig geworden. Sie hatten begonnen, ihre Sachen zusammenzupacken, und Michael hatte Esther den unförmigen Regenmantel übergestülpt, sodass sie für einige Sekunden ganz darunter verschwand. Kenji hatte sich beeilt, den Kurs zu beenden, und Caroline war zu jedem Einzelnen hingegangen, um sich mit einer Umarmung zu verabschieden.

»Ihre Behindertentaxis sind immer sehr pünktlich«, erklärte sie ihm, als sie gemeinsam die Gläser und Tassen am kleinen Waschbecken in der Ecke des Klassenzimmers abwuschen. »Die kosten ein Wahnsinnsgeld, aber ohne die können sie nicht herkommen.«

Sie hielt Kenji ein Glas hin, und er nahm es und wischte mit dem klammen Geschirrtuch so lange daran herum, dass es als trocken durchgehen konnte.

»Nur Jennifer wird von ihren Eltern gebracht und geholt. Sie haben eine gute Stunde Fahrweg und vertreiben sich immer die Zeit in einem Café in der Nähe.« Sie wischte sich die Hände an ihrer Jeans ab. »Du wirst sie noch kennenlernen. Reizende ältere Leute, klug, gebildet. Immer noch fassungslos.« Sie zuckte mit den Schultern. »Na ja, wer will es ihnen verdenken. Hat es dir denn gefallen?«

»Ja«, sagte er, während er die Gläser ineinanderstapelte und zurück in den Schrank räumte. Als er aufschaute, sah er, dass sie ihn abwartend anblickte. »Es ist anders als alles, was ich bisher gemacht habe«, erklärte er. »Aber es gibt auch etwas Vertrautes daran. Vielleicht, dass sie sich so reinhängen. Weiß auch nicht.«

»Schreiben als Rettung, he?« Carolines Gesichtsausdruck verriet nicht, ob sie ihre Worte ironisch meinte, und Kenji grinste vage und sagte: »So was in der Art.«

Er war Schriftsteller, er hätte es klarer benennen können, und hier auf der Fähre, ohne Scheu vor dem Pathos, tat er es auch. Es war die Demut, die sie gegenüber dem Schreiben hatten. Die Dankbarkeit für die Möglichkeit, sich auszudrücken. Die Ehrlichkeit. Dass sie mit ihrem Schreiben nichts anderes verfolgten als eben das: sich auszudrücken. Sie hatten keine Vorbilder, sie wurden nicht manipuliert und wollten nicht manipulieren.

Er erinnerte sich an sein erstes Schuljahr. Wie das Lesen und Schreiben über ihn gekommen waren, wie sich erst Buchstaben zu Wörtern, dann Wörter zu Sätzen geformt hatten. Wie er keine Straße mehr entlanggehen konnte, ohne überall auf Botschaften zu stoßen, die Plakate, die Ladenschilder, die Aufschriften der Lastwagen, wie er mitten auf der Kreuzung stehen blieb, um sie zu entziffern. Über mehrere Nachmittage hinweg hatte er an einem Text geschrieben, er wusste nicht mehr, um was es gegangen war, aber der Text war länger und länger geworden, eine Kette von Buchstaben, oftmals ohne Abstand zwischen den einzelnen Wörtern, sechzehn, siebzehn Seiten, die er schließlich im Flur aneinanderreihte, überwältigt von seiner Schöpfung, voll Liebe zu seinem Werk: so musste es Gott gegangen sein am siebten Tag. Seitdem hatte er immer geschrieben. Aber wann, fragte er sich, hatte das aufgehört? Ab wann war es nicht mehr um ihn gegangen?

Carolines Formulierung ging ihm nicht aus dem Kopf. *Schreiben als Rettung*. Damals, nach Lucys und Basils Weggang, hatte er zwei Tage nahezu regungslos verharrt. Dann hatte er angefangen zu schreiben. Hatte drei Wochen lang seine und Lucys – mehr noch: seine und Basils Geschichte – aufgeschrieben. Es war ihm danach nicht viel besser gegangen, doch immerhin war es ihm möglich gewesen, sein Leben fortzusetzen. Seine Kurse zu besuchen, an seinen Erzählungen zu arbeiten, in den Copyshop zu gehen, am Abend in die Kneipe und irgendwann einzuschlafen.

Hoboken lag weit hinter ihnen, die Schule, der Kai, die neuen, direkt am Ufer gebauten Häuser. Auf Stelzen ragten sie ein ganzes Stück in das Wasser hinein, als wären sie mit langen dünnen Beinen geradewegs auf dem Weg nach Manhattan. Von der Terrasse könnte man direkt in den Fluss springen. Nicht, dass Kenji das je tun würde. Lucy war diejenige, die einmal den Hudson durchschwommen hatte: vom Riverside Parc nach New Jersey und zurück. Er hatte im Park auf sie gewartet, den Rucksack mit einem Handtuch und ihren Kleidern neben sich, und ein Teil von ihm war überzeugt gewesen, sie nie wieder zu sehen. Als sie zwei Stunden später zurückkam – ihr Gesicht über ihm im Himmel, die Haare nass und die Augen von einem dunkleren Grün, als er es in Erinnerung hatte –, machte sie ein ernstes Gesicht.

»Ich glaube, du hattest recht«, sagte sie mit dumpfer Stimme. »Irgendwas ist da unten drin, eine riesige Krake, ein Polyp, irgend so was.«

»Haha«, machte er und blinzelte in die Sonne. »Der ganz normale Schmutz reicht mir schon.«

»Haha«, echote sie, dann legte sie sich neben ihn auf den Rasen. Ein Geruch nach Sonne und Wasser ging von ihr aus, dazu etwas leicht Fauliges. Wenn sie ihn weiter aufziehen würde, würde er sie darauf hinweisen.

»Ach, Kenji, warum machst du dir nur immer so viele Sorgen?«

Aber das stimmte nicht, dachte er jetzt, während er wie die anderen Passagiere in Richtung des Ausgangs ging, da die Fähre sich gerade mit einem dröhnenden Geräusch an die Anlegestelle heranschob. Wie sonst hätte ihn das alles so überraschen können? Nicht nur, dass sie ihn verließ – das hatte sich, wenn er ehrlich war, schon angedeutet in all dem Schweigen, das sie seit einiger Zeit umgeben hatte, und darin, wie sie es vermieden, einander zu berühren. Aber dass sie nicht alleine ging, sondern Basil mitnahm. Dass seine wöchentlichen Besuche bei ihnen offenbar irgendwann nicht mehr ihm, sondern ihr gegolten hatten. Dass sie es war, die ihn aus seiner Einsamkeit herausgeholt hatte, nicht er mit seinen Männergesprächen und den Kneipenabenden, an denen er versuchte, ihn mit irgendwelchen Frauen in Kontakt zu bringen. Und Basil stand dann da, lächelnd und schüchtern, während er selbst den Entertainer gab, wie so zwei Typen in irgendeiner dämlichen Komödie.

In seiner Tasche war der Brief, den er vor drei Tagen von Lucy bekommen hatte. Seitdem sie ihn verlassen hatte, schrieb sie ihm regelmäßig, viermal im Jahr traf so ein Brief bei ihm ein. Quartalstrost, nannte Kenji das. *Ich mag deine Erzählungen*, hatte sie ihm nach Erscheinen seines Buchs geschrieben. *Ich mag sie an den Stellen, an denen du nichts gewollt hast und nichts beabsichtigst.*

Kein Wort zur Widmung, kein Dank.

Über Basil schrieb sie nichts, aber Kenji wusste, dass sie noch mit ihm zusammen war. Er konnte sie sogar verstehen: er vermisste Basil noch mehr als sie. Sie hatten sich kennengelernt, nachdem Kenjis Familie aus Washington nach Hollyhock gezogen war. Am ersten Tag in der neuen Schule war ihm Basil als Pate zugeteilt worden – jedes neue Kind erhielt einen Paten, der ihm in der Anfangszeit ein wenig half –, und Basil hatte seine Aufgabe sehr ernst genommen. Er hatte Kenji nicht nur alles gezeigt und sämtlichen Freunden vorgestellt, sondern auch seinen Geburtstag und sogar den von Aiko nicht vergessen. Er erinnerte sich noch an das erste Geschenk, das Basil ihm machte: ein Buch über Dinosaurier und den Gummikopf eines Triceratops, in den man die Hand stecken und so das Maul öffnen konnte.

Unter die Briefe von Lucy schrieb er nie etwas, und Kenji war ihm dankbar dafür. Aber vielleicht, dachte er, als sie alle die Fähre verließen, um sich zur U-Bahn zu begeben oder durch die nächtlichen Straßen Manhattans zu laufen, vorbei an den hell erleuchteten Geschäften, den Bars, den Imbissläden, vorbei an Fitnesscentern, in denen zu jeder Zeit, auch mitten in der Nacht, Männer und Frauen an den Geräten arbeiteten, vor wandhohen Fenstern, die sie gleichzeitig spiegelten und ausstellten, vielleicht, dachte er, schreibe ich ihm mal. Lieber Basil, würde er schreiben, erinnerst du dich noch an die Maske? Der Triceratops mit seinen drei Hörnern, die er nur einsetzt, wenn er angegriffen wird, ansonsten nagt er an den Pflanzen und sucht keinen Streit. Das mochten wir damals an ihm, weißt du noch? Dass er so friedlich war, ein Lamm unter Wölfen, sagtest du einmal, und dann mussten wir so lachen, dass wir den ganzen Weg nach Hause nicht damit aufhören konnten.

Besser nicht, dachte er, als er in die U-Bahn nach Queens stieg. Womöglich würde Basil es falsch verstehen. Als Drohung. Oder als Bitte. Dabei wäre es eigentlich nichts. Nur eine Erinnerung, an etwas, das er einmal geliebt hatte.

5

GEISTER

Es gab da dieses Kit, das man sich zuschicken lassen konnte, für neunundsiebzig Dollar, und eigentlich war nicht viel drin für das Geld, einfach eine Gebrauchsanleitung, ein Rückumschlag, zwei kleine Fläschchen und zwei lange Wattestäbchen, die sie aus Krimis kannte: Alle Verdächtigen mussten sich damit im Mund rumfahren lassen, schön an der Innenseite der Wangen entlang, und wenn nicht gerade Schmutz drankam, konnte man dann zweifelsfrei feststellen, wer der Mörder war.

Tara las die Broschüre aufmerksam durch. In Amerika unterschieden sie nur zwischen drei Ethnien – Amazonischer Ureinwohner, Indianer, Zentralamerikaner –, aber in Europa gab es dreizehn Ethnien, vom Askenasischen Juden bis zum Sarden. In Ozeanien die Melanesier, Papuanen und Polynesier, und dann kamen im Mittleren Osten noch die Jemenitischen Juden und Orientalen dazu, und die ganzen Asiaten und Afrikaner, obwohl sie diesbezüglich nicht viel erwartete, wegen der hellblonden Haare und blauen Augen, die sie nun mal hatte. Aber, wer weiß, am Ende war sie vielleicht doch eine Mischung aus Mongole, Sephardischer Jude und Skandinavier, und es überwogen einfach die Gene ihrer Mutter, einer Schönheitskönigin aus Virginia, deren Urgroßeltern Ende des 19. Jahrhunderts von Trelleborg nach Hollyhock emigriert waren und neben der blonden Haare die schwedischen Trinkgewohnheiten mitgebracht hatten, die wie eine Familientradition von Generation zu Generation weitergegeben wurden.

Ben hatte sie von ihrer Genforschung nichts erzählt. Es war nicht gerade so, dass er versessen darauf war, etwas von ihr zu erfahren. Es reichte ihm, wenn sie alle paar Tage bei ihm vorbeischaute und sie dann zusammen ins Bett gingen.

Das ist wieder so eine deiner Männergeschichten, die zu nichts führen, würde ihre Mutter sagen, wenn sie ihr davon erzählte, also ließ sie es. In Sachen erfolglose Männergeschichten war ihre Mutter allerdings selbst eine Expertin. Neuer Mann, neues Glück, hieß es früher alljährlich, und hatte Tara sich, als sie klein war, noch eingeredet, das sei einfach der Schönheit ihrer Mutter geschuldet – von wegen zu schön für einen einzigen Mann –, lernte sie in der Highschool einen anderen Begriff dafür kennen: Beziehungsunfähigkeit. Auch so was, was sich von Generation zu Generation fortsetzte. Schon ihre Großeltern waren geschieden, und es war ihre Großmutter gewesen, die ihren Mann verlassen hatte. »Er konnte nicht treu sein«, sagte sie einmal, als Tara sie nach dem Grund fragte, und ihre Mutter ergänzte: »Du aber auch nicht.« »Was weißt du schon, Sylvia?«, fragte ihre Großmutter verächtlich. »So ziemlich alles«, sagte ihre Mutter leise und laut: »Schon gut, reg dich ab.«

Das Komische war nicht, dass ihre Großmutter an der Vorstellung festhielt, Kinder hätten noch keine Seele und könnten darum auch keinen Schaden nehmen, sondern dass ihre Mutter um das Gegenteil wusste und sich genauso rücksichtslos verhielt.

Seit einem Jahr lebte Tara jetzt in New York und studierte Anthropologie an der Columbia, wo sie mit einem Stipendium hingekommen war. Sie war schon immer eine Musterschülerin gewesen, hatte nie etwas anderes als Einser geschrieben, daneben war sie Mitglied im Chor, im Orchester, im Fußballteam, und in den Ferien ehrenamtliche Helferin im Seniorenheim. Jedes Mittel war ihr recht gewesen, von zu Hause fortzukommen, und anders als Lizzy, ihrer drei Jahre älteren Schwester, war Tara der Weg ins innere Exil versperrt gewesen: nach dem ersten Bier mit zwölf und einer Nacht vor der Kloschüssel war ihr klar, dass der Alkohol und sie keine Freunde werden würden.

An der Columbia fühlte Tara sich gleichzeitig heimisch und fremd. Sie war jetzt umgeben von Menschen, die ebenso ehrgeizig waren wie sie. Niemand da, der sie kritisierte, wenn sie sich hinter ihren Büchern verschanzte, niemand, für den es das Schlimmste wäre, wenn sie eine Brille tragen müsste wegen der ewigen Leserei oder zwei Pfund zunehmen würde. Keiner war beleidigt, wenn sie ein Fremdwort benutzte, keiner befürchtete eine Unterwanderung des guten, ehrlichen Amerikas, wenn nicht jeder Film und jede Musik amerikanisch waren. Dass sie sich fremd fühlte, kam daher, dass sie die Einzige war, die all das im Hinterkopf hatte. Was sie tat, tat sie mit diesem Wissen, und es war dadurch weniger eine Hinwendung zu etwas Neuem als eine Abkehr von etwas Altem. Aber vielleicht täuschte sie sich da – der Gedanke war ihr in letzter Zeit manchmal gekommen –, vielleicht war sie nicht die Einzige, und wenn sie nur genau genug hinschauen würde, könnte sie die anderen erkennen. Hier sind wir, wir Landeier, wir Geflüchteten und Verstoßenen, denen der Kuhmist noch an den Sohlen klebt und für die das gemeinsame TV-Dinner der Höhepunkt der Woche ist!

Tara nahm die Wattestäbchen aus der Verpackung. Sie stellte sich vor den Spiegel im Badezimmer, fuhr sich mit dem ersten an der Innenseite der linken Wange entlang, schob das Stäbchen in eine der Phiolen, brach es an der schwarz markierten Schnittstelle ab, schraubte das Fläschchen fest zu. Nahm das andere Wattestäbchen, die rechte Wange, die zweite Phiole. Dann ging sie zurück in die Küche und steckte alles zusammen in den beigefügten Umschlag. Sie las die Karte, auf der die einzelnen Schritte erklärt waren. MH-V23X36. Das war ihre Nummer. Sie klappte den Laptop auf. Gab die Nummer auf der Website ein. Ab jetzt konnte sie die Reise ihrer Spucke verfolgen: Auftrag erteilt, Kit wurde versandt, Kit wurde aktiviert, Probe im Labor angekommen, DNA-Extraktion in Bearbeitung, Rohdaten erstellt, Resultate sind verfügbar. Bis dahin würde es, verriet die Website, sechs bis acht Wochen dauern. Dann würde sie ihre genetische Herkunft kennen. Und vielleicht – die Möglichkeit bestand immerhin – gäbe es in der riesigen Datenbank einen Treffer: eine DNA, die ihrer eigenen so sehr gliche, dass eine Verwandtschaft bestehen musste. Schwester, Bruder, Tante, Onkel, Vater, alles war möglich.

Sie faltete die Karte, steckte sie wie einen Personalausweis in ihr Portemonnaie. Verschloss sorgsam den Briefumschlag. Legte ihn zu dem Paket, das sie heute noch wegschicken wollte: ein Buch für ihren Neffen Zac, dazu ein Bild, das sie für ihn gezeichnet und in einen einfachen Holzrahmen gesteckt hatte, kaum größer als eine Postkarte. Bart Simpson auf dem Jahrmarkt, er schreit: »Da wartet eine tolle Schießbude auf mich!« Keine Ahnung, ob Zac das noch mochte, er wurde bald elf, vielleicht war das alles nichts mehr für ihn.

Mit Magneten hatte Tara Fotos von Zac an ihren Kühlschrank gehängt. Zac als Baby, von Anfang an mit einem Wust hellblonder Haare. Zac im Alter von einem, zwei, drei Jahren. Tara erinnerte sich an den Tag, als sie von Lizzys Schwangerschaft erfahren hatte. Im Nachhinein wunderte sie sich, dass sie es nicht alle früher bemerkt hatten: Lizzy war bereits im fünften Monat, als sie mit der Wahrheit herausrückte. Ihr Bauch wölbte sich deutlich, aber statt Bikinis hatte sie in den letzten Wochen immer einen Badeanzug getragen. »Und was nun?«, schrie ihre Mutter, gerade als Tara vom Schwimmbad nach Hause kam, die Haare noch nass vom Tauchen. »Jetzt ist es doch verdammt noch mal für alles zu spät!«

Lizzy saß auf dem Sofa, eine Bluse über dem Badeanzug, sie betrachtete ihre Zehennägel und schwieg.

»Weißt du wenigstens, von wem es ist?«, fragte ihre Mutter, und Lizzy sagte: »Stell dir mal vor.«

Es war von Tom, dem Freak, wie ihre Mutter ihn nannte, und das auch nur, erklärte sie Tara, damit sie nicht immer Arschloch sagen müsse. Am Tag von Zacs Geburt war er ins Krankenhaus gekommen. Er hatte seinen Sohn im Bettchen aus Plexiglas betrachtet, und Lizzy hatte ungewohnt friedfertig gefragt: »Willst du ihn mal halten?« Einen Moment lang schien es Tara, als wollte Tom Zac hochnehmen, doch dann wich er zurück, schob sich die langen braunen Haare aus der Stirn und sagte: »Lass mal. Später.«

Im ersten Jahr war er jedes Wochenende zu Lizzy gekommen, um nach dem Kleinen zu sehen. Wie sie da in Lizzys Kinderzimmer saßen, hatten sie für Tara ausgesehen wie eine richtige Familie: ihre Schwester und Tom nebeneinander auf dem Bett, zwischen ihnen Zac, der murmelnde Geräusche von sich gab und hin und wieder murrte, bis ihn einer der beiden hochnahm und beruhigte. Dann war es zu einem Streit zwischen ihrer Mutter und Toms Eltern gekommen, und Toms Besuche waren seltener geworden und irgendwann ganz ausgeblieben, nur die monatlichen Zahlungen seiner Eltern trafen noch ein. Im Gegensatz zu Lizzy hatte er die Highschool beendet. »Ich wein dem keine Träne nach«, behauptete Lizzy immer. Sie klang dabei wie ihre Mutter. »Hauptsache, er zahlt.«

Ein weiteres Foto von Zac. Sein Lachen, ein Mund voller Zahnlücken. Zac auf dem roten Rennrad, das er zu seinem fünften Geburtstag bekommen hatte und mit dem er noch am selben Tag in einen Rosenbusch gefahren war; sie hatten die Schreie bis in die Küche hören können, und Tara erinnerte sich an Lizzys Gesicht, den Überdruss darin. Als Tara mit dem humpelnden Zac in die Küche kam, seine linke Wange von den Dornen blutig, die Hände aufgeschürft, sah Lizzy ihn mit hochgezogenen Brauen an. »Das Fahrrad ist bestimmt am Arsch«, sagte sie resigniert, als wäre dies nur ein weiterer Undank, mit dem sie jederzeit rechnen müsste. Sie war damals zwanzig und hatte gerade mit einer Ausbildung zur Drogeriehelferin begonnen. »Alles besser, als mich von diesem Idioten noch einen Tag länger begrapschen zu lassen«, hatte sie gesagt, als sie ihren Job im Büro einer Spedition gekündigt hatte. Ihre Aufgabe war es gewesen, die Lieferscheine zu tippen, Rechnungen zu erstellen und dann und wann mit dem Chef, einem cholerischen Mittvierziger, der sich vom LKW-Fahrer zum Unternehmer hochgearbeitet hatte, ins Bett zu gehen. Ungefähr zur selben Zeit hatte sie auch der Teilnahme an Schönheitswettbewerben ein Ende gesetzt, indem sie eines Morgens zum Friseur gegangen und mit einem schwarz gefärbten Pixie wieder herausgekommen war. Einige Wochen später – ihre Mutter sprach inzwischen wieder mit ihr und war auch wieder bereit, bei der Betreuung von Zac zu helfen – hatte Lizzy sich in der Drogerie beworben. »Ich bin einfach hingegangen«, erzählte sie Tara. »Ich sagte zu denen: Ich hab keinen Abschluss und einen kleinen Sohn, aber ich bin gut im Verkauf und, bei Gott, wenn einer Ahnung hat von all dem Drogeriekram, dann ich.«

»Nicht schlecht«, sagte Tara und ließ Zac, der auf ihren Beinen saß, so überraschend hochhüpfen, dass er auflachte und sofort »Nochmal!« schrie. Sie war damals fast siebzehn Jahre alt, im nächsten Jahr würde sie mit dem College beginnen. Ihren Plan, dafür in einen anderen Bundesstaat zu wechseln, hatte sie aufgegeben. Nicht, dass sie kein Stipendium bekommen hätte; ihre Lehrer hatten sie gedrängt, sich an einer der bekannten Hochschulen zu bewerben, aber Tara hatte immer abgelehnt. Würde jemand sie nach dem schönsten Tag ihres Lebens fragen, müsste sie sagen, dass das der Tag von Zacs Geburt war. Aber niemand fragte sie.

Dass sie sich am Ende doch für eine andere Universität entschied, lag an einer ihrer Dozentinnen: Fiona Roberts, eine afroamerikanische Anthropologin, die Tara im zweiten Semester zu ihrer Hilfsassistentin gemacht hatte.

»Bei mir musst du keinen Kaffee kochen und auch nicht dauernd kopieren«, hatte Fiona gesagt und sie mit einem spöttischen Lächeln gemustert. »Ich bin eher aus auf das, was hier ist« – sie zeigte auf Taras Kopf – »und hier.« Jetzt zeigte sie auf ihr Herz.

»Okay«, sagte Tara und ließ dieses eine Worte wie eine Frage klingen.

Aber Fiona entgegnete nichts mehr darauf, sondern drückte ihr einen Stapel Erstsemesterarbeiten in die Hand. »Lies das mal durch«, sagte sie, »und dann sag mir, was du davon hältst.«

Das gesamte Wochenende verbrachte Tara damit, die Arbeiten zu lesen. Am Montag legte sie Fiona eine Liste auf den Tisch: die Namen der Studenten, den Titel ihrer Arbeit, Taras Einschätzung davon. Fiona schaute kaum von ihrer Arbeit auf. »Wunderbar«, sagte sie. Dann reichte sie Tara ein Buch über den Tisch hinweg. *Philosophische Anthropologie*, las Tara. »Hab ich dir rausgesucht«, erklärte Fiona und wandte sich wieder dem Computer zu. Tara bedankte sich und wartete auf weitere Anweisungen, und als keine kamen, verließ sie leise das Büro.

Einmal die Woche gingen sie zusammen Mittag essen. Jeden

Montagabend machte Tara sich Notizen für mögliche Gesprächsthemen, jeden Dienstagnachmittag stellte sie fest, dass sie keines der Themen hatte anbringen können. Die Essen mit Fiona waren eine Prüfung, jedes Mal: Sie sprang von einem wissenschaftlichen Thema zum nächsten und quittierte Taras Unkenntnis mit Ausrufen, die eher Staunen als Missbilligung verrieten und gerade darum so verletzend waren. Ihre Arroganz, gepaart mit ihrem auffälligen Aussehen, der extravaganten Kleidung und einer lauten, fast männlichen Stimme, stürzte Tara in einen Strudel der Gefühle: Sie wollte ein anderer Mensch sein, sie wollte ihr gefallen und sie gleichzeitig übertrumpfen, sie hasste sie und wollte so sein wie sie.

Im letzten Semester änderte Fiona ihre Strategie. Statt mit Kritik begegnete sie Tara nun mit einer Anerkennung, die diese so misstrauisch und begierig aufsog wie ein geschlagener Hund. Kurz nach den Prüfungen präsentierte Fiona ihr ein Empfehlungsschreiben. »Johns Hopkins, Columbia oder Yale«, beschied sie, und Tara, erschöpft und weichgekocht und nach allen Regeln der Kunst manipuliert, fügte sich. Schon in den ersten Wochen der Semesterferien kamen die Antwortschreiben: eine Absage und zwei Zusagen. Tara ging jeden Tag zum Fluss, ließ sich treiben und stellte sich vor, dass unter ihr eine geheimnisvolle Kraft darauf lauerte, sie zu verschlucken.

Tara liebte das Hauptpostamt in der 8th Avenue. Nicht das Äußere mit seinen unzähligen Säulen, sondern das Innere. Die üppig verzierte Decke, den spiegelnden Marmorfußboden, die grünen Glaslampen über den thekenhohen Tischen, die Bögen über den Eingangstüren: rund, spitz, rund, spitz, rund, spitz.

Während sie wartete, beobachtete sie einen Mann. Rotbraune Haare mit einer kreisrunden kahlen Stelle auf dem Hinterkopf, Bart. Braune Augen, die an die eines Bassets erinnerten.

Die helle Cordhose war zu groß und mit einem Gürtel zusammengeschnürt. Er hatte einen Packen Briefe in der Hand und ging von einem Fenster zum anderen, manchmal winkte er raus, als liefe dort jemand, den er kannte, aber Tara war sicher, dass da niemand war, der zurückwinkte. Sie musste versuchen, nicht melancholisch zu werden. New York machte das mit ihr, es war, als werfe die Stadt sie von einer Stimmung in die andere. Sie konnte sich nicht erinnern, in Hollyhock je so traurig gewesen zu sein und so glücklich. Manchmal schien es ihr, als wäre New York eine Kulisse, die eigens für sie aufgebaut worden war, und die anderen Menschen darin – die Geschäftsfrau, die Obdachlose, der Verrückte, der Banker, die Studenten – wären Schauspieler, die Tara großzügig mitspielen ließen.

Der bärtige Mann hatte die Briefe in die Tasche seines Parkas gesteckt, er lief jetzt gemessenen Schrittes vor den Tischen auf und ab, mit der rechten Hand unterstrich er seine lautlose Rede, und zweifellos lauschten die Geister gebannt.

Bevor Tara die zwei gepolsterten Umschläge unter der Glasscheibe hindurchschob, kontrollierte sie noch einmal, dass sie wirklich verschlossen waren.

Es hatte noch einen anderen Grund gegeben, warum sie nach New York gekommen war. Es war nicht nur Fionas Art gewesen, sie vor vollendete Tatsachen zu stellen; sie hätte sich wehren können. Es war der Sommer gewesen, der sich anschlich, die gelben Felder, so weit der Blick reichte, eine Hitze, die noch zunehmen und alles lähmen würde. Es war ihre Mutter gewesen, ihr Husten, von dem Tara nachts wach wurde, und der sich wie ein gefräßiges Haustier von den Zigaretten ernährte, die ihm von morgens bis abends gereicht wurden.

Es war Zac gewesen, den sie eines Tages von ihrem Auto aus sah, wie er auf seinem Skateboard fuhr, eine Baseballkappe auf dem silbrig blonden Haar. Ihr war nie aufgefallen, wie groß er geworden war, die langen Beine, die schlaksigen Arme, die aus der Jacke hervorschauten. Es war das Gefühl gewesen, dass etwas zu Ende ging und darum etwas Neues beginnen musste.

Der Aufzug hielt in der zweiten, fünften, sechsten, achten und neunten Etage, und nie stieg jemand zu.

»Das brauchte ja ewig«, sagte Mona, als Tara endlich vor ihrer Tür stand. Sie trug nur ein T-Shirt, das ihr bis zu den Knien reichte, und wischte Taras Erklärung beiseite. »Ich weiß, ich weiß. Der Aufzug spinnt, ich habe den Hausmeister in Verdacht.«

In der Küche stapelte sich das Geschirr der vergangenen Woche, den Weg ins Schlafzimmer markierte eine Bahn von einzelnen Kleidungsstücken, als habe Mona im Gehen Bluse, Rock, Strumpfhose und Unterwäsche ausgezogen. Das Bett war ungemacht und offensichtlich schon länger nicht mehr frisch bezogen worden. Ein guter Grund, niemanden unangekündigt zu besuchen, aber Mona kam aus Deutschland und schien es normal zu finden, wenn Tara überraschend bei ihr vorbeischaute.

»Rieche ich hier Sex?«, fragte Tara, während sie Mona dabei beobachtete, wie sie mit ihrem kleinen italienischen Espressokocher am Gasherd hantierte.

»Schön wär's.« Mona schnaubte. »Du riechst die Vorbereitung auf die Prüfungen, gemischt mit schlechtem Essen und einer fiesen Netflix-Sucht.«

Der Kaffee in dem silbernen Kännchen brodelte, und Mona nahm ihn vom Herd.

»Und selbst?«, fragte sie. »Wie geht's deinem Freund?«

»Ben heißt er«, sagte Tara. »Und ich denke mal, gut.«

Sie hatte Mona von Ben erzählt. Von seinem guten Aussehen (blond, bärtig, sehr groß), seinem Beruf (er arbeitete in der Vermögensverwaltung einer Bank, zuständig für die Vermögen ab einer halben Million), seiner Art, manchmal so in Gedanken versunken zu sein, dass sie sich wie eine Zuschauerin vorkam, und Mona hatte gesagt, »also er findet sich toll, und du findest ihn toll – und wie sieht's mit dir aus? Findet ihr beide dich auch toll?«, woraufhin Tara gelacht und dann beschlossen hatte, Mona erstmal nichts mehr von Ben zu erzählen.

»Milch? Zucker?«

»Zucker.«

Sie tranken den süßen starken Kaffee, der so anders war als der Kaffee, den sie sonst trank. Sobald sich eine von ihnen auf den Tisch stützte, wackelte er.

»Gib mir mal ein Stück Papier«, sagte Tara, und Mona nahm eine der Wurfsendungen, die in einem Stapel auf dem Küchentisch lagen. Tara faltete sie zu einem kompakten Päckchen und klemmte es unter eines der Tischbeine.

»Besser?«

»Viel besser«, sagte Mona und lächelte lakonisch.

Sie nahm die roten Locken in beide Hände und verdrehte sie zu einem Dutt auf dem Hinterkopf. Als Tara sie das erste Mal gesehen hatte, war sie überzeugt gewesen, dass Mona aus Irland kam, aber Mona hatte ihr versichert, dass es keinen einzigen Iren in ihrem Stammbaum gab, alle ihre Verwandten kämen aus Bayern, sie sagte »BeEmDoubleyou, Bratwurst, Bier«. Es klang wie ein Kinderreim, vielleicht war das der Moment, in dem Tara beschloss, dass sie beste Freundinnen werden würden.

»Warum gibt es hier in New York eigentlich zu wenige brauchbare Männer?«, fragte Mona.

»Schwul«, sagte Tara. »Oder zu beschäftigt mit Geldverdienen. Oder nur auf der Durchreise.«

Mona nickte. »Ich glaube, das ist es. Alle sind hier nur für kurze Zeit, und dann geht's wieder zurück nach Maryland, Texas oder Alaska.«

»Oder Bayern.«

Mona beugte sich über den Tisch und sah Tara streng an. »Das ist Vergangenheit, nicht Zukunft.«

»Gehst du nie dahin zurück?«

Mona hob die Hand zum Schwur. »Immer. Nur. Zu. Besuch.«

Tara machte sich an ihrem Schuh zu schaffen. Monas andere Hand lag auf ihrem Bein. Keine gekreuzten Finger.

Aber was würde das am Ende nützen? Wenn Mona eines Tages ihre Flohmarktmöbel, ihre Espressokanne, ihre roten Locken nehmen und woanders hinschaffen wollte, hätte sie nichts, um sie zu halten.

In der U-Bahn setzte sich Tara einem kleinen Jungen gegenüber. Sorgfältig geflochtene Cornrows, ein Schulranzen mit Raketen auf seinem Schoß. Wenn sie von ihrem Handy hochschaute, begegnete sie seinem Blick. Sie las ihre Mails, dann öffnete sie die Website, nahm die Karte aus ihrem Portemonnaie, tippte die Nummer ein. Auftrag erteilt.

Von ihrem Vater wusste sie nur, dass er für Unilever durchs Land gereist war. Seine Aufgabe war rauszufinden, was die Menschen kauften und warum. Er hasste Supermärkte, behauptete ihre Mutter. Es habe ihn Überwindung gekostet, da hin zu gehen, all die Produkte, die Aktionen, Sonderangebote, die Pappaufsteller und Plakate. Wenn er in ihren Kühlschrank schaute, bekam er schlechte Laune. Entweder weil sie Produkte von Unilever dahatte oder weil sie keine hatte. Er war groß und kräftig, die braunen Haare schon schütter. Zum Autofahren musste er eine Brille tragen. Von seiner Familie wusste sie nichts. Er kam aus Arizona. »Thomas wer?«, fragte ihre Großmutter. Thomas Miller.

Schon klar.

Tara erinnerte sich an einen Traum, den sie vor Jahren gehabt hatte. In dem Traum saß ihr Vater am Tisch eines Cafés. Das

Café war in Madrid, das wusste sie, obwohl sie noch nie in Spanien gewesen war. Er aß kleine, schwarz gebratene Paprika. Mit ihm am Tisch saß ein Mädchen, das ihm beim Essen zusah: wie er mit den Fingern jede einzelne Paprika an ihrem winzigen Stiel nahm und sich in den Mund steckte, wie er kaute, wie er sich die Hand unauffällig an der rot karierten Tischdecke abwischte, bevor er das Weinglas nahm und trank. Er ging ganz in dem auf, was er tat. Kein einziges Mal wandte das Mädchen den Blick ab, und kein einziges Mal sah er das Mädchen an. Im Traum war Tara sich plötzlich sicher, dass er das Mädchen gar nicht sehen konnte.

Wie wir eben alle unsere Geister haben, dachte sie. Die großen und die kleinen. Die, die wir wahrnehmen, und die, die wir nie kennenlernen.

Vor kurzem war sie bei einer Lesung gewesen. Kenji Block, ein Halbasiate, der in Hollyhock einige Klassen über ihr gewesen war, hatte aus seinem Buch gelesen – eine Sammlung von Erzählungen. Es waren kaum Zuhörer gekommen, vielleicht zehn oder zwölf, und sie hatte in der zweiten Reihe gesessen, die ganze Zeit darauf gefasst, dass er sie plötzlich erkennen würde. Aber wie er sie damals nicht wahrgenommen hatte, nahm er sie auch jetzt nicht wahr. Und wie damals hatte sie verstanden, dass ihre eigene Existenz zu unbedeutend war, um von jemandem wie ihm wahrgenommen zu werden. Es war gleichgültig, dass sie es damals auf dieselbe Highschool geschafft hatte wie er, und es war gleichgültig, dass sie jetzt beide in dieser Stadt lebten, in der sie und alle andern so taten, als stammten sie aus ihr. Sie kamen aus demselben Kaff, aber er aus dem Zentrum, und sie vom ausfransenden Rand, wo es schon mal passieren konnte, dass im verdreckten Vorgarten ein *Jesus liebt dich*-Schild über dem Plastikmüll thronte. Er würde sie für immer übersehen, und in gewisser Weise war das sein gutes Recht.

Sie nahm die Karte, riss sie in zwei Teile. Legte die Teile aufeinander, zerriss sie wieder in zwei Teile, immer so weiter. Dutzende von Schnipseln in ihrer Hand, klein wie Konfetti. Der Junge mit den sorgfältig geflochtenen Cornrows starrte sie an. Regungslos, als blickte er auf einen Fernseher. Sie sah ihn fragend an, und er nickte. Sie hob die Hände und warf.

6

TROLLE

Ozzy hatte ein eigenes Zimmer und Lizzy auch. Zumindest die erste Zeit. Dann kam Tara und nahm ihr die Hälfte weg.

»Red keinen Scheiß«, sagte ihre Mutter, wie jedes Mal, wenn sie darauf zu sprechen kam. »Du wolltest unbedingt, dass sie bei dir schläft, und da habe ich eben nachgegeben.«

Es hatte keinen Sinn, sie darauf hinzuweisen, dass sie damals drei Jahre alt gewesen war.

»Fast vier«, sagte ihre Mutter.

Als ob das was ändern würde.

»Ich muss jede Nacht mehrmals aufgewacht sein.«

»Was gut war – nur du konntest sie beruhigen.« Ihre Mutter lachte, dann klopfte sie ihr auf die Schulter wie einem alten Pferd. »Du hast es überlebt.«

Lizzy räumte das Frühstücksgeschirr ab und leerte den Aschenbecher aus. Sie stellte alles in die Spüle, dann ging sie noch mal ins Bad, um ihr Haar zu bürsten. Es war von einem tiefen Schwarz und reichte ihr bis zur Schulter. Sie mochte den Kontrast zu den hellen Augen. Darüber statt der weißblonden Brauen dünne schwarz gemalte Bögen. Sie ließen sie immer etwas verwundert aussehen. Ihre Tasche hing am Haken neben der Küchentür. Lizzy konnte sich nicht erinnern, wann zum letzten Mal die Eingangstür benutzt worden war, alle gingen hier hinten rein und raus.

»Wir gehen los! Sylvia, kannst du Zac von der Schule abholen?«

»Mach ich!« Ihre Mutter war wieder im Schlafzimmer.

»Vergiss es nicht!«, rief Lizzy. Sie wusste, dass sich ihre Mutter darüber ärgerte, aber sie hasste es, wenn Zac vor der Schule stehen und warten musste, während alle anderen entweder abgeholt wurden oder alleine losgingen. »Kauft mir halt endlich ein neues Rad«, sagte er fast täglich, und fast täglich sagte sie: »Wenn du mir unseren Goldesel zeigst, gerne.« Aber es war nicht nur das Geld, das fehlte. Ihr behagte die Vorstellung nicht, dass Zac die fünf Kilometer alleine fahren musste. Erst die Landstraße entlang, dann durch den Wald und dann noch mal eine ziemliche Strecke bis ans andere Ende von Hollyhock. Leichte Beute. *Wherever you go I go with you*, sang sie manchmal, wenn er hinter ihr im Auto saß. Sie sang es zu einer Melodie von Ed Sheeran, aber eigentlich war das ein Vers aus der Bibel, ein Versprechen Gottes oder eine Drohung. Nicht, dass sie sich irgendwie göttlich fühlte, aber trotzdem.

Zac wartete schon im Hof. Er zupfte an der Stechpalme herum, legte sich die unreifen Früchte auf die eine Hand und schnippte sie mit der anderen weg.

»Lass die Pflanze in Ruhe, Zac«, sagte Lizzy. Sie legte im Vorbeigehen den Arm um seine Schulter und führte ihn so zum Auto. »Hast du alles dabei? Bücher, Hefte, Hausaufgaben, Lunch?«

Er nickte, während er an der Kuppe seines Zeigefingers knabberte.

»Kannst du das lassen? Bitte.«

Er verschränkte ergeben die Hände im Schoß, sah sie nicht an.

»Schnall dich fest.«

Beim Öffnen der Fahrertür musste sie aufpassen, dass sie nicht gegen Wills Auto stieß. Er wohnte in dem kleinen Apartment unter ihrem Schlafzimmer und dem Wintergarten, und seitdem er seinen Pick-up auch im Hof parkte, hatte sie jeden Morgen Probleme, in ihr Auto zu kommen. Mehr als einmal schon hatte sie auf der Beifahrerseite einsteigen und zum Fahrersitz durchklettern müssen. Sie hatte ihn gefragt, ob er sein Auto nicht auf der Straße stehen lassen könnte. Platz genug gab es da: die Straße war breit und leer, mit einem von der Sonne verbrannten Grasrand. Nein, hatte Will gesagt. Zu gefährlich. Sie selbst könnte natürlich auch da parken, aber warum sollte sie? Schließlich war sie zuerst hier gewesen.

Bevor Will in das Apartment zog, hatte Ozzy dort gelebt, und vor ihm, aber das war schon sehr lange her, ihre Großmutter. Lizzy erinnerte sich, wie sie und Ozzy sonntagmorgens hinunterschlichen. Sie waren noch ziemlich klein gewesen, Lizzy höchstens fünf und Ozzy sieben. Sie wusste nicht mehr, wer wen weckte, wahrscheinlich mal so, mal so, aber sie wusste noch, wie sie die Haustür leise hinter sich zuzogen und wie sich die Holztreppe unter den nackten Füßen anfühlte. Ihre Großmutter war immer schon wach, wenn sie kamen. Manchmal lag sie noch im Bett, unter ihrer dicken Daunendecke, die sie im Sommer wie Winter benutzte, und unter der es warm und muffig war, wie in der Höhle eines kleinen Nagetiers. War ihre Großmutter noch im Bett, legte Lizzy sich zu ihr und rieb ihre kalten Füße an deren warmen Beinen. Im Flur gab es eine Kommode, auf der eine große flache Holzschale stand, in der sämtlicher Krimskrams lag, für den es keine Verwendung gab: Stoffblumen, einzelne Schrauben und Nägel, Glassteine, Schlüsselanhänger, Bleistifte mit abgebrochener Mine, Modeschmuck, kleine Spielfiguren, Münzen, eine Garnrolle, leere Batterien, Schlüssel, von denen niemand mehr wusste, zu welchen Türen sie gehörten. Ozzy liebte es, die Schale auszuleeren und die Gegenstände zu ordnen, bevor er sie wieder in die Schale zurückschmiss. Jeden Sonntag nahm er sich ein oder zwei Sachen heraus, und jeden Sonntag waren ein paar neue Sachen darin. Zum Frühstück gingen sie wieder nach oben, wo Tara inzwischen aufgewacht war und wütend nach Lizzy schrie.

Zora und Ellie waren schon in der Drogerie, als Lizzy ankam. Sie mochte beide gern, auch wenn sie wusste, dass Zora mit Ellie über sie redete. Sie wusste es deshalb, weil Zora auch über Ellie redete. Zora liebte es, die alltäglichen Sorgen der anderen aufzubauschen, mit ungläubiger Anteilnahme und dem Gespür für ihre dramatische Wirkung. Sie zu benutzen, recht eigentlich. Es machte Spaß ihr zuzuhören, nur fühlte man sich danach immer ein wenig schäbig.

Lizzy winkte ihnen zu und hängte ihre Jacke in den Aufenthaltsraum. Sie holte ihr Namensschild aus der Tasche. *CVS* stand am oberen Rand und *Ich helfe gern* am unteren, dazwischen ihr Name: *Elizabeth*. Der Kaffee in der Maschine war noch heiß, sie goss sich eine Tasse ein, etwas Milch dazu. Dann sah sie durch das Bullauge der Tür in den Verkaufsraum. Zora stand an der Kasse und zählte das Geld. Ellie war von hier aus nicht zu sehen, aber Lizzy wusste, dass sie die Regale überprüfte, hier etwas gerade rückte, dort etwas rausnahm, um es an anderer Stelle einzuordnen. Besonders gern hielt sie sich in der Babyabteilung auf. Hier war sie die Expertin, und obwohl sie im Gegensatz zu Lizzy kein Kind hatte, war sie es, die wusste, welche Babynahrung die verträglichste, welche Windel die sicherste, welche Trinkflasche die beliebteste war.

Lizzy selbst kannte sich in der Kosmetikabteilung gut aus. Das war es, was ihr von all den Wettbewerben geblieben war, zu denen ihre Mutter sie jedes Wochenende geschleppt hatte, seit sie sechs Jahre alt war: der geübte Umgang mit Lippenstift, Puder, Lidschatten, außerdem drei Pokale und die Fähigkeit zu *Twisting the Night Away* zu steppen.

»Alles klar?«, fragte Zora, und Lizzy sagte: »Alles wunderbar.«

»Wer fängt wo an?«

»Kann ich an die Kasse?«

»Sicher«, sagte Zora großzügig. »Ist alles da, nur mit den Einern sind wir etwas knapp.« Sie schob schwungvoll die Kassenlade zu und sah Lizzy breit grinsend an. »Vielleicht laufe ich nachher mal zur Bank und hole uns ein paar Einer. Und einen Cappuccino gleich dazu.«

»Schon klar«, sagte Lizzy. »Und vielleicht ist ja auch der neue Kellner wieder da, wie hieß der noch, Brian, Bert?«

»Brian, du Schussel. Kein Mensch heißt mehr Bert.« Sie verdrehte die Augen. »Es ist jetzt übrigens raus, dass er wirklich schwul ist.«

»Wer?«, fragte Lizzy überrascht. »Brian?«

»Nicht Brian! Spinnst du? Bert! Der von Ernie und Bert. Der, der sie erfunden hat, hat das jetzt zugegeben, in einem Interview. Dass die von Anfang an schwul gemeint waren.«

»Okay.« Lizzys Blick fiel auf die Wanduhr über der Kasse. Fünf vor acht. »Na, ist ja gut zu wissen.«

»Ach ja?«, fragte Zora ungläubig. »Wär vielleicht besser, es nicht zu wissen. Ich meine, woran denkste denn jetzt, wenn du die beiden zusammen in der Wanne sitzen siehst?«

»Stell's dir halt einfach nicht vor, wenn du es nicht magst«, sagte Lizzy. Dann ging sie zur Tür. Drehte das *Closed*-Schild um und schloss auf. Draußen stand schon eine alte Frau. Sie trug graues Regenzeug, obwohl die Sonne schien, und Lizzy brauchte einen Moment, um ihre Grundschullehrerin zu erkennen.

»Guten Morgen, Mrs Atkinson«, sagte sie und hielt die Tür weit auf. Die Frau sah sie verständnislos an und trat dann kopfschüttelnd und vor sich hin murmelnd in den Laden. Ein Unbehagen erfasste Lizzy, sie merkte, wie sie rot wurde. Mrs Atkinson war in Reihe vier stehen geblieben, ihren Blick starr auf die Putzmittel gerichtet, und Lizzy straffte unmerklich die Schultern, bevor sie zu ihr hinging, um sie zu fragen, ob sie helfen könne. Mrs Atkinson kniff die Augen zusammen, als müsste sie mühsam versuchen, in dem, was Lizzy gesagt hatte, irgendeinen Sinn zu finden. Dann schüttelte sie den Kopf.

»Ich würde gerne wissen, wann der Bus kommt.« Ihre Stimme war freundlich, fast kindlich. Sie passte entschieden nicht zu ihrem mürrischen Gesichtsausdruck.

»Der Bus wohin, Mrs Atkinson?«, fragte Lizzy behutsam.

»Nach Hause, schätz ich mal.«

»Okay«, sagte Lizzy langsam. Sie legte der alten Frau eine Hand auf die Schulter. »Können Sie mir die Adresse sagen?«

»Natürlich kann ich das.« Jetzt klang Mrs Atkinson empört, und Lizzy musste daran denken, wie sie in der Grundschule von ihr gescholten worden war. Sie konnte sich an ihren spöttischen Tonfall erinnern. Und an den Fuchs, den sie immer über den Schultern getragen hatte: zwei Pfoten auf jeder Seite. In ihrer Erinnerung war da auch ein Fuchskopf, mit braunen Glasaugen und einer weißen Strähne im roten Fell.

Mrs Atkinson sah Lizzy wütend an. Dann wechselte ihr Ausdruck und machte Verzweiflung Platz. »Aber was *wollte* ich denn hier?«, fragte sie, ihr Blick zu Lizzy jetzt nur noch Hilfe suchend.

Lizzy deutete auf die Putzmittel. »Brauchen Sie vielleicht etwas zum Putzen? Oder Waschmittel?«

Aber Mrs Atkinson sah nicht mehr zu ihr hin. Es war, als hätte sie sich zurückgezogen in einen nur ihr zugänglichen Raum.

»Lass sie ein bisschen«, sagte Ellie leise, die plötzlich hinter Lizzy stand. »Hab ich schon ein paar Mal mit ihr erlebt. Kommt her, macht alle verrückt und kauft am Ende einen Schokoriegel.« Sie zuckte mit den Schultern. »Ich glaube, das verschafft ihr ein bisschen Abwechslung.«

»Aber findet sie denn zurück nach Hause?«, fragte Lizzy.

»Denk schon«, sagte Ellie. »Geh du mal an die Kasse, ich behalte sie hier im Blick.«

Zur Mittagspause holte Zora für alle Sandwiches im Café. Das gab ihr Gelegenheit, Brian wieder zu sehen.

»Und – freut er sich denn, wenn du reinkommst?«

»Oh Ellie, klar. Er hüpft auf und ab und ruft laut meinen Namen.«

»Dann halt anders gefragt«, sprang Lizzy Ellie bei, die sich betont gleichgültig abgewandt hatte, aber natürlich noch zuhörte. »Hast du den Eindruck, dass er sich auch für dich interessiert? Versucht er, mit dir zu plaudern, wenn du kommst?«

»Keine Zeit«, murmelte Zora knapp und ging zur Kasse, vor der ein alter Mann in einer dunkelblauen speckigen Uniform wartete. »Geht ihr schon essen!«, rief sie ihnen zu. »Ich halte hier die Stellung.«

Mit Ellie war alles einfach. Sie saßen am Tisch, Prospekte zwischen sich, sie teilten das Käse- und Wurstbrot, für jede eine Hälfte von dem und eine von dem, sie blätterten in den Prospekten und suchten sich aus, was sie nehmen würden, *wenn* sie etwas nehmen würden, und Ellie erzählte von ihrem Großvater, bei dem sie gelebt hatte, bis sie sechzehn war, und der eines Tages, und zwar genau an dem Tag, an dem er zum ersten Mal etwas grundlos Nettes zu seiner Enkelin gesagt hatte, gestorben war. »Einfach so«, sagte Ellie und klang immer noch verwundert.

»Mit dem Kopf in den Teller, wie in so einem Sketch. Und ich sage: Hey, geht's noch?«

Sie wischte sich mit Daumen und Zeigefinger über die Mundwinkel, dann strich sie sich mit beiden Mittelfingern die dichten Brauen glatt. »Das machte mir lange zu schaffen, dass das vielleicht die letzten Worte waren, die er hörte: Hey, geht's noch?«

»Ja«, sagte Lizzy ernst, »versteh ich.«

Als sich ihre Blicke trafen, mussten sie loslachen, schwer zu sagen, wer anfing. Aber für ein paar Minuten schien es unmöglich, damit aufzuhören.

»Ja, also, wie auch immer«, sagte Ellie schließlich und sah Lizzy schuldbewusst an.

»Was war denn das Nette?«, fragte Lizzy. »Was er zu dir gesagt hat, meine ich.«

»Ach«, Ellie zuckte mit den Schultern. »Nichts Besonderes. Irgendwas über meine Haare.«

»Du weißt es bestimmt noch, könnte ich wetten.«

»Stimmt.« Ellie lächelte resigniert. »Er sagte: Aber deine Haare sind wunderschön.«

»*Aber*? Was war denn *nicht* schön?«

»Keine Ahnung. Da war nur dieser Satz, es gab nichts, worauf sich das Aber bezog.« Ellie lachte leise. »Er sagte es direkt nach dem Aufstehen zu mir, als ich verschlafen am Küchentisch saß, an dem er sich gerade Kaffee eingeschenkt hatte. Kann schon sein, dass es irgendwie ironisch gemeint war. Aber ich glaube nicht, er sagte es sehr freundlich. Und weißt du« – sie beugte sich nach vorn, die Stimme nun leise, als wollte sie Lizzy – und nur Lizzy – ein Geheimnis anvertrauen –, »ich habe mich einfach entschieden, das positiv zu nehmen. Das hilft, sag ich dir. Auch sonst.«

»Seid ihr bald mal fertig mit Essen?«, fragte Zora, die plötzlich im Türrahmen stand und ihnen einen misstrauischen Blick zuwarf.

Es war kurz nach sechs, als Lizzy die Drogerie verließ. Bei *Starbucks* holte sie sich einen Milchshake, dann fuhr sie zum Waldrand. Natürlich würde ihre Mutter wissen wollen, warum sie später nach Hause kam. Überstunden oder was? Und wahrscheinlich würde Lizzy sich eine Ausrede einfallen lassen. Sie würde sagen, die Ablösung habe sich verspätet. Worauf ihre Mutter nichts mehr entgegen würde, und Lizzy es vielleicht noch einmal sagen und erst dann begreifen würde, dass ihre Mutter es schon beim ersten Mal gehört hatte.

Sie wählte Ozzys Handynummer, aber er ging nicht ran. Im Krankenhaus schien er regelmäßig zu vergessen, sein Handy aufzuladen. Oder vielleicht hatte er Angst, dass sich irgendwelche Kosten ergaben, mit denen er nicht zurechtkommen würde. Er wusste nie, wie lange er ausfallen würde; jedes Mal hatte er den Eindruck, dass es für immer war. Sie wählte die Nummer des Patiententelefons. Was ein Glücksspiel war, je nachdem, wer abnahm. Manche waren verständig wie Sekretärinnen, andere fragten panisch, wer ist da, wer?, manche schrieen laut in den Hörer, einer machte sich einen Spaß daraus, ein Schimpfwort zu sagen und dann aufzulegen, du Fotze, du Sauhund, du Clown. Diesmal hatte sie Glück, eine der älteren Frauen war dran, wahrscheinlich depressiv und auf dem Weg der Besserung. »Osmond!«, rief sie, freundlich und bestimmt, als riefe sie nach einem Kind. »Osmond, deine Schwester!«

»Wie geht's dir heute, Ozzy?«, fragte Lizzy. Vor ihr die abfallende Wiese, von Kamille und Ferkelkraut gelb gesprenkelt. Wenn es geschneit hatte, waren sie hier immer Schlitten gefahren, Ozzy hinten, er lenkte, sie vorne zwischen seinen langen Beinen. Er hatte auf sie aufgepasst, der ideale große Bruder, wie ihre Mutter ihn nannte. Und Lizzy hatte ihm dafür all die Liebe entgegengebracht, die sie, wäre er greifbar gewesen, wohl für ihren Vater gehabt hätte. Für Tara war in dieser Beziehung kein

Platz mehr gewesen. Sie war einfach zu spät gekommen. Und vielleicht hatte Lizzy auch dafür gesorgt, sie auf Abstand zu Ozzy zu halten.

»Geht so«, sagte er. Er klang erschöpft. Kein guter Tag. Sie konnte es sofort sagen, wenn sie seine Stimme hörte. Vielleicht würde er morgen schon wieder besser klingen, nicht mehr so hilflos. Es würde sie beruhigen. Aber es konnte gut sein, dass Ozzy am Abend nach einem solch guten Tag versuchen würde sich umzubringen, dass allein der Entschluss dazu seine Laune aufgehellt hatte. Würde er gerettet, könnte die Besserung allmählich einsetzen. So war es die letzten Male gewesen, sie nannten es den Alles-oder-Nichts-Punkt, aber Lizzy wünschte, es gäbe einen anderen Weg.

»Ich weiß nicht, wie ich das alles schaffen soll.« Tränen erstickten seine Stimme. »Ich kann nie mehr hier raus.«

»Doch«, sagte Lizzy fest. »Das wirst du können. Das konntest du immer wieder, weißt du nicht mehr? Denk nicht so weit voraus. Geh die Sache Schritt für Schritt an.«

Sie wusste nicht, wie oft sie diesen Satz schon zu ihm gesagt hatte.

»Ja«, sagte er, »ja. Okay. Aber ich schaff das nicht, ich kann nicht mehr raus hier.«

»Hat Mama dich angerufen?«

»Nein«, sagte Ozzy. »Braucht sie nicht. Ist schon gut.«

»Soll ich ihr was ausrichten?«

»Nein.« Ozzy zog die Nase hoch. Er sagte: »Weißt du, in letzter Zeit höre ich wieder Stimmen.«

»Im Moment auch?«, fragte Lizzy.

»Nein. Nur deine.« Er flüsterte jetzt. »Manchmal sagen mir die Stimmen, dass ich was Schlimmes tun soll.«

Sie konnte hören, wie er schnaubte, als wollte er die Möglichkeit, dass er einen Spaß machte, noch nicht ganz ausschließen.

»Und was zum Beispiel?«

»So dies und das.«

»Sagen sie, dass du dir was antun sollst?«, fragte Lizzy ruhig.

»Nein.« Ozzy fing an zu kichern. »Nicht mir. Eher den anderen hier. Oder dir.«

Er hatte aufgehört zu kichern, und sie konnte hören, wie er tief Luft holte.

»Das tust du nicht, Ozzy«, sagte sie. »Ich kenn dich. Du machst so was nicht. Aber du musst mit den Ärzten darüber reden, hörst du?«

»Schon klar«, sagte er und ließ ein kurzes abfälliges Lachen hören. »Ach, scheiß auf das alles hier, Lizzy. Ich schaff das nicht.«

Dann legte er auf.

Nach dem Abendessen spielten sie Memory, dann holten sie die Karten und spielten Canasta. Ihre Mutter saß daneben, trank Wein und rauchte, manchmal machte sie sich einen Spaß daraus, Zac Tipps zu geben – jetzt würde ich die spielen, leg doch ab, Mensch –, bis Zac schließlich sagte: »Spiel halt mit, Sylvia.«

»Ne«, sagte sie, »keine Lust.«

»Ich habe mit Ozzy telefoniert«, sagte Lizzy, als Zac im Bett war. Sein Licht brannte noch, wahrscheinlich las er noch in einem seiner Fantasy-Romane; in zehn Minuten würde sie hingehen und es unter seinem Protest löschen.

»Es geht ihm nicht gut«, fuhr sie fort, als von ihrer Mutter keine Reaktion kam. »Aber er wird sich schon wieder berappeln.« Sie wusste nicht, ob sie sich selbst oder ihre Mutter damit beruhigen wollte. Wahrscheinlich ihre Mutter. Wenn sie so flapsig sprach, tat sie das meistens, um ihr zu gefallen.

»Tja«, sagte ihre Mutter. Sie wandte den Blick nicht vom Fernseher ab. »Tja«, wiederholte sie, »er weiß ja, wo er's herhat.«

Sie schaltete um, eine Landstraße im Grünen, eine Riesenwanderung, Hunderte Menschen, Tausende, sie sagte: »Ist nicht der Erste, der auf einem Trip hängen bleibt.«

»Ich glaube nicht, dass es nur das war«, sagte Lizzy.

Im Fernsehen war jetzt eine blonde Frau zu sehen, vor einem undeutlichen Foto, darauf in rot-blau-weißer Schrift: *Die Karawane von Lügen und linken Tricks.*

Ihre Mutter entgegnete länger nichts, dann sagte sie: »Von mir hat er's jedenfalls nicht. Und von seinem Vater auch nicht.«

»Armer Kerl«, fügte sie nach einer kurzen Pause hinzu, gelangweilt und versöhnlich.

Als Tara das letzte Mal zu Besuch gekommen war, hatten sie und Lizzy einen Abend mit Will verbracht. Lizzy wusste noch, dass sie beide das Gefühl hatten durchzudrehen, wenn sie nicht für eine Zeit lang aus dem Haus kämen. Ihre Mutter hatte sich bereit erklärt, auf Zac aufzupassen, und die Schwestern waren gemeinsam ins Bad gegangen. Haare waschen und föhnen. Brauen zupfen. Schminken. Sogar Zähne putzen. »Etwas viel fürs Dorf.« Es war Lizzy, die das sagte, und sie sagte es, damit Tara es nicht tat.

Im Hof lief ihnen Will über den Weg, und Lizzy stellte ihm Tara vor: »Meine Schwester aus New York.«

Will sagte, »oho, New York«, und schaute Tara herausfordernd an. Tara grinste abwartend.

»Na dann«, sagte Will.

»Na dann«, sagte Tara.

Lizzy sah von einem zum anderen.

»Du willst wohl nicht zufällig mitkommen?«

»Doch«, sagte Will gedehnt, »zufällig schon.«

»Ich kann mich gar nicht erinnern, wie die Wohnung früher aussah«, sagte Tara, als sie am nächsten Morgen zusammen

Kaffee tranken. »Ich war so selten unten. Ihr habt mich ja nie mitgenommen«, fügte sie hinzu.

»Ja«, sagte Lizzy. »Schon klar.«

Sie tranken schweigend ihren Kaffee. Zac kam mit wirren Haaren und halb geschlossenen Augen in die Küche, hob die Hand: Gruß und Bitte, ihn noch in Ruhe zu lassen. Aus dem Kühlschrank holte er die Flasche Orangensaft und nahm sie mit sich an den Tisch. Lizzy stand auf, nahm ein Glas aus dem Schrank und stellte es neben ihn.

»Ich weiß«, sagte sie zu Tara. »Wir waren nicht besonders nett zu dir.«

Tara sah nicht auf, aber sie schüttelte den Kopf. »Du schon.«

Am Sonntag fuhr Lizzy in die Klinik nach Stevensburg. Sie hatte es Ozzy versprochen, auch wenn sie nicht wusste, ob er sie, wenn sie dann da war, überhaupt sehen wollte. Das Klinikgebäude war ein ehemaliges Kloster. Schlicht, aus großen grauen Quadern gebaut, sah das dreistöckige Gebäude gleichzeitig alt und modern aus. Ein Säulengang, der die Hälfte des Gebäudes umlief, zeugte von seiner sakralen Vergangenheit. Das Innere war offenbar in den achtziger Jahren renoviert worden. Braun gemustertes Linoleum, Strukturtapete. Ein Souvenirladen, der mit Designertaschen, Büchern und Heliumballons aufwartete. Lizzy hatte für Ozzy einen Zitronenkuchen gebacken, den sie in einem Stoffbeutel mit sich trug.

Ozzy saß auf seinem Bett am Fenster und drehte sich nicht zu ihr um, als sie nach kurzem Klopfen die Tür öffnete. Im Raum gab es vier Betten, nur das von Ozzy schien besetzt. Neben seinem Bett standen zwei Stühle, auf denen sich Kleider stapelten. Als sie näher trat, sah sie auf dem Nachttisch einen Porzellanbecher, daneben ein Buch und eine Pillendose, sieben Tage, je vier Fächer. Sie sah, dass das Fach vom Morgen leer war.

»Und«, fragte Ozzy, noch immer ohne sie anzusehen, »interessante Leute getroffen?«

»Wo?«

»Auf dem Flur. Irgendwelche schreienden Damen und rülpsenden Herren? Und dann gibt's da noch einen, der jedem an die Titten fasst, sogar mir. Ist nicht so wählerisch.« Ozzy senkte den Kopf und schnaubte. »Lohnt sich bald sogar«, murmelte er. »Ich weiß nicht, was mich mehr ankotzt: dass ich dauernd Stimmen höre oder dass ich von den Medikamenten so fett werde.«

Lizzy stellte sich zwischen ihn und das Fenster, sodass er sie endlich anschauen musste.

»Hi«, sagte sie leise. Sie setzte sich neben ihn aufs Bett und legte die Arme um ihn. Kurz machte sich Ozzy ganz steif, dann schien sein Körper in sich zusammenzusinken, und er lehnte seinen Kopf gegen ihre Schulter.

»Kannst du einfach so ein bisschen bleiben?«, flüsterte er. »Nur kurz. Oder auch etwas länger.«

Und Lizzy nickte kaum merklich.

»Also«, sagte Ellie und nahm den Stift in die Hand. »Du musst sagen, stimmt oder stimmt nicht, okay? Aber aus dem Bauch heraus, nicht lange überlegen.«

»Okay«, sagte Lizzy und packte ihr Sandwich aus. »Kann ich dabei essen?«

»Klar. Also: Es fällt Ihnen schwer, sich anderen Menschen vorzustellen.«

»Nein«, sagte Lizzy. »Eigentlich nicht.«

»Also stimmt nicht. Normalerweise beginnen Sie keine Gespräche.«

»Hm.« Lizzy überlegte. Gespräche mit Freunden? Oder mit Fremden? Es mussten wohl Fremde gemeint sein. Kunden, zum Beispiel. »Doch«, sagte sie, »tu ich schon.«

»Okay.« Ellie machte ein Kreuz. Dann las sie: »Sie haben oft das Gefühl, dass Sie sich bei anderen rechtfertigen müssen.«

»Tja«, sagte Lizzy. »Kann schon sein.«

»So«, sagte Ellie schließlich, nachdem sie die dreißig Antworten in eine Tabelle eingetragen hatte. »Du gehörst zur Gruppe der Entdecker. Und darin bist du der Entertainer. Wie Marilyn Monroe, Jamie Foxx und Jack Dawson.«

»Jack Dawson?«

»Der von der Titanic.«

»Das ist doch eine Filmfigur.«

Ellie zuckte mit den Schultern. »Aber steht hier halt.«

»Und was gibt es sonst noch?«

»Die Wächter, die Diplomaten, die Analysten, die Logiker, die Architekten, die Verteidiger, die Abenteurer, die Künstler und Unternehmer«, zählte Ellie auf. »Ich selbst bin übrigens eine Wächterin. Wie Beyoncé und Queen Elizabeth.«

Auf dem Heimweg machte Lizzy wieder bei *Starbucks* halt, um sich einen Milchshake zu holen. Seitdem sie mit dem Trinken aufgehört hatte, gierte sie am Abend nach etwas Süßem. Es würde ihre Figur ruinieren. Aber wenigstens sonst nichts, dachte sie. Während sie in der Autoschlange wartete, die sich langsam am Drive-in-Schalter vorbeischob, hörte sie Radio. Jedes neue Lied brachte sie in eine andere Stimmung. So war es schon immer gewesen: wenn sie Musik hörte, verlor sie sich darin. Manchmal mochte sie das, meistens aber nicht. Denn es gab wenige Lieder, die nur glücklich machten. Die meisten – auch die, die zunächst fröhlich schienen – hatten einen traurigen Kern, und sei es nur, dass sie auf etwas verwiesen, das fehlte.

An der Ausgabe stand ein junger Mann, neunzehn, höchstens zwanzig Jahre alt. Sein Gesicht erinnerte sie an jemanden, und sein Lächeln. Erst als sie weiterfuhr, dämmerte ihr, dass es Ramon war, der jüngere Bruder von Tom. Ob er sie erkannt hatte? Wahrscheinlich nicht. Sie waren sich das letzte Mal an Zacs sechstem Geburtstag begegnet, als Tom vom College nach Hause gekommen war und sie und Zac zu einem Ausflug auf die Kirmes eingeladen hatte. Ramon war es gewesen, der mit Zac die Achterbahn gefahren war und ein Gerät, das *Nickel's Revolution* hieß: acht Blechkabinen in Form von Autos, die an einer vertikalen Seilbahn hoch in die Luft gezogen und dort mehrfach in alle Richtungen gedreht wurden. Tom und Lizzy war schon nach dem Kettenkarussell schlecht geworden, wenn auch Tom noch genug Standhaftigkeit hatte, um Lizzy die Haare aus dem Gesicht zu halten, als sie sich in einer der mobilen Toiletten übergeben musste.

Erst am Waldrand erlaubte sie sich von dem Milchshake zu trinken. Sie ließ die Musik an, es war jetzt okay. Das Lied, das gerade gespielt wurde – und sicher auch der Umstand, dass Ramon ihr begegnet war –, erinnerte sie an eine Begebenheit, die sie vergessen hatte. Es war etwa ein Jahr nach Zacs Geburt gewesen. Sie hatte Zac gerade ins Bett gebracht, was hieß, dass sie ihn so lange in ihren Armen gewiegt hatte, bis er eingeschlafen war, und dann noch etwas länger, damit sie ihn ohne Risiko ablegen konnte, und war auf dem Weg ins Bad am Flur vorbeigekommen, als sie die Stimme ihrer Mutter hörte. Sie war am Telefon, sagte, »doch, so ist es, sie möchte ihn nicht mehr sehen, sie kommt sehr gut alleine zurecht«, lachte abfällig. Und nach einer kleinen Pause: »Das weiß ich auch nicht, aber *ich* sage es *Ihnen* ja jetzt, und *Sie* können es *ihm* sagen: er braucht hier nicht mehr vorbeizukommen, oder eher gesagt: er *soll* hier nicht mehr vorbeikommen.« Nach dem Telefongespräch drehte sie sich um, und wenn sie überrascht war, Lizzy in der Tür stehen zu sehen, ließ sie es sich nicht anmerken. »Ist besser so, glaub mir«, sagte sie bloß und streichelte Lizzy im Vorbeigehen über den Arm. Lizzy schluckte ihre Wut hinunter und sagte nichts, sondern legte sich ins Bett neben Zac, damit sie ihn sofort hören würde, wenn er aufwachte.

Die Bäume, die vor ihr aufragten, waren Rottannen. Weil sie so eng standen, waren die Stämme lang und nackt. Zwischen den Bäumen war der Boden voller Moos, das weiche Hügel und Gräben bildete. Als Kind hatten sie und Ozzy einen Namen für den Wald gehabt: Elfenwald. Aber sie waren davon überzeugt gewesen, dass nicht nur Elfen hier wohnten, sondern auch Zwerge, Feen und winzige, bösartige Trolle. Sie stieg aus und lief ein paar Schritte in den Wald hinein. In der Ferne waren die Autos zu hören, aber je tiefer sie in den Wald hineinging, desto leiser wurden die Motorgeräusche, und desto lauter wurden die Vogelstimmen. Fordernd, lockend, wütend und triumphierend zirpten und zwitscherten die Vögel über ihrem Kopf, aber sosehr sie auch Ausschau hielt, konnte sie doch nie einen entdecken.

Vielleicht würde sie Ozzy nachher davon erzählen. Dass sie im Wald gewesen war, unserem Wald, würde sie sagen, erinnerst du dich? An die Elfen und Feen und fiesen Trolle?

Besser nicht, dachte sie. Denn Ozzy war nicht dumm. Er würde ihre Angst wittern. Davor, an das Ende des Wegs gelangt zu sein. In eine Sackgasse, von der aus es nur noch zurückginge.

7

NARZISSTEN

Sie war nackt und sie lag auf dem Rücken. Wenn sie die Augen schloss, zwang sie sich, nicht an die Arbeit zu denken. Stattdessen an sich selbst: in einer jüngeren, verbesserten Version, begehrlichen Blicken ausgesetzt. Das immer gleiche Bild.

River stand noch unter der Dusche. Als er endlich ins Zimmer kam, zog sie ihn zu sich heran. Er war warm und ein bisschen nass, und sie sagte: »Was brauchte das denn so lang?«

Danach blieb sie auf dem Rücken liegen, mindestens eine halbe Stunde sollte man nicht aufstehen, und dann – als River schon eingeschlafen war – machte sie eine Kerze, die Beine ganz gerade in die Luft, sodass seine trödeligen Spermien sich nur noch fallen lassen mussten, direkt in ihr sehnsüchtig wartendes Ei hinein.

»Tessa! Tessa Hotchville!«, rief eine Männerstimme, und sie drehte sich suchend um die eigene Achse, bevor sie Grant sah, der ihr von der Tür zur Cafeteria aus zuwinkte. Er war erst seit einigen Monaten bei *Bennet & Baer* und noch sehr darum bemüht, von allen gemocht zu werden. Einmal, in einer Sitzung mit Verlagsvertretern, in der er sich als Einziger unablässig Notizen machte, erwischte sie ihn in einem Moment, in dem er sich unbeobachtet fühlte, und sie konnte das Gesicht hinter seinem Lächeln sehen: eine Konzentriertheit, die an Angst grenzte, die Kiefer angespannt, als gelte es etwas durchzustehen. Wie tapfer er ist, dachte sie damals voller Mitgefühl. Doch das verging schnell. Sie wusste genau, dass er sie aus dem Weg räumen würde, wenn sich die Gelegenheit dazu böte. Er war nicht anders als all die übrigen Männer, mit denen sie zusammenarbeitete: Sie nahmen sie genau so lange ernst, wie ihnen keine Wahl blieb. Die Zivilisiertheit ist nur eine dünne Kruste über dem Vulkan, dachte Tessa, und dann fiel ihr ein, dass das nicht ihr Gedanke war, sondern der von Ernst Cassirer, über den sie ihre Abschlussarbeit an der Universität von Boston geschrieben hatte. Das Korrekturprogramm ihres Computers hatte damals fortwährend den Namen des Philosophen korrigiert – von Cassirer zu Kassierer –, und in ihrem Ekel und ihrer Angst vor dem zu schreibenden Text war ihr das nur folgerichtig erschienen. Niemand würde mit ihrer Arbeit auch nur das kleinste bisschen anfangen können. Das Beste, was sie damit erreichen konnte, war eine lobende Besprechung in einer der philosophischen Fachzeitschriften und eine gute Abschlussnote. Verglichen mit dem, was ihre Mutter geleistet hatte – drei Kinder aufzuziehen, ihren wortkargen Mann auszuhalten und nebenbei die gesamte Buchhaltung seines Hospizes zu verwalten –, war das wenig, auch wenn ihre Mutter jederzeit bereit war, stolz auf sie zu sein.

»Wie geht's?«, fragte Grant, als er sie erreicht hatte. Er trug einen Anzug mit Glencheckmuster, dazu ein schwarzes Hemd, dessen oberster Knopf offen stand. Das Jackett war tailliert, die schmalen Hosenbeine endeten ein gutes Stück über den Schuhen, sodass die schwarzen Socken sichtbar wurden. Ein Anzug, wie ihn nur sehr junge und sehr schlanke Männer tragen konnten, und der seinen Träger eitel, ein wenig androgyn und bestenfalls gleichgültig gegenüber diesen Kategorien erscheinen ließ. Auf jeden Fall war er teuer gewesen, das konnte Tessa erkennen. Sie strich sich den Rock über den Hüften glatt. Seitdem sie sich jeden Abend eine Hormonspritze setzte, hatte sie zugenommen. Drei, vier Kilo nur, nicht viel, aber genug, um sich in ihren Kleidern unwohl zu fühlen. Zu ihrer und Rivers Erleichterung war ihre Laune ansonsten nicht beeinträchtigt – keine der Berg- und Talfahrten, wie sie auf den einschlägigen Internetseiten beschrieben wurden, höchstens eine größere Bereitschaft, unvermittelt in Tränen auszubrechen.

»Großartig«, sagte sie, und sie hätte auch *gut* sagen können oder *wunderbar*, alles, nur nicht schlecht. »Dir auch?«

»Bestens«, sagte Grant.

Sie warteten gemeinsam vor dem Aufzug, der sie in den siebten Stock bringen würde, ein Glaskasten, der den Blick in die Lobby des Verlagshauses freigab. Die Halle reichte bis unter die Kuppel, zehn Stockwerke hoch. Die messingfarbene Brüstung auf jeder Etage spiegelte die unterschiedlich weit herabhängenden Deckenlampen, unzählige gläserne Kugeln wie riesige Seifenblasen, und erzeugte damit ein beständiges, warmes Funkeln. Das Verlagshaus war erst vor einem Jahr fertiggestellt worden. Tessa war damals mit River und ihrer Mutter zur Eröffnungsfeier gekommen, ein opulentes Fest mit Dresscode, livrierten Kellnern und einer angesagten Band, deren Indierock die Kaviar-Canapés, Champagnerpyramide und barocken Blumenbouquets bei Bedarf als Ironie entlarvte. Ihre Mutter war sehr beeindruckt gewesen, und Tessa musste jedes Mal, bevor sie sie jemandem vorstellte, ein Gefühl der Peinlichkeit hinunterschlucken, das sich wie plötzliche Übelkeit in ihr breitmachte. Noch schlimmer war jedoch, dass River sich betont unbeeindruckt gab und alles mit hochgezogenen Brauen musterte. Wie oft war sie mitgekommen zu seinen Schulveranstaltungen, hatte dilettantische

Kunstausstellungen der Mittelstufe und Shakespeareaufführungen der Abschlussklassen über sich ergehen lassen – wenn sie noch ein einziges Mal einen Teenager *Willst du schon gehen? Der Tag ist doch noch fern* würde sagen hören, bekäme sie wahrscheinlich einen Schreikrampf. Und hier stand er nun und hatte für alle, die sich nicht wie er an den sozialen Brennpunkten dieser Stadt engagierten, nur Verachtung übrig.

Der Aufzug war vollbesetzt. Als ihre Blicke sich trafen, zog Grant die Augenbrauen hoch und lächelte unbeholfen. Sie nickte knapp, dann sah sie durch die Glaswand auf die Halle hinunter. Vor ihrem Büro wünschte sie Grant einen schönen Tag und schloss die Tür hinter sich. Aber sie war auf unangenehme Weise aufgekratzt, zu nervös, um sich an den Schreibtisch zu setzen. In der kleinen Kaffeeküche am Ende des Flurs machte sie sich einen Tee. Mit der Tasse in der Hand und nach allen Seiten grüßend ging sie zurück in ihr Büro. Auf dem Schreibtisch lagen drei Manuskripte. Zwei Frauennamen und ein Männername, keiner von ihnen sagte ihr etwas. Sie würde mit den Frauen beginnen, beschloss sie und legte das dritte Manuskript an den Rand ihres Schreibtischs, weit genug entfernt, dass man meinen könnte, es gehöre zu einer anderen Spezies.

Das Schönste an ihrer Kindheit, in der es – wie Tessa immer noch fand – viel Schönes gegeben hatte, waren die Sonntage gewesen. Das späte Aufstehen, das sich, wenn ihr Vater wie jeden Tag ins Hospiz hinübergegangen war, bis in den Vormittag hineinziehen konnte, und nach dem sie irgendwo im Haus ihre Mutter vorfand, meistens im Wohnzimmer, wo sie in einem Buch oder einem Magazin las, immer bereit, ihre Lektüre für eines der Kinder zu unterbrechen und ihm Platz neben sich auf dem Sofa zu machen. Es war ein Ritual gewesen, das sie alle lange beibehalten hatten. Sogar Casey hatte sie manchmal dort neben seiner

Mutter liegen sehen, sein Kopf in ihrem Schoß, wobei er, wenn eine seiner Schwestern hinzukam, immer ein leicht spöttisches Gesicht aufsetzte und sich aufrichtete, um in der Küche frühstücken zu gehen.

An einem Samstag wäre das nicht möglich gewesen. Die Samstage waren, wenn auch schulfrei, der Arbeit vorbehalten. Gemeinsam putzten die Geschwister die Bäder und staubsaugten, während ihre Mutter Stapel von Hemden und Kitteln bügelte. Ihr Vater war wie immer im Hospiz, allerdings kam er samstags und sonntags am frühen Nachmittag nach Hause.

Zum Hospiz waren es nur wenige Meter. Eine Brache lag zwischen den beiden Häusern, eine verwilderte Wiese mit Mirabellen- und Apfelbäumen, die Tessa lange Zeit ganz selbstverständlich als ihren Besitz betrachtete. Das Städtchen, in dem sie wohnten – Douglaston –, gehörte zwar offiziell noch zu Queens, aber alles sprach dagegen: die hohen Bäume, die sich im Herbst rot und gelb färbten wie riesige Fackeln, bevor sie ihre Blätter zu Boden warfen, wo sich die Kinder ein Labyrinth durch sie hindurchpflügten. Die holprige Straße, die direkt zum Meer hinabführte. Die Holzvillen mit ihren offenen Gärten. Dies alles war Long Island, nicht New York.

Ihr Vater war Arzt und hatte das Hospiz kurz nach ihrer Geburt gegründet. Es war ein ausladendes, zweistöckiges Haus mit einem roten Ziegeldach und einer Auffahrt, die – wie bei einem Hotel – das direkte Vorfahren erlaubte. Auch sonst hatte das Haus einiges von einem Hotel an sich. Das Foyer war mit einem schimmernden Marmorboden und dicken beerenfarbenen Teppichen ausgestattet. Topfpflanzen standen in großen Keramiktöpfen vor der breiten Fensterfront und Couchtische, auf denen Kultur- und Nachrichtenmagazine lagen, gruppierten sich um moderne Sessel. Hinter dem Empfangstresen hing ein Bild, das den Blick von der Bay auf die Hängebrücke zeigte, die Queens mit der Bronx verband. Jeden Montagmorgen wurde der üppige Blumenstrauß auf dem Tresen gegen einen neuen ausgetauscht. Die Patienten wurden hier als Gäste bezeichnet. »Unglückliche Gäste«, sagte Tessa einmal zu ihrer Schwester, als sie vom Apfelbaum aus die Ankunft eines Autos verfolgten, und Emily sagte feierlich: »Von denen nie wieder jemand abreist.«

Fast immer waren es alte Menschen, die ins Hospiz kamen, zumindest empfanden das die Mädchen damals so. Manche von ihnen konnten nicht mehr gehen, wurden umständlich aus dem Auto gehoben und in einen Rollstuhl gesetzt. Andere waren selbstständiger und reisten alleine oder in Begleitung eines Verwandten oder Freundes an. Einmal beobachteten sie, wie jemand mit einem Krankenwagen gebracht wurde. Festgeschnallt lag er auf einer Trage, und von ihrem Baum aus konnten sie nicht erkennen, ob es sich bei der schmalen Gestalt um einen Mann oder eine Frau handelte.

Sie selbst gingen nicht mehr oft ins Hospiz. Es war nicht so, dass sie das nicht gedurft hätten. Wenn sie ihren Vater in seinem Büro besuchten, zeigte er nie auch nur die leiseste Ungeduld oder sagte ihnen, dass sie am besten sofort wieder nach Hause gehen sollten. Er schien zu wissen, dass sie sich nicht schlecht benehmen würden, aber so gern sie die Atmosphäre des Hospizes mochten, so viel Angst machte ihnen das Haus auch. Die Kerzen, die auf den kleinen Tischen neben den Türen der Zimmer brannten, in denen kurz zuvor jemand gestorben war; die Besucher mit ihren traurigen, verweinten Gesichtern; die Vorstellung, wie dieses Haus die Menschen lebend in sich aufnahm und nur tot wieder herausgab. Wie musste sich das anfühlen, hier einzutreten? Alles ein letztes Mal zu tun?

Die Köchin des Hospizes, eine blond gelockte, resolute Frau um die fünfzig, machte es sich zur Aufgabe, die Lieblingsessen der Patienten zu kochen. Am ersten Tag ging sie zu jedem neuen

Patienten ins Zimmer, um ihn nach seinen zwei, drei Leibspeisen zu fragen. Sehr oft, erzählte sie Tessa einmal, waren es Gerichte aus der Kindheit, die sie kochen sollte: Hamburger, Hackbraten, Spare Ribs oder goldgelb gebratene Küchlein aus Krebsfleisch. Die Freude, wenn sie die gewünschten Gerichte auf dem Tablett ins Zimmer brachte. Die Unfähigkeit, mehr als ein paar Bissen davon zu nehmen. »Wenn ich sehe, dass das Essen nur herumgeschoben wurde«, sagte sie zu Tessa, »dann weiß ich, dass es bald zu Ende geht.« Sie musste wohl das erschrockene Gesicht des Kindes gesehen haben, denn sie fügte schnell hinzu: »Du musst es dir vorstellen wie beim Ballonfahren: Man wirft immer mehr Ballast ab, und der Ballon steigt höher und höher. Man wird ganz leicht, irgendwann.«

Aber so war es nicht. Tessa sah ja, dass keiner der Patienten entschwebte, federleicht und frei von allen Lasten. Im Gegenteil: immer kleiner und gebeugter und blasser wurden sie, während sich alles in ihnen gegen dieses Verschwinden zu sträuben schien.

Trotzdem. Die Freude bei den Gästen, wenn Tessa und Emily bei ihnen anklopften, um Tee oder Kaffee anzubieten. Die Geschichten, die sie ihnen erzählten, aus ihrer Kindheit, so fern und unwirklich wie die Rückseite des Mondes. Das Gefühl, hilfreich zu sein, einfach weil man da war. Die eigene Wichtigkeit. Tessa erinnerte sich an einen der jüngeren Gäste, einen Mann, so abgemagert, dass die Augen unnatürlich groß waren, die hellen, schütteren Haare sorgsam hinter die Ohren gekämmt. Wie alt mochte er gewesen sein? Dreißig, vielleicht auch schon vierzig. Er hatte aufgehört zu sprechen, nachdem seine fortschreitende Muskellähmung jedes Wort so verzerrt hatte, dass es beim besten Willen nicht zu verstehen war. Als sie eines Nachmittags bei ihm anklopfte, bedeutete er ihr mit einem Rucken des Kopfes, sich auf die Bettkante zu setzen. Sie tat es vorsichtig. Sein Blick so unverwandt wie der eines Babys. Am Anfang schaute sie weg, dann aber erwiderte sie seinen Blick, es hatte etwas von einem Spiel und von einem Gespräch. Ab da kam sie fast jeden Nachmittag. Manchmal erzählte sie ihm etwas. Von der Schule – sie war damals in der vierten Klasse. Oder den Beobachtungen, die sie im Hospiz gemacht hatte, ihren flüchtigen Begegnungen mit den anderen Gästen. Einige Male brachte sie ihr Strickzeug mit und hantierte konzentriert und ein wenig angeberisch mit den vier Nadeln, die den Strumpf formten. Dann brannte eines Tages eine Kerze vor seinem Zimmer, und sie verließ das Sterbehaus und betrat es für lange Zeit nicht mehr.

Zur Enttäuschung ihres Vaters studierten weder Tessa noch Emily Medizin; vielleicht war die frühe Begegnung mit Krankheit und Tod der Grund dafür. Überraschenderweise war es Casey – ihr bis zur Unhöflichkeit verschlossener Bruder –, der Arzt wurde und das Hospiz übernahm, als es an der Zeit war. Er war es auch, der als erster und einziger der Geschwister eine Familie gründete: drei Kinder in rascher Folge mit einer ehemaligen Kommilitonin, die seine Schweigsamkeit durch ihre Gesprächigkeit ausglich.

Tessa setzte sich in ihren Bürostuhl. Gestern hatte sie bis in die Nacht gearbeitet, um heute Zeit zum Lesen zu haben. Sie nahm das erste Manuskript in die Hand. Zweihundertvierzig Seiten. Gut, sie würde sie nur anlesen. Pennsylvania im Jahre 2415, dies wurde im zweiten Satz schon geklärt. Die Natur am Ende, darum reisten die Menschen in den Ferien zum Mond, der irgendwie bewohnbar gemacht worden war. Überall Roboter, aber ob man einen Menschen oder eine Maschine vor sich hatte, ließ sich nur an einer einzigen Stelle des Körpers herausfinden: ein daumennagelgroßer Punkt über dem Steißbein. Hier war bei den Robotern, direkt unter der Haut, eine sehr kleine Schraube angebracht. Kaum zu ertasten. Der Text war gut geschrieben, wenn er Tessa auch sofort langweilte. Aber das lag am Thema, nichts ödete sie mehr an als Sciencefiction. Sie legte das Manuskript zur Seite. Sie würde es Grant zum Lesen geben, ihn um seine schriftliche Einschätzung bitten.

Sie nahm das zweite Manuskript in Angriff. Collin Spencer hatte es geschickt, ein Agent, der in den letzten Jahren einige beachtliche Erfolge gehabt hatte und nun offenbar entschlossen war, auf der *Shades-of-Grey*-Welle mitzureiten. Dieser kaum verhüllte Versuch, die Leserinnen – denn an die richtete es sich in erster Linie – zu schröpfen. Nach zehn Seiten legte Tessa es weg.

»Er hieß Brent.« So begann das dritte Manuskript. »Er hieß Brent und er war mein Freund. Wir standen im Fluss und versuchten, die Fische im Schilf zu fangen. Barsche, Welse, die Schwärme winziger Elritzen, einmal einen Aal, den wir für eine Schlange hielten. Auf der Wiese hinter der Schule verrieten wir uns, was wir werden wollten. Wir sprachen über Star Wars und Piraten, über Dinosaurier, Baseball und Tiere mit Talenten.« Tessa las weiter, und je mehr sie las, desto mehr wollte sie wissen. Wollte wissen, wie es mit Brent weiterging, diesem empfindsamen Jungen, fremd in der Kleinstadt, in der es außer ihm nur wenige Schwarze gab. Wie er sich anpasste, mit seiner weißen Mutter und deren neuem Mann lebte, während sein schwarzer Vater kaum eine Rolle für ihn spielte. Und Ken, sein Freund, der sich in Lila verliebte, Tochter einer angesehenen Familie, das typische Mädchen von nebenan, dem Ken in der Highschool begegnete. Hübsch und klug. Aber von Anfang an schien es da eine Spannung zu geben, zwischen ihr und Brent. Dann brach das Manuskript ab.

Ted Gallagher, so der Name des Agenten. Tessa war ihm nur ein einziges Mal auf der Buchmesse in Chicago begegnet. Sie schrieb ihm eine Mail und fragte nach dem vollständigen Manuskript, und vierzig Minuten später konnte sie weiterlesen. Dreihundertvierundachtzig Seiten. Am Abend nahm sie das Manuskript, um es Donald, ihrem Chef, zu bringen. Dann ging sie nach Hause, gerade noch rechtzeitig, um sich ihre Hormonspritze zu setzen. Der Arzt hatte ihr erklärt, wie wichtig es sei, das Medikament jeden Tag zur gleichen Zeit einzunehmen, und bisher war es ihr immer gelungen, sich daran zu halten.

River stand in der Küche vor dem Herd. Er hatte Kopfhörer auf und schnitt etwas klein, Möhren vielleicht oder Paprika. Ein großer Topf auf dem Herd, eine Pfanne daneben. Er hatte sie nicht bemerkt, und sie blieb einen Moment stehen, um ihn zu beobachten. Die braunen Haare, die sich in seinem Nacken ringelten, seine ausgebeulten Jeans. Von hinten sah er eigentlich aus wie vor elf Jahren, als sie ihm auf einer der Studentenpartys begegnet war. Er hatte für die Musik gesorgt, und sie war zu ihm hingegangen, um nach einem Lied zu fragen. Er hatte es für sie gespielt und sich nach ihr umgeschaut, als die ersten Takte erklangen, und dann war sie noch drei weitere Male zu ihm gegangen, und jedes Mal hatte sie gedacht, wenn er das nächste Lied auch für mich spielt, dann soll es sein. Sie hatte damals überall nach Zeichen gesucht.

»Das Essen ist gleich fertig«, sagte River. Er musste sie schon bemerkt haben, als sie hereingekommen war, und vielleicht hatte er sie absichtlich im Glauben gelassen, dass er sich unbeobachtet fühlte.

»Ich muss noch rasch ins Bad«, sagte Tessa.

Auf dem Wannenrand sitzend schob sie ihren Pullover hoch, zog die Spritze auf, presste mit Zeigefinger und Daumen ein Stück Bauch zusammen und stieß die dünne Nadel durch die Haut. Es tat kaum weh, aber anfangs hatte es doch mehr Überwindung gekostet als gedacht. Sie waren jetzt im vierten Zyklus ihrer Behandlung, und wenn es diesmal wieder nicht klappen sollte, würden sie weitergehen müssen – In-vitro oder, als letzte Lösung, ICSI, wo die Samen nicht einmal mehr selbst zum Ei finden mussten, sondern direkt injiziert wurden. Manchmal hatte Tessa den Eindruck, dass sie sich auf einen Weg begeben hatten, der sie in kürzester Zeit zu Experten in einem bisher vollkommen fremden Gebiet machte. Aber wahrscheinlich war es genau das, was immer geschah, wenn der Körper versagte: neue Welten taten sich auf, mit eigenen Zielmarken und Rückschlägen. Manches war schwieriger in diesen Welten, manches leichter. So hatten sie es bisher ganz gut meistern können, ihren Sex auf bestimmte Tage zu beschränken – drei Tage hintereinander würden sie jetzt miteinander schlafen, während sie die ersten zwei Wochen des Zyklus enthaltsam waren –, und wenn es auch nicht ganz einfach war, bekamen sie es doch ganz gut hin. Schwieriger war das Warten danach. Und die Enttäuschung, die sich bisher jedes Mal eingestellt hatte.

»Lass ruhig«, sagte River, als sie anbot zu helfen. Ohnehin gebe es nichts mehr zu tun.

»Willst du dann vielleicht hören, was ich heute gemacht habe?«

Tessa hatte sich Mineralwasser in ein Weinglas gegossen und lehnte sich gegen die Arbeitsfläche. Seitdem sie die Hormone einnahm, vertrug sie keinen Alkohol mehr, schon nach ein paar Schlucken bekam sie heftige Kopfschmerzen. Eine Tatsache, die ihr der Arzt auch vorab hätte sagen können, fand sie.

»Hmm«, machte River, während er die Nudeln in ein Sieb schüttete.

»Ich glaube, ich habe den nächsten Bestseller entdeckt«, verriet sie ein wenig großspurig.

»Aha.« Er sah sie kurz an. »Worum geht's?«

»Um Freundschaft. Um Liebe. Um das ländliche Amerika.« Sie nahm einen großen Schluck von ihrem Wasser und versuchte sich vorzustellen, es sei Wein. »Klassische Coming-of-age-Story, aber mit den entscheidenden Extras.«

Noch während sie sprach, merkte sie, dass sie Rivers Aufmerksamkeit schon wieder verloren hatte. Er hatte das Fleisch aus der Pfanne genommen und rührte nun darin mit Zitrone und Sahne eine Soße an.

»Klingt interessant«, sagte er, während er im Schrank nach den Gewürzen suchte.

»Klar.« Tessa nahm ihr Glas und setzte sich mit ihrem Handy an den Tisch. Wenn sie den Namen des Autors in die Suchmaske eingab, tauchten drei Bilder von ihm auf und die Seite seines bisherigen Verlags, ein Kleinverlag in Ohio, der vor einigen Jahren gegründet worden war und sich seither mehr schlecht als recht über Wasser hielt. Tessa kannte solche Verlage und die Idealisten, die dort arbeiteten: ihre stolze Verachtung für die Konzerne, von denen sie sich in einigen Jahren – wenn sie sich so weit einen Namen gemacht hatten, dass sie interessant geworden waren – nur allzu bereitwillig aufkaufen und vom ewigen Überlebenskampf befreien ließen.

»Handy weg«, sagte River und stellte einen Teller vor sie hin, und sie machte eine militärische Geste, »aye, aye, Sir«, woraufhin er nur die Brauen hob, die so buschig waren, dass sie Tessa manchmal an zwei Bärenraupen erinnerten.

»Vielleicht sollte ich mir ein Schild mit diesen zwei Worten schreiben«, sagte River und schob sich Fleisch, Gemüse und Nudeln auf seine Gabel. »Ich weiß echt nicht, wie oft am Tag ich das zu meinen Schülern sage: Handy weg! Es ist wie eine Sucht.« Er stand auf, um Servietten zu holen. »Es *ist* eine Sucht«, verbesserte er sich.

»Oder auf die Stirn tätowieren«, schlug Tessa vor.

»Ja.« River sah sie nachdenklich an, und sie hoffte, dass er nicht glaubte, sie mache sich lustig über ihn. »Das wäre ein echtes Statement. Wie eine ständige Ein-Mann-Demo. Könnte interessant sein, fast ein Kunstprojekt.«

»Und wenn's dir zu viel wäre, würdest du dir einen Pony wachsen lassen.«

»Ganz die Pragmatikerin.« Nun war es River, der sich über sie lustig machte. »Haltung zeigen nach Bedarf und nur wenn's passt.« Er hatte wie in einer Radiowerbung gesprochen, und Tessa sagte: »Ich glaube, das reicht jetzt.«

»Aye, aye, Sir«, sagte River.

Sie aßen schweigend und räumten schweigend ab. Weil die Spülmaschine schon voll war – River verbrauchte, wenn er kochte, immer unzählige Schüsseln, Töpfe, Pfannen und Löffel –, ließ Tessa Spülwasser einlaufen. River nahm sich eines der Küchentücher vom Haken.

»Ich mach das schon«, sagte sie. »Du hast ja gekocht.«

River zuckte mit den Schultern, legte das Tuch aber nicht weg. Er nahm den Topf in Empfang, den Tessa ihm hinhielt. Offensichtlich war er an einer Versöhnung interessiert, solange er nicht den ersten Schritt machen musste. Vielleicht war auch ihm klar, dass sie, sollte jetzt jeder beleidigt in sein Zimmer gehen, später nur schwer miteinander schlafen konnten.

»Weißt du, dass ich es mag, zusammen zu spülen?«, sagte Tessa. Ihr war gerade eingefallen, wie sie früher jeden Abend miteinander gespült hatten: ihr Vater, Emily und sie. Wie ihre Mutter, die immer sehr aufwendig kochte, sich nach dem Essen ins Wohnzimmer setzte und die Zeitung las, während ihr Vater die Reste in Schälchen füllte und sorgsam mit Folie abdeckte, und ihre Schwester das heiße Wasser ins Spülbecken einließ. Tessas Aufgabe war es gewesen abzutrocknen, und ihr Vater hatte ihr, nachdem er das Essen im Kühlschrank verstaut hatte, dabei geholfen. Sie hatten ihren Vater den ganzen Tag nicht gesehen, und das gemeinsame Arbeiten in der Küche war die Gelegenheit,

Zeit miteinander zu verbringen. Sie erinnerte sich, wie sie einmal versucht hatten, ihrem Vater ein paar Slangausdrücke beizubringen, und wie er sich gesträubt hatte. Er war in Kanada aufgewachsen und erst als Assistenzarzt nach New York gekommen, und manchmal flammte in ihm eine puritanische Ablehnung von allem auf, was typisch amerikanisch war.

Das war es, woran sie oft dachte, nachdem ihr Vater ausgezogen war: wie sie alle drei in der schmalen Küche herumwerkelten und dabei lachten.

Wenn Tessas Mutter damals der Auszug ihres Mannes erschütterte, ließ sie es sich zumindest nicht anmerken. Sie war es, die die Kinder eines Sonntagabends zusammenrief. Es war im Sommer nach Tessas Schulabschluss, die Ferien gingen ihrem Ende zu, die gleißende Hitze des Augusts war einer goldenen Schwere gewichen, die den nahenden Herbst ankündigte. Während der letzten Wochen hatte Tessa sich wie befreit gefühlt; das Joch der Schule war von ihr genommen und hatte sie in einer Freiheit zurückgelassen, in der so widersprüchliche Gefühle wie Angst und Verwegenheit Platz hatten. In vorauseilender Sehnsucht vermisste sie das, was sie so schnell wie möglich hinter sich lassen wollte.

Als sie in das Esszimmer kam, in dem bereits ihre Eltern und Geschwister um den sechseckigen Holztisch saßen – ihre Mutter, die ihr mit einem ernsten Lächeln entgegenblickte, ihr Vater, die Hände vor sich abgelegt wie zwei notwendige, im Moment aber nutzlose Utensilien, und mit gesenktem Blick –, war sie sicher, dass einer von ihnen krank sein musste. Wahrscheinlich war das der Grund, warum sie weniger mit Bestürzung als mit Unglauben auf die Nachricht reagierte, dass ihr Vater ausziehen würde. Seit zwei Wochen habe er eine Wohnung in Freeport, erklärte die Mutter, in die er auch schon, unbemerkt von seinen Kindern, einzelne Kisten mit Habseligkeiten gebracht habe. Es fehle nur noch ein neues Bett, dann werde er ausziehen. Natürlich sei er auch weiterhin für seine Kinder erreichbar, zudem arbeite er ja auch im Hospiz, sei also auch räumlich nah. »Es wird sich«, schloss Tessas Mutter aufmunternd, »gar nicht so viel ändern.«

»Warum?«, fragte Tessa, und sie musste sich zwingen, die Frage an ihren Vater und nicht an ihre Mutter zu richten. »Warum willst du ausziehen?«

Sein Gesichtsausdruck überraschte sie. Sie hatte ihn nie zuvor zerknirscht erlebt, auch nicht unsicher, weder im Umgang mit seiner Familie noch mit seinen Patienten.

»Warum?«, wiederholte sie, diesmal in einem gereizten Tonfall, und sah dabei ihre Mutter warnend an, die schon zu einer Antwort ansetzen wollte.

»Ich weiß es nicht«, sagte ihr Vater schließlich leise. Er schaute zu ihr hin, dann senkte er seinen Blick wieder auf seine Hände. »Ich weiß nur, dass ich allein sein will.«

»Meine Klause«, sagte er, als Tessa ihn einige Wochen später zum ersten Mal in seiner neuen Wohnung besuchte. Er musste irgendwann angefangen haben, seine karge Einzimmerwohnung bei sich so zu nennen, vielleicht in einem Anflug von Euphorie darüber, dass es jetzt diese wenigen Quadratmeter gab, die ihm endlich die Stille und Abgeschiedenheit boten, nach denen er sich schon so lange gesehnt hatte. *Meine Klause* – gut möglich, dass er diese Worte nun das erste Mal laut aussprach, ein wenig unsicher, wie seine Tochter sie aufnehmen würde, und vielleicht auch mit der unterschwelligen Warnung, ihm keine weiteren Fragen zu stellen. Tessa wusste, dass es niemanden gab. Der Gedanke, der ihr anfangs einmal gekommen war – dass ihr Vater womöglich mit einer der Krankenschwestern im Hospiz eine Affäre begonnen haben könnte –, war ihr schon bald vollkommen abwegig erschienen.

Und ihre Mutter sollte recht behalten: es änderte sich gar

nicht so viel. Sicher, manchmal fehlte ihnen seine bloße, in sich gekehrte Anwesenheit. Gleichzeitig ging es jetzt zu Hause entspannter zu. Nicht mehr das Gefühl, sich auf Zehenspitzen bewegen zu müssen. Nicht mehr die nie ausgesprochene Missbilligung an den Sonntagen, wenn sie alle noch in ihren Betten lagen, während er sich schon auf den Weg ins Hospiz machte. Ohnehin begann im September das College, und alle drei Kinder würden nun nicht mehr zu Hause leben. »Wird das nicht einsam sein, Mama? Wirst du leiden?«, fragten Emily und Tessa ihre Mutter, doch sie lachte nur: »Sosehr ich euch vermissen werde: aber nein.« Sie ging nach wie vor jeden Vormittag ins Hospiz, und sie redete dort auch mit ihrem Mann, versicherte sie ihren Kindern. »Wir kommen gut miteinander aus.« Vielleicht sogar besser? »Nein«, sagte sie, »wir kamen immer gut miteinander aus.«

Und doch änderte sich etwas. Tessa merkte es das erste Mal, als ihre Mutter mit ihr zum College nach Massachusetts fuhr, im Kofferraum Kisten mit Tessas Büchern und Kleidern. »Mach dich nie von einem Mann abhängig«, sagte ihre Mutter plötzlich, als sie in gemächlichem Tempo über die Autobahn fuhren. »Bleib immer selbstständig.« Das waren neue Töne von ihrer Mutter, und Tessa sah sie verwundert an. »Klar.« Sie hatte ohnehin nichts anderes vorgehabt und musste fast lachen, als sie ihre Mutter das nun sagen hörte. Gleichzeitig ahnte sie, dass sie das, was sie da sagte, zwar wirklich meinen mochte, dass es aber der Realität nicht würde standhalten können: Sobald Tessa ein Kind bekäme, würde ihre Mutter es furchtbar finden, wenn sie die Erziehung einer Nanny überließe. Sie würde ihr, davon war Tessa überzeugt, ein schlechtes Gewissen machen und keine Sekunde über die Widersprüchlichkeit ihrer Erwartungen nachdenken. Am Ende würde ihre Mutter ihr das Leben schwer machen, nicht ihr Vater, dem alles egal war, solange es seine Ruhe nicht gefährdete. Aber all diese Gedanken waren ohnehin überflüssig: Tessa war entschlossen, keine Kinder zu bekommen.

Ihre Erfahrung hatte sie gelehrt, dass der Erfolg den wenigsten guttat. Es war vielleicht nicht überraschend, dass er diejenigen, die von Anfang an überheblich aufgetreten waren, nur unwesentlich veränderte. Nicht selten waren das genau die, die damit ihre Herkunft oder fehlende akademische Bildung bemäntelten, und oft waren das auch die, die nichts schrieben, was nicht gesellschaftliche Relevanz hatte: Klimadystopien, Rassenthemen, Sterbehilfe, Genderfragen. An Smalltalk waren sie nicht interessiert, und sie hatten kein Problem damit, sich Feinde zu machen – wahrscheinlich, weil sie ihre Umwelt seit jeher als feindlich empfunden hatten. Lesungen mit ihnen waren immer Bewährungsproben für Tessa, und sie vermied es, an mehr als unbedingt nötig teilzunehmen.

Daneben gab es die Romantiker – Lyriker oft und Quereinsteiger –, die der Erfolg fast zum Verstummen brachte. Als habe die Welt sich ihnen nicht nur zugeneigt, sondern drohe sie zu verschlingen. Tessas Aufgabe war es, ihnen die Hand zu halten – oft nicht nur im übertragenen Sinne – und sie zum Weiterschreiben zu bewegen. Wenn sie mit ihnen sprach, bemühte sie ihre sanfteste Stimme. Sie merkte selbst, wie sie die Tonlage wechselte, wenn einer von ihnen anrief.

Und dann gab es die Pragmatiker, die gerne schrieben und erzählten und die, bei aller Freude, keine Sekunde daran zweifelten, dass der Erfolg seine Berechtigung hatte. Oft hatten sie Schreibkurse absolviert, und ihre dort trainierte Fähigkeit zur Selbstkritik war es, die mit dem Erfolg am schnellsten schwand. Ihnen gegenüber befand sich Tessa in einem Balanceakt; sie musste sich bei ihnen Respekt verschaffen und diesen gleichzeitig erbringen. Nur wenn sie einsahen, dass Tessas Kritik ihrem eigenen Erfolg diente, waren sie auf Dauer bereit, ihr zuzuhören. Und dann konnte es immer noch passieren, dass sie ein Angebot von einem anderen Verlag annahmen, der sie mehr hofierte.

Kenji Block gehörte zur letzten Kategorie. Er sah anders aus als auf den Fotos im Internet. Die schwarzen Haare so zerzaust, als sei er gerade aufgestanden, die dunklen Augen schmaler, und er trug jetzt einen Bart, der erstaunlich dicht war. Dazu war er groß, sicher zwei Köpfe größer als sie. Sie sah, dass er aufgeregt war und daraus kein Geheimnis machte, und sie ahnte, dass ihm diese fohlenhafte Tollpatschigkeit in Verbindung mit seinem Aussehen bisher gute Dienste geleistet hatte. Er war nur sechs Jahre jünger als sie, aber vielleicht war es wegen seiner berechnenden Naivität, dass er ihr viel jünger vorkam.

Donald hatte ihr freie Hand gelassen, er glaubte daran, dass sie das hatte, was er *Gespür* nannte. Er glaubte es deshalb, weil es in den vergangenen Jahren immer sie gewesen war, die Bestseller entdeckt hatte. Es war nicht so, dass sie nicht stolz darauf war. Nur dachte sie manchmal, dass diese Erfolge der Gewöhnlichkeit ihres Geschmacks geschuldet waren.

Sie hatte Ted Gallagher sofort ein Angebot gemacht, das so hoch war, dass es ihn verblüfft haben musste. Und sie hatte ihn und Block eingeladen, um über das Buch zu sprechen. Kurz vor ihrer Verabredung hatte Gallagher abgesagt – irgendwas mit seiner Frau, die ins Krankenhaus musste –, und Block hatte Tessa gemailt, dass er auch alleine kommen könne, er wohne nur ein paar Straßen entfernt, in einer Querstraße zum Broadway, und er sei neugierig, sie kennenzulernen und das Verlagsgebäude von *Bennet & Baer* endlich einmal von innen zu sehen. Sie hatte ihn zur Mittagszeit hergebeten – sie würde ihn im ganzen Haus herumführen und dann ins hauseigene Restaurant einladen. Und sie würde ihn einigen Kollegen vorstellen, die sich mit größter Freundlichkeit um ihn bemühen würden.

Wenn er so war, wie sie es erwartete, würde er kaum glauben können, was ihm widerfuhr: dass er so rasch und reibungslos auf die Seite derjenigen wechseln sollte, die er bisher bewundert hatte. Aber er würde sich daran gewöhnen – schneller als anfangs gedacht –, und der jungenhafte Charme würde nur noch manchmal zum Einsatz kommen.

Sie stellte ihm Nina von der Rechtsabteilung vor, Nathan von der Presseabteilung und Leslie vom Sachbuchlektorat. Als sie zu Donald hineinschauten, stand er auf und kam ihnen entgegen. Tessa war immer wieder verwundert, wie jovial Donald auftrat, wenn sie ihm neue Autoren vorstellte. Es hatte etwas Unechtes an sich, als bliebe ihm die Rolle des Verlegers fremd. Auf dem Flur begegnete ihnen Grant, der zu Kenji Block aufblicken musste. Sie waren ungefähr gleich alt, und Tessa konnte eine spontane Nähe zwischen ihnen ausmachen, die unter anderen Umständen vielleicht zu Konkurrenz oder Freundschaft geführt hätte. Sie überlegte kurz, ob sie Grant zum Essen dazubitten sollte, entschied sich dann aber dagegen.

Kenji Block schaute sich neugierig im Restaurant des Verlags um, das im opulenten Stil der achtziger Jahre gehalten war, die ihm so fern sein mussten wie jede andere Epoche vor seiner Geburt. Der Boden war mit einem dicken, braun gemusterten Teppich ausgelegt, der auf demonstrative Weise teuer und hässlich aussah. Die Schritte waren gedämpft, sodass man manchmal überrascht war, wenn sich plötzlich ein Kellner über den Tisch beugte, um Wein oder Wasser nachzuschenken.

»Ich mag Ihren Roman«, sagte Tessa, als sie ihr Essen bekommen hatten. »Ich mag ihn wirklich sehr. Er ist persönlich, aber er sagt auch sehr viel über unsere Zeit aus. Er ist«, sie suchte nach dem passenden Wort, dann fiel es ihr ein, »er ist relevant. Bedeutend.«

Sie sah ihn abwartend an. Er schien ihren Worten nachzulauschen, dann sagte er artig: »Danke.«

»Wahrscheinlich haben Sie sich das schon gedacht«, sagte Tessa. »Immerhin habe ich Ihnen einen sehr hohen Vorschuss angeboten. Wir machen das nicht oft, wie Sie sich denken können. Aber ich habe das sichere Gefühl, dass Ihr Manuskript das wert ist – und auch Sie als Autor, denn ich bin überzeugt davon, dass Sie noch weitere großartige Bücher schreiben werden.«

Kenji Block rieb sich mit einer Hand den Nacken und sah sie geschmeichelt und etwas gequält an. Sie wusste nicht, ob es ihm wirklich peinlich war, gelobt zu werden. Vielleicht ein wenig, entschied sie. Ein ganz klein wenig.

»Na ja.« Er grinste unbehaglich. »Das hoffe ich auch.«

»Natürlich gibt es noch ein bisschen zu tun am Text. Nichts Entscheidendes, eher die Sprache an manchen Stellen glätten, schiefe Bilder ausräumen, solche Sachen. Und da komme dann ich ins Spiel, als Ihre Lektorin.«

Sie spießte ein Stück Fleisch auf, um ihrem Gegenüber Zeit für eine Antwort zu geben.

»Wunderbar«, sagte er, »ich freu mich aufs Lektorat. Ich habe zwar erst ein Buch veröffentlicht, aber da habe ich schon gemerkt, dass so ein Lektorat dem Buch guttut. Und dass ich als Autor am besten auf die Ratschläge des Lektors höre.« Er schüttelte den Kopf und lachte leise. »Bei den zwei, drei Stellen, die ich gegen den Lektor verteidigt habe, bin ich später immer wieder gestolpert. Manchmal ist man als Autor einfach zu nah dran. Und noch etwas wäre mir wichtig.« Er sah sie nun eindringlich an. »Im letzten Buch waren viel zu viele Tippfehler.«

»Oh ja, ärgerlich.« Tessa nickte. »Da haben wir hier wahrscheinlich schon bessere Ressourcen. Nach unserem Lektorat geht das alles noch einmal durchs Korrektorat, und da werden noch vorhandene Tippfehler eliminiert. Unsere Bücher haben immer eine sehr hohe Qualität, das kann ich Ihnen versprechen.«

»Dann ist ja gut«, sagte er erleichtert.

»Darf ich Sie etwas fragen?« Tessa beugte sich über den Tisch, und als Kenji Block nickte, fragte sie: »Wie autobiographisch ist diese Geschichte?«

»Na ja«, sagte er nach kurzem Zögern, »sie ist schon autobiographisch, aber Sie wissen ja, wie das ist – sobald man mit dem Schreiben anfängt, vermischt sich die Realität mit der Fiktion.«

»Ja, ja, schon klar. Darum gibt es ja auch den schönen Begriff der Autofiktionalität. Aber im Großen und Ganzen sind Sie Ken, nicht wahr?«

»Ja.« Kenji Block blinzelte ein paar Mal. »Schätz mal schon.«

»Und Brent? Und Lila? Gibt es die auch?«

Er nickte.

»Wir müssen aufpassen, dass sie nicht zu erkennbar sind«, sagte Tessa. »Nicht, dass wir Persönlichkeitsrechte verletzen.«

»Okay.« Kenji Block zuckte mit den Schultern. »Allerdings, wer sollte sie erkennen? Ich meine, außer sie sich selbst? Sie sind ja keine Personen des öffentlichen Lebens.« Mit beiden Händen setzte er Anführungszeichen in die Luft, eine Geste, die Tessa schon seit Jahren nicht mehr gesehen hatte.

»Trotzdem«, sagte sie. »Wir verfremden sie vielleicht einfach noch ein wenig.«

»Wie Sie meinen«, sagte er gleichgültig und aß die letzten Reste auf seinem Teller. Dann beugte er sich über den Tisch und senkte seine Stimme. »Ich habe da auch noch eine Frage, und ich hoffe, Sie nehmen sie mir nicht übel.«

»Mal sehen.«

»Warum sind Sie Lektorin geworden? Verstehen Sie mich nicht falsch, schöner Beruf und so. Aber ich hätte immer das

Gefühl, dass ich, wenn ich besser schreiben kann als der Autor, es lieber selbst machen möchte.«

Tessa sah ihn überrascht an. »Wie kommen Sie denn auf diese Idee? Ich habe nicht das Gefühl, dass ich besser schreiben kann als der Autor. Ich kann gut schreiben, gut formulieren, aber ich kann nichts erzählen, und ich will es vor allem auch nicht. Was ich aber am besten kann, ist, gute Texte noch besser machen.« Sie musterte ihn, um zu sehen, ob er verstand, was sie sagte. »Sehen Sie, ich konkurriere nicht mit Ihnen. Ich unterstütze Sie. Ich stelle mich für die Zeit des Lektorats in Ihren Dienst – und ich weiß aus Erfahrung, dass Sie gut beraten sind, diesen Dienst anzunehmen.« Sie merkte selbst, dass ihre Worte fast bedrohlich klangen, und setzte ein Lächeln auf.

»Das habe ich auch vor«, versicherte Block und sah ihr ernst in die Augen. »Ich nehme Sie und Ihre Dienste so sehr in Anspruch, dass Sie froh sein werden, wenn unser Lektorat vorbei ist.«

»Ach«, sagte Tessa. »Okay.« Sie blickte sich nach dem Kellner um. »Noch einen raschen Espresso?«

Doch zu ihrer Erleichterung sagte Kenji Block, er müsse los.

»Ich lasse den Vertrag an Ihren Agenten senden«, sagte Tessa, als sie wieder im Foyer standen.

»Gut.« Er reichte ihr die Hand und lächelte jetzt. »Dann bis bald.«

In seiner Loge, neben dem Eingang, saß wie immer der Pförtner, ein weißhaariger Mann, der schon im alten Verlagshaus gearbeitet hatte. Als er Kenji Block auf die Tür zugehen sah, nickte er ihm zu, aber Block ging an ihm vorbei, ohne ihn anzusehen. Auch nach Tessa, die so lange stehen blieb, bis er nicht mehr zu sehen war, sah er sich kein einziges Mal um.

»Nun denn«, sagte sie leise zu sich selbst. Sie tauschte einen Blick mit dem Pförtner, der ganz kurz die Schultern hochzog. Dann ging sie zurück in ihr Büro.

In der Bahn nach Brooklyn spielte jemand Geige, ein wildes Gefiedel. Sie stieg aus und setzte sich auf die Metallbank am Gleis. Wenn sie die Augen schloss, war sie eingehüllt in den Lärm und die Gerüche, aber sie öffnete sie rasch wieder. Sie hatte Angst, dass sich jemand zu ihr runterbeugen und sie ansprechen würde. Was ist los, meine Liebe, alles in Ordnung?

Als am Abend die Blutung einsetzte, war sie allein. River war zu einem Elternabend gegangen, und sie wusste, dass es heute spät werden konnte. In seiner Klasse war ein Problem aufgetaucht – ein Wettkampf zwischen zwei Gruppen, der zusehends gewaltsam ausgefochten wurde, und bei dem mal die einen, mal die anderen die Oberhand hatten.

Sie war fast eine Woche überfällig gewesen, und sie hatte sich jeden Tag ermahnt, sich keine Hoffnungen zu machen. Aber natürlich hatte sie sich nicht daran gehalten. Mehrfach hatte sie überlegt, sich einen Schwangerschaftstest zu kaufen, aber dann war sie immer wieder davor zurückgeschreckt. Sie wollte diesen Zustand noch ein wenig auskosten, dieses Gefühl, schwanger zu sein. Tatsächlich hatte sie zweimal nach dem Aufstehen eine leichte Übelkeit verspürt, die erst vergangen war, wenn sie etwas aß. Und sie hatte am Computer das Geburtsdatum berechnet: der zwölfte oder dreizehnte Juli. Jetzt war sie froh, dass sie River nichts von alldem erzählt hatte. Ihr Baby, wenn es denn jemals eines gegeben hatte, hatte sie verlassen, bevor sie es hatte kennenlernen können. Sie fühlte sich betrogen.

Den Rest des Abends verbrachte sie am Computer. Las die Erfolgsgeschichten von Elternpaaren, die über eine Agentur ein Baby adoptiert hatten. Der warme Rosaton, in dem das alles gehalten war. Die niedlichen Babys. Schwarze, weiße, asiatische, südamerikanische. Man würde seine Vorlieben angeben können, aber dann müsste man warten. Es gefiel Tessa, dass man nicht selbst derjenige war, der wählte, sondern die Mutter. Vielleicht war das auch der Grund, warum all diese Eltern es als schicksalhaft empfanden, wenn sie ihrem Baby das erste Mal begegneten. *Wir verliebten uns direkt in sie. Er war das schönste Baby der Welt. Wir wussten, er ist für uns bestimmt.* Was würde River dazu sagen? Dann wechselte sie zu einer Seite, auf der künstliche Befruchtungen beschrieben wurden. Dann auf eine, auf der Leihmütter vermittelt wurden. Es gab viele Möglichkeiten, Mutter zu werden. Das Einzige, was ihr nicht mehr möglich schien, war, keine Mutter zu werden. Sie hatte keine Ahnung, wie es dazu gekommen war. Wann war diese Verwandlung mit ihr vorgegangen? Warum konnte sie sich nicht mehr vorstellen, kein Kind zu haben?

Es war nicht so, dass sie nicht wusste, was mit ihr geschah. Sie wollte das Kind mehr als River es wollte, und wenn er vielleicht auch nur gleichgültig tat, war es doch so, dass sie sich damit Nachteile einhandelte. Sie würde diejenige sein, die mehr für das Kind aufgeben müsste. Ihr Leben wäre es, das sich komplett ändern würde. Und auch wenn sie sich im Moment nichts Schöneres vorstellen konnte, war ihr die Gefahr doch bewusst. Nicht nur ihr Beruf, auch die Ehe mit River – und vielleicht schon ihre Kindheit, in der sie um die Anerkennung ihres schweigsamen Vaters rang – hatte immer etwas von einem Kampf gehabt: mit sich selbst, den anderen, mit all den unausgesprochenen Erwartungen, denen sie gerecht werden wollte. Sie liebte diesen Kampf, liebte es, sich durchzubeißen. Zumindest war das bisher so gewesen. In letzter Zeit jedoch merkte sie, dass sie müde wurde.

Sie schaltete den Computer aus und ging ins Bad. Seit einigen Monaten vermied sie so oft wie möglich den Blick in den Spiegel. Es war nicht so, dass sie sich unattraktiv fand, nur wurde sie sich zunehmend fremd. Wenn sie sich zufällig irgendwo gespiegelt sah, lächelte sie sich sofort zu, als wollte sie sich Mut machen.

Sie war wohl eingeschlafen, bevor River nach Hause kam, und vielleicht hatte sie ihn kommen hören, auch wenn sie sich nicht daran erinnerte. In ihrem Traum war sie wieder ein Kind und im Hospiz gewesen. Sie war von Raum zu Raum gegangen, aber alle Zimmer waren leer. Kein Ort für ein Kind. Sie wusste noch, dass sie das gedacht hatte: Kein Ort für ein Kind.

Die Ofenuhr zeigte zwanzig nach eins, als sie in die Küche kam. Durch das Fenster fiel Licht herein, die Außenlampe brannte. Sie sah River auf einem der Gartenstühle. Er wandte ihr den Rücken zu und saß ganz still, während fadendünner Nieselregen auf ihn herabfiel. Sie öffnete die Terrassentür.

»Alles klar mit dir?«

»Ja«, sagte River, ohne sich zu erschrecken und ohne sich nach ihr umzusehen. »Oder nein. Sag mal, glaubst du eigentlich, dass ich ein guter Lehrer bin?«

»Ja, das glaube ich«, sagte Tessa. Sie hatte ihn zwar noch nie im Unterricht erlebt, aber sie hatte mitbekommen, wie er ihren Neffen und Nichten etwas erklärte: geduldig, anschaulich. Geliebt von ihnen, ohne dass er sich um diese Liebe bemühen musste. Sie hatte ihm gerne zugehört, wenn er ihnen die physikalischen Gesetze von Ebbe und Flut erklärte. Oder den Weg, den der Strom durch die Kabel nahm, als seien es die unsichtbaren Adern des Hauses.

»Weil ich«, River räusperte sich, »also ich habe nicht so sehr das Gefühl, ein guter Lehrer zu sein. Ich krieg diese Klasse nicht in den Griff, weder die Schüler noch die Eltern.«

Sie ging nach draußen. Der Regen war kaum zu spüren, aber als sie River von hinten umarmte, merkte sie, dass seine Schultern nass waren.

»Du schaffst das«, flüsterte sie. »Hab Geduld.«

Er nickte und wiegte sich dabei ein wenig vor und zurück.

»Wie war dein neuer Starautor?«, fragte er schließlich.

»Och ja.« Sie schnaubte leise. »Jung, er kommt mir wahnsinnig jung vor. Begabt. Berechnend und naiv.«

Sie schob einen der Gartenstühle neben den von River. Direkt vor der Terrasse stand eine Dreiergruppe von Bäumen. Silberahorn, Goldakazie und Winterlinde. Bei ihrem letzten Besuch hatte sie ihre Mutter nach den Namen gefragt, und weil sie sie immer wieder vergaß, hatte ihre Mutter sie schließlich in ihrer altmodischen Handschrift auf einen Zettel geschrieben. Die Stämme waren kaum höher als sie, es konnte noch nicht lange her sein, dass sie gepflanzt worden waren. In einigen Jahren würden sie zu groß für den winzigen Garten sein, und ihre dichten Laubkronen würden dafür sorgen, dass kein Sonnenstrahl mehr auf die Terrasse fiel.

»Wahrscheinlich ist er ein Narzisst.«

»Sind sie das nicht alle, deine Autoren?«, fragte River.

Für einen kurzen Moment hatte Tessa Lust, ihn zu fragen, ob das für ihn und seine Kollegen nicht auch gelte: Wollten nicht auch sie sich spiegeln in ihren Schülern und deren Bewunderung für sie? Und litten sie nicht, wenn diese Bewunderung ausblieb? Aber sie sagte nichts, sondern beobachtete fast unbeteiligt, wie ihre Wut sich kurz aufbäumte und dann abebbte.

»Ja«, sagte sie schließlich. »Wahrscheinlich hast du recht.«

Sie blieb sitzen. Lauschte auf die Nachtgeräusche. Ein Martinshorn in der Ferne, ein Rascheln im Gebüsch, vielleicht von einem Fuchs. Sie stellte ihn sich vor: einsam und nass. Den Kopf vorgereckt, irgendetwas witternd, bereit zur Flucht.

8

SCHWIMMER

Als Dan den Buchladen betrat, sah er sie sofort. Nicole Clarkson stand vor den Neuerscheinungen, und das Mädchen neben ihr musste ihre Tochter Debbie sein, die wahrscheinlich über die Feiertage heimgekommen war. Während Nicole in einem Buch blätterte, schaute sich das Mädchen gelangweilt um. Sie trug einen Blouson, leuchtend orange wie die Warnwesten von Straßenarbeitern, und dazu eine enge Jeans, die ihre Beine sehr dünn wirken ließ. Als ihr Blick Dan streifte, meinte er einen Moment des Erkennens darin wahrzunehmen, aber bevor er ihr zunicken konnte, hatte sie sich schon wieder abgewandt und griff nach einem der Bücher, die auf dem Tisch vor ihr aufgestapelt waren.

Dan erinnerte sich daran, wie Ruben sie einmal mit nach Hause gebracht hatte. Er musste damals in der letzten Klasse der Grundschule gewesen sein, und Debbie, die sich all die Jahre davor nie zu einem Besuch herbeigelassen hatte, war von Zimmer zu Zimmer gegangen, als gelte es, fremde Lebensweisen zu inspizieren. Er sah noch ihren Gesichtsausdruck vor sich: eine Verblüffung, die jederzeit bereit war, in Verachtung umzuschlagen. Aber Dolores war eine überaus geschickte Dekorateurin gewesen. So gut sie es verstand, sich zu kleiden, so elegant sahen die Räume aus, und dass sie das alles mit relativ bescheidenen Mitteln hinbekommen hatte, nötigte Dan auch heute noch Respekt ab.

Was ihn damals unangenehm berührt hatte, war jedoch weniger Debbies Überheblichkeit als Rubens freudige Erregung. Wenn er seinen Blick erhaschte, hatte er manchmal beschwichtigende Gesten gemacht, aber Ruben hatte ihn nur unwillig angesehen, und er musste ihn seiner Bewunderung für Debbie überlassen. Soweit Dan wusste, war es bei dem einen Besuch geblieben, aber sicher sagen konnte er das nicht. Möglich, dass Ruben das Mädchen noch ein paar Mal mitbrachte, als er nicht zuhause war. Auf der Highschool jedenfalls kamen sie in unterschiedliche Klassen, und Dan vergaß Debbie, bis er im vergangenen Jahr den Auftrag erhielt, das Haus der Clarksons zu renovieren.

Es war ein großer weißer Kasten, eines der wenigen modernen Gebäude der Stadt. Als es vor dreißig Jahren erbaut worden war, hatte es Aufsehen erregt und die Nachbarschaft in zwei Lager geteilt: in jene, für die der schlichte Bau mit den verhältnismäßig kleinen Fenstern den Charme eines Bunkers besaß, und jene, die meinten, dass Architektur sich nicht in der Wiederholung des ewig Gleichen erschöpfen dürfe und die den Kontrast zu den viktorianischen Holzvillen reizvoll fanden.

Dan, der damals gerade die Highschool beendet und im Bautrupp seines Vaters begonnen hatte, zählte sich selbstredend zum Lager der Modernisten. Dabei entsprach das Gebäude durchaus nicht seinen Vorstellungen. Ihm schwebte eher ein Haus vor, das ganz aus Glaswänden bestand und nur von einigen Betonpfeilern gehalten wurde. Er hatte ein Foto in einem Architekturbuch gesehen, ein moderner Bungalow in Florida, direkt an der Küste gelegen, und in seiner Vorstellung war das Haus immer extremer, von immer abenteuerlicherer Statik geworden, ein Bauwerk, das zu schweben schien und das Leben seiner Bewohner offenlegte wie ein Aquarium.

Das Reihenhaus, in das er schließlich zog, war so dünnwandig, dass er an stillen Sonntagnachmittagen die Gespräche seiner Nachbarn belauschen konnte. Als er zehn Jahre später mit Dolores und ihrem damals einjährigen Sohn zusammenzog, hatten sie sich ein schmales freistehendes Holzhaus gekauft, vor dessen Veranda zwei Buchsbäume zu perfekten Kugeln gestutzt waren. Das Innere war verlottert und offenbar erst kürzlich vom Schmutz der Jahre befreit worden, und nur einige Meter vom Vorgarten entfernt verlief die Schnellstraße nach Barnesville. Doch das Haus war billig gewesen, und er und Dolores hatten es im Laufe der Jahre so weit restauriert, dass nichts mehr auf die jahrelange Vernachlässigung hindeutete.

Als Dolores vor zwei Jahren ausgezogen war, um mit ihrem früheren Lehrerkollegen Colton Woods eine Nachhilfeschule im Nachbarort zu eröffnen und ihn bei der Gelegenheit auch zu heiraten – eine Formalie, die sie bisher immer abgelehnt hatte –, hatte es Dan verblüfft, mit welcher Leichtigkeit sie nicht nur ihn, sondern auch das Haus hinter sich gelassen hatte. Seitdem er alleine darin wohnte, war es, als holte sich die Vernachlässigung ihr Territorium zurück, vergleichbar der Natur, die sich gezähmtes Gelände auch wieder einverleibt, wenn man sie nur lässt. Einzig die monatlichen Besuche von Ruben, der inzwischen das College in Richmond besuchte, ließen ihn gegen den Verfall angehen und für ein Mindestmaß an Sauberkeit sorgen, was Ruben jedoch nicht davon abhielt, bei jedem seiner Besuche wenigstens die Küche oder eins der beiden Bäder zu putzen.

Er hatte Ruben nie adoptiert – wie das Heiraten war auch das eine der Sachen, die Dolores für einen staatlichen Eingriff in ihr Privatleben hielt –, und dass zwischen ihnen trotzdem ein unverbrüchliches Band bestand, war eine der wenigen Sachen in seinem Leben, die Dan stolz machten. Rubens biologischer Vater war kurz nach der Zeugung zurück in das mexikanische Dorf gezogen, aus dem er seiner Jugendliebe Dolores in die USA nachgereist war, und er hatte sich kein einziges Mal bei seinem Sohn gemeldet. Als Dan einmal den Verdacht äußerte, dass er womöglich gar nichts von Rubens Existenz wusste, hatte Dolores nur spöttisch gelacht. Damals hatte ihm das genügt. Erst in letzter Zeit war ihm aufgefallen, dass dieses Lachen eigentlich alles bedeuten konnte.

Nicole betrachtete immer noch die Neuerscheinungen, und als Dan jetzt neben sie trat – er suchte nach den Büchern unter B –, konnte sie nicht anders, als ihn zu bemerken.

»Dan!«, sagte sie, eine Spur zu laut und zu erfreut, um wirklich überrascht zu sein. Aber vielleicht ist sie es doch, dachte er im nächsten Moment. Vielleicht ist sie überrascht, mich ausgerechnet in einer Buchhandlung anzutreffen.

»Guten Tag, Nicole«, sagte er. Dann nickte er Debbie zu, die neben ihrer Mutter stand und ihn so unverwandt anschaute, als beobachte sie die seltsamen Rituale eines unerforschten Stammes.

»Suchen Sie etwas Bestimmtes?«, fragte Nicole.

Dan murmelte, »ja, na ja, mal schauen«, und ärgerte sich im nächsten Moment über seine ausweichende Antwort. »Ein Buch mit Kurzgeschichten. Von jemandem aus Hollyhock«, konkretisierte er.

Nicole zog die Augenbrauen in die Höhe, als habe er ihr soeben etwas ganz und gar Unglaubliches erzählt. »Wir haben hier einen Literaturstar?«, fragte sie in affektiertem Tonfall, und Dan fiel ein, dass sie erst als verheiratete Frau nach Hollyhock gekommen war. Woher sie eigentlich kam, wusste er nicht, Chicago vielleicht oder New York, es musste in jedem Fall eine große

Stadt sein, die sie auch nach mehr als dreißig Jahren immer noch mit Geringschätzung auf die Kleinstadt blicken ließ.

»Na ja, ist auf jeden Fall nicht da.« Er zuckte die Achseln und wandte sich zum Gehen. »Schönen Tag noch.«

»Moment!« Nicole legte das Buch, in dem sie bis eben geblättert hatte, beiseite. »Wo ich Sie gerade treffe, wollte ich noch wegen des Verputzes nachfragen. Der Anstrich, Sie wissen schon.« Sie trat einen Schritt näher. »Ich habe den Eindruck, dass er schon wieder anfängt grün anzulaufen. Vor allem am oberen Rand, an der Kante zum Dach.«

»Tja, das ist gut möglich«, sagte Dan. Er sah sie abwartend an.

»Ja, aber das sollte es eben *nicht* sein.« Nicoles Stimme bekam einen so empörten Klang, dass Dan den Eindruck hatte, die anderen Kunden verstummten. Nicole hatte sich vor ihm aufgebaut und sah ihn herausfordernd an, und Dan fiel zum ersten Mal auf, dass auch ihre Beine, wie die ihrer Tochter, fast spinnenartig dünn waren.

»Hören Sie«, sagte er leise, »zum einen ist dies nicht der richtige Ort, um das zu besprechen. Und zum anderen«, überging er ihren Versuch, ihn zu unterbrechen, »liegt das an der Farbe, die Sie gegen meinen ausdrücklichen Rat ausgewählt haben.«

»Was hat das denn mit der Farbe zu tun?«, fragte Nicole ebenso laut wie zuvor.

»Sie haben die billigere Farbe gewählt«, erinnerte sie Dan. »Sie haben«, sagte er mit nun ebenfalls lauter werdender Stimme, »die Farbe gewählt, die keinen Schutz vor Vermoosung bietet, und Sie haben sie deshalb gewählt, weil Sie so Geld sparen konnten.«

Er drehte sich um, nickte der Verkäuferin zu und verließ den Laden, ohne sich noch einmal nach Nicole und ihrer Tochter umzudrehen. Er war wütend, aber diese Wut hatte auch etwas Tröstliches an sich. Auf jeden Fall war sie besser als das Gefühl der Ohnmacht. Manchmal in den letzten zwei Jahren war es ihm vorgekommen, als habe Dolores ihn nicht nur ihrer Liebe, sondern auch der unsichtbaren Membran beraubt, die ihn vor den Zumutungen der Welt geschützt hatte.

Auf der Hauptstraße rollten die Autos in gemächlichem Tempo dem Feierabend entgegen. Morgen, um dieselbe Zeit, würde die Straße fast leer sein. Die Familien würden zusammenkommen und das gemeinsame Abendessen vorbereiten.

Seine Eltern hatten das Thanksgiving Fest immer sehr ernst genommen. Er und seine zwei jüngeren Schwestern durften auf keinen Fall fehlen, und in Ermangelung weiterer Verwandter hatte es sich eingebürgert, dass die Nachbarin, eine immer schon ältliche Frau, die er auch als erwachsener Mann nie anders als Miss Rhonda nannte, an diesem Feiertag mit am Tisch saß. Seine Mutter hatte einen mit Zwiebeln, Sellerie und Pilzen gefüllten Truthahn gebraten, und Miss Rhonda hatte ihren immer etwas zu süßen Kürbiskuchen mitgebracht.

»Der Truthahn war Moms erste Amtshandlung als Amerikanerin«, hatte seine jüngste Schwester Amy einmal gespottet, und Masha, die mittlere, hatte hinzugefügt, dass ihre Mutter wahrscheinlich befürchte, des Landes verwiesen zu werden, wenn sie einmal etwas anderes zu Thanksgiving zubereiten würde. Dan hatte damals gelacht, aber es war ihm nicht ganz wohl dabei gewesen. So wie seine Eltern sich anstrengten, Amerikaner zu werden, so strengte auch er sich an, doch der Umstand, dass er hier fast sein ganzes Leben verbracht hatte, änderte nichts daran, dass er für die meisten in Hollyhock Dan Kulinski, der Pole, war.

Es war dämmrig geworden, und wie jedes Jahr schienen die kurzen Tage ganz plötzlich gekommen zu sein. Bis in den Oktober hinein war es dieses Jahr sommerlich geblieben, und Dan hatte die Wochenenden am See in Sleeping Hollow verbracht, für den er seit mehr als zwanzig Jahren die Mitgliedschaft besaß. Etwas, das seine Eltern nie verstanden hatten – dass man, um an dem zwischen Kiefern gelegenen Waldsee baden zu dürfen, einem Club beitreten und im Jahr achthundert Dollar zahlen musste. Viel geboten wurde einem dafür nicht, da musste er seinem Vater zustimmen. Ein notdürftig ausgeschilderter und noch dazu holpriger Parkplatz am Waldrand, ein Steg, der weit ins Wasser hineinreichte, ein Tretbootverleih, der zwischen Mai und Oktober geöffnet hatte. Ein paar Mal hatten er und Dolores seine Eltern mitgenommen, hatten ihre Sonnenstühle in einer Viererreihe aufgebaut und Ruben zugeschaut, der mit zögerlichen Schritten ins Wasser ging, Muscheln sammelte und den anderen Kindern beim Bau ihrer Matschburgen zuschaute. Es war ihm nie leichtgefallen, mit ihnen in Kontakt zu treten. Die Forschheit, die er manchmal zur Schau trug, fiel im Ernstfall von ihm ab. Schüchtern stand er neben den Kindern, und wenn sich niemand seiner erbarmte, kam er irgendwann mit enttäuschter Miene zurück. Ein paar Mal hatte Dan für ihn die Kontaktaufnahme übernommen, doch auch wenn die fremden Kinder zu höflich waren, um abzulehnen, haftete dem Ganzen immer etwas Unechtes an. Zumal Ruben auch beim gemeinsamen Spiel seine Schüchternheit lange nicht verlor.

»Lass ihn das alleine regeln«, hatte Dolores irgendwann zu Dan gesagt, und als er entgegnete, dass Ruben es eben nicht regeln könne, ob sie das denn nicht sehe, hatte sie erwidert: »Doch. Aber so wird er es auch nicht lernen.«

Er wusste natürlich, dass sie recht hatte. Aber es war, als fühlte er Rubens Schmerz. Manchmal kam es ihm sogar so vor, als potenziere sich der Schmerz in ihm, als käme zu Rubens Verzweiflung seine eigene hinzu. Oh, wie gut er sich erinnerte! An das Gefühl, ein Außenseiter zu sein, linkisch und unbeholfen und so anders als gewünscht. Es war, als watete er in Molasse oder als wickelten sich bei jedem Schritt Algen um seine Knöchel und hinderten ihn am Vorankommen. Wie in einem dieser Träume, in denen man rennt und rennt und trotzdem auf der Stelle verharrt.

Erst zum Ende der Highschool änderte sich das. Er hatte einen Sprung gemacht, war nun nicht mehr einer der Kleinsten. Und er hatte seine erste Freundin, Molly Soundso – tatsächlich stellte er erstaunt fest, dass er ihren Namen vergessen hatte. Dabei war sie es gewesen, die ihn erlöst hatte, zumindest war ihm das damals so vorgekommen, und nach all den Jahren spürte er immer noch eine diffuse Dankbarkeit, wenn er an Molly dachte, die, hübsch, zäh und verwegen, nachts heimlich die Tür öffnete, um ihn in das Haus zu lassen, das sie heute noch bewohnte und in dem sie damals mit ihrer Mutter gelebt hatte. Molly Higgins, jetzt fiel es ihm wieder ein. Manchmal sah er sie in der Stadt. Sie war eine rundliche Frau geworden, deren Haare sich langsam grau färbten und die an den Wochenenden im Gartencenter in Linwood aushalf. Einmal hatte er dort einen Spaten gekauft, und als er bemerkte, dass sie an der Kasse stand, hatte sie ihn schon gesehen und ihm zugenickt. Sie hatten ein paar Sätze miteinander gewechselt, nichts von Belang, es ging ihnen beiden grundsätzlich wunderbar, und später, auf dem Heimweg, hatte er sich gefragt, ob sie sich erinnerte, wie sie damals in ihrem Mädchenzimmer miteinander geschlafen hatten, wie sie, nach den ersten ungelenken Versuchen in eine Lust hinabgetaucht waren, so anders als alles bisher Gekannte und so erschütternd, dass er in diesen Momenten wirklich geglaubt hatte, sie seien füreinander bestimmt.

Die Schaufenster der Läden waren herbstlich dekoriert. Leuchtende Laubkränze, Girlanden aus kleinen Plastikkürbissen und unechten Tannenzapfen, ein riesiger Truthahn aus Metall im Eingangsbereich des Lebensmittelladens, ein Wald mit emsig arbeitenden Eichhörnchen im Schaufenster von *Perywinkles* Spielzeuggeschäft, das einen neuen Besitzer hatte und jetzt anders hieß. Zwei Läden hatten im letzten Jahr aufgeben müssen – *Mac Dowell*, ein Laden für Haushaltswaren und Keramik, und ein teurer Schuhladen. Die zugeklebten Schaufenster hatten in Dan eine vage Sorge ausgelöst, gleichzeitig hatte sich sein Gewissen geregt, da er nie in einem der beiden Läden eingekauft hatte. Jetzt kündigte im alten *MacDowell* ein Schild die Eröffnung eines Delishops an, während sich im anderen Laden bereits ein Sportgeschäft einquartiert hatte. *Dick's Sporting Goods* stand in riesigen Buchstaben über dem Schaufenster, hinter dem sich Rennräder und Kayaks präsentierten.

In der Drogerie holte Dan eine Schachtel mit Säureblockern aus dem Regal. Die Kassiererin, eine junge schwarzhaarige Frau mit dunklen, sehr schmalen Augenbrauen, lächelte ihm zu.

»Thanksgiving, he?«, sagte sie freundlich, und Dan lachte kurz.

»Der Truthahn«, sagte er, »und der Kartoffelbrei, na ja, vielleicht auch der Wein.«

Er zuckte mit den Schultern, und die Kassiererin sagte leichthin, »wahrscheinlich alles zusammen«, und reichte ihm die Quittung mit den Coupons für seinen nächsten Einkauf. »Einen schönen Nachmittag noch.«

»Danke.« Er las ihren Namen auf dem Schild an ihrem Kittel, dann fügte er hinzu: »Ebenso, Elizabeth.«

Sie sah ihn kurz an, lächelte noch einmal, und Dan kam es vor, als wäre sie ein wenig überrascht. Er versuchte ihr Alter zu schätzen. Anfang dreißig? Ende zwanzig? Die Farbe ihrer Haare war nicht echt, erkannte er plötzlich. Die schmalen dunklen Augenbrauen, die dichten Wimpern, unter denen die hellblauen

Augen fast erschreckt wirkten, das alles war nicht echt. Es war wie eine Rüstung, hinter der sich eine jüngere Frau versteckte.

Er blieb noch einen Moment stehen, doch die Verkäuferin hatte sich schon dem nächsten Kunden zugewandt.

Zuhause wählte er Rubens Nummer.

»Ich wollte nur sehen, ob es bei unserer Verabredung bleibt«, sagte er, als der Junge sich gemeldet hatte.

»Ja«, sagte Ruben, »klar.«

Er wirkte abgelenkt. Als hätte Dan ihn bei etwas gestört, das ihn auch weiterhin in Beschlag nahm.

»Masha freut sich schon auf dich«, sprach Dan weiter. »Sie haben jetzt einen neuen Hund, einen Neufundländer. Ein Riesending.«

»Schön. Ich freu mich auch.« Ruben gähnte, dann sagte er: »Ich muss dann mal los.«

»Gehst du jetzt etwa noch aus?«, fragte Dan.

Er konnte Ruben lachen hören, und als er auf die Uhr über der Küchentür blickte, musste er auch lachen. Kurz nach sieben. »Schon klar. Ich werde alt.«

»Nein, nein, du doch nicht«, sagte Ruben versöhnlich. »Okay.« Er klang, als habe ihn das Lachen aufgeweckt. »Mach's gut, Dad. Bis morgen.«

Als Dan aufgelegt hatte, ging er ins Wohnzimmer und schaltete den Fernseher ein. Die Nachrichten hatten begonnen. Solange er sich erinnern konnte, moderierte die gleiche Sprecherin die Nachrichten auf PBS. Als Teenager hatte er sie wunderschön gefunden, das schmale Gesicht mit den großen dunklen Augen, das trotzdem nichts Niedliches an sich hatte, eher etwas Kluges, Zurückhaltendes. Sie musste inzwischen über sechzig sein, und er fand sie immer noch schön, wenn sie jetzt auch strenger wirkte, kritisch gegenüber dem, was sie zu berichten hatte. Vielleicht lag das aber auch am Präsidenten, mit seinem irrationalen Auftreten, den vulgären Tweets, dem ganzen Getöse, das Dan wie das Poltern eines verwöhnten Kindes vorkam. Er wusste, dass viele seiner Arbeiter ihn gewählt hatten. Sie kamen aus Russland und Mexiko, aus Pakistan, Indien und Polen, viele von ihnen waren ungelernt und schlugen sich so durch, und wenn sie die Stärke des Präsidenten lobten, seinen Wagemut, seine ehrliche Meinung, fragte sich Dan, ob sie nicht begriffen, dass dieser Mann sie verachtete. Ihr seid Abschaum für ihn, versteht ihr das nicht?, dachte er bei sich. Aber er sprach es nie aus.

Das Telefon klingelte, und Masha war am Apparat.

»Kannst du morgen etwas früher kommen?«, fragte sie. »Ich habe eine Überraschung für dich.«

»Klar«, sagte Dan. »Kein Problem.«

Ihm fiel ein, dass er ein Geschenk mitbringen sollte. Dolores hatte immer Churros für alle gemacht, aber als Dan es im vorletzten Jahr versucht hatte, war ihm beim Schlagen des zähen Teigs so elend zumute geworden, dass er alles stehen und liegen ließ und bereits gegen Mittag zum Haus seiner Schwester ging, wo er sich ins Schlafzimmer legte und mit heftigen Weinanfällen kämpfte. Es war damals erst einige Wochen her gewesen, dass Dolores ihn verlassen hatte, und offenbar hatte er sich getäuscht, als er annahm, dass das Schlimmste überstanden war. Im letzten Jahr dann hatte Danielle einen Kuchen gebacken, aber an Dolores' Churros hatte er nicht herangereicht. Wie eigentlich nichts, was die arme Danielle machte, dachte Dan, und irgendwann hatte auch sie das erkannt und war so rasch, wie sie in seinem Leben aufgetaucht war, daraus verschwunden.

»Komm schnell rein«, sagte Masha, als er am nächsten Nachmittag um kurz vor fünf bei ihr klingelte. Mit einer Hand hielt sie die Tür auf, während sie mit der anderen den riesigen Hund festhielt, der nach draußen drängte. Sein schwarzer Kopf war groß und rund wie ein Medizinball, und seine kräftigen Beine mündeten in breiten Pfoten. Als Masha die Tür schloss und den Hund losließ, drängte er sich sofort an Dan, der sich herabbeugte, um ihn zu streicheln.

»Eine Nummer kleiner ging's wohl nicht?«, fragte er, während er Masha über den Hund hinweg die Flasche gab, die er auf dem Weg hierher im Supermarkt gekauft hatte.

»Nimm nur nie Kinder mit ins Tierheim«, sagte Masha, während sie das Etikett las. »Ui, danke.«

Sie schnippte mit einer Hand, »komm mit, Archie«, und der große Hund ließ tatsächlich von Dan ab und trottete hinter ihr her in die Küche.

»Onkel Dan!«, erklang es von der Treppe, und gleich darauf stürmte Louisa herab, um ihren Onkel zu begrüßen. Während sie an seinem Hals hing, war auch Toby heruntergekommen und nickte Dan nun mit halbem Lächeln zu. Er war im Sommer vierzehn geworden, und seine Bewegungen und Gefühlsäußerungen schienen seit Kurzem auf ein Minimum reduziert zu sein. Dan fuhr ihm mit der Hand über die braunen Locken, und Toby duckte sich unmerklich weg. »Alles klar, Rocket Man?«

Toby rollte mit den Augen. »Dan, ich bin nicht mehr fünf.«

Das war damals sein Spitzname gewesen – Rocket Man –, und Dan konnte nicht mehr sagen, wie Toby zu ihm gekommen war, vielleicht, weil er meistens wie von einer Rakete angetrieben durch die Gegend sauste. Schwer vorstellbar, wenn man ihn jetzt mit schweren Schritten wieder die Treppe hochsteigen sah.

»Alles klar?«, fragte Dan noch einmal, als er zu Masha in die Küche kam.

Seine Schwester war dabei, Süßkartoffeln zu schälen, und sah nur kurz auf. »Meinst du Toby?« Sie zuckte mit den Schultern. »Denk schon. Wahrscheinlich hat er nur vergessen, wie das geht, so eine Unterhaltung zwischen echten Menschen. Seit ein paar Tagen ist er dabei, die Welt, oder was davon übrig ist, in Ordnung zu bringen. Fortnite, kennst du das? Er kämpft gegen Zombies.« Sie sah ihn an, dann stieß sie einen Seufzer aus. »Herrgott nochmal, ich bin froh, wenn diese scheiß Ferien vorbei sind!«

»Lass ihn halt nicht so viel spielen«, sagte Dan, und Masha entgegnete spitz: »Das ist ja eine tolle Idee, danke. Am besten besprichst du das gleich mal mit ihm.«

Sie schälte die Kartoffeln mit ruckartigen Bewegungen und pfefferte sie in den Topf.

»Entschuldige«, sagte Dan. »Ich deck den Tisch. Neun Teller?«

»Nein.« Mashas Stimme klang schon fast wieder normal. Das war es, was Dan an ihr liebte: dass sie zwar schnell einschnappte, aber ihren Ärger auch schnell wieder vergaß. »Zehn, bitte.« Sie sah von den Kartoffeln auf, und ihr breiter Mund verzog sich zu einem verlegenen Lächeln. »Ich hab ja gesagt, ich habe eine Überraschung. Ich hoffe, das ist okay für dich.«

Es war natürlich unsinnig gewesen zu glauben, dass Dolores Mashas Überraschung sein könnte. Dolores saß jetzt wahrscheinlich in ihrem Haus in Barnesville und aß mit ihrem neuen Mann und dessen Familie einen Truthahn. Er kannte ihre Adresse auswendig – 29 Trawleister Road –, eine kleine Straße, die in einer Sackgasse endete. Er hatte sie sich auf der Karte angesehen, nachdem er die Mail mit der Adressänderung erhalten hatte. War mit dem Finger der Straße nachgefahren. Hatte einmal ihre Telefonnummer gewählt und aufgelegt, ohne eine Nachricht zu hinterlassen. Sie hatte nicht zurückgerufen, obwohl sie bestimmt seine Nummer in der Liste der Anrufer gesehen hatte.

Was er nicht begreifen konnte, war, dass ihm nach all den Jahren nicht einmal ein Mitspracherecht geblieben war. Dolores hatte ihn ungläubig angesehen, als er ihr das vorwarf. »Wie willst du denn *mitsprechen*, wenn es um meine Gefühle geht?«, hatte sie gefragt. »Ich empfinde mich einfach als sehr hilflos«, hatte er lahm entgegnet und dabei befolgt, was die Therapeutin ihnen in den vier oder fünf Sitzungen geraten hatte, die sie bei ihr gebucht hatten. Sich öffnen, über die eigenen Gefühle sprechen, keine Vorwürfe erheben. Das sei er irgendwie auch, hatte Dolores zugegeben. Aber auf einer Glatze könne man eben keine Locken drehen.

Wenn er jetzt daran dachte, wusste er nicht, was ihn mehr ärgerte: die lapidare Formulierung, mit der sie ihm erklärt hatte, dass da keine Liebe mehr für ihn war, oder der gleichgültige Ton, in dem sie das getan hatte.

»Sie heißt Isabelle«, sagte Masha. »Eine Arbeitskollegin von mir. Frisch geschieden, wie du. Und sehr nett – hübsch übrigens auch.«

»Ich war nie verheiratet.« Dan sah an seiner Schwester vorbei besorgt aus dem Fenster, als könnte dort im Vorgarten jeden Augenblick die nette und hübsche Isabelle auftauchen.

»Komm mit.« Masha zog ihn hinter sich her zur Treppe, die in den ersten Stock führte. »Moment.« Schnell öffnete sie die Tür zum Keller. »Komm endlich mal hoch, Stuart! Du musst den Nachtisch machen!« Sie wandte sich ihrem Bruder zu, und während sie die Treppe hochstiegen, erklärte sie: »Er baut an einer Seifenkiste. Soll so ein ganz dolles Ding werden, für das diesjährige Rennen, aber ich habe Angst, dass Toby was passiert, wenn er da mitmacht. Hier«, sagte sie, als sie in ihr Schlafzimmer traten. Auf dem Bett lag ausgebreitet ein hellgraues Hemd. »Das habe ich für dich gekauft.«

Das Hemd schimmerte leicht, als wäre das Grau mit einzelnen silbernen Fäden durchzogen. Dan sah an sich herab. Sein rotes Flanellhemd steckte ordentlich in der Jeans, und zur Feier des

Tages trug er keine Turnschuhe, sondern schwarze Lederschuhe, die er höchstens ein Dutzend Mal angehabt hatte.

»Stimmt was mit meiner Kleidung nicht?«

»Nein, nein«, sagte Masha. »Es ist nur –«, sie unterbrach sich und sah ihn versonnen an. »Weißt du noch, wie wir mal zusammen in Stevensburg waren? Ach, es ist schon ewig her, aber es war so ein schöner Ausflug. Wir saßen draußen in diesem Café, und die Sonne schien, und da sah ich zum ersten Mal, wie grau deine Augen sind, so ein richtig klares Grau, ich habe es sogar zu dir gesagt, erinnerst du dich?«

Er nickte, denn er erinnerte sich wirklich an diesen Nachmittag. Es war ihm damals gar nicht so aufgefallen, aber wenn er jetzt daran dachte, war es ein perfekter Tag gewesen.

»Du hattest eine graue Jacke an, darum habe ich das gesehen. Und seitdem habe ich immer gedacht, dass ich dir irgendwann, wenn ich es mal sehe, so ein graues Hemd kaufe.«

»Und jetzt könnte ich mit meinen grauen Augen Isabelle beeindrucken, meinst du?«, fragte er, und zu seiner Bestürzung sah er, dass Masha dem Weinen nahe war.

»Ach, Dan«, sagte sie, »ich will doch nur, dass du glücklich bist.«

»Klar«, sagte er eifrig, »und ich bin es auch. Ich ziehe jetzt dieses Hemd an« – er nahm vorsichtig das Hemd vom Bett und hielt es sich vor den Oberkörper –, »und dann werde ich mit strahlend grauen Augen zum Abendessen kommen. Gib mir fünf Minuten Zeit.«

Masha nickte und wandte sich zum Gehen, und Dan rief danke, bevor sie die Tür hinter sich schloss. Dann setzte er sich kurz aufs Bett, vorsichtig darauf bedacht, das Hemd nicht zu zerknittern. Er holte ein paar Mal tief Luft und lauschte auf die Geräusche im Haus. Gedämpft drang Klirren aus der Küche nach oben, und irgendwo lief ein Poplied, das ihm entfernt bekannt vorkam. In wenigen Minuten würde seine jüngste Schwester mit ihrem Mann und ihrer Tochter kommen, und außerdem Ruben und Isabelle. Die Aussicht, Ruben zu sehen, tröstete ihn. Wahrscheinlich war das nicht gut, aber gerade jetzt schien ihm der Junge wie eine Insel im Meer seines Lebens, in dem er seit zwei Jahren orientierungslos herumschwamm.

»So«, sagte Isabelle, als Masha nach einem letzten Winken die Tür geschlossen hatte. Sie lächelte Dan an, und für einen Moment sah sie aus, als habe sie ein schlechtes Gewissen. »Ist es wirklich okay, wenn Sie mich nach Hause fahren? Ich kann mir auch ein Taxi rufen.«

Sie kramte in ihrer großen braunen Umhängetasche, wie um ihre Worte zu unterstreichen, und Dan sagte rasch: »Aber natürlich, das mach ich doch gern.«

Er führte sie zu seinem Pick-up, dessen silberne Farbe im Mondlicht stumpf aussah. Es war ihm unangenehm, dass die Rückbank mit Werkzeugen übersät war (und es konnte auch sein, dass sich der ein oder andere Kaffeebecher darunter befand), aber er hoffte, dass Isabelle nicht so genau hinschauen würde.

Er öffnete ihr die Tür und schloss sie hinter ihr, und dann ging er ums Auto herum, um auf seiner Seite einzusteigen. Sie saß sehr gerade und blickte auf die Straße vor sich, die verlassen und dunkel dalag, abgesehen von den Lichtpfützen der Laternen. Im Profil sieht sie wie ein junges Mädchen aus, dachte Dan. Sie hatte eine Stupsnase, und vorhin hatte er bemerkt, dass sich Grübchen an den höchsten Stellen ihrer Wangen bildeten, wenn sie lächelte. Sie war ein bisschen mollig, aber Dan fand, dass ihr das stand. Dass sie keine Kinder hatte, überraschte ihn – es war ihm wie Verschwendung erschienen, ohne dass er genau hätte sagen können, warum.

Beim Essen war sie zurückhaltend gewesen, und Dan verspürte Mitleid mit ihr. Wie einsam musste man sein, um Thanksgiving mit einer Gruppe von Menschen zu verbringen, von denen man nur eine Person – und auch die nur flüchtig – kannte? Sie hatte erzählt, dass sie so gut wie keine Familie mehr habe. Eine Schwester, die in Chicago lebte und mit der sie nur selten sprach, eine Tante und zwei Cousins irgendwo in Italien, ein Onkel, der in einem Altersheim in Maryland war und sie seit einiger Zeit nicht mehr erkannte. Meist hielt er sie für eine Pflegerin und war ebenso erfreut wie verwundert, dass sie ihn zur Begrüßung umarmte. Ihre Eltern waren früh verstorben, hatte sie erzählt, und nur langsam habe sie das Gefühl, eine Waise zu sein, ablegen können. Dan verstand sofort, was sie meinte. Als vor einigen Jahren seine Eltern kurz hintereinander gestorben waren – sein Vater an einem Herzschlag, seine Mutter an Magenkrebs, der sich lange Zeit gar nicht und dann mit einer Wucht bemerkbar gemacht hatte, die keinen Raum für Hoffnung ließ –, hatte sich in seine Trauer ein Gefühl von Wut geschlichen. Er war vierundvierzig und von seinen Eltern im Stich gelassen worden. Er brauchte Dolores nicht, um zu wissen, dass sich hinter seiner Wut Angst verbarg. Sie sagte es ihm trotzdem, und er fragte: »Okay, und was mach ich jetzt damit?« »Erkennen, wovor du Angst hast«, entgegnete sie. Er hätte sagen können, das weiß ich schon: allein zu sein, aber er hatte es nicht gesagt. In letzter Zeit fragte er sich manchmal, ob es etwas geändert hätte. Wahrscheinlich nicht.

»Hier lebt mein Ex-Mann«, sagte Isabelle, als sie das Stadtzentrum durchquert hatten und durch eine der Straßen fuhren, die von doppelstöckigen Backsteinhäusern – eng aneinander und mit je einem handtuchgroßen Vorgarten – gesäumt waren. Sie zeigte auf eines der Häuser. Im Erdgeschoss brannte Licht, und Dan meinte, einen Mann oder eine Frau hinter einem der Fenster zu sehen.

»Es sollte verboten sein, sich in derselben Stadt mit einer neuen Frau ein Haus zu kaufen, finden Sie nicht?«, sagte Isabelle, und Dan schaute rasch zu ihr hin, um zu sehen, ob sie einen Scherz machte. Aber ihr Gesicht war ernst, und sie blickte ihn abwartend an.

»Tja, kommt wohl drauf an.« Er kratzte sich am Hals und öffnete einen weiteren Knopf des neuen Hemdes. Den ganzen Abend hatte er einen schwachen chemischen Geruch daran wahrgenommen, und er hatte sich gewünscht, dass er sein Flanellhemd anbehalten hätte.

»Meine Frau ist eine Ortschaft weitergezogen«, sagte er. »Bringt auch nicht so schrecklich viel.«

»Und?«, fragte Isabelle leise und in verschwörerischem Tonfall. »Sind Sie schon da gewesen? Sind Sie ums Haus geschlichen und haben durch die Fenster gespäht, in der Hoffnung, sie streiten zu sehen? Haben Sie dieses Gefühl ausgekostet, diesen Schmerz und die Verachtung für sich selbst, wie Sie da wie ein elender Spanner stehen?«

Dan hatte an einer roten Ampel angehalten, jetzt sah er zu ihr rüber. Wieder dieser abwartende Blick, diesmal mit einer bitteren Belustigung darin.

Er schüttelte den Kopf. »Nein. Bisher nicht.«

»Fangen Sie's gar nicht erst an.« Ihre Stimme klang jetzt wieder fest, fast ein wenig gleichgültig. »Bringt alles nichts. Nur Herzeleid.«

Sie hatte das letzte Wort gedehnt, sodass es wie ein Zitat aus einem Lied klang. Hee-erze-leeiid.

»Sie sagen mir, wo's langgeht, ja?«, fragte Dan.

»Natürlich.« Isabelle setzte sich aufrecht hin. »Bis zur Saint-Rafael-Street, dann in die Robertson. Und da die Nummer achtzehn.« Sie gähnte und machte ein kleines, schnalzendes Geräusch. »Sie haben zwei nette Schwestern«, stellte sie fest. »Und eine süße kleine Nichte. Sie scheint Sie sehr zu mögen.«

»Ja«, sagte Dan, und ein warmes Gefühl durchströmte ihn,

als er an Louisa dachte, die zwischen jedem der drei Gänge ihren Sitzplatz verlassen hatte, um auf seinen Schoß zu klettern. Sie war ihm schon immer nah gewesen, und Dan hatte manchmal mit ihr und ihrem Bruder Ausflüge gemacht. Ins Kindermuseum, zum Baden im Fluss, zur Kirmes in Linwood, wo er mit ihnen Runde um Runde Autoscooter gefahren war und sie sich gegenseitig gerammt hatten. Natürlich war er der Erwachsene gewesen, und manchmal hatte er sie ermahnen müssen, aber in den besten Momenten war es gewesen, als seien sie drei Freunde, die ganz selbstverständlich zum größtmöglichen Chaos tendierten.

»Ja«, sagte er noch einmal. »Ein unverdientes Glück.«

Isabelle lachte leise. »Das stimmt sicher nicht. Nichts ist unverdient, wissen Sie das nicht? Nicht das Gute und das Schlechte auch nicht.«

»Oh je«, sagte Dan, und dann sagten sie beide eine Zeit lang nichts mehr.

»Hier ist es.«

Dan hielt vor einem schlichten Haus mit spitz zulaufendem Dach und einem kleinen, schmiedeeisernen Tor.

»Schönes Haus.«

»Ach ja«, sagte Isabelle. »Finden Sie? Dann ist es ja gut, dass ich es nicht abgefackelt habe. Die Idee hatte ich nämlich, als mein Mann ausgezogen ist: diesen ganzen Plunder anzünden, sodass ich nicht überall seinen Spuren begegne. Nur hätte ich dann kein Dach überm Kopf gehabt, und das wäre auch nicht gut gewesen.« Sie lachte trocken, dann sah sie Dan an. »Es tut mir leid, ich glaube, ich steh ein bisschen neben mir. Der Abend war irgendwie anstrengend für mich. Für Sie nicht?«

Dan zuckte mit den Schultern und schwieg.

»Doch«, sagte er schließlich. »Ich fand's auch ein bisschen anstrengend.«

»Wir sind zu alt, um verkuppelt zu werden«, stellte Isabelle fest. Sie fasste mit einer Hand nach dem Türgriff, und Dan sagte schnell: »Oder es ist vielleicht noch ein bisschen zu früh.«

»Hm. Möglich.«

Sie hielt inne und schaute aus dem Fenster. Auf dem Bürgersteig ging ein Mann vorbei, an dessen Jacke sich ein vertikaler Leuchtstreifen entlangzog. Der kleine Hund, der ihm folgte, hatte ein blinkendes rotes Licht am Halsband.

»Wollen Sie mit hereinkommen?« Alle Bitterkeit war aus ihrer Stimme verschwunden. Sie klang, als schickte sie sich in eine notwendige Höflichkeit.

»Ich glaube, ich sollte lieber heimfahren«, sagte Dan. »Ruben wird auf mich warten und –«

»Schon gut«, unterbrach sie ihn. »Sie haben sicher recht. Vielleicht sieht man sich ja mal wieder.«

Sie hatte die Tür geöffnet und war im Begriff auszusteigen.

»Das wäre schön«, sagte Dan. Er wollte selbst auch aussteigen, aber Isabelle legte ihm eine Hand auf den Arm.

»Oh nein, bleiben Sie sitzen, bitte.«

Sie stieg aus, blieb in der offenen Tür stehen und schaute ihn an. »Danke für die Heimfahrt. Auf ein anderes Mal.«

Er sah ihr hinterher, wie sie das kleine schmiedeeiserne Tor öffnete und den kurzen Gartenweg zum Haus ging. Eine Lampe über der Tür sprang an, und Dan konnte sehen, wie sie in ihrer großen Tasche nach dem Schlüssel kramte. Als sie ihn gefunden hatte, winkte sie ihm noch einmal zu, und er winkte zurück.

Er war den Weg so oft mit dem Finger auf der Karte entlanggefahren, dass sich ihm die Kurven und Windungen, die Kreuzungen und Abzweigungen eingeprägt hatten.

Er liebte die nächtlich ruhige Stadt. Er liebte die altmodischen Laternen und Straßenschilder, er liebte das Rathaus, vor dem eine Tafel das nächste Heimspiel der *Hollyhock Blue Devils* ankündigte, er liebte das Feuerwehrhaus mit seinem Glockenturm, so pompös wie nutzlos, da vor Ewigkeiten ein elektrischer Alarm installiert worden war. Er liebte es, Linwood hinter sich und Barnesville vor sich zu wissen – würde man von oben herabschauen, sähe man, wie sich die drei kleinen Städte lose aneinanderreihten, eingebettet in Wiesen, Wald und Felder, durch die sich der Fluss schlängelte wie ein breites Band.

29 Trawleister Road war ein stattliches Haus im Kolonialstil. Die Holzschindeln waren dunkelgrau gestrichen, unterbrochen von weiß gerahmten Fenstern und einem Erker. Auf einem Schild im Vorgarten stand neben der Zeichnung einer leuchtenden Glühbirne *Mind Tools For Kids*. Die Nachhilfeschule musste sich im gleichen Gebäude befinden, vielleicht im Obergeschoss, in dem jetzt kein Licht brannte. Dan parkte das Auto und stieg aus. Im Erdgeschoss waren die Fenster hell erleuchtet, doch von der Straße aus konnte er nichts erkennen.

Der Vorgarten war weder durch einen Zaun noch eine Mauer abgetrennt. Dan ging auf dem verwitterten Steinweg näher an das Erkerfenster heran. Ein Mann saß in einem Sessel und schaute in die Ecke des Zimmers, in der wahrscheinlich der Fernseher stand. Es musste sich um Colton Woods handeln, auch wenn Dan es nicht sicher sagen konnte. Sie waren zusammen zur Grundschule gegangen, lose miteinander verbunden, wie Kinder es in diesem Alter sind, und dann war Colton mit seiner Familie aus Hollyhock weggezogen und erst mit Ende dreißig zurückgekehrt, um an ebenjener Schule selbst zu unterrichten. Dan war ihm vor etlichen Jahren auf einem Schulfest wieder begegnet, und als Dolores sie einander vorstellte, dämmerte es den beiden Männern nur ganz allmählich, dass sie einander kannten. Colton war schlaksig und sehr groß, und er schien diese Größe dadurch kaschieren zu wollen, dass er sich immer ein wenig krümmte. Wenn Dan mit ihm sprach, musste er sich zu seiner vollen Größe aufrichten, und Colton beugte sich ihm dann entgegen, als wollte er sich gleich durch eine niedrige Tür begeben.

Dan trat näher an das Fenster heran. Nach all der Hilflosigkeit war es ein seltsames Gefühl der Macht, seinen Widersacher unbemerkt beobachten zu können. Colton wandte ihm den Rücken zu und schien ganz versunken in das, was er sich anschaute. Dan stand jetzt nah am Fenster – er war sogar in das kleine Beet mit Chrysanthemen getreten, um näher heranzukommen, darauf gefasst, sich jeden Moment ducken zu müssen. Doch Colton saß weiter reglos auf dem Sessel und bemerkte ihn nicht.

»Bist du verrückt?«

Dan fuhr erschrocken herum. Auf dem Rasen stand Dolores, eine Strohtasche in der Hand, die offenbar mit etwas Schwerem gefüllt war. Sie blickte ihn wütend an, und er wunderte sich, wie alt sie aussah. Nicht alt, korrigierte er sich, nur eben anders, als er sie in Erinnerung hatte. Wahrscheinlich würde er sie immer so vor sich sehen, wie sie gewesen war, als er sich in sie verliebt hatte: fünfundzwanzig und mit lockigen schwarzen Haaren, die ihr etwas Ungezähmtes verliehen. Jetzt waren ihre Haare streng zurückgenommen, und ihr Gesicht zeigte eine Müdigkeit, die ihn überraschte. Für einen Moment fragte er sich, ob es ihr genauso ging. Ob auch sie sich so an ihn erinnerte, wie er mit Ende zwanzig gewesen war. Oder ob sie dieses Bild von ihm irgendwann in den letzten Jahren verloren hatte.

»Nein«, sagte Dan. »Eigentlich nicht.«

»Was machst du dann hier?«

Es war nicht nur Wut in ihrem Blick, sah er, sondern auch Mitleid. Er hatte immer alles an ihrem Gesicht ablesen können, nur dass sie ihn nicht mehr liebte, war ihm entgangen.

Er zuckte mit den Schultern. »Es war so eine Anwandlung.

Neugier, Wut, Trauer, alles zusammen wahrscheinlich. Ich habe wohl gehofft, dass ich euch streiten sehe.«

»Nun ja.« Dolores stellte ihre Tasche ab und rieb sich mit dem Daumen der anderen Hand die Handfläche. »Hast du leider verpasst.«

Er trat aus dem Beet auf den Rasen und deutete auf die Strohtasche, die neben ihren Füßen stand. »Einkäufe?«

Dolores schüttelte den Kopf. »Es geht dich zwar nichts an, aber ich habe bei der Essensausgabe geholfen.« Sie sah ihn mit hochgezogenen Brauen an, und als er nichts entgegnete, sagte sie: »Das gibt es hier in Barnesville. Essen für die Leute, die zu wenig Geld zum Leben haben. Obwohl ich den Eindruck habe, dass das nicht immer der Grund dafür ist, dass sie kommen.«

»Sondern?«

»Du weißt schon. Einsamkeit.« Sie lächelte knapp. »Heute gab's natürlich Truthahn, etwas trocken, leider. Und Kürbiskuchen, ziemlich süß.« Sie lachte kurz. »Vielleicht hat Miss Rhonda, Gott hab sie selig, ihr Rezept weitergegeben.«

»Wer weiß«, sagte Dan. »Erinnerst du dich, wie du den Kuchen immer an den Hund verfüttert hast, wenn sie aus dem Zimmer ging?«

»Ja. Und einmal hat deine Mutter das bemerkt und war wirklich böse auf mich.«

»Aber nicht wegen Miss Rhonda. Sondern wegen dem Hund, der immer dicker wurde.«

Sie mussten jetzt beide lachen, dann verstummten sie gleichzeitig, und Dolores kam einen Schritt auf ihn zu. »Ich hab's dir nie gesagt«, sagte sie leise. »Aber es tut mir wirklich leid.«

Sie legte die Arme um ihn und drückte ihr Gesicht gegen seine Schulter, und auch wenn er sich nichts sehnlicher gewünscht hätte, wusste Dan, dass dies kein neuer Anfang war, sondern das Ende.

»Ja«, sagte er. »Mir auch.«

Beim Abendessen hatte Amy eine Geschichte erzählt. Sie hatte sie in der Zeitung gelesen, und darum musste man also davon ausgehen, dass sie stimmte. Aber wenn Dan jetzt darüber nachdachte, schien sie ihm doch zu unglaublich. Die Geschichte handelte von einem australischen Ehepaar, das seine Hochzeitsreise auf den Fidschi-Inseln verbrachte. Beim Tauchen verlor der Mann seinen Ehering, offenbar war er ein bisschen zu groß gewesen. Natürlich machte er sich bei einem zweiten Tauchgang auf die Suche nach dem Ring, aber wie zu erwarten, konnte er ihn nicht mehr finden. Als er, zehn Jahre später, einem Freund davon erzählte, erinnerte der sich daran, dass sein Vater einmal einen Ring an ebenjenem Ort gefunden hatte.

»Sag's nicht«, hatte Masha gerufen, aber Amy hatte die Augen aufgerissen und *doch* gesagt: »Doch, es war *der* Ring.«

Sie hatten darüber diskutiert, ob man die Geschichte glauben könne.

»Wir leben in Zeiten von Fake«, hatte Stuart eingewandt, und Amy hatte gesagt: »Jetzt hör aber auf!«

Sie hatte gelacht, aber irgendetwas in ihrer Stimme hatte Dan verraten, dass es ihr wichtig war, dass diese Geschichte stimmte. Er hatte ihren Mann Robert angeschaut, der den ganzen Abend seltsam abwesend gewirkt hatte, und dann hatte er sie alle der Reihe nach angesehen: Ruben, Masha, Stuart. Louisa und Toby. Amy und Robert mit ihrer Tochter Anna, und Isabelle. Am liebsten hätte er ein Foto von ihnen gemacht, von diesem Moment, in dem sie sich nah waren, mit dem Essen auf dem Tisch und dem großen Hund daneben, der lauerte, ob auch für ihn etwas abfiele.

Das war es, was sie hatten, fühlte er, diesen Moment und den nächsten. Was danach kommen würde, würde man sehen.

9

ROMANTIKER

Das erste Mal hatte er sie in der Cafeteria gesehen. Das war in der zweiten Studienwoche gewesen, und er würde nicht abstreiten, dass er zunächst die wichtigen Punkte abgehakt hatte: Gesicht, Figur, Haare, Füße (barfuß in Sandalen, keine Ahnung, warum er das immer so mochte). Aber auch, wenn ihm das alles gefallen hatte, war da doch von Anfang an noch etwas anderes gewesen.

Sie war keine der Schönheiten von der Upper West Side, die sich zum Abschluss der Highschool zum ersten Mal rundum sanieren ließen und deren übertriebene Freundlichkeit immer etwas Manipulatives hatte. Keine der Karrierefrauen, die schon am ersten Studientag ihr Umfeld daraufhin abzuschätzen schienen, wer ihnen Konkurrenz machen oder Hilfestellung bieten würde. Keine der mausgrauen Streberinnen.

Wann immer er sie sah, war sie allein, und als er sie nach Wochen zum ersten Mal in Begleitung zweier anderer Mädchen sah, war ihm das Bild so unvertraut, dass er fast glaubte, sie verwechselt zu haben.

Er wusste kaum etwas über sie. Nur dass sie Anthropologie studierte. Und er kannte ihren Namen – Tara. Die Befriedigung, die es ihm bereitete, dass ihre Namen beide nur über vier Buchstaben verfügten, hätte ihn zu jedem anderen Zeitpunkt skeptisch werden lassen.

Bemerkte sie ihn? Immerhin grüßte sie ihn, wenn sie auf den Fluren oder dem Campus aneinander vorbeiliefen. Gleichzeitig schien sie sich nicht darüber zu wundern, wie oft das geschah, und wenn es ihr doch einmal auffiel, hielt sie es wahrscheinlich für einen Zufall. Er hatte inzwischen ein genaues Koordinatensystem der Uni im Kopf: die Cafeteria mit der Galerie, von der aus man einen perfekten Überblick hatte; die Rasenfläche vor der Haupthalle, wo bei schönem Wetter die Studenten auf Jacken und Decken lagerten wie eine lose verbundene Picknickgesellschaft; die Bibliothek mit ihrer golden kassettierten Decke, den dreistöckigen Kronleuchtern, der ganzen, fast sakral anmutenden Feierlichkeit. Hier saß sie oft nachmittags an einem der rechteckigen Tische, einen großen gelben Kopfhörer auf den Ohren und einen Stapel Bücher neben sich. Er hatte sich einmal in ihre Nähe gesetzt und sie beobachtet. Sie las und machte sich Notizen. Schaute sich alle halbe Stunde mal um. Ging aufs Klo. Las weiter. Dass die Bibliothek auch ein Begegnungsort war – unter den Studenten hieß sie nur *Parship* –, war ihr offenbar entgangen.

Jetzt stand Thanksgiving bevor, und er würde sie ein paar Tage nicht sehen. Jeden Morgen nahm er sich vor, sie anzusprechen. Es war nicht so, dass er darin keine Übung hatte, und er wusste aus Erfahrung, dass, war erst einmal die erste Hürde genommen, alles Weitere leichter werden würde. Vielleicht würde er sie sogar zu Thanksgiving einladen. Er stellte sich vor, wie er die Einladung ausspräche. Nein, würde er sagen, nicht in Manhattan feierte seine Familie, sondern in ihrem Ferienhaus in Montauk. Sie müssten die Kamine anzünden, um gegen die Kälte, die mit dem Wind durch alle Ritzen kam, anzukommen, und trotzdem wäre es immer etwas zu kalt. Er würde eine gewisse Schäbigkeit betonen, allein schon, um sie nicht einzuschüchtern, denn er wusste einfach – ohne, dass er genau hätte sagen können, woher –, dass sie aus keiner reichen Familie kam. Die Fähigkeit, die Herkunft einzuschätzen, war etwas, das er im Internat in Connecticut gelernt hatte: Zeig mir, wer du bist, und ich sag dir, was du hast. Oder vielmehr: was deine Familie hat.

Was er in seinen Tagträumen auszublenden versuchte, war die Reaktion seiner Familie. Ihr kennt euch von der Uni?, würde seine Mutter vielleicht fragen, und ohne Weiteres herausbekommen, dass *kennen* zu viel gesagt war. Aber sie würde sich natürlich nichts anmerken lassen, außer maßlosem Entzücken, in dem – wie vergiftete Pfeilspitzen – Komplimente steckten, die erst Stunden später als das erkannt werden würden, was sie waren: Beleidigungen. Sein Bruder, gleichgültig geworden im Laufe der Jahre, aber jederzeit bereit, sich über Blicke mit dem Angegriffenen zu verbünden, und seine Schwester, die an diese Form der Attacken so gewöhnt war, dass sie sich irgendwann entschlossen hatte, sie als Freundlichkeiten misszuverstehen. Daneben sein Vater, der aus Reflex oder Gewohnheit in eine Galanterie verfiele, die, käme sie nur etwas dezenter daher, angenehm wäre, so aber als zudringlich empfunden werden musste. Während sein Großvater mit einer Reihe von Fragen die politische Gesinnung der Besucherin ergründen würde, nur darauf wartend, seine persönliche Bekanntschaft mit dem Präsidenten erwähnen zu können.

Er schaffte es nicht, sie anzusprechen. Er sah ihr weiter von ferne zu, wie sie den Campus überquerte. Sich in der Cafeteria einen Lunch holte, um dann beim Essen in einem Buch zu lesen. Wie sie, einen braunen Lederrucksack auf dem Rücken, am späten Nachmittag in Richtung U-Bahn verschwand. Er wusste, dass sie in keinem der Wohnheime auf dem Campus lebte, aber er wusste nicht, wo sonst. Einmal hatte er versucht, ihr zu folgen, hatte sie aber im dichten Gewimmel der U-Bahn-Station aus den Augen verloren. Er stellte sich so ungeschickt an – so war er doch eigentlich gar nicht. Denn auch wenn er niemand war, der mit sämtlichen Mädchen reihum schlief, so war er doch auch nicht ganz erfolglos. Zumindest hatte er es nicht nötig, sich wie sein Freund Aaron mit erfundenen Geschichten aufzuspielen. Die Dreistigkeit, mit der Aaron das tat, verblüffte Noah immer wieder. Wenn Aaron gegenüber den anderen mit seinen Erfolgen prahlte, ging er stillschweigend davon aus, dass Noah seinen Part spielen würde: dann und wann ein Nicken, ein anerkennendes Hochziehen der Augenbrauen, ein Abklatschen, High Five. Nie kam es ihm in den Sinn, dass Noah einmal – absichtlich oder versehentlich – mit der Wahrheit herausplatzen könnte. Dass nämlich Aaron, trotz seines guten Aussehens und seines offensichtlich reichen Elternhauses, gegenüber Mädchen früher oder später in Schockstarre verfiel, die weit über das hinausging, was als sympathische Schüchternheit angehen mochte, und ihn jedes Mal um den Sex brachte.

Da Furnald Hall als einziges Wohnheim über einen Keller verfügte, fanden die meisten Studentenpartys hier statt. Mit rotem und blauem Licht und einer Discokugel in der Mitte des Raums hatten die Veranstalter versucht, Partystimmung zu erzeugen. An der hinteren Seite des Raums war ein langer Tisch aufgestellt worden, auf dem in einer großen, eisgefüllten Plastikwanne Bierflaschen lagen. Wasser- und Colaflaschen standen säuberlich aufgereiht daneben. Einer der jüngeren Studenten ging mit einer großen Blechdose herum und sammelte von den Besuchern Geld ein.

»Zwanzig Dollar«, sagte er zu Noah, und als er dessen verwunderten Blick sah, sagte er: »Oder fünfzehn. Halt irgendwas zwischen zehn und zwanzig. Dafür sind die Getränke frei.«

Noah kramte in den Taschen seiner Jeans und förderte einige Scheine zutage. Ohne sie einer genaueren Untersuchung zu unterziehen, schmiss er sie in die Blechdose, und der junge Student trottete weiter. Aus den Boxen in den vier Zimmerecken kam schrammelige Rockmusik, irgendjemand mit Independent-Vorliebe hatte offenbar seine Spotify-Liste zur Verfügung gestellt.

Noah sah sich um. Zu seiner Verblüffung kannte er niemanden hier, und er fühlte sich in seiner Vermutung bestätigt, dass diese Studentenpartys eher etwas für die unteren Semester waren.

Er rechnete eigentlich nicht damit, Tara hier zu sehen, auch wenn das der einzige Grund war, warum er gekommen war. Auf seinem Bett liegend, hatte er sich vorgestellt, wie sie die Tür zum Keller öffnen und in den Raum kommen würde, wie sie durch die Menge der tanzenden und trinkenden Studenten gehen und immer ein wenig Abstand zu allen bestehen würde, als ob sie von einer Art Blase umgeben wäre. Einer Blase, in die nur er eintreten könnte, mit einem Satz, der so treffend, so punktgenau richtig sein würde, dass sich ihre Verschlossenheit auflösen und einem erkennenden Lächeln Platz machen würde. Das Dumme war nur, dass ihm dieser Satz nicht einfallen wollte.

Wir kennen uns.

Da bist du.

Ich habe auf dich gewartet.

Ja, schon klar. Wahrscheinlich müsste er schreien, weil es so laut wäre – *Da bist du! Ich habe auf dich gewartet!* –, sodass es am Ende klingen würde, als mache er ihr Vorwürfe für ihr spätes Eintreffen. Vielleicht müsste er sie sogar an der Schulter festhalten, damit sie ihn anschauen und verstehen würde. Er konnte sich sehr genau ausmalen, wie sich ihre Stirn in Falten legte. Vielleicht würde sie mit einem Ruck ihre Schulter freimachen, entschuldige mal, würde sie sagen, in einem empörten oder zumindest ziemlich verstörten Tonfall. Lass mich los! Oder sie würde fragen: Wie bitte? Was hast du gesagt? Sprichst du mit mir? Vielleicht aber – doch diese Möglichkeit ließ er selbst in seiner Phantasie kaum zu – würde sie ihm ihr Gesicht zuwenden, auf dem sich eine winzige ironische Belustigung abzeichnete, die sich darauf bezöge, dass sie beide so verdammt lang gebraucht hatten, um zueinander zu kommen. Ich auch auf dich, würde sie sagen.

Er nahm sich ein Bier aus der Wanne und ging am Rand des Raums entlang, betrachtete wie ein Museumsbesucher die Poster an der Wand, von einer Ausstellung zu M.C. Escher, einer Van-Gogh-Werkschau, einem Kongress des Pan-Europäischen Forums. Daneben ein Plakat, auf dem Trump und Ted Cruz sich küssten. *Love Trumps Hate. End Homophobia.* Er lehnte sich mit dem Rücken gegen die Wand, trank einen Schluck aus seiner Flasche und blickte zur Tür, durch die – allein, zu zweit oder in kleinen Gruppen – die Partybesucher traten. Als Aaron hereinkam, sah er sich suchend um, und ein warmes Gefühl für seinen Freund stieg in Noah auf. Es war schön, zur Abwechslung mal derjenige zu sein, nach dem jemand Ausschau hielt.

»Hey«, sagte Aaron, als er neben ihm stand.

»Hey«, echote Noah.

»Wo gibt's so was?« Aaron zeigte auf Noahs Bier.

Noah deutete mit einem Rucken des Kopfes zum Tisch am Ende des Raums. »Du musst vorher was in eine Blechdose tun, irgend so ein Typ läuft damit rum. Zehn oder zwanzig. Ist für den ganzen Abend.«

»Okay.« Aaron holte sein Portemonnaie aus der hinteren Hosentasche. »Für dich auch noch eins?«

»Yep.«

Zwei Studentinnen hatten die Aufsicht über den Bartisch übernommen. Noah konnte sehen, wie die beiden sich mit Aaron nach der Blechdose umsahen, und, als sie sie nicht finden konnten, sein Geld entgegennahmen. Mit zwei Bierflaschen in der Hand kam Aaron zu Noah zurück und lehnte sich neben ihn an die Wand. In der Mitte des Raums hatten die Ersten zu tanzen begonnen, und schnell hatte sich eine Art Tanzfläche gebildet. Ein Mädchen in einem kurzen schwarzen Rock, der den Blick auf zwei schlanke, nackte Beine unter einem seltsam gedrungenen Oberkörper freigab, ließ die Arme über ihrem Kopf kreisen. Erst bei genauerem Hinsehen konnte Noah erkennen, dass ihre Füße nicht willkürlich hin und her gingen, sondern einer Choreographie folgten, zu der die Armbewegungen gehörten. Sie tanzte nicht schlecht, fand er, zumindest solange man sich nicht vorstellte, wie sie die Schritte zuhause vor dem Spiegel eingeübt hatte. Ausblenden. Man musste sich selbst ausblenden, sonst konnte man nicht mehr tanzen, dachte er, während er zwei junge Studenten betrachtete, die mit einem vollkommen unrhythmischen Gehüpfe, in dem sie immer wieder aneinanderstießen, begonnen hatten. Sobald sie sich ihrer selbst bewusst würden, müssten sie damit aufhören, aber solange das noch nicht der Fall war – und der Alkohol würde dabei helfen, die Selbsterkenntnis hinauszuzögern –, hatten sie und die Umstehenden, die über sie lachten, Spaß an dem Gehopse.

»Irgendwas Neues?«, fragte Aaron, den Blick weiter auf die Tanzenden gerichtet.

»Nope.«

Noah wusste, auf was Aaron hoffte. Frauengeschichten. Eigene oder zumindest solche, von denen Noah gehört hatte. Wer mit wem und bei welcher Gelegenheit. Jeder Versuch, mit ihm über anderes zu reden – das Studium, Familiensachen, vielleicht sogar Politisches –, versickerte nach kürzester Zeit. Auf unerklärliche Weise gelang es Aaron immer wieder, das Gespräch auf das

Thema Frauen zurückzuführen, als wäre dies das nahe gelegene Meer, in das alle Redeflüsse münden mussten. In der Vergangenheit hatte Noah ihn zuverlässig mit Informationen zu seinem Liebesleben versorgt – spätestens, wenn er spürte, dass das Ende einer Beziehung nahte, verlor er die Hemmung, auch intime Details auszuplaudern. Manchmal war es, als begehe er so den Verrat, von dem aus kein Weg zurückführte.

»Keine neue Liebe im Anzug?«

Aaron hatte seiner Stimme einen ironischen Klang gegeben und sah Noah erwartungsvoll an.

Noah zuckte mit den Schultern. »Und bei dir?«

»Mal schauen«, sagte Aaron mit deprimierender Zuversicht. »Mal schauen, was sich so ergibt.«

Inzwischen war der Raum sehr voll geworden, und die Vorstellung, dass der Zustrom der Besucher unvermindert anhalten könnte, löste bei Noah kurz ein Gefühl von Panik aus. Im Getümmel sah er den Studenten mit der Blechdose zwischen den anderen herumlaufen. Er schüttelte die Dose wie einer der Typen von der Heilsarmee, die in ihren dunkelblauen Uniformen vor den Kaufhäusern und Drogerien standen. Für Noah sahen die meisten von ihnen wie verkleidet aus, nur manchmal war einer dabei, dem er die Uniform und das leutselige Lächeln abnahm.

Als er Aarons Blick folgte, sah er, dass sein Freund zwei Mädchen fixierte, die, einige Meter entfernt, nebeneinanderstanden, wie er und Aaron an die Wand gelehnt, jede mit einer Bierflasche in der Hand. Wie bei ihnen bestand auch zwischen den Mädchen ein Größenunterschied von sicher einem Kopf, und die daraus unvermeidlich folgende Zuordnung ließ in Noah ein Gefühl des Überdrusses aufkommen. Er war Aaron im ersten Semester begegnet – sie waren zusammen im Einführungsseminar für Statistik gewesen, beide gleichermaßen verblüfft über die mathematischen Anforderungen des Politikstudiums –, und sie hatten seitdem etliche Seminare zusammen besucht und sich auch außerhalb der Uni getroffen. Noah hatte sich gefreut, einen Freund hier zu haben, doch manchmal kam es ihm so vor, als hindere ihn diese Freundschaft daran, die neu gewonnene Unabhängigkeit auszuleben. Sich, losgelöst von allen Zuschreibungen, nur sporadisch in Kontakt zu anderen zu begeben und ansonsten in der elementaren Einsamkeit einer Raumsonde zu verharren. Er wollte Beobachter sein, zumindest eine Zeit lang.

Als er wieder den Blick zur Tür schweifen ließ, sah er Tara. Sie war nicht allein. Dicht hinter ihr betrat eine Frau mit langen roten Locken den Raum. Sie musste ein paar Jahre älter sein, sicher schon Mitte zwanzig, und die Art, wie sie ihrer Freundin eine Hand auf die Schulter legte, hatte etwas Herrisches an sich. Den beiden Frauen folgte ein hochgewachsener Mann mit blondem Bart. Sein gelangweilter Blick verriet Noah, dass er sich nichts von diesem Abend versprach.

Sie hatte ihn noch nicht gesehen, und für einen Moment fand Noah das jammerschade, denn es hätte, dachte er, etwas bestürzend Schönes haben können – dieses Erkennen über die Köpfe der anderen hinweg, ein Blickkontakt, in dem alles Weitere schon enthalten gewesen wäre.

Nicht ausgeschlossen war natürlich, dass sie ihn – auch wenn sich ihre Blicke gekreuzt hätten – nicht erkannt hätte.

»Ich glaube, die zwei haben Interesse an uns«, sagte Aaron, und Noah brauchte einen Moment, um zu begreifen, dass Aaron von den Mädchen sprach, die neben ihnen an der Wand lehnten und immer wieder zu ihnen hinschauten. Aaron hob seine Bierflasche und prostete ihnen zu, und die beiden beugten sich kichernd zueinander hin, bevor die kleinere den Kopf auffordernd in den Nacken legte und zurückprostete.

»Läuft«, stellte Aaron zufrieden fest. Aber er machte keine

Anstalten, sich von der Wand abzustoßen und die paar Meter hinüberzugehen.

»Na dann.« Noah nickte bedächtig, als wäre ihm Aarons unausgesprochene Bitte entgangen.

Die Dreiergruppe hatte sich inzwischen so postiert, dass sie die Tanzenden beobachten konnte. Die zwei Jungen hatten ihr Gehopse beendet – ohnehin wäre es dafür jetzt zu eng gewesen –, aber das Mädchen im schwarzen Rock tanzte noch immer. Irgendetwas an ihr sah jetzt anders aus, dachte Noah, bis er erkannte, dass sie ihre Strickjacke ausgezogen hatte. Ihre beträchtliche Oberweite war nur noch von einer Art knappem Bustier bedeckt, dazu der sehr kurze Rock. Wenn sie die Arme hob, drängte sich zwischen Rocksaum und Bustier ein Wulst milchig weißer Haut ins Freie. Das Ganze hatte etwas von einem Unfall an sich, zu dem man immer wieder hinschauen musste. Sie selbst schien von den Blicken nichts zu bemerken – selbstvergessen tanzte sie ihre komplizierten Schrittfolgen, und Noah konnte nicht sagen, ob sie diese Entrücktheit wirklich so empfand oder sie nur herbeisehnte.

Als Noah wieder zu Tara blickte, sah er, dass der Bärtige einen Arm um ihre Schulter gelegt hatte, während er sich mit der Rothaarigen unterhielt. Er kannte diese Art der Umarmung, nicht liebevoll, sondern besitzergreifend, und zu seiner Freude schob Tara den Arm von ihrer Schulter, als würde er sie einengen. Der bodenlose Sturz wurde aufgehalten, gerade noch rechtzeitig, und auch wenn er sich dafür verachtete, klammerte sich Noah an die Hoffnung, dass sie – sollte sie wirklich mit diesem Mann zusammen sein – seiner bald überdrüssig wäre. Noch immer hatte sie ihn nicht entdeckt, dafür schien sie viel zu sehr in Beschlag genommen von ihren Begleitern, deren Unterhaltung sich offenbar zu einem Streit entwickelte, zumindest ließ der wütende Gesichtsausdruck der Rothaarigen darauf schließen, und mehr noch das bittende Lächeln, mit dem Tara jetzt ihre Freundin am Arm nahm und mit sich zog. Ohne den Blick von ihr abzuwenden, wiegte sie sich vor ihr hin und her, und obwohl der Tanz viel zu unauffällig war, um als besonders gekonnt durchzugehen, erkannte Noah plötzlich, dass es vor allem ihre Bewegungen waren, die ihn anzogen: nicht nur die Art, wie sie jetzt tanzte, sondern auch wie sie aß und trank und über den Campus lief (den Rucksack auf dem Rücken, dessen Gewicht sie immer ein wenig nach hinten zu ziehen schien), wie sie die Buchseiten umblätterte und sich auf einem Blatt Notizen zum Gelesenen machte, wie sie das Gesicht in die Hände stützte, das Haar zurücknahm. Anmut. Dieser altmodische Ausdruck war es, der ihm in den Sinn kam, und er erinnerte sich daran, wie einer der älteren Professoren im Literaturstudium das einmal zu seiner Schwester gesagt hatte: *Ich bewundere die unendliche Anmut Ihrer Bewegungen.* Als sie ihm davon berichtete – belustigt, aber auch mit einer gewissen Rührung –, hatte er gelacht und verächtlich, »der will dich vögeln«, gesagt, etwas, das er, wenn er könnte, gern zurücknähme und das ziemlich genau demselben Impuls entsprang, der ihn als Jugendlichen dazu gebracht hatte, vom sonntäglich gedeckten Mittagstisch aufzustehen mit dem Hinweis darauf, dass er kacken müsse. Oh, welch Vergnügen, das Zucken in den Gesichtern seiner Eltern zu sehen, welch kindische Freude, dieses aufgesetzte Ritual, diese ganze Scheinheiligkeit zu entlarven! Und ihre Hilflosigkeit, ihn zu maßregeln! Nicht, dass sie es nicht versucht hätten: Seine Mutter, deren angedrohte Konsequenzen darauf hinausliefen, dass er, wenn er so spreche, nicht mehr würde mit ihnen essen können (etwas, das ihn, wie sie wohl selbst ahnte, nicht eben beunruhigte); sein Vater, der meinte, sich ab einem gewissen Eskalationsgrad mit donnernder Stimme einmischen zu müssen, so deutlich darum bemüht, ein Schlusswort zu sprechen (allein schon, weil sein

Interesse nicht für mehr vorhalten würde), dass er wie eine Karikatur wirkte.

Er hatte seine Eltern zu dieser Zeit von ganzem Herzen verachtet. Seine Mutter hatte nach dem Ende ihres Studiums einige Jahre als Juristin gearbeitet, aber damit aufgehört, nachdem sie ihren Mann geheiratet hatte, der gut aussah und einer der reicheren Familien der Ostküste entstammte, aber deutlich weniger intelligent war als sie. Sein Vater hatte sich eine Zeit lang als Journalist versucht und war dann in die elterliche Immobilienfirma zurückgekehrt. Sobald er mit seinem Vater – Noahs Großvater Josef, der als Achtzehnjähriger mittellos aus dem Süden nach New York gekommen war – außerhalb der Firma zusammenkam, stritten sich die beiden über Politik, doch als mit Barack Obama der erste schwarze Präsident am Horizont der Demokraten auftauchte, wechselte Noahs Vater plötzlich die Seiten. Auch wenn er immer noch, sobald die Rede auf die vermeintliche Überlegenheit der weißen Rasse kam, abwehrte, jetzt aber mit milder Herablassung, statt mit der Wut der früheren Jahre.

Die Lust an der Politik war ihm offenbar vergangen, dafür hatte er andere Lustquellen aufgetan, wie Noah einem Streit zwischen seinen Eltern entnahm, als er gerade sechzehn geworden war. Es war um die Tochter eines befreundeten Paares gegangen. Sie war einige Jahre älter als Noah, aber das hatte ihn nie daran gehindert, sie sich als seine Freundin vorzustellen, und zwar dann schon, als sie noch miteinander auf dem Boden seines Kinderzimmers ganze Städte aus Lego bauten, während ihre Eltern gemeinsam zu Abend aßen. Was genau vorgefallen war, bekam er nie heraus. Aber es schien offensichtlich, dass das Mädchen nur eine von mehreren jungen Frauen war, mit denen sein Vater sich regelmäßig getroffen hatte. Einige Monate lang waren seine Eltern einmal wöchentlich zur Paartherapie gegangen, und Noah, der gerade in den Turbulenzen seiner ersten Beziehung steckte, vermied es, sich vorzustellen, welche Form die Bemühungen seiner Eltern umeinander annehmen würde, wenn er nicht dabei war. Die Rücksicht und die betuliche Art, mit der sie einander behandelten – offenbar war ihnen aufgetragen worden, sich im Alltag mit kleinen Gesten der Freundlichkeit zu begegnen und diese, wann immer möglich, auch explizit zu würdigen –, reichten ihm schon. Bei den wenigen Familienfeiern, an denen er in diesem Alter noch teilnahm, setzte er sich jetzt immer neben seine Großmutter. Sie war schwerhörig, und wie viele Menschen, die nicht gut hörten, vermied auch sie es, ihr Hörgerät einzusetzen. »Es stört mich einfach«, erklärte sie Noah einmal, »dieses Pfeifen und alles so laut plötzlich.« Bei anderer Gelegenheit – Noah erinnerte sich vage an einen Streit, diesmal jedoch nicht zwischen seinem Vater und Großvater, sondern zwischen seiner Schwester und Mutter – hatte seine Großmutter ihn angelächelt und viel zu laut gesagt: »Und so was *will* ich dann auch einfach nicht hören«, gerade so, als habe ihr letztes Gespräch über das Hörgerät nicht schon einige Monate zuvor stattgefunden.

»Ich glaube, wir müssten dann so langsam mal rübergehen«, hörte er Aaron neben sich sagen, und es dauerte wieder einen Moment, bis er begriff, dass er immer noch von den beiden Mädchen sprach.

»Ich nicht«, sagte Noah und bedachte Aaron mit einem kühlen Blick. Noch mehr als Aarons Bedürftigkeit ärgerte ihn dessen Versuch, sie zu verbergen.

»Ach, komm schon!« Aaron sah ihn hilfesuchend an, aber Noah schüttelte den Kopf.

»Ich hol mir noch ein Bier. Dir auch eins?«

»Ja«, sagte Aaron wütend. »Am besten bringst du mir gleich zwei oder drei, wenn das der einzige Spaß heute Abend ist.«

Auf dem Weg vom Bartisch zurück schaute Noah zu Tara hin, die aufgehört hatte zu tanzen und zwischen ihrem Freund

und ihrer Freundin stand, um so, stellte Noah sich vor, einen weiteren Streit zu verhindern. Sie sah nicht glücklich aus. Sieh mich an, dachte er so konzentriert, wie er konnte, sieh mich an, und fast erwartete er, dass sie, als sie jetzt den Kopf hob, seinem lautlosen Befehl folgen würde, aber sie sah zur Tanzfläche hin, als erhoffte sie sich von dort einen Ausweg. Noah folgte ihrem Blick. Das Mädchen im schwarzen Rock hatte begonnen, sich zu drehen. Es hatte etwas Kindliches an sich, wie sie sich im Kreis drehte, erst langsam, dann schneller, vollkommen unpassend zur Musik und so, dass ein Sturz oder zumindest ein Taumeln unausweichlich schien. Die anderen traten ein Stück zur Seite, sodass sich eine kleine Arena für sie bildete, und immer noch schien sie schneller zu werden. Sie musste sich diese Situation zuvor vorgestellt haben, dachte Noah. Sie musste sich vorgestellt haben, wie um sie herum ein Kreis entstünde, in dem sie wie ein Derwisch toben würde, und sie musste sich die Blicke, die sie trafen, ausgemalt haben: erstaunt, bewundernd, vielleicht auch verunsichert. Aber niemals so, wie sie jetzt waren: ungläubig und verächtlich und mitleidig. Als das Lied zu Ende ging, wurde auch ihr Tanz langsamer, und als die anderen wieder zu tanzen begannen, blieb sie einen Moment lang stehen und ging dann, ohne zu wanken, aus dem Raum. Sie sah niemanden an und strahlte eine so große Einsamkeit aus, dass allein der Umstand, nicht sie zu sein, schon ein Trost war.

Noah schaute ihr nach, bis sie nicht mehr zu sehen war, und dann begegnete sein Blick dem von Tara, und er verzog seinen Mund zu einem kleinen Lächeln, das, so hoffte er, frei von jeder Bosheit war. Sie lächelte auch und nickte ihm zu. Dies war der Anfang, das wusste er. Er wusste, dass er jetzt zu ihr hingehen musste, auch wenn ihr Freund – wenn es denn ihr Freund war – direkt neben ihr stand. Auch wenn ihre Freundin auf sie einredete. Er würde seine Hand ausstrecken, die sie nehmen und so aus dem Bannkreis ihrer Freunde treten würde, wie auch er sich aus dem Netz befreien würde, das Aaron um ihn spann, der jetzt wieder neben ihm stand und gerade sagte, dass sie nun wirklich die Mädchen ansprechen müssten, weil diese sonst unwiederbringlich jedes Interesse an ihnen verlieren würden, »jetzt oder nie«, sagte er auffordernd, und statt: dann eben nie, zu sagen, nickte Noah ergeben und ging ohne weitere Verzögerung zu den Mädchen hinüber, den überraschten Aaron im Schlepptau, der sein Glück kaum fassen konnte.

Die Gelegenheit war vorbei. Tara hatte ihren Blick schon wieder abgewandt, und sosehr Noah auch versuchte, ihre Aufmerksamkeit zurückzugewinnen – während Aaron sich abmühte und die Mädchen bereitwillig über jeden seiner Witze lachten –, es gelang ihm nicht.

»Blumenmädchen«, sagte Aaron und schaffte es irgendwie, sogar diesem harmlosen Wort eine anzügliche Betonung zu verleihen. Jasmine und Violet waren zusammen zur Toilette gegangen, hatten aber versprochen wiederzukommen. Sie waren Zwillinge, auch wenn nichts in ihrem Aussehen darauf hinwies. Violet war groß und hager mit braunen, schnurgeraden Haaren, die zu einem langen Pony geschnitten waren, unter dem ihre dunklen Augen rund und scheinbar brauenlos hervorschauten. Jasmine hingegen war blond und klein, mit der kompakten Üppigkeit eines Fünfzigerjahre-Pin-ups. Sie kamen aus Maine, aus einem Küstenort, in den jedes Jahr die Sommertouristen einfielen wie ein Krähenschwarm. Seit diesem Herbst studierten sie Wirtschaftswissenschaften und waren vom Studium ebenso gelangweilt wie überfordert. Wenn sie gleich von der Toilette zurückkamen, würde es weitergehen: das endlose Geplänkel und Gewitzel, das Spreizen und Vorführen, wie das Balzen von Vögeln. Plötzlich kam Noah das alles durchsichtig und schäbig vor.

Er sah auf die Uhr. Schon halb zwölf. Es war schlicht unmöglich, dass er eine weitere Stunde auf diese Art rumbringen würde.

»Bin gleich wieder da«, sagte er zu Aaron und ging, ohne eine Antwort abzuwarten, aus dem Raum.

Die Party hatte sich bis ins Treppenhaus ausgeweitet. Auf den Stufen nach oben saßen links und rechts Menschen, nur in der Mitte war ein schmaler Pfad freigeblieben. Im Vorgarten drängten sich kleine und größere Gruppen, und in der Winterluft hing der Geruch nach Zigaretten und Pot. Tara war nirgends zu sehen. Der Gedanke, dass sie vielleicht schon gegangen war und er auch diese Chance vertan hatte, erfüllte ihn mit Wut. Als Kind hatte er sich manchmal, wenn er wütend auf sich war, selbst Ohrfeigen gegeben. Er erinnerte sich an den Schmerz, den er verspürt hatte, wenn er sich mit der flachen Hand ins Gesicht schlug. Jedes Mal hatte er nach dem ersten Schlag noch zwei oder drei Mal hingelangt, und jedes Mal fester als zuvor. Er konnte nicht sagen, ob er sich danach besser gefühlt hatte. Schlechter zumindest nicht. Manchmal blieb seine Wange noch für den Rest des Tages gerötet, was ihm ein fiebriges Aussehen verlieh, auch wenn sich seine Wut schon längst wieder gelegt hatte. Als er noch jünger war, hatte er in seinem Zorn nicht sich selbst, sondern andere geschlagen. Seinen Bruder, seine Schwester und manchmal auch, wenn es sich so ergab, Mariano, den Sohn der mexikanischen Köchin, der zwei Jahre jünger, dicklich und von hingebungsvoller Freundlichkeit war, und mit dem er in der Doppelgarage des Hauses eine Kugelbahn aus Pappe gebaut hatte, die die gesamte Höhe und Breite einer Wand einnahm. Doch die Reue nach diesen Wutanfällen war zu groß gewesen – nicht wegen der verhängten Strafen, sondern weil er sehen konnte, dass die anderen Angst vor ihm bekamen.

Auch im Flur des ersten Stocks saßen, an die Wände gelehnt, Leute auf dem Boden. Aus einem uralten Transistorradio kam die plärrende Übertragung eines Baseballspiels, die den Lärm von unten überlagerte. Zwei der Wohnräume standen weit offen, ein Zeichen dafür, dass die Party auch hier – mit oder ohne Erlaubnis der Bewohner – stattfand. Aus seinem eigenen Wohnheim wusste Noah, dass das einer der Gründe für die Beliebtheit der oberen Stockwerke war. Zwar war der Einzug in die erste Etage angesichts des winzigen Lifts leichter zu bewältigen, doch wurden die Zimmer hier bei Partys gern als Gemeinschaftsräume genutzt, und wer sich dagegen wehrte, bekam schnell den Ruf, ein Spielverderber zu sein. So kam es, dass die Studenten, sobald weiter oben ein Zimmer frei wurde, umzogen und die unteren Räume mehrheitlich von Erstsemestern besetzt waren. »Außerdem«, hatte Aaron gesagt, als er vom ersten in den sechsten Stock gezogen war, »lässt sich von hier aus ein Selbstmord weit erfolgreicher bewerkstelligen.« Eine Bemerkung, die Noah kurz beunruhigt hatte, bevor er sie als einen von Aarons Bluffs abtat.

Noah schaute in beide Zimmer hinein, dann stieg er die Treppe zum zweiten Stock hoch.

Der Flur hier war leer, bis auf eine Traube von sieben, acht Studenten, die sich vor der Tür eines der hinteren Räume gebildet hatte. Noah konnte Lachen hören und jemanden, der *holy shit* sagte, auf eine belustigte, abfällige Art. Er ging näher heran und versuchte, über die Köpfe der anderen hinweg ins Zimmer zu spähen. In einer Ecke des Raums brannte eine Stehlampe. Vor dem breiten Fenster stand ein unordentlicher Schreibtisch. Dann sah Noah die Frau. Sie lag nackt auf einer Couch. Ihre rechte Hand berührte den Boden, und ihr breiter, von Leberflecken übersäter Rücken war seltsam verdreht. Der Hintern war auf einem Kissen gelagert und streckte sich den Betrachtern geradezu entgegen, die Haut war so weiß, dass sie fast zu leuchten schien.

»Was ist mit ihr?«, fragte Noah einen der Umstehenden, und der lachte und sagte: »Die hat wohl von irgendwas zu viel gehabt.«

»Sieht nach K.O.-Tropfen aus«, sagte ein anderer.

Noah drängelte sich nach vorn, bis er im Türrahmen stand. Die Frau schien zu schlafen, ihr Gesicht halb ins Polster gedrückt. Er machte einen Schritt ins Zimmer, sah auf sie herab. Es war das Mädchen, das so wild getanzt hatte. Er war nicht überrascht. Fast schien es ihm, dass das hier die Fortsetzung ihres Tanzes war: bloß diesmal eine weiterreichende Demütigung.

Das ist es, worauf es hinausläuft, dachte er. Dass sich einer nimmt, was er will, und die Reste brüderlich teilt. Überdruss und Ekel kamen in ihm auf, vor den anderen und sich selbst. Neben ihm lehnte mit verschränkten Armen ein Mann, der auf das Mädchen starrte. Er schien auf seltsame Weise gebannt und gleichzeitig absolut ungerührt.

»Was ist mit ihr?«, fragte Noah noch einmal, aber diesmal antwortete niemand.

Die Beine des Mädchens waren schlank, mit Knöcheln, die fast zu zierlich schienen, um den Körper zu tragen. Ihre Füße wirkten so hilflos, so willkürlich jeder Verletzung ausgeliefert, dass es kaum auszuhalten war. Jemand sollte sie zudecken, dachte er. Jemand sollte sie vor unseren Blicken schützen. Sie lag unverändert da, atmete ruhig. Wenn sie Glück hätte, würde sie sich an nichts von alledem erinnern.

Er wandte sich ab. Der Pulk der Schaulustigen war größer geworden, bereitwillig ließ man ihn durch. Er ging an das hohe Fenster, das an der Stirnseite des Flurs lag. Unter ihm breitete sich der Campus aus. Eine dreiarmige Laterne warf einen Kreis kalten Lichts. Am Anfang hatte ihn die rechtwinklige Anordnung der Gebäude um das unbebaute Carré in der Mitte fasziniert: es hatte ihn an eine mittelalterliche Burg erinnert, von deren trutzigen Zinnen aus alle Gefahren abgewehrt würden. Er hatte sich geborgen gefühlt, vielleicht zum ersten Mal in seinem Leben.

Als er ins Erdgeschoss kam, sah er Tara neben dem Eingang stehen. Sie hatte Jacke und Mütze an, in der Hand hielt sie einen Schal und Handschuhe. Sie sah ihm entgegen und lächelte. Aber es konnte nicht sein, dass sie auf ihn wartete.

Sie kam auf ihn zu, er sagte, hi, und er sagte es so, als wäre es das Selbstverständlichste der Welt.

»Hallo.« Sie sah ihn abwartend an, doch als nichts folgte, wandte sie sich ab und ging zur Tür.

»Wo ist dein Freund?«, fragte Noah eilig. »Und deine Freundin?«

»Ach je.« Tara setzte einen nachdenklichen Gesichtsausdruck auf. »Lass mich mal überlegen. Wenn sich in den letzten zehn Minuten nichts geändert hat, stehen die beiden irgendwo herum und streiten sich. Und ich bin übrigens im Bad und komme gleich wieder. Es sei denn, ich gehe vorher nach Hause, was ich eigentlich gerade vorhatte.«

»Kann ich dich bringen?«, fragte Noah, und Tara nickte.

Seine Jacke war im Keller, aber um nichts in der Welt würde er jetzt nach unten gehen und riskieren, dass das hier schiefging.

Als sie über den Campus liefen, schauderte er.

Tara sah belustigt zu ihm hin. »Der Weg ist weit«, warnte sie. »Und es ist kalt.«

»Macht nichts. Ich zittere mich warm. Siehst du?« Seine Zähne schlugen aufeinander, ob vor Kälte oder Aufregung, er wusste es nicht. Aber was es auch war, es war nicht schlimm.

»Hier.« Tara wickelte ihren Schal ab und hielt ihn Noah hin. »Zieh wenigstens den hier an.« Er streckte die Hand danach aus, aber Tara sagte, »wart mal«, und dann legte sie ihm den Schal um den Hals, legte das eine Ende über die linke, das andere über die rechte Schulter.

»Besser?«, fragte sie.

»Ja«, sagte er, »viel besser.«

Sie gingen gemeinsam über den Campus, unter einem sternenlosen Himmel, es würde bald Schnee geben, vielleicht schon heute Nacht. An den nächtlichen Häusern gingen sie vorbei, den verlassenen Geschäften, Restaurants und Imbissständen, durch den Park, dessen Büsche und Bäume ihre dunklen Arme nach ihnen ausstreckten, die Stufen hinunter zur U-Bahn-Station.

Hinein ins Helle und Warme. Wenigstens für kurze Zeit.

10

ENGEL

Lucy in the sky with diamonds.

Nur wenn man genau hinsah, konnte man die Buchstaben sehen, das romantische Geschnörkel, Snell roundhand. Einen ganzen Abend lang hatte sie mit Basil und Erin über Schriftarten gesprochen, und natürlich hatten sich beide über ihren altmodischen Geschmack lustig gemacht. »Warum etwas aus dem einundzwanzigsten Jahrhundert nehmen, wenn es auch das achtzehnte sein kann«, hatte Erin gesagt, in einem Ton, als würde Lucy einen Verrat begehen.

Am Tag der Vernissage sah sie die Schrift an der Decke. Sechs Wörter, vierundzwanzig Buchstaben, jeder etwa fünfzehn Zentimeter hoch, dicht am Rand der Zimmerdecke geschrieben. Basil – denn sie wusste, dass nur er es gewesen sein konnte –, Basil musste also die Leiter aus der Garage geholt und sie auf ihr Bett gestellt haben, eine wacklige Angelegenheit. Gut, dass sie nicht dabei gewesen war.

Beim Frühstück sah sie immer wieder zu ihm hin. Er aß sein Brötchen, sorgsam darauf bedacht, zu jedem Bissen einen Löffel vom Ei zu nehmen. Nach dem ersten Brötchen würde er zögern, noch ein halbes Brötchen zu essen, und es schließlich tun. Sie lächelte ihn an, die Sonne schien durch das Küchenfenster, und er sagte, ohne von der Zeitung aufzuschauen: »Schön, dass du es magst.«

»Tu ich«, sagte sie. »Dich übrigens auch.«

»Na, das ist ja klar.«

Erin war schon früh gegangen. Sie hatte ihre Seite des Bettes gemacht: das Laken glatt gezogen, das Kopfkissen aufgeschüttelt, die Decke ausgeschlagen, dann einmal in der Mitte gefaltet. Bei ihr hatte das nichts Neurotisches, sondern etwas Zupackendes. Sie war Architektin, ihr Haus im Sonoma County ein Abbild ihrer Vorlieben: Im Universum der Kurven und Geraden hatte Erin Gonsky sich für die Geraden entschieden. Drei graue Betonquader, die – verbunden durch kurze gläserne Gänge – nebeneinander am Rand einer Schlucht standen. Die Hausseiten zur Schlucht hin waren vollkommen aus Glas, es war, als könnte man geradewegs weitergehen und geradewegs abstürzen.

Die Räume waren groß und nahezu leer, wenige Bilder an der Wand. Das wichtigste Kunstwerk war der Blick, der sich bot. Auf die Schlucht und die gegenüberliegenden Hügel, die von Dezember bis April grün waren und sich dann, innerhalb von Tagen, so schien es Lucy immer, braun färbten. Verbrannte Erde, die flimmernde Hitze, eine Anmutung von Wüste. Während sie in der Stadt auch im Sommer die Heizung andrehten, an all den Tagen, an denen der Nebel die Sonne verschluckte.

Sie liebte dieses Haus. Sie liebte es um seiner selbst, um seiner Schönheit willen. Und als Ausdruck von Erins Fähigkeiten. Sie liebte es, an einem der rahmenlosen Panoramafenster zu stehen und dem Gefühl des Absturzes so nahe zu kommen wie unbeschadet möglich. Aber sie liebte es nicht, hier zu wohnen. Vielleicht weil sie und Erin nicht mithalten konnten mit dieser Perfektion. Sie waren der Makel in dem Haus.

Und so kam es, dass sie die meiste Zeit in Lucys und Basils Wohnung in San Francisco waren, diesen vier Räumen mit den hohen, balkendurchzogenen Decken, der alten, weiß gestrichenen Küche, dem knarzenden Pinienboden, die sie vor drei Jahren von Basils Großtante Greta übernommen hatten. Lucy erinnerte sich an ihre erste Begegnung mit Tante Greta. Sie hatten ihr nichts vorgespielt, hatten sie aber auch nicht korrigiert, als sie gesagt hatte, wie froh sie über ihre Beziehung sei. Tante Greta war damals in ein Seniorenheim im Süden der Stadt gezogen. Lucy und Basil besuchten sie dort einmal im Monat, doch sie gingen nie gemeinsam hin. Ein einziges Mal hatte Lucy Erin mitgenommen. Aber Tante Greta war so klein, so zierlich und fragil, und sie wurde, so schien es, von Mal zu Mal weniger. Man konnte, schon wenn man allein kam, zu viel für sie sein; vertrocknet und anmutig wie ein Ästchen oder Rosenblatt, würde sie unter einem größeren Ansturm zerbrechen.

Erins Büro lag in der Nähe der Wohnung. Das war auch der Grund, dass sie sich überhaupt begegnet waren. Sie hatten einander das erste Mal im Delishop gesehen, in dem Lucy seit ihrem Einzug den kolumbianischen Kaffee kaufte, den sie und Basil am liebsten mochten. Schon bevor sie Erin sah, hatte sie sie gehört, und wahrscheinlich hatte ihre Stimme sie an jemanden erinnert. Sie konnte nur nicht sagen, an wen – und nicht einmal, ob an eine Frau oder einen Mann. Tief und guttural war diese Stimme, aber mit Höhen versehen, die etwas Überraschtes an sich hatten, wie ein Kompliment an den anderen, das mit dem großen Selbstbewusstsein der tieferen Lagen versöhnte.

Erin und der Verkäufer, ein zierlicher Inder, der sein Pidgin-Englisch immer etwas übertrieb, hatten sich unterhalten. Als Lucy mit ihren wenigen Einkäufen in der Hand zur Kasse ging, hatte Erin ihr kurz zugenickt, aber das Gespräch nicht unterbrochen. Lucy betrachtete sie. Sah die winzigen Grimassen, die sie machte – ein Weiten der Augen, ein rasches Zwinkern, ein Zucken der Mundwinkel, wenn der Verkäufer laut auflachte. Auch Lucy musste lachen, und da richtete Erin ihren Blick noch einmal auf sie. »Ab da hast du mich wahrgenommen«, sagte Lucy später einmal, aber Erin schüttelte den Kopf. »Ich hatte dich schon lange gesehen. Du warst mein Publikum, weißt du das denn nicht?«

Erin war dick. Das sagte sie selbst. Ich bin eine dicke texanische Lesbe und ich werde nie verstehen, was du in mir siehst. Es störte Lucy nicht, dass Erin dick war. Außerdem fand sie dick ohnehin das falsche Wort. Für sie sah Erin aus wie ein molliger Jugendlicher, der zu wenig Sport trieb und die falschen Sachen aß, und dazu passte auch das jungenhafte Gesicht unter den kurzen braunen Haaren, das Erin viel jünger erscheinen ließ, als sie war. Dieses Gesicht, vor allem aber Erins Klugheit und ihr Humor waren es, in die Lucy sich verliebt hatte. Dass Erins Körper – als sie an den Punkt gelangten, an dem ihre Körper eine Rolle spielten – zufällig dick und zufällig der einer Frau war, entpuppte sich für Lucy als weniger verstörend, als sie angenommen hatte. Es war, als müsste sie ein lang geübtes Spiel neu erlernen, diesmal mit anderen Regeln, dafür aber nicht weniger unterhaltsam.

Die Bilder im zweiten Stock des Museums für Moderne Kunst hatten etwas von Spielkarten, wie sie da nebeneinander an der Wand hingen. Als könnte man sie mischen und dann willkürlich neu verteilen, dachte Lucy. Dabei war sie selbst es gewesen, die die Hängung beaufsichtigt hatte, und sie konnte sich noch gut an die Nächte erinnern, in denen sie wach lag, während vor ihrem inneren Auge die Bilder defilierten. Jetzt schien all das hier so leicht, fast zufällig.

Jedes Bild war abstrakt und jedes Bild war gleichzeitig figürlich. Bunte Farbflächen fügten sich zu Landschaften, manche auf die einfachste Art: gerader Horizont, Sonne, Himmel, Meer. Manche wie Flurkarten, in denen Seen, Felder, Berge je andere Farben hatten. Daneben einzelne großformatige Bilder, explosive Farbkollisionen, in denen man alles sehen konnte oder nichts, nicht unähnlich den Bildern von Kindern, bevor sie Kunstunterricht erhielten. Auch technisch zeichnete die Bilder eine gewisse Unprofessionalität aus, von Nahem war der Farbauftrag oft unsauber. Wann war etwas Kunst, wer entschied darüber? Manchmal fühlte Lucy das Ketzerische an ihrer Unsicherheit. Trotz ihres Studiums, trotz der Tatsache, dass sie jetzt im Museum arbeitete, trotz all ihres Wissens war es am Ende ein Gefühl, auf das sie zurückgeworfen wurde – dieser erste Blick, die romantische Bereitschaft zur lebensverändernden Erschütterung.

Frances Salmas Bilder waren ihr zum ersten Mal bei einem Ausflug begegnet, vor fast zwei Jahren. Erin hatte sie erst begleiten wollen und dann kurz vorher doch abgesagt. Im Nachhinein war Lucy froh darüber.

Sie hatte die Stadt Richtung Norden verlassen, war über die Golden Gate Bridge gefahren und in den ersten Ort dahinter abgebogen. Sausalito. Eine in die Hügel gebaute Siedlung, direkt an der Bucht. Cafés, Schmuckläden, auf zwei Piers Restaurants, dicht über dem Wasser. Sie parkte am Hafen, neben dem Fähranleger. Auf der Hauptstraße die roten Sightseeingbusse, die Sausalito in einem gemächlichen Schlenker zur Appendix der Stadt erklärten. Asiatische Touristen posierten vor der Skyline. Vor einem Eisladen schob sich eine Schlange von Menschen unendlich langsam vorwärts. Daneben ein Laden mit Weihnachtsschmuck, ein ganzjähriges Glänzen und Leuchten.

In einem libanesischen Restaurant bestellte Lucy ein frühes Abendessen. An der Wand ihr gegenüber hing ein Bild. Ein großer blassroter Kreis auf ockerfarbenem Grund. Darunter ein hellblaues Oval, das quer lag. Lucy stand auf, las das kleine Schild neben dem Bild. *Early Planets.* Links davon ein anderes Bild, orange, rosa, grün, schwarz. Kein großer Kreis diesmal, dafür zwei kleine. *Late Planets.* Rechts ein weiteres Bild, grüne, weiße, gelbe Streifen, ein feuerroter Ball am unteren Rand des Bildes. *Everything and everyone.* Lucy lachte leise. Alles gehörte zusammen, nichts gehörte zusammen. Die Bilder waren schön, aber sie waren auch merkwürdig; sie irritierten, passten nicht hierher, in dieses Restaurant, irgendetwas stimmte nicht an ihnen, ließ sich nicht fassen. »Wer ist der Maler?«, fragte sie die Kellnerin, und die musste beim Koch nachfragen, dem Besitzer des Restaurants. »Frances Salma«, sagte der, als er aus der Küche kam. »Meine alte Freundin Frances.« Und nein, sie waren ein persönliches Geschenk und nicht zu verkaufen.

Lucys Entdeckung von Frances Salma ging der allgemeinen Begeisterung für die Malerin nur um wenige Monate voraus, und dieser Umstand war ihr Glück. Acht Wochen, bevor in der *New York Times* ein Artikel erschien, der Salma als lang verkannte Künstlerin feierte, drei Monate, bevor bekannt wurde, dass auf der Art Basel in Miami eine Retrospektive von ihrem Werk gezeigt werden würde, und ein Jahr, bevor das *Wall Street Journal* über die plötzliche Entdeckung der Frances Salma berichtete – *Das neunzigjährige It-Girl* – hatte Lucy sowohl Salma als auch ihre Chefin überreden können, eine Ausstellung zu organisieren. Plötzlich war Lucys Idee nicht mehr gewagt, sondern ein Zeichen für ihren sicheren Instinkt, an den sie selbst nicht im Geringsten glaubte.

Das Haus von Frances Salma, ein grau geschindeltes, doppelstöckiges Gebäude mit einer ausladenden Veranda, lag auf halber Höhe des Berghangs, an den sich der Ort schmiegte. Obwohl Lucy in den vergangenen Monaten öfter hier gewesen war, behielt das Haus für sie etwas Labyrinthisches: Vom großen Wohnzimmer aus führten Gänge und Treppen zu fünf oder sechs anderen Zimmern, und immer, wenn Lucy meinte, die Anlage verstanden zu haben, entdeckte sie eine neue Tür, einen neuen Flur, eine Treppe, die auf überraschende Weise zurück ins Wohnzimmer oder in noch unbekannte Räume führte.

»Das kommt vom Alter des Hauses«, erklärte Salma, als sie bei Lucys erstem Besuch ihre Verwirrung bemerkte. »Da wurde immer wieder neu angebaut und umgebaut.« Sie saß auf einem gepolsterten Stuhl im Esszimmer und beugte sich über die Skizze eines Bildes. »Es ist wie bei den Menschen«, fügte sie hinzu. »Da gibt's auch immer mehr Nischen und Facetten.« Sie nahm einen Radierer und löschte eine Bleistiftlinie aus. »Bevor dann am Ende alles wieder ganz simpel wird.«

Sie sprach jetzt mehr zu sich selbst als zu ihrer Besucherin.

Die ersten Male, die Lucy sie in Sausalito besucht hatte, waren immer Verwandte da gewesen: Annabelle, ihre älteste Tochter, eine Frau von fast sechzig Jahren mit schlohweißem Haar wie das ihrer Mutter, die Lucy aufmerksam musterte und wenig sprach; Corinna, die jüngste der drei Töchter, die, anders als ihre ältere Schwester, immerzu lächelte und fast die ganze Zeit plauderte. Bei ihrem dritten Besuch war ein Mann da. Er saß auf dem Sofa im Wohnzimmer und hatte Frances offenbar gerade vorgelesen. Als Lucy den Raum betrat, legte er die Zeitung zur Seite und stand auf, um sie zu begrüßen, und diese altmodische Geste rührte Lucy. Sie erinnerte sie an ihren Vater, dessen liebenswerte Höflichkeit sie immer gemocht hatte, auch dann noch, als sie in den Diskussionen an der Universität übereinkamen, dass durch diese Gesten – das Türaufhalten, das beflissene Aufstehen, die Einladungen – letztlich die Ungleichheit zwischen den Geschlechtern aufrechterhalten wurde.

Der Mann war kaum älter als sie, aber der Bart, der die untere

Hälfte seines Gesichts verdunkelte, und die tiefliegenden Augen unter buschigen Brauen gaben ihm etwas gestanden Männliches. Sein Körper war lang und sehnig, und wie er da vom Sofa aufsprang, hatte er etwas von einem Klappmesser an sich.

»Matt, mein einziger Enkel«, stellte Frances ihn knapp vor. »Und das ist Lucy Corrigan – meine überaus engagierte Entdeckerin.«

Sie blieb sitzen, während sich Lucy und Matt die Hand reichten.

»Matt kommt alle zwei Wochen hier vorbei und lässt es sich dann nicht nehmen, mir aus der Zeitung vorzulesen. Er denkt, ich bin dazu selbst nicht mehr in der Lage.«

»So ist es«, sagte Matt. »Aber das liegt natürlich nicht an dir, sondern an der *Times*, die dich damit quält, jedes Jahr ihre Schrift zu verkleinern. Außerdem spekuliere ich auf dein Erbe.«

Frances musterte ihn mit hochgezogenen Brauen. »Da bleibt dir als Graphologe wohl auch nichts anderes übrig.«

»Doch«, widersprach Matt. »Ich mache mich sehr gut als Taxifahrer.«

Es stellte sich heraus, dass er gar nicht Graphologe war, sondern Psychiater. Aber seit er im dritten Semester ein Seminar in Graphologie besucht und das neu erworbene Wissen bei seiner Großmutter angewandt hatte, bezeichnete sie ihn immer nur als Graphologen. In Wirklichkeit fuhr er auch nicht Taxi – dies hatte er für kurze Zeit während seines Studiums getan, bevor er realisierte, dass er, wie er sagte, sowohl eine Orientierungsbehinderung als auch ein Autoritätsproblem habe, was es ihm gleichermaßen verunmögliche, sich allein zurechtzufinden wie dem Navigationsgerät zu folgen.

»Mir persönlich macht es ja Spaß, mich zu verfahren – man entdeckt so viel Neues. Aber den Fahrgästen«, er sah Lucy mit einem ironischen Lächeln an, »also, den Fahrgästen machte es nicht so viel Vergnügen.«

»Das kann ich mir vorstellen.«

Sie erwiderte sein Lächeln. Ein Moment des Schweigens trat ein, in dem sie den Blick aufeinander gerichtet hielten, während Frances – klein, stämmig und mit grimmigem Gesichtsausdruck – von einem zum andern sah.

»Gut, gut«, sagte sie unwirsch. »Und nun zu meinen Bildern.«

Noch drei weitere Male hatte Lucy Frances in ihrem Haus besucht, und jedes Mal war Matt da gewesen. Ohne dass sie einen Grund hätte nennen können, freute sie sich immer, ihn zu sehen. Dabei hielt er sich betont im Hintergrund. Vielleicht hatte seine Großmutter ihm deutlich gemacht, dass es das war, was sie von ihm erwartete.

Überall in Frances' Haus standen und hingen ihre Bilder. Sogar das Gästebad, ein kleiner, schattiger Raum, den nur eine altmodische Deckenheizung wärmte, war voll mit ihren Zeichnungen und Gemälden. Besonders gut gefiel Lucy ein Bild, das, ohne Rahmen, direkt über der Toilette hing. Vor einem weißen Hintergrund war mit wenigen Strichen ein fast ebenso weißer Berg angedeutet, unregelmäßig bedeckt mit bunten, hingetupften Vierecken. Das Bergmotiv kannte Lucy schon von Frances' Bildern – oft war es der nahegelegene Mount Tamalpais –, doch keiner der anderen Berge war schneebedeckt. Eine Rodelpiste und bunt gekleidete Kinder auf ihren Schlitten, das war es, was sie sofort in dem Bild sah.

»Können wir das Schneebild dazunehmen?«, fragte Lucy bei ihrem letzten Besuch, und Frances sagte: »Ich kenn kein Schneebild. Aber nehmen Sie es ruhig.«

Nachdem Frances und Lucy alle Bilder ausgewählt hatten, galt es nun, die Gemälde zu rahmen.

»Manche haben doch bereits einen Rahmen«, wandte Frances unwillig ein.

Während ihr anfangs die Idee einer großen Ausstellung im Museum of Modern Art gefallen hatte, war sie die letzten beiden Male ohne rechte Begeisterung bei der Sache gewesen. Ob aus Bescheidenheit oder einfach aufgrund ihres Alters – denn auch wenn sie kräftig und robust wirkte, war sie eben doch schon neunzig Jahre alt –, schien sie jedes Mal froh zu sein, wenn ihre Arbeit mit Lucy beendet war.

»Es müssen alles die gleichen Rahmen sein«, erklärte Lucy geduldig. »Schlichte und aus hellem Holz.«

Sie hatte eine erste Skizze der Hängung angefertigt und hielt sie mit ausgestrecktem Arm von sich, als könnte sie sich so besser den Raum vorstellen. Als Frances nichts mehr erwiderte, fügte Lucy hinzu: »Das wird großartig aussehen, glauben Sie mir.«

»Schon gut.« Frances verließ mit dem Tablett, auf dem die Teetassen standen, den Raum. Als sie zurückkam, setzte sie sich schwerfällig in den Sessel, der dem großen Wohnzimmerfenster am nächsten stand und von dem aus sie das Vogelhäuschen beobachten konnte. Nach einer Weile nahm Lucy sich einen Stuhl und rückte ihn neben den Sessel. Einige Vögel pickten nach den Haferflocken. Lucy konnte einen Star und eine Amsel erkennen. Weiter entfernt, am Rand der Terrasse, saß ein Blauhäher und beäugte mit zuckendem Kopf die anderen Vögel.

»Der hat hier ein Nest.« Frances deutete auf die hohe Akazie, die neben der Terrasse stand. »Dort oben.«

Matt betrat den Raum, die Vögel hüpften weiter vom Fenster weg, und, als nichts geschah, wieder näher an die Haferflocken heran.

»Seid ihr fertig?« Er machte ein Gesicht, als habe er eine Überraschung vorbereitet. »Falls ja, unternehmen wir jetzt eine Ausfahrt.«

Er hatte eine schwarze Jeans und ein schwarzes T-Shirt an, seine Haut war braun von der Sonne und seine Fingernägel ein heller Kontrast dazu. Für einen kurzen Moment konnte Lucy sich vorstellen, wie er als Junge ausgesehen hatte, und gleich darauf sah sie ihn vor sich, wie er in einigen Jahren aussehen würde: immer noch sehnig und asketisch, die dunkelblonden Haare kürzer und von grauen Strähnen durchzogen, Schatten unter den Augen. Matt sah sie an und blinzelte. Seine Mundwinkel zitterten ganz leicht, als machte ihm die eigene Entschlossenheit Angst.

Frances schüttelte den Kopf. »Fahrt ihr mal allein.«

Sie konnten sie dann doch überreden. Matt griff nach ihrem Arm, kaum, dass sie das Haus verlassen hatten, und Frances ließ ihn gewähren, fasste jedoch mit der anderen Hand nach dem Treppengeländer, um sich abzustützen.

»Oh, nein«, sagte sie, als sie am Ende der Treppe angekommen waren. »Nicht Poppy.«

Sie standen vor einem Jeep, ein Militärfahrzeug aus den sechziger Jahren, aber voll verkehrstüchtig, wie Matt versicherte, nur eben etwas lauter, manchmal diese knallenden Geräusche beim Starten, daher der Name.

»Nicht nur beim Starten«, sagte Frances düster. Aber sie ließ sich auf den Vordersitz helfen, wo sie sich am Griff über der Tür festhielt.

Sie fuhren Richtung Norden, die US 101 entlang, bis eine Abfahrt nach San Anselmo kam, von dort aus, über eine schmale gewundene Landstraße, Richtung Fairfax. Lucy kannte die Gegend, sie war schon einmal mit Erin hier gewesen, auf dem Weg zu ihrem Haus weiter oben im Norden.

Das Radio lief, doch wegen der Motorengeräusche war kaum etwas davon zu hören. Anfangs hatte Matt noch versucht, sich mit Lucy zu unterhalten, doch bald schon hatten sie beide genug von der Schreierei.

In Fairfax stellten sie das Auto vor einem Eisladen ab. Auf einer niedrigen Holzbank saßen zwei alte Frauen und leckten an ihrem Eis.

»Magst du eins?«, fragte Matt Frances.

»Sicher nicht«, sagte sie.

Sie mussten langsam gehen. Frances hatte sich bei Matt untergehakt und blieb immer wieder lange vor den Schaufenstern stehen. Ein Krämerladen, davor ein Spielhelikopter, in dem ein kleines Mädchen saß und wartete. Ein Möbelgeschäft. Eine Boutique mit Schwangerschaftskleidern. In *Shermans General Store* lag Silberschmuck neben Jeans-Overalls und mexikanischen Porzellantellern. Am Ende der Straße ein Schreibwarenladen, mit Karten und Geschenkpapieren in allen erdenklichen Mustern und Farben. Sie überquerten die Straße und schlenderten auf der anderen Seite zurück. In einem indischen Laden kaufte Matt ein geschliffenes Ei aus Amethyst.

Als sie wieder beim Auto ankamen, war die Bank vor dem Eisladen leer.

»Okay.« Frances setzte sich. »Jetzt hätte ich tatsächlich gerne ein Eis. Zwei Kugeln Schokolade. Aber im Becher.« Sie sah Lucy, die sich neben sie setzte, aus den Augenwinkeln an. »Alte Frauen, die an ihrem Eis rumlecken.« Sie verzog den Mund. »Fast so schlimm wie alte *Männer*, die an ihrem Eis rumlecken.« Sie wischte sich mit beiden Händen über die Augen. »Man muss die Zumutungen so klein wie möglich halten.«

»Zumutungen für wen?«

»Für alle natürlich.«

Lucy stand auf, um zu Matt in den Laden zu gehen.

»Gut, dass du kommst«, sagte er. »Ich hätte dir sonst einfach auch Schokoladeneis geholt.«

»Was absolut falsch gewesen wäre.«

Lucy hatte in einem drohenden Tonfall gesprochen, und Matt

sah sie belustigt an. »Siehst du. Darum ist es besser, wenn du immer mit mir kommst.«

Der Bank gegenüber, auf der anderen Straßenseite, stand eine Skulptur: ein etwa zwei Meter hoher Mülleimer aus Holz, aus dem die Freiheitsstatue herausschaute. Man konnte gerade noch einen Teil ihrer Schultern, den Kopf mit der Stachelkrone und den ausgestreckten Arm sehen. Statt einer Fackel hielt sie ein Schild in der Hand: *What's happening?*

Es war schon dunkel, als sie schließlich wieder in Sausalito ankamen. Neben der Skyline von San Francisco formten die Hängetrassen der Bay Bridge die Silhouette eines Zirkuszeltes.

Sie waren noch weiter in den Norden gefahren, zwischen den grüner werdenden Hügeln bis nach Petaluma hoch, und Lucy hätte sagen können, lasst uns hier lang fahren, ein paar Meilen nur, dann zeige ich euch das Haus meiner Freundin. Es hatte eine Zeit gegeben, in der sie das getan hätte. Sie hätte das Haus vorgeführt und sich in der Bewunderung für Erin gesonnt, vielleicht sogar erwähnt, dass Erin von einer Fachzeitschrift zu einer der zehn besten Architektinnen der USA gewählt worden war. Aber irgendetwas hielt sie davon ab. Es war, als müsste sie eine Grenze errichten zwischen sich und Erin, als gelte es, ihr Terrain zu verteidigen gegen eine nur scheinbar wohlwollende Übermacht.

Sie brachten Frances nach Hause. Lucy suchte ihre Unterlagen zusammen und schaute auf ihr Handy. Erin hatte dreimal angerufen, aber keine Nachricht hinterlassen.

»Frances!« Lucy sah die Treppe zum ersten Stock hoch, wo Frances' Schlafzimmer lag. »Ich gehe jetzt. Ich sag Bescheid, wann jemand kommt, um die Bilder abzuholen.«

Keine Antwort.

»Damit sie gerahmt werden können. Erinnern Sie sich?«

Als immer noch keine Antwort kam, ging Lucy die Treppe nach oben. »Frances?«

Hier oben war der Boden mit weichem Teppich ausgelegt, der alle Geräusche verschluckte. Lucy öffnete die Tür, hinter der sie das Schlafzimmer vermutete. Die alte Frau lag auf dem Bett. Sie hatte die Jacke neben sich gelegt, ein Bein lag oben, eines hing an der Seite herunter. Lucy schlich zu ihr hin und beugte sich über sie. Frances atmete gleichmäßig, ihre Wangen waren plötzlich eingefallen, zum ersten Mal sah sie so alt aus, wie sie war.

»Sie schläft«, sagte Lucy zu Matt, der am Fuß der Treppe stand und ihr entgegenschaute. »Ich geh jetzt auch mal.«

Er ging mit ihr zur Haustür, und als sie sich schon verabschiedet hatten, brachte er sie noch zu ihrem Auto. Es graute ihr davor, im Dunkeln rückwärts aus der Ausfahrt fahren zu müssen, bevor sie dann zwischen einer großen Roteiche und der Garage des Nachbarn wenden konnte. Das Licht des Bewegungsmelders sprang immer nur für kurze Zeit an, danach schien die Dunkelheit noch tiefer als zuvor. Lucy wedelte mit einem Arm. In der plötzlichen Helligkeit blickte sie die Auffahrt entlang, um sich die Kurve, die sie rückwärts würde fahren müssen, einzuprägen. Unter dem Baum konnte sie etwas stehen sehen, ein Metallgerüst, so schien es von hier aus.

»Was ist das?«

»Eine Schaukel«, sagte Matt. »Sie hat sie vor Ewigkeiten aufstellen lassen.«

»Für ihre Töchter?«

Plötzlich fiel Lucy ein, dass sie gar nicht wusste, wer Matts Mutter war: die misstrauische Annabelle, Corinna oder die Dritte, die, die sie nicht kannte.

»Nein, für mich.« Matt kniff die Augen zusammen und sah zu der Schaukel hinüber. »Von da bis zum Baum war ein Seil gespannt, damit ich darauf balancieren konnte.« Er sah Lucy an und grinste unbehaglich. »Ich war fest entschlossen, Akrobat zu werden. Mein bester Freund und ich hatten eine ganz gute Nummer einstudiert, ›Fliegender Mann‹ hieß die. Ich lag auf dem Rücken und stemmte ihn über mir in die Luft, und dann drehte ich ihn auf meinen Händen im Kreis.«

»Warst du denn oft hier?« Lucy warf einen raschen Blick auf ihre Uhr und begann, in ihrer Tasche nach dem Autoschlüssel zu kramen.

Matt schwieg einen Moment, dann sagte er: »Ich bin hier aufgewachsen. Meine Mutter starb, als ich acht Jahre alt war.«

»Oh. Wie schrecklich.« Sie hatte inzwischen ihren Schlüssel gefunden, jetzt hielt sie inne.

»Lang her.« Er sah Lucy direkt in die Augen, und sie legte kurz eine Hand auf seinen Arm. Dann wandte sie den Blick ab.

»Hey, du musst los.«

»Stimmt.« Sie stieg in ihr Auto ein.

»Soll ich dich rauswinken?«

»Ja, bitte.«

Sie kurbelte das Fenster runter und startete den Motor. Der Bewegungsmelder sprang an, und im Schein der Laterne konnte sie Matt vor dem braunen Garagentor des Nachbarn sehen, wie er sie zu sich ranwinkte und dann die Hände abwehrend hob, damit sie anhielt. Als sie gewendet hatte, trat er nochmals an ihr Fenster.

»Okay«, sagte sie. »Danke.«

»Okay.« Es klang, als ob er sie nachahmte. Dann fiel ihm etwas ein. »Warte.« Er griff in seine Hosentasche und hielt ihr seine geschlossene Faust hin. »Hier.«

»Was ist das?«, fragte Lucy und bog die Finger seiner Hand vorsichtig nach oben. Es war der Amethyst, glatt und kühl wie der Kern einer Avocado. Sie nahm den Stein, und für einen Moment lag ihre Hand in seiner.

»Danke.« Sie legte den Stein neben sich auf den Beifahrersitz, dann nahm sie ihn doch wieder in die Hand und legte ihn auf ihren Schoß.

»Ich fahr dann mal.«

»Ja«, sagte er und zog sich aus dem Fenster zurück. »Bis bald.«

Ende November – eine Regenperiode hatte eingesetzt, die das Wasser in kleinen Sturzbächen die Straßen hinabtrieb – trafen die gerahmten Bilder im Museum ein und Lucy konnte sich daranmachen, sie in drei Sälen aufzuhängen. Im kleinsten der Räume hatte sie vier Schaukästen aufstellen lassen. In ihnen lagen Journale, die Frances Salma im Laufe von sieben Jahrzehnten geschrieben hatte, manche in Arabisch, aus der Zeit, die sie als junge Frau in Pakistan verbracht hatte, die meisten in Englisch. Immer waren Figuren und Ornamente über das Geschriebene gemalt worden, was das Lesen erschwerte, aber nie verunmöglichte. Daneben lagen gefaltete Büchlein, manchmal zu einer Länge von einem Meter aufgeklappt, mit bunten Zeichnungen auf jeder der Seiten.

Einer der Schaukästen widmete sich dem Leben von Frances. Besonders liebte Lucy das einzige Kinderbild, das sie hatte auftreiben können. Es war ein Schwarz-Weiß-Foto, Frances musste fünf oder sechs Jahre alt gewesen sein und schaute direkt in die Kamera, nicht feindlich, aber ohne die Spur eines Lächelns. Sie trug ein weißes Tüllkleid. Über ihrem Kopf stand ein Heiligenschein aus golden glitzerndem Chenilledraht. Es musste Halloween gewesen sein oder Weihnachten. Auf dem nächsten Bild war sie schon eine junge Frau und saß in hellen Hosen und Polohemd im Schneidersitz auf der Motorhaube eines Sportwagens. Auf allen späteren Bildern waren die dunklen Haare kurz geschnitten. Ein freundliches Gesicht, ungeschminkt und androgyn, das auf seltsame Weise weniger an der eigenen Wirkung als an dem Betrachter interessiert zu sein schien. Eigentlich, fand Lucy, sah sie schon damals aus wie heute. Da sie mit fünfzig Jahren älter wirkte, als sie war, und heute jünger, hatten die letzten vierzig Jahren kaum Spuren hinterlassen.

Als alle Bilder aufgehängt waren, nahm Lucy Erin mit in das Museum.

»Schau dir erst mal nicht die Bilder an«, bat sie ihre Freundin, bevor diese den Saal betrat. »Sondern den Raum als Ganzes.«

Erin nickte. »Wird gemacht.« Sie kniff die Augen zusammen, legte einen Moment lang die Hände vors Gesicht, wie ein Kind, das sich so zu verstecken glaubt, dann schüttelte sie die Arme aus und sah Lucy mit weit aufgerissenen Augen an: »Ich bin so weit.«

»Ach, Erin.«

»Ich weiß, ich weiß, aber so mach ich das eben.«

»Oh Lucy, ich liebe es«, sagte Erin, als sie wieder zu Lucy zurückkam, die auf einer der Lederbänke im Flur gewartet hatte. »Ich liebe sowohl den Eindruck, den man von den Sälen bekommt, als auch die Bilder selbst. Sie sind so schlicht und doch nie so schlicht, wie man am Anfang meint. Sie sind nicht gemalt, um jemanden zu beeindrucken, sondern einfach Ausdruck einer Wahrnehmung. Sie sind nicht eitel.« Sie zog Lucy in eine Umarmung. »Und du hast das sofort gesehen, und jetzt hast du die Bilder so angeordnet, dass jeder andere es auch sehen kann. Du bist so talentiert, ehrlich, das bist du.«

Lucy entwand sich der Umarmung. »Übertreib's nicht.«

Sie wusste selbst nicht, was sie so wütend machte, vielleicht das Wort *talentiert*. Als wäre sie eine Schülerin, die begierig auf das Lob ihrer Lehrerin wartete. Erin sah sie fragend an, und Lucy spürte, dass sie verletzt war. Sie hatten in den letzten Wochen wenig Zeit miteinander verbracht – Erin hatte öfters in ihrem eigenen Haus geschlafen, um ungestört nachts arbeiten zu können –, und in Lucys Umgang mit ihr hatte sich etwas

Unwägbares geschlichen. Ein plötzlicher Widerwille, Sticheleien, gefolgt von heftiger Reue. Sie wussten beide nicht, was als Nächstes kam.

Lucy in the sky with diamonds.

Sie musste lachen, als sie daran dachte, wie sie heute Morgen die Schrift über ihrem Bett entdeckt und sofort beschlossen hatte, es als gutes Omen zu nehmen.

Sie zwang sich, langsamer zu fahren. Es bestand keine Eile, sie waren ohnehin zu früh dran. Sie hatte das Navigationsgerät eingeschaltet. Es beruhigte sie, der Stimme zu gehorchen, die ihr sagte, wo sie langfahren musste. Frances saß neben ihr und blickte aus dem Fenster. Auf dem Rücksitz blätterte Matt den Ausstellungskatalog durch. Vor einem Haus auf dem Marina Boulevard war ein Stern aus roten, weißen und blauen Lichtern aufgestellt worden. *Pearl Harbor Remembrance Day*, stand auf einem Schild darüber. Auf der Rasenfläche vor dem Jachthafen rannten zwei Kinder in grellgelber Regenmontur. Lucy dachte kurz an Kenji, von dem sie gestern eine Nachricht auf dem Anrufbeantworter vorgefunden hatte. Es war das erste Mal seit Langem gewesen, dass sie seine Stimme gehört hatte, und sie war erstaunt darüber, dass sie ihr noch genauso vertraut war wie früher. Er wolle ihr das Manuskript seines neuen Buches schicken. »Es geht um uns drei«, hatte er gesagt, mit einem verlegenen, kleinen Lachen, und in Lucy hatte sich fast sofort das schlechte Gewissen gemeldet, das ihr zuraunte, sie schulde ihm nach wie vor eine Erklärung. Aber sie hatte Basil versprochen, nichts zu sagen, und damit beruhigte sie sich auch jetzt wieder.

»Remembrance Day, wer denkt denn an so was«, murmelte Frances. »Wann ist dieser Tag überhaupt?«

»Am siebten Dezember«, sagte Matt. »Das weiß ich so genau, weil es zufällig auch mein Geburtstag ist.«

Frances wandte sich so weit um, wie sie konnte. »Ist mir das nie aufgefallen?«

»Keine Ahnung. Ist ja auch nicht so wichtig.«

»Was machst du an deinem Geburtstag?«, fragte Lucy und suchte im Rückspiegel Matts Blick. Sie hatte ihn fast drei Monate nicht gesehen, und in dieser Zeit hatte sie sich oft vorgestellt, wie es sein würde ihm wieder zu begegnen. Als sie ihm dann heute Nachmittag plötzlich gegenüberstand, war die Aufregung, die sie zuvor in warmen Schauern durchrieselt hatte, von Enttäuschung abgelöst worden. Denn nichts in seinem Verhalten wies darauf hin, dass es ihm etwas bedeutete, sie wiederzusehen.

»Och«, sagte Matt gedehnt, ohne vom Katalog aufzusehen, »ich werde einfach ein Jahr älter und ein wenig darunter leiden, und ansonsten gehe ich zur Arbeit wie sonst auch und sage niemandem, dass ich Geburtstag habe.«

»Sehr kokett.« Frances schaute aus dem Fenster. »Als du klein warst, konntest du nächtelang vor deinem Geburtstag nicht schlafen, und dann mussten wir immer etwas Spannendes unternehmen: eine Party machen oder in den Zoo oder eine Wanderung mit Lagerfeuer, Marshmallows, singen und so weiter.«

»Ja, also, wenn du *dazu* bereit wärst, wäre ich heute auch noch schlaflos vor Aufregung«, neckte Matt von hinten.

»Klar doch.« Sie schnaubte spöttisch. »Nächstes Jahr.«

Wenn wir nachher wieder zum Auto gehen, ist die Vernissage vorbei, und nichts ist mehr gleich, dachte Lucy, als sie auf einem der Mitarbeiter-Parkplätze hinter dem Museum parkte. Für sie nicht, weil es die erste nur von ihr organisierte Ausstellung war, und für Frances nicht, weil viele ihrer Bilder hier das erste Mal gezeigt wurden. Wenn nun niemand kam? Wenn die Kritiken schlecht ausfielen oder gleich ganz ausblieben? Aber Frances schien unbeeindruckt von alldem.

»Ist das ein Sportwagen, oder warum ist der Sitz so niedrig?« Sie ließ sich von Matt aus dem Auto helfen. »Eine der Freuden des Alters ist, dass man behäbig wie eine Seekuh wird.«

»Sehr kokett«, sagte jetzt Matt und bot ihr seinen Arm zum Einhängen. »Komm, meine liebe Seekuh, auf zu deinem Triumph!«

Als sie am Abend zurückfuhren, hatte der Verkehr zugenommen. Autoschlangen schoben sich langsam durch den Presidio Park, erst hinter der Brücke löste sich der Stau auf. Frances hatte die Augen geschlossen, und Lucy und Matt sprachen im Flüsterton miteinander.

»Und«, fragte Matt, »bist du zufrieden?«

Er musste sich vorgebeugt haben, seine Worte klangen nah an ihrem Ohr.

»Ja. Sehr.«

Sie suchte im Rückspiegel nach seinem Blick, aber im dunklen Fond konnte sie ihn nicht sehen.

»Schöne Rede«, sagte er. »Informativ, unterhaltsam. Nicht zu lang.«

»Danke.«

Sie war nervös gewesen. Hatte immer wieder zu Erin hingeschaut, die neben Matt saß und darauf achtete, zu lächeln oder zu nicken, sobald Lucys Blick sie traf. Es waren so viele Besucher gekommen, dass man weitere Stühle aus dem ersten Stock hatte heraufholen müssen, und immer noch standen Menschen links und rechts entlang der Wände.

»Erin ist sehr nett«, sagte Matt.

»Finde ich auch.«

Sie würde nichts erklären, sollte er doch fragen, wenn er mehr erfahren wollte. War das nicht seine Domäne? Fragen stellen, direkte und indirekte, um so auf eine Spur zu kommen und Leid zu lindern.

»Architektin. Interessanter Beruf.«

»Hmm.«

Er schwieg eine Zeit lang. Dann sagte er: »Und die Presse war auch da, oder?«

»Ja.« Lucy nickte. Sie war verblüfft, dass er so schnell das Thema gewechselt hatte. Verblüfft und vielleicht auch ein wenig enttäuscht. »Jemand vom *Chronicle* und vom *Examiner*. Und dann noch jemand von einer Kunstzeitschrift.«

»Also ein voller Erfolg.«

»Warum sagst du das so seltsam?«

Es war verstörend, mit jemandem zu sprechen, ohne ihn dabei ansehen zu können.

»Wie – seltsam?« Matt klang überrascht.

»Irgendwie ironisch«, sagte Lucy, aber Matt versicherte, dass das täusche.

»Ich bin nicht ironisch, warum sollte ich? Es war ja wirklich ein großer Erfolg.«

Sie schwiegen, bis der Tunnel vor ihnen auftauchte, der seit Kurzem Robin Williams-Tunnel hieß.

»Mein Geburtstag«, begann Matt. Seine Stimme klang jetzt sehr nah.

»Was ist damit?«

»Also, ich habe überlegt, ob du ihn vielleicht mit mir verbringen willst.«

»Wolltest du nicht arbeiten gehen und ihn ignorieren?«, fragte Lucy.

»Schon. Aber es ist ein Samstag. Arbeitsfrei.« Er machte eine Pause. »Wir könnten etwas unternehmen«, schlug er vor.

»In den Zoo? Oder Marshmallows grillen?«

Er schwieg einen Moment.

»Was immer du willst. Das weißt du, oder?«, sagte er schließlich leise, und es klang wie eine Kapitulation.

Sie hatten Frances wecken müssen. Aber irgendetwas an ihrem Verhalten – die Art, wie sie ins Licht blinzelte, sich mit den Händen über das Gesicht rieb – ließ Lucy denken, dass sie gar nicht wirklich geschlafen hatte. Vor dem Auto umarmte sie Lucy, etwas, was sie nie zuvor getan hatte.

»Danke«, sagte sie. »Das war sehr schön.«

Sie hielt Lucy an beiden Armen ein Stück von sich fort. Kurz strich sie ihr über die Wange. Sie schien noch etwas sagen zu wollen, aber dann drehte sie sich um, hängte sich bei Matt ein und begann die Treppe hinaufzusteigen. Von der Veranda aus sah sie noch einmal zu Lucy zurück, die ihnen immer noch hinterherschaute.

»Wir sprechen bald wieder«, sagte sie und setzte hinzu: »Pass auf dich auf.«

Matt hob die Hand wie zu einem Winken, und Lucy nickte ihm zu.

Es hatte angefangen zu nieseln. Die Lichter der entgegenkommenden Autos, die Straßenlaternen, die Lampions an der Hauswand eines Motels liefen auseinander wie Farbflecken, bevor der Scheibenwischer für kurze Zeit die Konturen wieder schärfte. An einer Tankstelle, nicht weit von ihrer Wohnung entfernt, hielt sie an. Eine Frau befüllte ihren Van. Aus dem erleuchteten Innenraum sah ein kleiner Junge mit schwarzen Haaren Lucy an. Sie lächelte, aber er erwiderte ihr Lächeln nicht, und er schaute auch nicht weg.

Sie war plötzlich müde und hatte das Gefühl, sich sehr konzentrieren zu müssen.

Zuhause würde Erin auf sie warten. Vielleicht würde auch Basil da sein. Oder er würde eine Nachricht für sie auf dem Küchentisch hinterlassen haben, versehen mit einem der Namen, die sie füreinander hatten – Nervbruder, Engel des Westens,

Hase, Lama –, und einer möglichst kryptischen und dennoch zu entschlüsselnden Botschaft.

Die Frau hatte fertig getankt und stieg in den Van, dann startete sie den Motor, und auch Lucy wollte schon den Zündschlüssel drehen. Aber noch konnte sie nicht fahren. Sie hatte den Eindruck, dass sie erst etwas verstehen musste: Die Veränderung, die stattgefunden hatte, würde nicht die letzte sein. Sie wollte nicht, dass eine neue bevorstand. Ihre Liebe zu Erin hatte ihr eine unbekannte Seite ihrer selbst offenbart – eine, die sie mochte und mit der sie sich endlich vollständig gefühlt hatte. Und doch war sie es, die es fortzog. Sie war es, die sich löste. Mit Schrecken sah sie sich dabei zu.

So blieb sie lange Zeit sitzen und hatte Angst vor dem, was auf sie alle zukam.

11

BLINDGÄNGER

Die ersten Wochen nach Nomis Auszug hatte Saul einfach weitergemacht wie zuvor. In dieser Zeit hatte sich eine seltsame Übereinstimmung zwischen ihm und dem Haus ergeben. Im selben Maße wie die einzelnen Zimmer nach jedem Besuch von Nomi Lücken aufwiesen, schien auch sein eigenes Leben immer lückenhafter zu werden.

Nicht, dass ihm eines der Stücke, die sie mitnahm, fehlte. Zumal sie mit ihm absprach, was sie einpackte. Den schlichten Spiegel mit dem Holzrahmen, der obere Teil geschwungen wie der Dachfirst einer Pagode. Die Schlafzimmerkommode mit ihren schwarzen Eisenbeschlägen. Die meisten der Kunstdrucke und Federzeichnungen, der Kissen und Decken. Die Tischlampen mit ihren weißpapierenen Schirmen. Den runden Hocker und einen der beiden Lesesessel, ohne den der zweite seltsam verloren wirkte. Das Bonsaibäumchen, das auf dem Fensterbrett gestanden und dessen Pflege allein in Nomis Hand gelegen hatte – wäre es nach Saul gegangen, hätte er das Bäumchen sprießen lassen und es, wenn es zu groß geworden wäre, im Garten eingepflanzt.

Nichts davon fehlte Saul, doch schien ihm das Haus Tag für

Tag seelenloser und kälter. Der Oktober neigte sich bereits seinem Ende zu und Stürme hatten die spätsommerliche Wärme abgelöst, aber immer noch kam es ihm nicht in den Sinn, für neue Beleuchtung zu sorgen oder die Heizung höherzudrehen.

Erst Aikos Besuch Anfang November brachte die Wende. Sie stellte den Thermostat neu ein, trug aus dem gesamten Haus Lampen und Bilder zusammen, mit denen sie Wohn- und Schlafzimmer neu ausstattete, und kochte ihm, als er am Abend aus dem Krankenhaus kam, eine Misosuppe mit Ramennudeln und Ei. Dann bat sie ihn, das Haus zu verkaufen und sich eine Wohnung zu suchen.

»Nein«, sagte Saul und legte den Löffel zur Seite. »Ich könnte das Haus nie verlassen.«

Es fiel ihm selbst auf, dass er vom Haus wie von einem Menschen sprach, und er wusste, dass seine Tochter das auch bemerkt hatte. Aber er sah sie nur herausfordernd an, und sie erwiderte seinen Blick mit einem so hoffnungslosen Lächeln, dass er wegschauen musste.

Sie hatten die alte viktorianische Villa vor mehr als zwanzig Jahren gekauft. Damals waren sie aus Washington nach Hollyhock gezogen, weil sie beide hier eine Stelle im Kreiskrankenhaus bekommen hatten.

Es war das siebte Haus, das sie sich anschauten. Der Plattenweg, der vom Tor zur Haustür führte, war gerade erst verlegt worden, das Haus selbst frisch gestrichen. Im Dämmerlicht hatte in jedem Fenster ein kleines Licht gebrannt – der Makler musste kurz vorher hingefahren sein und alle Lämpchen angeschaltet haben, wahrscheinlich waren diese Lampen überhaupt seine Idee gewesen. Und sie verfehlten ihren Effekt nicht. Als sie auf das Haus zugingen, schien es ihnen das Ende aller Suche zu verheißen.

Aiko war damals fast zehn und Kenji sieben. Zu Sauls Überraschung hatten die Kinder den Umzug als Abenteuer empfunden. Vielleicht waren sie davon ausgegangen, dass sie, bei Nichtgefallen, zurück nach Washington ziehen könnten. Möglich sogar, dass Nomi ihnen das so gesagt hatte.

Die ersten Jahre ihres Lebens hatten beide Kinder die Stellung hausinterner Götter innegehabt, die Verbindung zu ihrer Mutter war sehr eng gewesen. Nomi schien für sie eine Insel der Fürsorge, Liebe und Ruhe zu sein und war ganz in ihrer Rolle aufgegangen, und auch wenn er manchmal den Eindruck hatte, in seiner eigenen Familie zum Außenseiter zu werden, hatte es ihm doch gefallen, die Kinder so umsorgt zu wissen und sich gleichzeitig ganz seinem Beruf widmen zu können.

Erst mit dem Umzug nach Hollyhock änderte sich das. Seine Frau begann wieder Vollzeit als Ärztin zu arbeiten, im gleichen Krankenhaus wie er, aber als Chirurgin. Jetzt war es oftmals Nomi, die strenger mit den Kindern war und höhere Anforderungen an sie stellte. Manchmal kam es Saul so vor, als erwartete sie, dass sich ihre Investitionen der ersten Jahre nun auszahlten, und ein paar Mal war er drauf und dran, sie darauf hinzuweisen, dass Kinder keine Fonds waren, deren Entwicklung sich vorausberechnen ließ.

Der Vorteil für ihn war, dass er plötzlich mehr in den Fokus der Kinder rückte, nicht nur als Versorger im Hintergrund, sondern als Ratgeber und Tröster. Er versuchte, diese Rolle auszufüllen, ohne zu Nomis Gegner zu werden. Aber es war nicht zu leugnen, dass manchmal, wenn Aiko oder Kenji sich bei ihm über ihre Mutter beschwerten, etwas Gönnerhaftes in seinen Beschwichtigungen mitschwang: *So ist sie nun einmal, ihr müsst sie verstehen. Sie meint es immer gut mit euch.* (Was natürlich hieß, dass sie es nicht immer gut *machte*.)

Besonders oft geriet Nomi mit Aiko aneinander, was für Saul

immer rätselhaft blieb. Wenn überhaupt, dann war doch sein Sohn der schwierigere: von rascher Auffassungsgabe und mit einem Hang zur Geheimniskrämerei, entzog er sich oft dem Familienleben, um in seinem Zimmer Landkarten anzuschauen, Fußballkarten zu sortieren und die immer gleichen Fantasyromane zu lesen. Oder aus Papier und Pappe hochvertrackte Häuser samt Keller und Fallgruben zu basteln, mit denen er dann aber nie spielte – stattdessen staubten sie die nächsten Monate auf seinem Schreibtisch vor sich hin. Sein Denken war seit jeher streng logisch, daher rührten seine Begeisterung für Statistiken und sein komplettes Unverständnis gegenüber jeglicher Spiritualität. Wahrscheinlich kam daher auch seine Lust, Regeln zu brechen und Grenzen zu testen. Denn wofür, wenn nicht um ihn herauszufordern, waren sie aufgestellt worden?

Aiko war das genaue Gegenteil. Ihr Denken und Begreifen waren viel intuitiver, und ihre kindliche Neigung, kleine Altäre zu errichten und diese mit glitzernden Steinen, Blumen und Muscheln zu bestücken, speiste sich aus einer Tiefe in ihr, die weder Saul noch Nomi zugänglich war. Vielleicht, dachte Saul, war es diese Tiefe, die Nomi ihr nicht verzieh. Denn sie war eben auch ein Rückzugsbereich, und je älter Aiko wurde, desto mehr machte sie davon Gebrauch. Doch wie schön war es, wenn sie sich dann wieder öffnete! Saul schien es immer, dass sie wie erholt aus ihrem Refugium zurückkehrte, voll zärtlicher Liebe für ihre Eltern und besonders für Kenji, der sie dafür stürmisch und besitzergreifend zurückliebte. Warum konnte Nomi das nicht genügen? Warum musste sie mehr da fordern, wo Aiko nicht mehr geben konnte?

Ein Streit mit Aiko hinterließ immer einen schalen Nachgeschmack. Es war so einfach, gegen sie zu gewinnen. Ein Teil von ihr schien ständig bereit nachzugeben, den Fehler bei sich selbst zu suchen. Kein sportlicher Schlagabtausch wie mit ihrem Bruder, der sich Treffer und Gegentreffer genau merkte, ansonsten aber unberührt blieb.

Nomi und Saul waren sich in einer Phase ihres Lebens begegnet, in der sie beide bereit waren, sich auf etwas Neues einzulassen, obwohl das eigentlich nicht ihrem Naturell entsprach. Saul war damals als Assistenzarzt nach Saitama gegangen, einer Millionenstadt nördlich von Tokio, um dort am Universitätsspital zu arbeiten. Das Krankenhaus war ein hochmodernes, an ein Triptychon erinnerndes Bauwerk mit einer prächtigen Eingangshalle und je einem sechsstöckigen Gebäude rechts und links davon. Trat man durch die breite Glastür, stand man fast sofort den überlebensgroßen Abbildungen der Heiligen Barbara und des Hippokrates gegenüber. *Eternal Love and Care for All* verkündeten Goldbuchstaben über den Bildern, und Saul erinnerte sich, wie sehr ihn dieses unmäßige Versprechen berührt hatte. Nur zu gerne wollte er ihm gerecht werden. Aber *unendliche* Pflege? Und vor allem unendliche *Liebe*? In den folgenden Wochen und Monaten dachte er immer wieder über die Worte nach, und manchmal streichelte er dann die Hand eines Patienten oder strich ihm die Haare aus der Stirn, während er darauf wartete, dass die Narkose wirkte.

Nomi war eine der Chirurginnen gewesen, mit denen er als Anästhesist zusammengearbeitet hatte. Sie war fast so groß wie er und hager, mit einem breiten, klugen Gesicht, auf dem immer ein Ausdruck der Belustigung lag, wenn sie ihn ansah. Saul war dann jedes Mal überzeugt, schon wieder etwas falsch gemacht zu haben. Das fremde Land mit seinen vielen Regeln verwirrte ihn mehr, als er zugab. Der Aberglaube, der sich in die Gegenwart schlich wie ein urzeitliches Reptil. Die Anstandsformeln und Rituale, die in seltsamem Kontrast zum jugendlichen Hedonismus standen. Auch Saitama selbst war so gegensätzlich: die hektische Innenstadt mit ihren Wolkenkratzern aus spiegelndem Glas neben Gassen an den Randbezirken, über denen unzählige Stromkabel wie Girlanden die Luft zerschnitten. Der graue Moloch der Stadt, und mittendrin, wie aus der Zeit gefallen, der Hikawa Schrein, so ruhig, dass man manchmal die Tiere des nahegelegenen Zoos meinte hören zu können. Im Westen der Präfektur das prachtvolle Blütenmeer im Hitsujiyama Park, mit dem trutzigen Mount Buko im Hintergrund. Die winterlichen Eiskaskaden im Onouchi Tal, von beinah gewaltsamer Schönheit, als habe ein Künstler sie im Rausch geschaffen. Es war fast zu viel.

»Komm«, sagte Nomi eines Tages nach einer vierstündigen Magenoperation zu ihm. »Lass uns etwas essen gehen.«

Er war verwundert über ihre Einladung, aber er ließ sich nichts anmerken. Ab da gingen sie jedes Mal, wenn sie miteinander gearbeitet hatten, in die Mensa des Krankenhauses. Nach drei Monaten lud Nomi ihn zu sich nach Hause ein. Nach vier Monaten zu ihren Eltern, die in einem Vorort von Tokio eine Schneiderei betrieben. Er müsse alles probieren, schärfte sie ihm ein, bevor sie das flache, schmucklose Haus betraten, und nachdem Saul von allen Teigtaschen, Reisklößen, Nudeln, von allem rohen und gekochten Fisch, von Rind-, Schweine-, Hühnerfleisch und Eintöpfen gegessen hatte und sogar vor den vergorenen Bohnen nicht zurückgeschreckt war, war er offiziell Teil von Nomis Familie geworden. Hatte er jemals die Entscheidung dazu getroffen? Er konnte es nicht sagen, aber er wusste noch, dass er sich gefreut hatte, auch über seine eigene Wandlungsfähigkeit.

Er hätte es damals vorgezogen, in Japan zu bleiben. Es war Nomi, die ihn drängte, sich in Washington zu bewerben, und sie war es auch, die ihm vorschlug zu heiraten. Er hatte ihren Wünschen gerne entsprochen, und doch fand Saul es nicht ohne Ironie, dass nun sie es war, die ihre Stelle und ihre Ehe aufgab, um zurück nach Japan zu gehen, als wäre ihr all das gegen ihren Willen auferlegt worden.

»Kommst du allein zurecht?«, fragte Aiko, während sie aus dem ersten Stock nach unten kam und seine Aufforderung, ihn das Gepäck tragen zu lassen, ignorierte.

»Klar.«

Saul drängelte sich an ihr vorbei die Treppe hinauf, nahm ihr den Koffer mit einem beherzten Griff aus der Hand und brachte ihn zum Auto. »Ich werde essen und trinken und arbeiten und nicht zu spät ins Bett gehen«, versprach er in kindlichem Singsang und hievte den Koffer auf die Rückbank ihres Wagens. »Fährt die Kiste überhaupt noch?«

»Na, hör mal.« Aiko streichelte dem dunkelgrünen Subaru die Heckschnauze wie einem lieben, alten Drachen. »Mit siebzehn Jahren blühen die erst so richtig auf.«

Sie war eine Woche bei ihrem Vater geblieben. Während Saul in der Klinik gewesen war, hatte sie für ihr Studium gelernt, und wenn er abends nach Hause kam, wartete sie mit dem Essen auf ihn. Fisch und Gemüse, Suppen, Pasta mit irgendeiner Soße. Danach räumten sie gemeinsam auf und schauten Fernsehen, am liebsten eine der alten Serien, die auf manchen Sendern in Dauerschleife liefen. Es hatte etwas Beruhigendes, miteinander an denselben Stellen zu lachen.

Über ihre Mutter sprach Aiko in dieser Zeit nie. Was hätte es auch zu sagen gegeben? Alles Wesentliche war gesagt worden, als sie die Kinder über die Trennung informiert hatten. Nomi hatte die Gespräche geführt, aber Saul hatte neben ihr gesessen und auf das laut gestellte Telefon vor ihnen auf dem Esstisch geschaut, als wäre es die technische Inkarnation seiner fernen Kinder.

Die wenigen Wochen, die Nomi nach diesem Gespräch noch im Haus geblieben war, hatten sie in höflichem Schweigen verbracht. Sie hatten keine Übung im Streiten. Vielleicht ahnten sie auch, dass ihre Wut – fingen sie erst einmal damit an – grenzenlos sein würde. Bald darauf fand Saul, als er abends nach Hause kam, einen Zettel von Nomi auf dem Esstisch vor. In den nächsten Tagen würde sie weitere Möbel abholen und bei der Gelegenheit auch den Schlüssel zurückgeben. Es war dieser Satz, der Saul erschütterte – *Ich werde dir dann den Schlüssel zurückgeben* –, als wäre dieses ganze Leben mit ihm nicht mehr als eine Leihgabe gewesen, eine Gastfreundschaft, aus der sie sich mit ein paar dürren Worten verabschiedete, weil sie ihrer überdrüssig war.

»Überlegst du dir das mit dem Hausverkauf nochmal?«

Aiko stand jetzt direkt vor ihm, und er hatte gerade vorgehabt, sie zu umarmen und ihr einen Kuss auf die Stirn zu geben. Es war die Art, wie er ihr, seitdem sie erwachsen war, gute Nacht gesagt oder sie verabschiedet hatte. Es hatte etwas von einer Segnung an sich.

»Ich bin sicher, dass du dafür ziemlich viel Geld bekommen könntest, die Immobilienpreise sind stark gestiegen in den letzten Jahren. Und in den Neubauten Richtung Linwood gibt es wirklich schöne Wohnungen.« Sie sah ihn entschuldigend an und sagte leise: »Es ist nur, weil ich den Eindruck habe, dass du Abstand brauchst.«

Saul sah zu seiner Bestürzung, dass sie den Tränen nahe war. Er drehte sich zu seinem Haus um, das im fahlen Licht plötzlich schäbig aussah, die weißen Schindeln schmutzig, die Konturen zusammengesackt, als habe es resigniert. Einzelne Ziegel vom Vordach fehlten, und die Stufen zur Veranda waren abgeschabt und wölbten sich nach unten. Wann war das geschehen? Und wann hatte er sein Haus das letzte Mal richtig angesehen?

Konnte es sein, dass dieses Haus, genau wie seine Ehe, schon seit Langem in sich zusammenfiel und nur er es so spät bemerkte? Er war nicht unglücklich gewesen, und, wenn er ganz ehrlich war, war er es auch jetzt nicht. Sein Leben war nicht vollkommen, aber es gab vieles, was ihn glücklich machte. Doch vielleicht galt das nur für ihn. Vielleicht zerstörte er, ohne es zu wollen oder auch nur zu merken, nebenbei das Glück der anderen? Plötzlich tat ihm seine Frau leid. Und seine Tochter, die hier vor ihm stand und ihn unsicher ansah.

»Tja.« Er fuhr sich mit einer Hand übers Gesicht. »Vielleicht hast du ja recht. Man müsste allerdings einiges instand setzen.«

Er wies mit dem Kopf zum Haus, und Aiko nickte eifrig. »Das sieht schlimmer aus, als es ist, glaube ich. Ein neuer Anstrich und ein paar Holzarbeiten …« Sie sah vom Haus zu ihm, dann umarmte sie ihn. »Ich muss los, sonst wird es dunkel, und ich fahre doch nicht gerne im Dunkeln.«

»Hast du alles dabei?«

»Bestimmt. Und wenn nicht« – sie lächelte ihm zu, während sie sich hinter das Steuer setzte –, »habe ich einen Grund, bald wiederzukommen.«

Es *war* so schlimm, wie es aussah.

Mit einem Schraubenzieher stach Dan Kulinski in die Holzstreben des Vordachs, sodass Brösel von Holz und weißer Farbe zu Boden rieselten. Dann rüttelte er am Geländer der Veranda und trat fest gegen die abgeschabten Stufen. Saul folgte ihm mit unsicherem Blick und fühlte eine Art Bedauern für sein malträtiertes Haus.

Er hatte am Vortag mit Nomi telefoniert, und sie hatte ihm zugestimmt, dass ein Hausverkauf das Beste und eine vorhergehende Instandsetzung wohl notwendig sei.

»Aber nur das Nötigste«, hatte sie gesagt. »Dass es gut aussieht, sich gut verkauft, du weißt schon.«

Das sei Unsinn, hatte die Maklerin, mit der er direkt danach telefonierte, gemeint. »Ein neues Dach ist ein neues Dach, verstehen Sie? Das Geld, das man reinsteckt, ist das Geld, das man rauskriegt.«

Sie machte eine Pause, und Saul konnte hören, wie sie an einer Zigarette zog und den Rauch sorgsam ausstieß.

»Aber ich schau mir die Sache erst mal an, okay?«, sagte sie versöhnlich, und Saul nannte ihr die Adresse und eine passende Uhrzeit.

»Ist gut. Dann bis nachher«, verabschiedete sich die Maklerin.

Erst als sie aufgelegt hatte, merkte Saul, dass er ihren Namen nicht wusste. Sie hatte ihn gesagt, und er hatte ihn gehört, aber sofort wieder vergessen.

»Susan«, stellte sie sich nochmals vor, als sie am späten Nachmittag eintraf. Sie war groß und ziemlich kräftig, aber sie schien sich wohl zu fühlen in ihrem Körper, schien nichts verstecken zu wollen. Ihre Haare waren schulterlang und dunkelblond und fielen in schwungvollen Wellen, die ganz natürlich aussahen, es aber wahrscheinlich nicht waren.

»Ich mag das Haus, es hat Charakter. Und ja, man muss was dran machen, aber das kriegen wir schon hin«, sagte sie, nachdem Saul sie durch jedes Zimmer und in den Garten geführt hatte. »Kennen Sie einen Handwerker? Einen, der auf Renovierungen spezialisiert ist? Nein? Dann vermittle ich Ihnen Dan, ein Pole, der mit einer ganzen Mannschaft anrückt und alles in null Komma nichts erledigt. Ich schicke ihn so schnell wie möglich vorbei. Ginge es morgen Nachmittag?«

Und hier stand er nun und sah Dan Kulinski dabei zu, wie er sein Haus abklopfte und anbohrte, wie er jede Planke, jede

Schindel einem kritischen Blick unterzog und für ungenügend befand.

»Das wird nicht billig«, sagte Dan, und Saul nickte und sagte: »Machen Sie einen Voranschlag, okay?«

»Mach ich.«

Dan verabschiedete sich mit einem kurzen Nicken.

»Gut«, sagte Saul leise zu sich selbst, als er die Tür geschlossen hatte. »Das war das.«

Er hatte den Eindruck, dass er systematisch vorgehen musste. Vielleicht sollte er eine Liste anlegen, mit all den Dingen, die er erledigen musste. Er würde das Haus renovieren und es verkaufen. Er würde Nomi die Hälfte des Geldes geben, abzüglich ihres Teils der Renovierungskosten, und er würde sich eine Wohnung kaufen. Und wenn dann noch etwas übrig wäre, würde er das Geld seinen Kindern geben. Er würde ihnen sagen, dass sie damit machen sollten, was sie wollten. Haut es auf den Kopf, würde er sagen, macht damit etwas, das ihr nicht mehr vergesst. Vielleicht würde er es ihnen auch einfach stillschweigend überweisen.

Der nächste Tag war ein Samstag, und samstags ging Saul immer zu seiner Mutter. Ihr Haus stand in der Nähe der Hollyhock Highschool. Es war ein Bungalow aus den fünfziger Jahren, der weder Keller noch Speicher besaß, dafür aber ein Atrium, das von jedem der vier Zimmer einsehbar war und in dem nichts als ein prächtiger Fächerahorn stand, dessen rote Blätter, je nach Sonneneinfall, wie Feuer loderten.

Seine Mutter hatte ihn schon erwartet. Sie öffnete die Tür, noch während er auf dem Gehweg stand und sein Jackett glatt zu streichen versuchte.

»Du musst es beim Autofahren ausziehen«, sagte sie statt einer Begrüßung. »Du siehst aus, als hättest du darin geschlafen.«

»Tja, das ist wohl so.« Saul beugte sich hinunter, um sie zu umarmen. »Geht's dir gut?«

Sie sah ihn spöttisch von unten herauf an. Ihre weiße Bluse hatte Rüschen, die sich über die Brust bis zum Hals hinaufschlängelten wie Efeu an einem Baumstamm. Dazu eine silberne Brosche in Form von drei winzigen Lilien, mit je einer Perle in der Blüte.

»Ich bin nahezu antik, also was heißt *gut*? Aber ja, alles so weit in Ordnung.«

Früher waren sie öfter gemeinsam hergekommen. Er hatte immer den Eindruck gehabt, dass sich seine Mutter und Nomi gut verstanden. Manchmal hatten sie zusammen auf dem Sofa gesessen und so vertraulich miteinander gesprochen, dass er das Gefühl hatte zu stören. Aber als er seiner Mutter von Nomis Auszug erzählte, wirkte sie nicht überrascht. Eher so, als habe sie all das schon vor langer Zeit erwartet. Nicht, dass sie sich darüber gefreut hätte. Aber schockiert war sie auch nicht.

Seine Mutter war kurz nach ihnen hierhergezogen. Es war ihnen allen damals als die einfachste Lösung erschienen. Sein Vater war mit zweiundsiebzig Jahren gestorben – ein paar Monate nach einer Hüftoperation, die ihn nur kurz von seiner Zahnarztpraxis in Baltimore hatte fernhalten können. Mit Krücken war er zurück in die Praxis gehumpelt, bereit, wie zuvor an sechs Tagen die Woche zu arbeiten und jedem, der auch nur ansatzweise interessiert schien, die Röntgenaufnahmen seiner Hüfte zu zeigen. Bei der Beerdigung hatte seine Assistentin Saul davon berichtet, wie er sie mehrmals am Tag rief, um ihm die Bilder zu bringen wie eine päpstliche Bulle.

Es war nicht das einzige wunderliche Verhalten seines Vaters gewesen. Den ganzen Tag erschallten Opernarien im Behandlungszimmer, dessen Wände mit übergroßen laminierten Fotos seiner Familie geschmückt waren. Die Patienten kannten Saul im Alter von drei, sieben und vierzehn Jahren, seine Mutter, jeweils im Stil der Zeit und ganz allmählich älter werdend, seinen Vater vor Pyramiden, haushohen Wellen und neben einem neugierig in die Kamera linsenden Esel. Dazu eine ganze Abfolge von Familienhunden, dessen aktueller Nachfolger in einer Ecke des Zimmers lag, immer bereit herbeizutrotten, wenn ein Patient besonders ängstlich war.

Zu Wahlkampfzeiten verwandelte sich das gesamte Wartezimmer in eine Art Propagandazentrale. Die Assistentinnen bückten sich mit stoischem Gleichmut unter den kreuz und quer hängenden Wimpelketten hindurch, und offenbar ließen sich auch jene Patienten nicht abschrecken, die den republikanischen Wahlempfehlungen auf Plakaten und Flyern nichts abgewinnen konnten. Vielleicht hatte es politische Diskussionen gegeben, die sein Vater allein schon deshalb für sich entscheiden konnte, weil seine Gegner früher oder später mit offenem Mund in der Liegeposition endeten.

Einige Jahre nach seiner Mutter waren auch deren Bruder Ralph und sein Sohn Liam nach Hollyhock gezogen. Ihr Weggang aus Baltimore war vor allem der zunehmenden Kriminalität in der Nachbarschaft geschuldet gewesen. Ralph, der Liam alleine großgezogen hatte, da seine Frau an einer Hirnblutung gestorben war, hatte die Hälfte des Doppelhauses, in dem Saul und Liam in Ermangelung eigener Geschwister wie Brüder aufgewachsen waren, nach dem Auszug seiner Schwester vermietet. Dass er ausgerechnet ein junges Pärchen auswählte, dessen Haupterwerb die Herstellung und der Verkauf synthetischer Drogen waren, lag zum einen an seiner mangelnden Menschenkenntnis, zum anderen an einer Veränderung des Viertels, die Saul nicht für möglich gehalten hätte. In seiner Erinnerung sah er die Läden und Restaurants entlang der rotgepflasterten Bürgersteige vor sich, den sorgfältig gestutzten Rasen im Park, mit dem Reiterdenkmal zu Ehren irgendeines Generals. Von hier aus waren es nur einige Schritte bis zum Patapsco River, wo kleinere Segeljachten und Motorboote ordentlich aufgereiht lagen.

»Vergiss es«, hatte Liam zu ihm gesagt. »Das war einmal.« Er war Stadtplaner in Baltimore, weshalb er den Niedergang der Stadt persönlich nahm. Und so hatte er nur kurz überlegt, als sich eine ähnliche Stelle in der Gemeindeverwaltung von Hollyhock bot. Sein Vater, ein pensionierter Optiker, war sofort zum Umzug bereit gewesen – ohne seine Schwester hatte er sich ohnehin nicht mehr richtig heimisch gefühlt in Baltimore, und eine andere Frau gab es in seinem Leben nicht. Wie es auch in Liams keine gab – zumindest keine, mit der er ernsthaft verbunden war. Mit einer Regelmäßigkeit, die auf Vorsatz schließen ließ, hatte er sich immer nur mit verheirateten Frauen eingelassen und stets beizeiten das Feld geräumt.

Manchmal dachte Saul auch heute noch, wie seltsam es war, dass sie alle – fast, als hätten sie ihr gemeinsames Leben in Baltimore in ein gigantisches Raumschiff gepackt – ausgerechnet hier in Hollyhock gelandet waren.

»Komm«, sagte seine Mutter ungeduldig, »ich habe Essen gemacht.«

Sie war immer eine ausgezeichnete Köchin gewesen, und auch jetzt kochte sie noch gut. Der Tisch war sorgfältig gedeckt, mit einem dünnen Tulpenstrauß in der Mitte, der Saul daran erinnerte, dass er ihr Blumen hätte mitbringen sollen. Das Essen stand wohl schon länger in den Schüsseln auf dem Tisch, die Kartoffeln und das Fleisch waren eher lau als warm, doch Saul beeilte sich zu versichern, dass alles wunderbar schmecke. Während er sich große Stücke auf die Gabel lud, stocherte seine Mutter in ihrer kleinen Portion herum wie ein unschlüssiger Vogel. Sie war nie eine große Esserin gewesen, und in den letzten Jahren schien sie mit den Mengen, die sie beim Kochen probierte, schon satt zu sein. Nur ihm zuliebe nahm sie sich selbst noch etwas auf den Teller.

Nach dem Essen brachte sie ihm ein Schreiben der Bank, das er – es handelte sich um eine Lebensversicherung, die sie vor vielen Jahren für ihn eingerichtet und seitdem immer wieder erneuert hatte – unterzeichnen musste.

»Das ist übrigens der Füllfederhalter, den du mir zurückgegeben hast. Ich mag ihn eigentlich recht gern«, sagte sie, während sie ihm einen Stift hinhielt.

Sie hatte in einem freundlichen Ton gesprochen, fast ein wenig belustigt, aber Saul kannte seine Mutter gut genug, um zu wissen, dass sie verletzt war. Gleichzeitig war er sich sicher, dass das, was sie sagte, nicht stimmte. Der Stift gefiel ihm. Aber selbst wenn er ihm nicht gefallen hätte, hätte er ihn nicht zurückgewiesen. Solange er denken konnte, war er darum bemüht gewesen, den Frieden zu wahren.

Sie hatte schon weitergesprochen, über die Gärtner, die zu faul waren, sich zu bücken und nur da das Unkraut beseitigten, wo sie die Beete von der Terrasse aus sehen konnte. Er wusste, dass sie die Männer beim Arbeiten beobachtete, wie sie auch die Putzfrau nicht aus den Augen ließ, die alle zwei Wochen für drei Stunden kam. Sie lebte in einer Welt, in der jeder nach seinem Vorteil trachtete und es nur darauf anlegte, den anderen übers Ohr zu hauen. Eine Welt, in der überall Verletzungen lauerten, die man ertragen musste, was leichter war, wenn man sich zuvor keine Illusionen gemacht hatte. So waren die Menschen eben. Es musste nicht einmal böse Absicht sein, auch wenn die tatsächlich oft dahintersteckte.

Er betrachtete den Füllfederhalter in seiner Hand. Er war glänzend schwarz, mit einem kleinen weißen Stern auf der Spitze der Kappe und einem schlichten goldenen Rand an deren anderem Ende. Tatsächlich kam er ihm vage vertraut vor. Aber wann genau sollte er diesen Stift erhalten haben?

»Du bist so abgelenkt«, sagte seine Mutter. »Nun leg doch den Stift aus der Hand.«

»Ich habe ihn nie geschenkt bekommen«, stellte Saul fest. »Und wenn ich ihn bekommen hätte, hätte ich ihn behalten.«

»Na, dann habe ich ihn dir wohl gestohlen.«

Seine Mutter lächelte ironisch. Ihr Ton war gleichgültig, aber Saul wusste, dass sie keinen Zoll von ihrer Überzeugung abrücken würde.

»Es passt einfach nicht zu mir. Ich weise keine Geschenke zurück.« Er hörte selbst, wie quengelig seine Stimme klang. Im nächsten Jahr würde er sechzig werden, er arbeitete seit mehr als dreißig Jahren als Arzt, hatte zwei erwachsene Kinder und eine Frau, die beschlossen hatte, dass der Rest ihres Lebens zu kurz war, um ihn mit ihm zu verbringen. Aber wenn er mit seiner Mutter sprach, wurde er wieder zu dem Kind, das er gewesen war. Ganz ratlos angesichts ihres Bildes von ihm. Konnte er tatsächlich so viel schlechter sein, als er sich selbst sah?

Ja, wenn seine Mutter in einem Zustand wie ihr Bruder wäre! Ralph – oder *Onkel* Ralph, wie er ihn immer noch nannte – war seit einigen Monaten in eine Verwirrung geraten, die so schnell fortzuschreiten schien, dass man beinah dabei zuschauen konnte. Wie Holzstücke in einem Fluss schwammen die Brocken seiner Erinnerung davon: erst die kürzest zurückliegenden Erlebnisse, sodass er die selben Fragen fünf- oder sechsmal hintereinander stellte, oft im genau gleichen Ton, was dem Ganzen eine gespenstische Dimension verlieh. Dann alles, was mit Jahreszahlen zu tun hatte, auch mit Jahreszeiten. War es Frühling oder ein milder Herbst? Der Beginn des Winters oder sein Ende? Und es war doch erst, behauptete er, kurze Zeit her, dass er den Papagei eines Arbeitskollegen in Pflege genommen hatte. Als Liam ihn darauf hinwies, dass sowohl der Vogel als auch der Kollege vor etlichen Jahren gestorben waren, schien es, als sackte Ralph in sich zusammen, und Saul hätte seinem Cousin gern gesagt, dass er anders mit seinem Vater sprechen müsse, sanfter, weniger ungeduldig, und dass es seiner Meinung nach nicht mehr besser werden würde, sondern nur noch immer schlechter.

Sauls Mutter hatte nach wie vor ihren Verstand beisammen, auch wenn sie selbst meinte, dass ihr mehr Worte als früher entfielen. Und es war ja auch nicht so, dass sie mit ihrer pessimistischen Weltsicht immer unrecht hatte. Die Gärtner arbeiteten tatsächlich nicht gründlich. Der Mann der Putzfrau stand vor Gericht wegen diverser Diebstähle. Freunde – und auch ihr eigener Mann – wurden krank und starben, was sie darin bestätigte, dass auf niemanden Verlass sei.

Und trotzdem. Vor Kurzem war Saul die Geschichte von dem Gläubigen wieder eingefallen, der abends betete: Herr, ich gebe meine Habe frei, auf dass sich niemand mit einem Diebstahl an ihm versündige.

Dahin zu kommen, dachte Saul. Dass man loslassen konnte, einander und das, was man besaß. Weil am Ende nichts davon blieb. Allein und mittellos mussten sie alle hinübergehen, mit nur einem Sack voll Erinnerungen als Reiseproviant, oftmals leidend und in einen Kampf geworfen, schlimmer als je ausgemalt.

Vor einigen Jahren hatte er die neue Intensivstation des Fauquier Hospitals mit geplant. Er erinnerte sich an die Freude, die er verspürt hatte, als er endlich – nach fast einjähriger Bauzeit und einer feierlichen Eröffnungszeremonie, bei der der Klinikdirektor symbolisch einen der Überwachungsmonitore anschaltete, dessen lautes Piepsen Saul in diesem Moment so triumphierend wie das Horn eines Kreuzfahrtschiffs vorkam – seinen ersten Arbeitstag auf der neuen Station beginnen konnte. Alles war so modern und glänzend und hochfunktional darauf ausgerichtet, Leben zu retten und Leiden zu lindern, dass es für Momente schien, als könnte Saul, derart ausgerüstet und mit einem Team von mehr als zwanzig Mitarbeitern hinter sich, dem Tod ein Schnippchen schlagen. Und so war es manchmal tatsächlich, auch wenn natürlich jeder Sieg nur ein vorläufiger war. Aber das galt ja für das Leben insgesamt. Mit demokratischer Gleichmut holte der Tod sie alle früher oder später ein, ungerührt gegenüber dem, was den Einzelnen zu Lebzeiten ausgezeichnet hatte.

»Ist etwas mit dir los?«, fragte seine Mutter. »Hast du Probleme? Du bist irgendwie so fahrig.«

»Nein. Ich denke wohl immer noch so ein bisschen an der Sache rum.« Saul legte den Federhalter vor sich ab, in einer genau ausgerichteten Linie zur Tischkante.

Seine Mutter sah ihn mit hochgezogenen Brauen an.

»Dann nimm ihn doch diesmal einfach mit. Du weißt doch, dass ich nicht nachtragend bin.«

Natürlich, dachte Saul bitter. Er lächelte gepresst und nickte ein paar Mal. Die Zeiten, in denen er sich mit seiner Mutter gestritten hatte, waren lange vorbei. Im Laufe der Jahre war er immer mehr wie sein Vater geworden, der ihre Angriffe mit freundlichem Schweigen pariert hatte. Damals war ihm das seltsam schwach vorgekommen, aber heute wusste er, dass dahinter eine große Weisheit steckte. Denn ihre Launen, ihre Unterstellungen und grundlosen Anklagen waren ja nur die eine Seite ihres Wesens. Die andere, und wie er inzwischen fand, wesentlich wichtigere, war ihre Loyalität und Liebe, um die er immer wusste, auch wenn sie diese manchmal nicht ausdrücken konnte. Sie war eine schwierige Person, aber sie war seine Mutter und tat, solange er sie kannte, ihr Bestes, um ihm die Liebe zu geben, die sie selbst als Kind nicht erfahren hatte.

Und sie war immer bei ihm geblieben. Sie hatte ihn nie verlassen.

»Wie geht es Aiko? Ist sie bald mit ihrem Medizinstudium fertig?«

Noch immer sprach seine Mutter den Namen seiner Tochter mit der falschen Betonung aus. Der Schwerpunkt lag nicht auf dem O, sondern auf der ersten Silbe. Aber er lächelte nur.

»Noch zwei Jahre«, sagte er. »Im September hatte sie ihre ersten großen Prüfungen.«

»Und?« Seine Mutter sah ihn gespannt an. »Hat sie es geschafft?«

»Ja.« Er nickte. »Sie ist gut, und ich glaube, sie wird auch eine gute Ärztin sein. Sie hat so eine Zugewandtheit und Sanftmut, weißt du?«

»Na, hoffentlich kommt sie damit im Berufsalltag zurecht.« Seine Mutter stand mühsam auf. In den letzten Jahren war sie dünner geworden, und ihre Schultern schienen immer ein bisschen hochgezogen, als ob sie friere. »Soll ich uns einen Kaffee machen?«

»Lass mal.« Saul sprang auf. »Ich mach das schon.«

In der Küche musste er sich kurz orientieren, um sich zu erinnern, wo die Kaffeefilter aufbewahrt wurden. Sein Blick fiel auf den Kalender an der Wand, in den seine Mutter penibel ihre Termine eingetragen hatte. Ein Arztbesuch war dort vermerkt, der Name einer Freundin tauchte auf, die rätselhafte Notiz *Huntington Farm*, mit zwei Ausrufezeichen dahinter. Dann sah er seinen eigenen Namen eingetragen, Saul, stand da, heute, Samstag, und am vergangenen Dienstag, und ihm fiel ein, dass er versprochen hatte, am Dienstag vorbeizukommen, um nach dem Heizkessel zu schauen, aus dem die Luft rausgelassen werden musste.

Sie hatte es mit keiner Silbe ihm gegenüber erwähnt, doch er wusste, dass sie enttäuscht war. Er musste sich bei ihr entschuldigen, und ihm graute davor. Nicht, weil sie ihm nicht vergeben würde. Sondern weil sie es nur allzu leicht tun würde, resigniert und mit einem kleinen spöttischen Lachen, das sich darauf bezöge, dass sie es wohl nicht anders erwarten durfte.

»Hier ist dein Kaffee.« Er stellte die Tasse vor sie auf den kleinen Tisch mit den Illustrierten. Dann legte er, einer plötzlichen Eingebung folgend, eine Hand auf ihre Schulter und streichelte mit dem Daumen über ihre Wange, und sie lehnte ihr Gesicht für einen kurzen Moment dieser Berührung entgegen.

Susan hatte nicht zu viel versprochen. Zwar hatte es einige Zeit gedauert, bis Dan Kulinski die Kosten berechnet hatte – und einige Zeit, bis Saul den ersten Schreck verdaut und Nomi von der Notwendigkeit der Bauarbeiten überzeugt hatte –, doch kaum war Dan mit drei Gehilfen angerückt, gingen die Arbeiten rasch voran.

Der größte Posten war das neue Dach, wobei auch einige Holzbalken am Vordach ersetzt, die Treppenstufen ausgebessert und das Haus angestrichen werden mussten. Seit Wochen hatte es ununterbrochen geregnet, und Dan kündigte an, dass die Außenarbeiten bis zum Frühjahr warten müssten. Aber auch im Haus gab es genug zu tun. Sämtliche Wände sollten gestrichen, die kleine Küche zum Esszimmer hin geöffnet und mit modernen Fronten versehen werden, und im gesamten Obergeschoss wurde ein neuer Teppich verlegt. Die meisten seiner Möbel hatte Saul mit Liams Hilfe in die Garage gebracht und war, für die Dauer der Arbeiten, in ein möbliertes Zimmer an der Hauptstraße gezogen, das Susan ihm vermittelt hatte. Das Zimmer mit Kochnische und kleinem Bad lag im ersten Stock eines dreistöckigen Brownstones. Ein schmiedeeiserner Balkon thronte direkt über dem Eingang eines Blumengeschäfts.

Der Lärm der Autos störte Saul weniger als erwartet – zwar

gab es am Abend, nach seiner Rückkehr aus dem Krankenhaus, manchmal mehr Verkehr, doch spätestens nach acht ebbte er langsam ab, und in der Nacht fuhren nur wenige Autos vorbei, deren gelbe Lichtkegel an der dem Bett gegenüberliegenden Wand Saul eher tröstlich als störend fand.

Außer Aiko hatte er niemandem von seinem Umzug erzählt – dafür wäre noch genügend Zeit, wenn er sich tatsächlich eine neue Wohnung gesucht haben würde. Auf der Website des Maklerbüros hatte er sich nach Wohnungen umgeschaut, doch nachdem ihm am Anfang fast alles gefallen hatte, gefiel ihm nach einigen Abenden gar nichts mehr; es war, als habe er sich sattgesehen an den Wohnungen, die alle Hotelzimmern ähnelten, mit den immer gleichen Dekorationen. Sahen Wohnungen heute so aus? War das der Stil, in dem die Leute sich einrichteten? Susan lachte, als er ihr davon berichtete. Ob er noch nie von *Stagern* gehört habe? Von Leuten, deren Beruf es war, zum Verkauf stehende Häuser und Wohnungen so herzurichten, dass sie ansprechend aussahen?

»Sie wären verwundert, wie viel das ausmacht«, sagte sie zu Saul. »Sie sollten sich das übrigens auch für Ihr Haus überlegen.« Doch als sie seinen zweifelnden Blick sah, fügte sie hinzu: »Aber das eilt ja nicht. Eins nach dem anderen.«

Wann immer ihre Zeit es erlaubte, schaute sie nach ihrer Arbeit beim Haus vorbei, und da auch Saul fast jeden Abend den Stand der Bauarbeiten überprüfte, begegneten sie sich oft.

Mitte Dezember waren die Arbeiten im Haus beendet. Am späten Nachmittag kam Susan, und Saul, der gerade aufbrechen wollte, schloss noch einmal die Haustür für sie auf. Sie zog ihre roten Gummistiefel aus und ging auf Strümpfen ins Haus. Während sie sich umschaute, wartete er auf der Veranda.

»Toll sieht das aus!«, sagte sie, als sie wieder in ihre Stiefel schlüpfte.

»Ja. Das hätte ich vielleicht schon früher machen sollen.« Er zuckte mit den Schultern. »Es ist mir irgendwie nie aufgefallen«, sagte er entschuldigend.

Susan schnaubte leicht. »Das kenn ich. Manchmal ist man einfach zu nah dran.«

Sie lächelte ihm aufmunternd zu, und Saul fragte: »Haben Sie Kinder?«

»Nein.« Susan lächelte immer noch, aber jetzt hatte ihr Lächeln etwas Verlegenes an sich. »Hat sich nicht ergeben, schätz ich mal.« Sie blinzelte ein paar Mal. »Und Sie?«

»Eine Tochter«, sagte Saul. »Und einen Sohn.«

»Schön.«

Susan beugte sich vor und spähte zum Himmel. Wolken türmten sich dunkel, in den Nachbargärten leuchteten die Weihnachtsbäume.

»Ich glaube, im Moment regnet es nicht«, sagte sie.

Saul hielt eine Hand unter dem Verandadach hervor und nickte. »Sieht ganz so aus.« Er sah in den Garten und sagte wie zu sich selbst: »Morgen soll ja Schnee kommen.«

»Wird auch Zeit.« Sie wandte sich zum Gehen.

»Wie man es nimmt«, sagte Saul, an ihr Gespräch wieder anknüpfend. »Also, ob es schön ist, meine ich, Kinder zu haben.«

Er merkte selbst, wie verwirrt er wirken musste, aber er hatte auf einmal den dringenden Wunsch, mit Susan zu sprechen. Sie war stehen geblieben und drehte sich jetzt zu ihm um. Er setzte sich auf die oberste Stufe der Veranda und machte eine, wie er hoffte, einladende Geste zu dem Platz neben sich. Susan zögerte kurz, dann ließ sie sich schwer neben ihm auf der Treppe nieder. Das Holz fühlte sich kalt und ein bisschen feucht an, aber trotzdem blieben sie sitzen. Die Dämmerung hatte eingesetzt, bald würde die Dunkelheit sie umschließen wie ein dichtes Tuch.

»Was ist denn nicht schön daran?«, fragte Susan schließlich, und Saul sagte: »Dass man immer weniger wichtig für sie wird. Obwohl das natürlich normal ist, schon klar. Und dass sie einen nie so sehen, wie man wirklich ist.« Er lachte leise. »Das ist ein blöder Satz. Ich meine, wer tut das schon, nicht wahr? Und gerade die eigenen Eltern. Oh Gott! Von denen haben die Kinder ja ohnehin den Eindruck, sie seien schon alt zur Welt gekommen.«

»Ja«, sagte sie. »Ist wohl so.« Mit zwei Fingern strich sie die Regentropfen von ihren Schuhspitzen herunter. »Wobei meine tatsächlich ziemlich alt waren, als ich geboren wurde. Ich war das sechste von sechs Kindern, und sie haben nicht unbedingt sehnsüchtig auf mich gewartet, wenn Sie verstehen, was ich meine.«

»Keine schöne Kindheit?«, fragte er.

»Eher nicht. Sobald ich achtzehn war, habe ich den Erstbesten geheiratet und bin weit weggezogen. Ich komme aus dem Süden, wissen Sie?«

»Das hört man nicht.«

»Nein.« Sie lachte leise. »Nur, wenn ich getrunken habe. Dann hört man es schon.«

»Dann sollten wir mal was trinken gehen«, sagte er, und sie sah ihn nachdenklich an und sagte: »Wer weiß.«

Vor dem Haus der Nachbarn parkte jemand. Dumpfe, rhythmische Bassklänge waren zu hören, bevor sie abrupt verstummten. Gleich darauf wurde eine Autotür zugeschlagen.

»Sie finden es bestimmt seltsam, das alles zu verlassen«, sagte Susan.

»Tja, irgendwie schon. Den da« – er zeigte auf einen Baum, der etwas windschief im Vorgarten stand – »habe ich selbst gepflanzt. Jetzt macht er nicht viel her, aber wenn er blüht, sieht's toll aus.«

»Ja. Kann ich mir vorstellen. Eine Magnolie, nicht wahr?«

»Hey, Sie sind gut.«

Sie lachten, dann sagte Saul: »Mein Sohn hat ein Buch mit Erzählungen geschrieben. Und ich habe den Eindruck, ich komme darin nicht eben gut weg.«

Er hatte bisher mit niemandem darüber gesprochen, nicht einmal mit Nomi, obwohl sie beide das Buch gelesen hatten. Am Telefon mit Kenji hatten sie das Buch gelobt, und als eine Rezension dazu in der *Hollyhock Gazette* erschienen war – eine nicht sehr freundliche, leider –, hatten sie sie gelesen und, ohne darüber zu sprechen, beide beschlossen, sie gegenüber Kenji nicht zu erwähnen.

»Wie kommen Sie denn weg?«, fragte Susan. »Also nur, wenn Sie darüber reden mögen.«

»Doch. Schon.«

Saul versuchte sich zu erinnern. Einzelheiten waren ihm entfallen, aber er wusste noch, was sein Gesamteindruck gewesen war. Eine Niete, hatte er gedacht. Freundlich, bemüht, beruflich etabliert. Aber ansonsten: eine Niete. Einer, der durchs Leben stolpert, unentschieden, und ohne die kluge Frau an seiner Seite – eine echte Macherin, sprühend vor Energie – geradezu verloren. Einer, der die ganzen Zwischentöne menschlicher Existenz nicht mitbekommt. Der zufrieden ist, wenn er seine Ruhe hat.

Das Schlimmste war, dass er sich selbst darin durchaus wiedererkannte – zumindest einen Teil seiner selbst. Und dass Nomi das sicher auch getan hatte. Es musste sie in ihrer Absicht, ihn zu verlassen, bestärkt haben. Auch wenn er nicht so weit ging, dass er in dem Buch den Anlass für all das hier sah.

»Eine lauwarme Existenz«, sagte er. »So hat er mich genannt – oder vielmehr die Figur, die mir ähnelt: *eine lauwarme Existenz*. Nicht direkt ein Versager, aber doch so was in der Art. Ein Blindgänger. Ein Gefühlstrottel.«

»Ach je.« Susan sah ihn besorgt an.

»Tja«, sagte Saul.

Und dann sagten sie beide für eine ganze Zeit lang nichts mehr. Es hatte wieder zu regnen begonnen. In senkrechten Bahnen stürzte der Regen vom Himmel, und wie hinter Glas saßen sie da und sahen ihm dabei zu.

12

FREUND

Seine Mutter hatte die Vorstellung gehabt, dass er alles in seinem Leben erreichen konnte, wenn er es nur wollte.

»Alles?«, hatte Basil gefragt, da konnte er kaum älter als neun oder zehn gewesen sein.

»Na ja.« Seine Mutter hatte ihn angeschaut, als hätten sie beide ein Geheimnis, das ernst und komisch zugleich war. »Nichts Übermenschliches, keine Zeitreise oder so. Aber sonst, ja, fast alles.«

Alice Okafor war eine hoch gewachsene, schmale Frau, die ihre Haare auch dann noch lang und offen trug, als sie nicht mehr blond, sondern hellgrau geworden waren. Ihr breiter Mund gab ihr manchmal etwas Froschartiges, fand Basil. Aber das war in seinen Teenagerjahren, als er seine Mutter schon lange nicht mehr für die schönste Frau der Welt hielt und noch nicht die Distanz hatte, um zu erkennen, dass sie wirklich schön war. Auch sein Vater war groß, auch er eher schmal, aber in all den Jahren, in denen Basil ihn jedes letzte Wochenende im Monat und drei Wochen während der Sommerferien sah, wurde er ganz allmählich fülliger. Allerdings konnte man das nur sehen, wenn man ihn von der Seite anschaute. Er hieß Timofey Okafor und war einer von nur drei schwarzen Lehrern an einem College in Richmond.

Wenn Basil von seinem Vater sprach, dachte er aber meistens nicht an ihn, sondern an den Mann, mit dem seine Mutter und er in Hollyhock zusammenlebten, seit Basil zwei Jahre alt war. Es war nicht, weil er Timofey nicht mochte – er mochte ihn sogar sehr und freute sich immer, wenn er ihn sah –, aber es war eben so, dass er auch Gary, den zweiten Mann seiner Mutter, mochte. Er war es, zu dem er Dad sagte, während er seinen Vater Tim nannte, wie jeder andere auch.

»Du solltest ihn nicht verleugnen«, sagte seine Mutter einmal zu ihm.

»Das tu ich nicht«, antwortete er ruhig, aber noch während er sprach, wurde er davon überrascht, wie sich Wut in seiner Brust breitmachte und ihm fast den Atem nahm. »Wie kommst du darauf?«, fragte er, nur mühsam beherrscht, und seine Mutter sah ihn erstaunt an und schwieg. Dann legte sie ihm die Hand auf die Schulter – eine Geste, die ihm wie ein Blitzableiter die Wut nahm, die er aber trotzdem nicht mochte – und sagte: »Schon gut. Lass uns über etwas anderes reden.«

Was sie dann doch nicht taten. Basil ging in sein Zimmer, hörte den Rest des Nachmittags die CDs, die er sich allmonatlich von seinem Taschengeld kaufte, und faltete dazu Frösche aus Papier, deren kleinster nicht größer als ein Daumennagel war.

Es stellte sich heraus, dass er doch nicht alles erreichen konnte. Dass es ihm, zum Beispiel, trotz seines Fleißes nicht möglich war, ein Stipendium für die Columbia zu bekommen, sodass er stattdessen an die New York University ging.

»Immerhin in *einer* Stadt mit Kenji«, versuchte seine Mutter ihn aufzumuntern, und Basil sagte: »Klar. Ist ja schon mal was.«

Er sah sich in den Unterlagen, die er von der Universität erhalten hatte, das Kursprogramm für Kunst und Design an, und machte Haken an all die Veranstaltungen, die ihn interessierten.

»Was wählst du aus? Sag schon«, drängelte Polly und versuchte auf seinen Schoß zu klettern, aber er schob sie immer wieder zur Seite.

»Ich kann mich so nicht konzentrieren, warte noch.«

Schließlich nahm er sie doch auf den Schoß, las ihr die einzelnen Kursbeschreibungen vor und fragte sie, ob er diesen Kurs nehmen solle oder jenen.

«Die klingen alle gut«, sagte sie. »Du musst sie alle nehmen.«

Dann verkündete sie, »jetzt les ich dir vor«, schnappte sich das Papier und hielt es wie ein Notenblatt vor sich. »Der Kurs, den wir hier anbieten«, deklamierte sie, »verbindet alles, was Ihnen Spaß macht: malen, basteln und mit Ton kneten. Wenn Sie ganz brav sind, dürfen Sie auch Hörspiele dazu hören. Ihr Professor Dangelbangel.«

»Wunderbar«, sagte Basil. »Den nehme ich.«

»Mann, Polly!«, rief Sarah, die gerade in die Küche kam. »Mit sieben Jahren sitzt man nicht mehr auf dem Schoß, du Baby.«

Sie war gerade zwölf geworden und reagierte neuerdings mit Ungeduld auf ihre kleine Schwester, mit der sie vor gar nicht langer Zeit noch selbstvergessen gespielt hatte. Manchmal begehrte Polly dagegen auf, meistens aber reagierte sie wie ertappt und zog nur eine Grimasse, von der Basil nie genau wusste, ob sie gegen Sarah gerichtet war oder nur verhindern sollte, dass sie zu weinen anfing.

»Lass sie ihn Ruhe«, sagte er scharf, und Sarah erwiderte: »Ja, ja, du mich auch.«

Sarah und Polly sahen beide wie die jüngere Version ihrer Mutter aus, während Basil seinem Vater Tim ähnelte. Gary, mit seinen zimtroten Haaren und den Sommersprossen am ganzen Körper, hatte sich genetisch nicht durchsetzen können, und manchmal hatte Basil den Eindruck, dass es ihn, genauso wie ihn selbst, amüsierte, wenn neuen Bekannten die Verwirrung ins

Gesicht geschrieben stand. Es machte sie zu Verbündeten: Sie mussten wirken wie zwei Satelliten, die sich klammheimlich der Sonne und ihren Planeten zugesellt hatten.

Schmerzhafter war das Gefühl, nicht dazuzugehören, sobald Basil seine Großeltern in Richmond besuchte. Sowohl bei den Eltern seiner Mutter als auch bei den Eltern seines Vaters fiel er durch seine Hautfarbe auf, und trotz der Liebe, die ihm alle entgegenbrachten, war doch offensichtlich, dass sie ihn zur jeweils anderen Seite rechneten.

Vielleicht hatte er Kenji darum gleich gemocht, als der ihm in der zweiten Klasse der Grundschule begegnet war. Nicht, dass er das damals so hätte benennen können. Damals war es einfach so gewesen, dass er diesen Jungen mit den tiefschwarzen langen Haaren und den Schlupflidern, unter denen seine mandelförmigen Augen wie kleine dunkle Fische hin- und herschwammen, an die Hand nehmen und ihm die Schule, die Umgebung, ganz Hollyhock zeigen und all das erklären wollte, was man hier als Siebenjähriger zum Überleben wissen musste. Kenji hatte es sich damals gern gefallen lassen.

Jeden Morgen gingen sie nun gemeinsam zur Schule. Kenjis Familie war in ein prächtiges viktorianisches Holzhaus gezogen, das in einer Sackgasse auf halber Strecke zwischen Basils Elternhaus und der Schule lag, sodass Basil kaum einen Umweg machen musste, um morgens pünktlich am Gartenzaun der Blocks zu stehen. In der Schule hatten sie sich nebeneinandergesetzt, in den Pausen drückten sie sich gemeinsam am Rand des Schulhofs herum, um über Sport – beide waren Baseballfans, wenn auch von unterschiedlichen Teams: Kenji liebte die *Washington Nationals*, während Basil auf die *Bristol Pirates* schwor –, über die Lehrer, Musik oder Filme zu sprechen, die sie gesehen hatten oder gerne sehen würden, aber noch nicht durften. Nach Unterrichtsende liefen sie zusammen nach Hause, und entweder blieb Basil bei Kenji oder – was meistens der Fall war – Kenji ging mit zu Basil. Kenjis Eltern arbeiteten als Ärzte im Kreiskrankenhaus, und Mariposa, die jamaikanische Babysitterin, war froh, sich nachmittags nur um die folgsamere Aiko kümmern zu müssen.

Am liebsten streiften Kenji und Basil auf ihren Rädern durch die Gegend. Den nahegelegenen Feldern entlang, auf denen im Herbst das Heu zu großen gelben Ballen gepresst wurde, runter zum Fluss Hazel, der in manchen Hochsommern zu einem Bach verkam, ab November aber regelmäßig über seine Ufer trat. In den Wald durften sie nicht gehen, und sie hielten sich daran. In Basils Vorstellung war der Wald voller Gefahren – nicht so sehr durch wilde Tiere oder dergleichen, sondern eher als Hort seiner eigenen dunklen Seiten. All das Widerborstige, der Eigensinn, die Wut, die er in der Schule und zu Hause so gut wie möglich im Zaum hielt, würden sich hier auf ihn stürzen. Ohne mit Kenji darüber zu sprechen, war er überzeugt, dass es diesem genauso erging. Nur die Angst vor dem, was ihnen im Wald begegnen würde, brachte sie dazu, das Verbot zu akzeptieren.

An das andere Verbot – sie durften mit ihren Rädern nicht auf der Hauptstraße fahren, wo es für die Radfahrer zwischen all den geparkten und fahrenden Autos gefährlich war – hielten sie sich nicht. Ab der dritten Klasse fuhren sie regelmäßig zur Davis Street, um sich im Supermarkt Süßigkeiten zu kaufen und danach bei *Perywinkle Toys* vorbeizuschauen. Der ältliche Besitzer des Ladens grüßte sie jedes Mal, indem er ihre Hände kontrollierte: Waren noch Spuren von Schokolade oder Schmutz an ihnen, holte er einen feuchten Lappen aus dem kleinen Raum hinter der Kasse und wischte die Finger der Jungen damit ab. Danach durften sie, so lange sie wollten, zwischen den Regalen herumstreifen. Manchmal stellte er ihnen Fragen zu einzelnen Spielsachen, besonders die Bausätze und Elektroautos ließ er von ihnen begutachten, und Basil zweifelte ebenso wie Kenji keinen Moment an der Richtigkeit ihrer Urteile und an deren Wichtigkeit für den Ladenbesitzer.

Sie waren übereingekommen, nicht zu lügen. Dass sie einander nie anlogen, verstand sich von selbst, aber auch sonst wollten sie nicht lügen. Es war, wie Kenji sagte und Basil ihm ohne Zögern zustimmte, eine Frage der Ehre. Darauf lief am Ende alles hinaus: es galt, vor sich selbst zu bestehen. Wenn ihre Eltern am Abend fragten, was sie den Tag über getan hatten, logen sie daher nicht. Aber sie erzählten nach Möglichkeit auch nicht, dass sie mit dem Rad in die Stadt gefahren waren. Nach der Grundschule waren sie Experten in der trickreichen Umschreibung unangenehmer Sachverhalte geworden.

Wenn Basil zurückdachte, kam es ihm manchmal vor, als wären alle Erinnerungen an seine Kindheit mit Kenji verbunden. In sämtlichen Bildern, die er von der Vergangenheit hatte, tauchte unweigerlich Kenji auf, auch in denen, die eindeutig aus der Zeit vor der Ankunft seines Freundes in Hollyhock stammten.

Noch heute träumte Basil manchmal von Kenji: er sah ihn dann vor sich, unverändert, so wie damals. In diesen Träumen sprachen sie nicht. Sie taten auch eigentlich nichts. Sie waren einfach nur zusammen, und auf Basil senkte sich jedes Mal ein solcher Friede, dass er nach dem Aufwachen für lange Zeit versuchte, wieder in den Schlaf zurückzufinden. Es gelang ihm nie.

Das Unwetter tobte den ganzen Tag und die Hälfte der Nacht. Es rüttelte an dem Haus, und Basil sah, wie das Wasser in breiten Bahnen aus der Dachrinne strömte, die völlig verstopft sein musste. Als der Regen in den frühen Morgenstunden schließlich nachließ, kippte er das Schlafzimmerfenster und ließ die frische Luft herein. Es roch, als wäre die Stadt gewaschen worden. Nicht wie damals in Hollyhock, wo man nach Regennächten die Fenster nicht einen Spalt weit öffnen durfte, weil sonst das ganze Haus nach dem ekelerregenden Sekret der Skunks roch. Die Tiere mussten unter dem Vordach Schutz gesucht haben, direkt neben der Veranda hatte er ihre Löcher im Boden sehen können. Als kleiner Junge war es seine Aufgabe gewesen, um das Haus herum Chilipulver zu verstreuen, aber wahrscheinlich hatte es trotzdem keinen einzigen Skunk weniger gegeben.

Mit dem Kaffeebecher in der Hand blickte er auf die Fulton Street hinab. Die Türen des *Bi Rite*-Ladens auf der anderen Straßenseite standen offen, Obstkisten und Blumen in bunten Kübeln drängten sich im Eingangsbereich. Wenn er den Kopf schräg legte, konnte er sehen, dass der Himmel über San Francisco in seinen grauen Wolken noch mehr Wasser bereithielt. Es war immer eine seltsame Entschlossenheit, mit der es hier im Winter regnete, als gelte es, in kurzer Zeit so viel Wasser wie möglich auf die vom Rest des Jahres ausgetrocknete Erde zu schicken, bevor die Sonne wieder mit fast spätsommerlicher Kraft hervorbrach.

Als das Telefon klingelte, wusste er, dass es nur Polly sein konnte. Kein Mensch sonst rief zu dieser Zeit an, es war noch nicht einmal halb acht. Wahrscheinlich hatte sie gerade gefrühstückt und rief nur rasch an, um ihm zu erzählen, wie wenig Lust sie hatte, zur Schule zu gehen. Er war sich so sicher, dass nur sie es sein konnte, dass er sich mit dem Namen des italienischen Restaurants in Hollyhock meldete, in dem sie früher manchmal gegessen hatten. Sie würde sofort darauf eingehen und zwanzig Pizza Hawaii – aber mit ganzen Früchten, subito prego! – oder etwas ähnlich Albernes bestellen.

Es war nicht Polly, sondern Alice, seine Mutter. Gary hatte einen Herzinfarkt gehabt. Gestern Abend, auf dem Weg ins Bett. Kommst du?, hatte Alice gerufen, weil sie das Licht löschen wollte, und als er auch nach dem dritten Rufen nicht antwortete, ging sie ins Wohnzimmer und fand ihn dort, vor dem Sofa liegend, verrenkt wie eine Marionette.

Nicht, dass Basil überraschte, was hier gerade passierte. Seitdem er denken konnte, hatte er davor Angst gehabt: vor dem Tod, der seine Eltern ereilte wie ein verirrter Pfeil und die mühsam errungene Ordnung auflösen, ihn aller Sicherheiten berauben würde. Ein Sturz ins Bodenlose, so hatte sich das in seiner Vorstellung angefühlt. Jetzt war es eher so, als habe jemand ein Seil um ihn gewunden und ziehe daran. Ein Gefühl der Beklemmung. Das fast körperliche Verlangen wegzulaufen.

»Sein Herz ist so verkalkt, oder vielmehr seine Herzkranzgefäße, ich habe es auf dem CT-Bild gesehen, er muss schon lange Beschwerden gehabt haben«, erklärte seine Mutter. »Aber er hat nie etwas gesagt.«

»Vielleicht hat er selbst nichts davon gespürt. Oder zumindest nicht verstanden, woher die Beschwerden kommen.« Basils Stimme hörte sich in seinem Kopf so fremd an, als spräche er in einem schalltoten Raum. Er war nicht mal sicher, dass seine Mutter ihn verstehen konnte.

»Schon möglich.«

Er hörte, wie sie seufzte, und er stellte sich vor, wie sie auf der Holzbank in der Küche saß, die langen hellgrauen Haare um ihren Kopf wie einen unordentlichen Schleier.

»Sie behalten ihn im Krankenhaus, er muss so bald wie möglich operiert werden. Ich bin bloß kurz nach Hause gegangen, um Polly zu wecken und ein paar Sachen zu holen.« Seine Mutter gab ein Wimmern von sich, das wie unterdrücktes Schluchzen klang. »Ich wollte dir nur Bescheid sagen.«

»Soll ich kommen?«, fragte er.

Lucys Zimmertür wurde geöffnet, und kurz darauf hörte er ihre schlurfenden Schritte in die Küche kommen. Er drehte sich zu ihr um und legte einen Finger auf die Lippen, und sie sah ihn besorgt an und nickte.

»Ich weiß nicht, Basil«, sagte Alice.

Vielleicht hatte er die Frage falsch gestellt. »Wäre es dir eine Hilfe?«

»Natürlich wäre es das. Aber du musst doch arbeiten.« Ihre Stimme klang gleichzeitig ungeduldig, dankbar und vorwurfsvoll.

»Ich muss ohnehin noch Urlaub nehmen«, sagte Basil. »Und dann sind wir ja auch nicht eben ein börsennotiertes Unternehmen.«

Sondern eine kleine Kaschemme, die sich mit langweiligen Webdesign-Aufträgen über Wasser hält und miserable Löhne bezahlt, dachte er. Nicht, dass es dadurch leichter wäre, spontan Urlaub zu nehmen. Aber zumindest wäre es keine Katastrophe, den Job zu verlieren.

»Also«, sagte er, bevor seine Mutter nochmals Einspruch erheben konnte. »Ich schau mal nach einem Flug, und dann komme ich so schnell es geht. Ich ruf dich an.«

Das Gefühl der Benommenheit wich, es war gut, etwas tun zu können.

»Danke«, sagte seine Mutter. Er meinte, eine Erleichterung in ihrer Stimme wahrzunehmen, und das, dachte er in einer seltsam archaischen Redewendung, der er irgendwo begegnet sein musste, soll mir Lohn genug sein.

Er buchte einen Flug für die Nacht, dazu ein Mietauto. Um kurz vor elf würde das Flugzeug starten und am nächsten Morgen ankommen, da zu den fünf Stunden Flug noch drei Stunden Zeitverschiebung hinzukamen. Ted, sein Chef, reagierte so gleichgültig, dass Basil fast sicher war, bei seiner Rückkehr einen Neuen in seinem Büro vorzufinden, während seine Sachen – die Augentropfen, das Foto seiner Familie, das kleine Holzlama von Lucy – in einem Karton auf dem Tisch stehen würden.

Als er aus dem Flughafengebäude trat, griff die Kälte mit spitzen Fingern nach ihm. Er schob den Schnee von der Windschutzscheibe des roten Dodge und formte einen Schneeball daraus. Der Schnee hatte genau die richtige Konsistenz: der Ball war fest, aber nicht hart, er würde einen weiten Wurf überstehen und mit einer kleinen, tückischen Wucht auftreffen und zerfallen. Er legte ihn aufs Autodach, dann stieg er ein.

Während des Flugs hatte ein Mann neben ihm gesessen, der nach kurzem zögerlichen Geplänkel immer zutraulicher geworden war und schließlich sogar, um sich besser unterhalten zu können, auf den freien Sitz zwischen ihnen rückte. Er war der langjährige Pfarrer einer texanischen Baptistengemeinde, dem sein Glaube abhandengekommen war. Basil hatte zugehört, wie der Mann seine letzte Predigt beschrieb; *Wo ist mein Glaube?*, hatte sie geheißen, und als sie vorbei war, hatten die Kinder der Gemeinde unter den Stühlen, hinter den Vorhängen und im Garten zu suchen begonnen.

Basil kannte das schon: Irgendetwas an ihm brachte die Menschen dazu, von ihrem Leben zu erzählen. Und irgendetwas in ihm verhinderte, dass er sich dagegen wehrte. Vielleicht war es sein Wunsch, nicht unhöflich zu sein. Oder einfach Gefallsucht. Was fast immer zurückblieb, war das Gefühl, benutzt worden zu sein.

Von der Interstate 66 bog er auf die US 29 ab. Er war die Strecke schon oft gefahren, aber, fiel ihm jetzt auf, nie zuvor allein. Immer hatte ihn entweder seine Mutter oder Gary abgeholt, wenn er hier gelandet war – aus dem Urlaub kommend, einen Rucksack voll Schmutzwäsche und Mitbringsel dabei, oder aus San Francisco anreisend, was allerdings nicht allzu oft der Fall gewesen war. Er mochte diese Fahrten mit seinen Eltern: eineinhalb Stunden, die sie – vor Regen, Wind und Störungen sicher – hatten, um einander ganz allmählich wieder nahezukommen, während sie durch immer ländlichere Gegenden fuhren. Er wusste selbst nicht, warum, aber er war nicht gut darin, Wiedersehensfreude zu zeigen. Ganz egal, wie sehr er jemanden vermisst hatte, zog sich zunächst alles in ihm zurück, wenn er ihm dann gegenüberstand, und erst im Laufe der nächsten Stunden hob sich seine Stimmung.

Er drehte das Radio an, WACL brachte ein Christmas Special, weihnachtliche Rockklassiker. Als er das Willkommensschild von Hollyhock passierte, das mitteilte, dass der Ort im Jahr 1759 gegründet worden war, lief *2000 Miles* von den Pretenders, und ein warmes Gefühl für all das hier – den alten *Weis* Supermarkt, die *ACE* Eisenwarenhandlung, das Gesundheits- und Rehabilitationszentrum, diese ganze kleine Stadt mit ihrem überschaubaren Zentrum, von dem die Wohnstraßen abzweigten wie die Äste eines Stammes – kam in ihm auf. Dies war seine Heimat, daran ließ sich nicht rütteln.

Einer plötzlichen Eingebung folgend bog er in die Davis Street ab. Schon von Weitem sah er die rote Markise des Spielzeugladens, doch als er daran vorbeifuhr, erkannte er, dass der Laden nicht mehr *Perywinkle Toys* hieß, sondern *Kid's Cavern*. Ein Spielzeugladen war es aber immer noch, und gegenüber hatte, taktisch klug, ein Süßigkeitenshop eröffnet. Das *Thyme Inn* war noch da und auch *Knakal's Bakery*, aber vom Auto aus konnte Basil nicht erkennen, ob Bob Knakal hinter der Theke stand. In der Grundschule waren sie in einer Klasse gewesen, und Bobs Beliebtheit hatte nicht unwesentlich daher gerührt, dass er statt eines langweiligen Pausenbrots fast immer Zimtschnecken, Butterkuchen oder Apfeltaschen dabeihatte. Kurz überlegte Basil, ob er anhalten und in die Bäckerei gehen sollte, dann verschob er das auf einen späteren Zeitpunkt. Seine Mutter würde zu Hause warten. Gemeinsam wollten sie ins Krankenhaus fahren.

»Wenn du ihn jetzt siehst, sag nicht, dass er gut aussieht, okay?« Seine Mutter schaute ihn nicht an, als sie das sagte, sondern vor sich auf die Straße, wo gerade ein alter himmelblauer Lastwagen abbremste, um nach links abzubiegen. Auf der Ladefläche konnte Basil Schweine sehen, zwanzig, dreißig Stück, schätzte er, die dicht an dicht standen, vielleicht um sich gegen die Kälte zu schützen.

»Er *sieht* nämlich nicht gut aus, im Moment. Und irgendwie verträgt er's nicht, wenn man ihn anlügt. Also, na ja, wer mag das schon. Aber er ist da gerade ganz empfindlich, so nach dem Motto: Es bleibt wenig Zeit, da will ich keinen Bullshit hören, verstehst du?«

Ihre Stimme brach, und Basil sah sie an, aber sie weinte nicht. War nur insgesamt etwas zittrig und aufgelöst.

»Okay.«

Sie fuhren an der Trinitiy Baptist Church vorbei, einem großen Herrenhaus mit angebautem Glockenturm. *Homecoming Revival* stand in schwarzen Buchstaben auf einer weißen Anzeigetafel. *18. Dezember. Evangelist Stan Roach. Jeder willkommen!* Ging es um ein Konzert? Oder eine Predigt? Vielleicht sollte er einfach mal hingehen. Ja, warum eigentlich nicht?

»Warst du da mal drin?«, fragte er seine Mutter, gerade als sie sagte: »Aber es bleibt ja hoffentlich nicht *wirklich* wenig Zeit. Ich meine, die sind da alle guter Hoffnung.«

»Natürlich«, beeilte Basil sich zu sagen. Was war los mit ihm? Warum war ihm das nicht selbst eingefallen? Wenn er nicht mal zum kleinsten Trost fähig war, hätte er vielleicht besser gar nicht kommen sollen.

»Er ist doch wirklich fit«, sagte er. »Und auch noch relativ jung. Hat immer Sport gemacht, ist schlank, raucht nicht.« Er sah seine Mutter an, und sie warf ihm einen kurzen, dankbaren Blick zu. »Ehrlich gesagt verstehe ich nicht mal, warum es ihn überhaupt erwischt hat.«

»Ach, weißt du. Die Lebensweise ist das eine, das andere ist die Veranlagung.«

Seine Mutter setzte den Blinker und folgte dem Schild, das zum Fauquier Krankenhaus wies. Ein weitläufiger Parkplatz vor einem mehrstöckigen Rotklinkergebäude, dessen obere zwei Etagen mit verzinktem Blech verkleidet waren. Schwarz gerahmte Sprossentüren, die lautlos auseinanderglitten, als sie auf sie zugingen.

Seine Mutter grüßte die Krankenschwester am Infoschalter. Es kam Basil so vor, als ob sie einander kennen würden, aber vielleicht hatte seine Mutter sich auch nur rasch in das Krankenhausleben eingefügt. Hatte klaglos dieses Universum als ihren neuen Lebensraum akzeptiert, ein Universum mit ganz eigenen Regeln, eigenem Wissen, eigener Sprache. Eines, in dem plötzlich andere Dinge wichtig waren, Dinge wie Überleben, Weiterleben; eines, in dem das, was zuvor selbstverständlich schien, plötzlich das einzig Erstrebenswerte war.

Er folgte seiner Mutter zum Aufzug.

»Sie wollen ihn morgen früh operieren.« Sie drückte den Knopf für die vierte Etage und lächelte dem alten Mann zu, der nach ihr auf die Zwei drückte. In der verspiegelten Wand sah Basil sich neben seiner Mutter stehen. Obwohl er seit mehr als zehn Jahren größer war als sie, hatte er sich immer noch nicht daran gewöhnt. Sie war nicht alt, gerade mal Mitte fünfzig, aber sie kam ihm auf einmal überraschend klein vor, und er ahnte, dass sie ab jetzt immer zarter, immer fragiler werden würde. Irgendwann würde sie so leicht sein, dass er sie zur Begrüßung hochheben könnte, wie er es mit Polly immer gemacht hatte.

»Kommt Sarah eigentlich auch?«, fragte er.

Seine Mutter schnaubte. »Ach, Sarah. Die hat zu tun.«

Sie traten aus dem Aufzug und gingen auf die Glastür zur Station zu, aber bevor Basil sie öffnen konnte, hielt sie ihn zurück.

»Polly hat sie in Montreal angerufen. Aber sie muss für eine Prüfung lernen, kannst du dir das vorstellen?«

Nein, dachte er, eigentlich nicht, und laut sagte er: »Ich weiß, dass sie lernen muss, aber das sieht ihr trotzdem nicht ähnlich.«

Seine Mutter ging nicht darauf ein.

»Keine Ahnung, was wir ihr angetan haben, zu wenig beachtet oder zu viel, ich weiß es nicht. Auf jeden Fall ist sie ein einziger Vorwurf, und wenn sie die Prüfung jetzt nicht besteht, liegt's bestimmt auch an uns. Erwähn sie bloß nicht Gary gegenüber, okay? Das kann er jetzt wirklich nicht brauchen.«

»Vielleicht hat sie Angst.«

»Ach Gott, Basil, wir haben *alle* Angst. Polly, du, ich – von Gary mal ganz abgesehen. Und wir sind trotzdem hier. Weil das eben auch Familie ist: dass man nicht allein ist mit seiner Angst.«

Während seine Mutter sprach, geschah etwas Seltsames mit ihr: Ihre Wut machte Trauer Platz. Basil konnte das deutlich sehen, und da waren sie nun beide, Wut und Trauer, wie Sonne und Mond an den Tagen, an denen der Mond als blasser Zwilling am Himmel stehen blieb.

»Okay«, sagte sie, »wie auch immer.«

Sie straffte sich und lächelte unglücklich. Dann öffnete sie die Glastür zur Station.

Gary lag in einem Dreibettzimmer. Sein Bett war das am Fenster, aber er schaute nicht nach draußen, sondern Basil und Alice entgegen, ganz so, als habe er sie schon gehört oder als habe etwas in ihm – eine plötzlich erwachte Hellsichtigkeit vielleicht – gewusst, dass sie gleich ins Zimmer kommen würden. Während Basil die Tür umständlich hinter sich schloss, ging seine Mutter zu Gary, setzte sich auf die Bettkante, nahm seine Hand in ihre und sah ihn erwartungsvoll an.

»Schau mal, wer da ist.«

Gary lächelte, dann sah er zu Basil.

»Hat sie dich extra einfliegen lassen?«, fragte er, und während Basil ihn umarmte, flüsterte er: »Zum Abschiednehmen, oder was?« Er ließ es klingen wie einen Scherz, aber Basil sagte ebenso leise: »Hör sofort auf damit, okay?«

Zum Glück hatte seine Mutter nichts davon mitbekommen. Sie war damit beschäftigt, die mitgebrachten Zeitungen und Bücher im Nachttisch zu verstauen.

Nur eines der anderen Betten war besetzt. Ein junger Mann lag darin, fast noch ein Teenager. Er starrte die Zimmerdecke an, als würde dort oben ein Film gezeigt oder als läse er mühsam eine Botschaft von der Decke ab: *Geduld ist die Kunst zu hoffen. Jedes Leben hat sein Maß an Leid.* Es war unmöglich, Blickkontakt mit ihm zu bekommen. Offenbar war er entschlossen, nichts um sich herum wahrzunehmen.

»Wie geht es dir?«, fragte Basil.

Gary legte die Stirn in Falten. »Och ja«, sagte er gedehnt, und als sich ihre Blicke trafen, mussten beide lachen. Es war ein Lachen, das Alice ausschloss, aber sie konnten nichts dagegen tun: immer, wenn sie einander ansahen, mussten sie wieder lachen.

»Na ja«, sagte Basil schließlich, als sie sich beruhigt hatten. »Dumme Frage.« Er saß auf der anderen Seite von Gary und nahm jetzt seine Hand. »Ich soll dich von Lucy grüßen.«

Tatsächlich hatte sie ihm das aufgetragen, mehrfach sogar. Sie war fast heftiger als er selbst erschrocken, als er ihr von Garys Herzinfarkt erzählt hatte. Dabei hatte sie ihn nur ein paarmal gesehen, wenn sie mit Kenji bei ihm vorbeigekommen war. Sehr oft konnte das nicht gewesen sein: Kenji und Lucy waren erst im Abschlussjahr der Highschool ein Paar geworden, und im Herbst danach waren sie schon alle drei nach New York gezogen. Bei seinen seltenen Besuchen in den letzten Jahren war sie nie mitgekommen. »Wem willst du denn was vormachen, Basil?«, hatte sie gefragt, und es hatte nichts genutzt, wenn er sagte: »Warum kann man denn keine Freunde mit nach Hause bringen?« »Stell dich nicht blöd«, hatte sie das letzte Mal unwirsch entgegnet. »Nimm Sergio mit, nicht mich.« Aber das hatte sie eben nicht verstanden: dass die Sache zwischen ihm und Sergio keine war, die gegenseitige Elternbesuche einschloss.

»Danke«, sagte Gary. »Grüß sie auch.«

»Ich hole uns allen einen Tee«, verkündete Alice, und Basil hatte den Eindruck, dass sie ihnen Zeit geben wollte, allein miteinander zu sprechen.

»Und morgen steht also die Operation an?«, fragte er, als seine Mutter den Raum verlassen hatte.

Gary nickte. »Ja, ein Bypass soll gelegt werden. Aber minimalinvasiv, das heißt, keine riesige Operation. Danach stehen die Chancen auf ein ziemlich normales Leben gar nicht so schlecht.« Er sah Basil nachdenklich an. »Wusstest du, dass Musik die Herzfunktion verbessert? Allerdings muss sie dem Patienten gefallen. Bei Experimenten mit Schweinen haben sie rausgefunden, dass die Musik von Bach Puls und Blutdruck sinken lässt. Also muss man wohl davon ausgehen, dass Schweine Barockmusik genauso gern mögen wie ich.«

»Woher weißt du denn so was?«

»Einer der Ärzte hat mir davon erzählt, so ein junger, etwas zu witziger. Erst dachte ich, er sei der Krankenhausclown, ehrlich. Und dann hat er noch das dagelassen«, er zeigte auf eine Broschüre, die auf dem Nachttisch lag, *Wissenswertes über Herz-Kreislauferkrankungen*, »und mich über die Risiken aufgeklärt – sowohl der Operation als auch meines weiteren Lebens generell. Na ja, ich will dich nicht damit langweilen.«

»Du langweilst mich nicht«, versicherte Basil.

Gary winkte ab. »Mich aber schon. Erzähl mir lieber von

dir. Wie gefällt es dir in San Francisco? Was macht die Arbeit? Irgendwas Neues in deinem Leben?«

»Es gefällt mir«, sagte Basil. Dann überlegte er kurz. »Die Arbeit ist ganz gut, das Leben in der Stadt auch. Aber wenn ich ehrlich bin: Beides wird wahrscheinlich nicht von Dauer sein.«

Es war verblüffend, wie klar ihm das mit einem Mal war. Er wusste nicht, was kommen würde, aber es würde anders sein als das, was jetzt war. Es machte ihm keine Angst, im Gegenteil; hier, am Krankenbett seines Stiefvaters sitzend, schien es ein unverhofftes Glück, eine geradezu gleißende Freiheit, dass er noch nicht angekommen war.

Gary sah ihn an, er lächelte, und jetzt war er es, der nach der Hand von Basil griff. »Du machst das schon. Manchmal braucht es ein paar Umwege.«

»Wenn du meinst«, sagte Basil, und nach einer kleinen Pause: »Danke.«

Gary sah zur Tür hin und von da aus zu seinem Bettnachbarn. Basil folgte seinem Blick. Der junge Mann lag unverändert da und schaute an die Decke. Vielleicht meditierte er.

»Weißt du«, begann Gary, »bei dem Herzinfarkt war erst nur der stechende Schmerz, in der Brust, den Armen, im Rücken, im Hinterkopf, fast überall, aber dann war der Schmerz plötzlich weg, und da wurde es auf einmal sehr schön: warm und hell, irgendwie vollkommen frei von Sorgen. Wie auf einem Trip, denke ich mal – sehr viel Erfahrung habe ich damit ja nicht. Und es war auch gleich wieder vorbei. Aber das Gefühl vergisst man nicht so schnell, und jetzt, wenn ich Angst habe, denke ich daran.«

»Hast du denn Angst?«

»Na klar. Und wie.« Gary sah ihn an. Basil schaute weg, und dann erwiderte er seinen Blick.

»Ich verrat dir jetzt was, und du wirst das vielleicht blöd finden, aber ich erzähl's dir trotzdem. Ich glaube, das, was ich da fühlte, das Schöne, meine ich, war so was wie kosmische Liebe. Und etwas in mir dachte, oh Mann, *darum* geht's also eigentlich.«

»Okay«, sagte Basil zögerlich.

Gary lächelte, liebevoll und ein wenig spöttisch. »Tolle letzte Worte, was?«

Doch Basil sagte sehr ernst, »lass das bitte, ja?«, und Gary nickte. »Okay.«

»Es geht ihm gut!«, rief Polly, als sie zu Basil ins Wohnzimmer kam, wo er das CD-Regal durchsuchte. »Er ist jetzt auf der Intensivstation, aber morgen Vormittag können wir ihn wieder besuchen.«

»Und hat Mama gesagt, wann ich sie abholen soll?«, fragte Basil.

»Oh Mist, das haben wir beide ganz vergessen.« Polly machte ein schuldbewusstes Gesicht. »Soll ich sie noch mal anrufen?«

»Lass mal. Ich fahre nachher einfach wieder hin, und wenn sie dann noch etwas dableiben will, warte ich eben mit ihr.«

»Und ich koch uns was.« Obwohl Polly bald siebzehn war – ihre hohe, kurvenreiche Statur erinnerte Basil immer ein wenig an eine Amazone, dazu ihr herzförmiges Gesicht mit den weit auseinanderstehenden Augen und den prächtigen blonden Haaren, die meistens unordentlich aussahen –, hatte sie offensichtlich ihren kindlichen Optimismus bewahrt. Wenn ihre Kochkunst seit dem letzten Mal nicht entschiedene Fortschritte gemacht hatte, sollte sie besser nicht kochen. Aber sie hatte schon ein Kochbuch aus dem Regal geholt und Stift und Papier bereitgelegt, um eine Einkaufsliste zu schreiben, und Basil hatte keine Lust, sie zu entmutigen. Außerdem hatte er gefunden, was er suchte.

»Hast du eine Ahnung, wo der tragbare CD-Spieler ist?«, fragte er seine Schwester.

»Wahrscheinlich bei den alten Geräten, im Schrank in Papas Büro. Da gibt es sogar noch ein Telefon mit Wählscheibe.« Sie sah nur kurz von ihrer Liste auf. »Magst du Koriander?«, fragte sie, und Basil nickte.

In *Knakal's Bakery* roch es genauso, wie es damals gerochen hatte, die wenigen Male, die er hier gewesen war. Bob und er waren nie befreundet gewesen, auch wenn sie es, wie ihm jetzt einfiel, einmal versucht hatten. Er erinnerte sich an einen Nachmittag in Bobs großem Kinderzimmer, an all die aufregend fremden Spielsachen, das gemeinsame Fußballspiel im Park vor dem Rathaus und den anschließenden Besuch in der Bäckerei, bei dem Bobs Vater sie – unwirklich, wie in einem Traum oder Märchen – ermunterte, all das auszusuchen, was sie essen wollten. Er erinnerte sich an die Milchbrötchen, auf denen in weißen Hagelkörnern der Zucker prangte, und an die mit Marmelade gefüllten Krapfen. Aber es hatte hier anders ausgesehen. Nichts an dem hellen Raum war ihm vertraut. Nicht einmal die Theke, hinter deren Glasscheibe die Kuchen, Croissants und Pasteten lagen, schien noch da zu stehen, wo sie früher stand. Und mit Sicherheit gab es damals die runden Tischchen im hinteren Teil des Ladens nicht, mit je drei gepolsterten Stühlen. Ein richtiges Café war die Bäckerei geworden, mit Kunstdrucken an der Wand von verschiedenen amerikanischen Städten, Dallas, San Francisco, Chicago, New York, alle in dem Stil und den gedeckten Farben der fünfziger Jahre.

Zwei Mädchen saßen dort, wahrscheinlich Schülerinnen der nah gelegenen Highschool, und einige Tische weiter ein Mann in blauer Arbeitsmontur, der in einer der ausliegenden Lokalzeitungen blätterte.

Bei der Frau hinter der Theke bestellte Basil einen Kaffee und einen Krapfen. Sie hatte schwarze glatte Haare und eine olivfarbene Haut, vielleicht eine Mexikanerin, dachte er. Ihre Bewegungen waren behäbig, und als Basil genauer hinsah, sah er, dass sich ihr Bauch unter der weißen Schürze stark wölbte. Sie bemerkte seinen Blick und lächelte ihm zu. Zwillinge, darum dieser Umfang, erklärte sie, und Basil gratulierte überschwänglich. Ihr Englisch klang fremd, aber es war kein spanischer Akzent darin, sondern einer, der eher an Australien denken ließ oder vielleicht auch England. Nein, sagte die Frau, als er nachfragte, sie komme aus Neuseeland. Sie sagte ein paar Wörter, bei denen sie den Akzent besonders betonte, das E lang gezogen, fast ein Quietschen. Sie lachte, und Basil lachte auch und beeilte sich zu sagen, dass es gut klänge, wirklich, ein bisschen ungewohnt, aber das sei ja interessant, worauf sie wieder lachte. »Mein Mann hasst es. Ich musste versprechen, dass ich mit den Kindern anders reden werde.«

Er fragte nicht, ob ihr Mann Bob Knakal sei, denn er kannte bereits die Antwort. Nur einer wie Bob konnte seiner Frau den Akzent verbieten, und das einzig Erstaunliche war, dass es Bob gelungen war, sie für sich zu gewinnen und aus ihrer Heimat hierherzulotsen.

Er nahm seine Tasse und seinen Teller, ging aber nicht zu einem der Tische, sondern stellte sich an den kleinen Tresen vorne am Schaufenster, von dem aus man die Davis Street gut im Blick hatte. Er wusste nicht, ob er sich wünschen sollte, dass jemand vorbeikäme, den er kannte. Eher nicht. Allerdings wäre es schön zu beobachten, ohne selbst gesehen zu werden. Wie ein Spion würde er hier stehen und aus der Deckung heraus Vergleiche zu früher anstellen. Und wenn einer ein Kind dabeihätte, würde er nach Ähnlichkeiten suchen. Danach, ob sich die Geschichte wiederholen würde: Ob die hübschen Kinder von früher nun als gut aussehende Erwachsene eine neue Generation losschickten, die ganz selbstverständlich eine Vorrangstellung im örtlichen Gefüge ergattern würden, höchstens dann und wann gefährdet durch besonderes schulisches Versagen. Während die von jeher Unattraktiven ihre im besten Falle unauffälligen Kinder in die angestammte dritte oder vierte Reihe entlassen würden.

Er wusste selbst, dass die Realität nicht ganz so einfach war. Es gab viele Faktoren, die über die hiesige Hackordnung entschieden, das Aussehen war nur einer davon. Letzten Endes war es hier wie überall – jedes Kind brachte sein Bündel an Vor- und Nachteilen mit, und auch die zunächst vom Glück Verwöhnten hatten früher oder später mit Schwierigkeiten zu kämpfen, sei es, dass scheinbar heile Familien zerbrachen, der berufliche Erfolg der Eltern schwand oder sich die eigenen Neigungen und Talente als hinderlich erwiesen. Trotzdem: lm Kosmos der Kleinstadt schienen Basil die Hierarchien mikroskopisch vergrößert, während die Alternativen verschwindend gering waren, zumindest so lange, wie man die Grenzen einhielt. Sprengte man sie, eröffnete sich eine Weite, die einem fast den Atem nahm und in der man in wunderbarer Haltlosigkeit vor sich hintrieb, während man insgeheim schon daran arbeitete, die ersehnte Freiheit mit neuen Strukturen zu bändigen.

Ja, so schlau bist du und hast nichts, aber auch gar nichts vorzuweisen, dachte er finster. Er verließ die Bäckerei und fuhr auf direktem Weg zum Krankenhaus, froh darüber, dass er niemandem begegnet war.

Seine Mutter kam ihm auf dem Flur der Intensivstation entgegen, und Basil hatte das Gefühl, dass sie hier schon seit einiger Zeit auf- und abgelaufen war, nicht direkt auf der Suche nach ihm, aber nach Ablenkung, einem kurzen Gespräch mit jemandem, der ihre Erleichterung teilen und sie beruhigen würde in Hinblick auf das, was noch kommen würde. In ihrer Hand hielt sie einen Pappbecher, und Basil stellte sich vor, wie sie zu dem Automaten im Erdgeschoss gegangen war, um dort einen Kaffee zu holen. Aus irgendeinem Grund machte ihn diese Vorstellung sehr traurig.

»Ach, Basil.« Sie lächelte so dankbar und hilflos, dass Basil sie in die Arme nahm, um dieses Lächeln nicht sehen zu müssen.

»Komm, setzen wir uns hierhin.« Er führte sie zu einer Reihe schwarzer Kunstledersitze, die an den Wänden des Ganges angebracht waren und ihn an den Wartebereich eines Flughafens erinnerten.

»Es geht ihm gut.« Ihrer Stimme war anzuhören, dass sie sich um Fassung bemühte und darum, alle Fakten verständlich zusammenzufassen. »Die Operation verlief besser als erwartet, sie mussten tatsächlich nur winzige Schnitte machen, was die ganze Wundheilung so viel einfacher macht. Der Arzt sagt, er sei sehr zuversichtlich. Natürlich ist Gary noch sehr benommen. Also reden kann man noch nicht mit ihm, ist ja klar. Aber er ist wach, Kreislauf stabil, er dämmert halt immer wieder weg. Und ich durfte auch nur ganz kurz reingehen, und auch nur mit Kittel, Haube und Mundschutz. Und so Dingern an den Füßen, wie Hundetüten.« Sie lächelte zittrig, und Basil nahm ihre Hand in seine.

»Man darf sich das einfach nicht vorstellen, all die blutigen Details«, sagte seine Mutter leise. »Ich meine, so ist es ja auch beim Zahnarzt, nicht wahr? Ich will nicht sehen, was da gemacht wird, ich will's auch nicht spüren. Ich will einfach, dass mir geholfen wird, dass es nicht wehtut und ich danach weiterleben kann wie zuvor. Deswegen mag ich auch diese Sendungen nicht, wo man reinschaltet und plötzlich sieht man bei einer Operation zu. Mich graust das richtig.« Sie nahm ihre Hand aus der von Basil und strich sich die Haare aus dem Gesicht. »Ich will einfach, dass er wieder gesund wird.« Sie fuhr sich über die Augen. »Ich bin ganz schön erledigt.«

»Ist doch klar«, sagte Basil. »Ich bring dich jetzt nach Hause, du isst was, nimmst eine Dusche und schläfst. Und morgen früh kommen wir wieder her. Sie haben hier ja deine Nummer, wenn was sein sollte.«

Er sprach entschlossener, als er war, aber er hatte den Eindruck, dass es das war, was seine Mutter jetzt brauchte: jemanden, der die Führung übernahm, wenigstens für kurze Zeit, wenn er sich auch unter ihrem Blick ein wenig wie ein tapferes und etwas vorlautes Kind vorkam. Und tatsächlich stimmte seine Mutter ihm zu.

Es war schon dunkel, als sie losfuhren, doch vom Schnee, der den ganzen Nachmittag lang in fedrigen Flocken gefallen war, ging ein Leuchten aus, das Basil in Hochstimmung versetzte. In Kalifornien war ihm nie aufgefallen, wie sehr er den Schnee vermisste. Und doch war es eine der stärksten Erinnerungen seiner Kindheit: die Dunkelheit des frühen Morgens, der Schnee auf den Autodächern und Straßen, der klare, schöne Geruch, der immer schon selbst eine Erinnerung zu sein schien.

»Ach, eins habe ich dir ja noch gar nicht erzählt.« Seine Mutter schlief also doch nicht, obwohl sie die Augen längere Zeit geschlossen hatte. »Der zweite Arzt – also nicht der, der die Operation leitete, sondern der Anästhesist, der ihn auf der Intensivstation betreut – ist Saul Block. Kenjis Vater, erinnerst du dich? Ich habe ihn fast nicht erkannt, aber es ist auch ewig her, dass ich ihn zuletzt gesehen habe, sicher zehn Jahre.« Sie sah zu Basil hin, und er sagte »ach«, und als sie ihn weiter anschaute: »Na klar, der arbeitet ja da. Habe ich auch nicht dran gedacht.«

»Er hat erzählt, dass Kenji ein Buch geschrieben hat. Also sehr erfolgreich kann es wohl nicht gewesen sein, ich habe es hier in der Buchhandlung nie gesehen. Aber, na ja, ist ja schön, wenn er was gefunden hat, das ihm gefällt. Sein Vater jedoch scheint nicht so begeistert zu sein. Er hat wohl immer noch gehofft, dass Kenji Arzt wird, aber ich habe das nie verstanden. Als ob es da eine dynastische Verpflichtung gäbe.« Sie lachte leise auf. »Manche Ärzte sind schon ganz schön von sich überzeugt, nicht wahr? Also Saul ist es zumindest.«

»Ich fand ihn eigentlich immer ganz nett«, sagte Basil und versuchte, dabei so gleichgültig wie möglich zu klingen. Die seltsame Aufregung, die ihn immer ergriff, wenn jemand Kenjis Namen erwähnte, hätte er ohnehin nicht erklären können. Es war, als würde sein ganzer Körper plötzlich viel besser durchblutet, als zirkulierte sein Blut von den Fingerspitzen bis in die Zehen, in die Haarwurzeln, die Ohren, den Hals hinab und in irren, warmen Kreisen um sein Herz.

»Wusstest du denn von dem Buch?«, fragte seine Mutter.

»Ja. Doch.«

»Hast du es gelesen?«

»Hmm.«

Er hatte es nicht nur gelesen, sondern auseinandergenommen, grausam obduziert wie eine Leiche. Erst hatte er es durchgeblättert: Er hatte die Augen über die Seiten schweifen lassen und nach seinem Namen gesucht, und dann hatte er sich gedacht, ist doch klar, dass er nicht den richtigen Namen nimmt, und angefangen zu lesen. Bei jeder neuen Figur, die auftauchte, hatte er überlegt, ob er dahinter stecken könnte, oder ob zumindest *etwas* von ihm in der Figur vorkam, und bald war er mit allen Figuren so verfahren, egal ob es sich um Frauen, Männer, Kinder – oder einmal sogar um einen Hund – handelte. Er hatte dem Buch immer wieder eine Chance gegeben. Denn es konnte einfach nicht sein, dass er in Kenjis Leben keine einzige Spur hinterlassen hatte, während so viele andere Spuren darin zu finden waren: eine nur unzulänglich veränderte Variation von Hollyhock, zwei oder drei vollkommen unwichtige Mitschülerinnen,

Kenjis Eltern natürlich – auch sie verändert, aber doch in manchem ähnlich –, eine Frau, die offenbar eine idealisierte Version von Lucy war, sogar der Inhaber des *Perywinkle Toys* tauchte auf. Nur er selbst kam in den Geschichten nicht vor. Er war herausgeschnitten aus Kenjis Erinnerungen wie ein ungeliebter Verwandter aus Familienfotos.

»Und? Wie fandest du es?«, fragte seine Mutter.

Basil räusperte sich. »Ganz gut. Vielleicht etwas langweilig.« Er zuckte mit den Schultern. »Nicht so mein Geschmack, aber ja, ganz okay.«

Sie kamen wieder an der Trinity Baptist Church vorbei, und Basil wiederholte seine Frage, auf die er bisher keine Antwort bekommen hatte: »Warst du da schon mal drin?«

Seine Mutter sah ihn erstaunt an.

»Was sollte ich da?«, fragte sie. »Ich bin doch keine Baptistin. Wenn überhaupt, gehe ich als brave Katholikin in die katholische Kirche.« Sie schien zu überlegen, dann sagte sie leise: »Ja, vielleicht mach ich das dieses Jahr an Weihnachten sogar wirklich. Obwohl ich immer denke, die Pfarrer verachten all die Leute, die nur an Weihnachten in die Kirche kommen.«

»Tun sie wahrscheinlich auch.«

»Wahrscheinlich. Oder sie sind dankbar. Das könnte ja auch sein.« Er hörte seine Mutter leise lachen. »Warum sollten die eigentlich nicht dankbar sein, so nach dem Motto: besser einmal als keinmal.«

»Aber für den Himmel reicht es damit nicht«, sagte Basil, und seine Mutter sagte: »Für den reicht es eh nicht. Immerhin bin ich geschieden. Da ist nichts zu machen.«

Als sie zuhause ankamen, erwarteten sie zwei Überraschungen: Zum einen hatte Polly ein Essen gemacht, das gut schmeckte. Zum anderen war Sarah angekommen. Sie hatte sich früh am Morgen ins Auto gesetzt und war die ganze Strecke von Montreal hierhergefahren. Ihre Mutter nahm sie lange in die Arme und strich ihr die Haare hinter die Ohren, wie sie es bei ihr als Kind immer gemacht hatte. Dann setzten sie sich gemeinsam auf das Sofa, eng aneinandergeschmiegt und fest entschlossen, die friedliche Stimmung so lange wie möglich zu bewahren.

»Grüß mir den Pazifik«, sagte Gary. »Und Lucy.«

Basil beugte sich zu ihm hinab, um ihn ein letztes Mal zu umarmen oder zumindest die Andeutung davon zu machen, ohne am Schlauch hängenzubleiben, der zum Tropf führte, und ohne gegen seinen Oberkörper zu stoßen. Auf dem Nachttisch lag der CD-Spieler mit Bachs Fugen, die er Gary mitgebracht hatte.

»Mach ich. Und du werd gesund, Dad!«

»Okay. Wenn du darauf bestehst. Danke, dass du hier warst.«

Basil drehte sich noch einmal im Türrahmen um und winkte allen zu: Sarah und Polly, die auf der einen Seite des Bettes saßen, und seiner Mutter, die sich einen Stuhl herangezogen hatte. Ein fast klassisches Bild, dachte er, die heilige Familie oder so was in der Art. Er sah auf die Uhr. Bis zu seinem Abflug waren noch ein paar Stunden Zeit.

Das Haus sah aus, als sei es verlassen worden und habe sich umstandslos in seinen Niedergang geschickt. Das weiße Holz brauchte dringend einen neuen Anstrich, viele der Schindeln waren grün von Moos. Einige Querstreben der hellgrauen Fensterläden fehlten, und offenbar hatte es niemand für nötig gehalten, sie zu ersetzen. Das Vordach war eingedellt, als habe lange Zeit ein Gewicht daraufgelegen. Überhaupt schien alles ein wenig schief – das Geländer der Veranda mit seinen zahllosen niedrigen Säulen, die Treppe, die zum Haus hinaufführte, das schmiedeeiserne Gartentor, von dem die weiße Farbe abblätterte. Die einstige Grandezza des Hauses war noch zu erahnen, aber jetzt nötigte sie Basil keinen Respekt mehr ab. Zwischen den vertrockneten Gräsern im Vorgarten klafften große Lücken, in denen früher Stauden gestanden hatten.

Im Haus brannte kein Licht. Nur eine kniehohe Laterne, die schief im Boden steckte, sprang an, als Basil an ihr vorbeiging, ein kraftloses weißes Leuchten. Er stieg die vier Stufen zur Veranda hinauf. Gegen die Hauswand gelehnt standen zwei oder drei Spanholzplatten, davor ein schmutziges Paar Rollschuhe, ein grellblauer Plastikmülleimer, der so voll war, dass der Deckel sich nicht schließen ließ, ein mit grobem Tweed bezogener Hocker, auf dem ein paar Werkzeuge lagen. Weiter hinten, fast schon am Ende der Veranda, lehnte ein altes Kinderfahrrad, und als Basil davorstand, erkannte er Kenjis grünes Mountainbike. Er legte eine Hand auf den Sattel, als erwartete er, dass er noch warm sei von Kenjis Körper.

Im Haus ging ein Licht an. Basil trat rasch neben eines der Fenster und spähte vorsichtig hinein. Es war das Wohnzimmer, und es war so gut wie leer. Basil erkannte ein Sofa und, über die Lehne drapiert, den großen Wandteppich: eine Waldlandschaft, zwei auf zwei Meter groß. Er erinnerte sich, wie er mit Kenji davorgesessen und wie sie plötzlich einen Vogel im Vordergrund des Bildes entdeckt hatten, einen winzigen gelben Girlitz oder eine Goldammer. Sie hatten sich gewundert, dass sie ihn nie zuvor gesehen hatten.

Im hinteren Teil des Zimmers stand jemand vor einer Kommode. Offensichtlich eine Frau, aber nicht Kenjis Mutter. Lange schwarze Haare, sie schien jung zu sein. Vielleicht Aiko? Er hatte sie schon seit Jahren nicht mehr gesehen.

Sie ging jetzt aus dem Raum hinaus in den Flur, von dem aus – Basil erinnerte sich – eine Treppe nach oben und je eine Tür zur Küche, zum Esszimmer und zum Bad führte. Nach ein, zwei Minuten kam die Frau zurück ins Wohnzimmer, in der Hand eine große flache Schale, die sie auf der Kommode abstellte. Basil sah sich selbst im Fensterglas, sein schwaches Spiegelbild, kaum mehr als ein Schatten. Wollte er nicht entdeckt werden, musste er jetzt gehen, aber er konnte sich einfach nicht abwenden. Er erinnerte sich, wie er einmal mit Kenji in diesem Raum gewesen war. Wie sie auf den flachen, harten Kissen zu beiden Seiten eines niedrigen Teetisches gekniet hatten, wo Kenji für ihn ein Teeritual vollführte. Wie er gleichzeitig stolz und ironisch die gemessenen Bewegungen des Anordnens, Abmessens, Wasserschöpfens vollführte. »Alles ist für dich bereit«, hatte Kenji salbungsvoll gesagt. »Ich gebe dir mit diesem Tee meine Ruhe, du wirst Frieden finden und Abstand zu allen Sorgen.« Sie hätten lachen können, aber sie taten es nicht. Er schmeckte den leicht bitteren Geschmack des Tees, die Schärfe und die Süße darin.

Die Frau zog eine Schublade der Kommode auf und holte ein paar kleinere Gegenstände heraus. Basil konnte nicht erkennen, was es war. Sie legte die Gegenstände vor sich hin, nahm dann jeden einzeln in die Hand, wie um ihn einer genauen Prüfung zu unterziehen. Wenn sie sich jetzt umdrehen und den Blick zur Veranda richten würde, müsste sie Basil im Dämmerlicht sehen. Sie würden sich beide erschrecken, und vielleicht würde sie zu ihm auf die Veranda kommen. Er hatte keine Ahnung, was er dann sagen würde. Er wusste nur, dass es nicht die Wahrheit sein konnte.

Denn wie sollte er das erklären? Dieses entsetzliche Glück, hier zu stehen und Kenji wieder nah zu sein.

13

JESUS

Seit sie Chris Hals über Kopf verlassen hatte und aus der gemeinsamen Wohnung ausgezogen war – seit mehr als einem Jahr also –, lebte Sarah im Haus von Claire, und immer, wenn sie dachte, dass sie sich endlich etwas Eigenes suchen sollte, verschob sie es auf später. Das Ende der Prüfungen, das Ende des Semesters, das nächste Jahr. Bis sie schließlich einsehen musste, dass es genau das war, was sie wollte: hier bei Claire zu sein. Und dass Claire eine Freundin geworden war.

Die Abmachung war gewesen, dass Sarah sich um sie kümmern würde. Nicht körperlich.

»Gott bewahre«, hatte Claire gesagt, »Sie müssen mich nicht aufs Klo setzen, und waschen kann ich mich auch noch selbst.«

Sarahs Aufgabe war es, die Einkäufe zu erledigen und die Wohnung zu putzen, was angesichts der Tatsache, dass das Wohnzimmer von Nippes überquoll, nicht ganz einfach war.

»Ich kann mir nicht helfen, aber ich liebe nun mal diesen Plunder«, sagte Claire.

Tatsächlich hatte sie zu den meisten der Gegenstände – den Tonfiguren, Zinnschalen, den Schmuckstücken, Kacheln und angelaufenen Uhren – eine Geschichte parat. Wobei Sarah manchmal den Eindruck hatte, dass sie sich diese Geschichten nur ausdachte wie fingierte Alibis.

Sarah hatte damals den Aushang am Schwarzen Brett entdeckt und den Weg nach Plateau Mont Royal durch einen heftigen Schneesturm zurückgelegt. Das Erste, was ihr an Claire auffiel, als diese die Haustür öffnete, waren die Haare. Sie waren weiß und glatt, wie eine Haube aus gebleichter Baumwolle. Claires Gesicht war zwar faltig, aber nicht eingefallen. Auf seltsame Weise hatten die dunklen Augen, die sanft gerundete Nase und die immer noch vollen Wangen etwas Kindliches an sich, und gleichzeitig schien ihr Gesicht mit den weißen Brauen und den schmalen Lippen vollkommen geschlechtslos zu sein. Sie könnte, dachte Sarah, ebenso ein alter Mann, eine alte Frau, ein altes Kind sein. Es war ein schönes Gesicht, fand sie, ein warmes, und sie wusste sofort, dass Claire, sollte sie jemals auf die Idee kommen, ihr das zu sagen, über sie lachen würde.

»Kommen Sie rein.« Claire hielt die Haustür nur so weit auf wie nötig. »Schnell, es zieht!«

Sarah zog ihre verschneiten Stiefel aus und sagte atemlos: »Ich komme wegen des Zimmers. Sie wissen doch, wir haben telefoniert.«

»Natürlich weiß ich das.« Die alte Frau zeigte auf eine gewundene Holztreppe. »Das Zimmer ist im ersten Stock. Die linke Tür, nicht die rechte.«

Als Sarah wieder runterkam, hörte sie Claire »immer geradeaus« rufen, und Sarah betrat zum ersten Mal Claires Wohnzimmer. Eine Wunderkammer, ein Kuriositätenkabinett, erzählte sie später ihrem Bruder Basil, nicht gerade mit eingelegten Embryos und Schrumpfköpfen, aber überrascht hätte sie auch das nicht.

»Und«, fragte Claire, »gefällt Ihnen das Zimmer?«

»Ja.« Sarah sah sich immer noch um, jetzt nahm sie eine

Boulekugel in die Hand. »Darf ich?« Die Kugel war vollständig mit Eisennägeln beschlagen. Nagelkopf an Nagelkopf und je eine Blume aus helleren Nägeln um die Pole der Kugel herum.

Claire nickte. »Boule cloutée. Gibt's heute nicht mehr, aber früher hatten viele hier solche Kugeln.« Sie zögerte, dann lächelte sie. »Irgendwie martialisch. Eine Angeberei, verstehen Sie? Aber sie sind auch schön. Unnötig, aber schön.«

»Und das?«, fragte Sarah und griff nach einem Stück gedrechselten Holzes. Glatt, fast weich, wand sich das dunkle Holz viermal, bevor es spitz zulief.

»Vom Bett meiner Eltern«, sagte Claire. »Ich habe es abgebrochen, als meine Mutter damals in Toronto darin gestorben war. Ich brauchte eine Erinnerung. Und dann wollte ich auch nicht, dass alles einfach so war wie zuvor.«

Sarah legte das gedrechselte Holz vorsichtig zurück ins Regal.

»Also, wenn ich es haben kann, nehme ich das Zimmer gern«, sagte sie, und Claire nickte, als habe sie genau das erwartet.

Claires Haus war alt und schmal, zwei Stockwerke und ein Speicher, in dem sie die Wäsche aufhängte. Im Gegensatz zu den meisten anderen in der Straße war es nicht bunt gestrichen. Wenn Sarah aus ihrem Fenster schaute, sah sie rote, blaue und grüne Häuser. Auf die hohe Mauer gegenüber war eine monströs große Frau mit violetten Schlangenhaaren gemalt. Sie beugte sich nach unten, als wollte sie die Vorbeilaufenden genau betrachten; sie streckte sogar die Hand nach ihnen aus, wie nach Muscheln oder hübschen Steinen.

Neben Claires und Sarahs Zimmern gab es auf der Etage noch einen Raum, und als Sarah einmal hineinschaute, stellte sie fest, dass es das Zimmer eines Mädchens war. Eines Mädchens, das schon vor langer Zeit ausgezogen sein musste und die Zeugnisse seiner Vorliebe für Pferde und Sternenkarten zurückgelassen hatte.

Jeden Donnerstag ging Sarah für Claire einkaufen. Es war die immer gleiche Liste, die sie mitnahm, einzig das Gemüse und das Obst wechselten je nach Jahreszeit. Ihr Weg führte sie vom Gemüseladen zum Metzger, dann weiter zum Bäcker und in den kleinen Supermarkt, der Jacques, einem Bekannten von Claire, gehörte. Wenn Jacques ihr Grüße auftrug, richtete Sarah ihm auch immer welche aus, obwohl Claire sie niemals darum bat. Es mochte schon sein, dass sie niemanden brauchte, aber das konnte sich jederzeit ändern.

Erst Monate nach ihrem Einzug erkundigte sich Sarah nach dem Mädchen. »Hattest du eine Tochter?«, fragte sie und korrigierte sich gleich: »*Hast* du eine Tochter?«

Claire sah sie einen Moment wie orientierungslos an, bevor sie sagte: »Beides stimmt, weißt du? So was vergeht ja nicht, aber es fühlt sich manchmal nicht mehr so an.«

»Seit wann nicht mehr?«

»Seit ein paar Jahren«, antwortete Claire gleichgültig.

Es war nichts vorgefallen, zumindest nichts Schlimmes. Ein Missverständnis, dann ein weiteres und noch eines, bis keiner von ihnen noch irgendetwas richtig machen konnte. Vielleicht hatte alles damit angefangen, dass Claires Mann mit seinem Schwiegersohn nie warm geworden war, oder er mit ihm, und dass sie eines Tages in einen Streit gerieten, der nicht mehr beigelegt werden konnte, weil Claires Mann bald darauf starb.

Wie ein Erbe war der Streit auf Claire übergegangen, und dann war ihre Tochter mit ihrem Mann und dem Sohn nach Vancouver gezogen. Die wöchentlichen Telefonate wurden zu monatlichen, und irgendwann riefen sie einander kaum noch an.

»Und das war es?«, fragte Sarah. »Das soll es gewesen sein, und mehr kommt nicht?«

»Tja, sieht so aus.« Claire klaubte sich einige unsichtbare Flusen vom Pullover. »Und denk nicht, dass ich das Zimmer so lasse, weil sie mir fehlt.« Ihre Stimme war spöttisch, und sie war warnend. »Ich weiß nur nicht, was ich damit machen soll.«

»Klar«, sagte Sarah. »Schon klar.« Sie schwieg einen Moment, dann fragte sie: »Und der Sohn? Wie alt ist der?«

»Flynn ist siebzehn. Bald achtzehn. Ich würde ihn auf der Straße wahrscheinlich nicht erkennen.« Sie schüttelte den Kopf, und Sarah verstand dieses Kopfschütteln, diese Fassungslosigkeit. »Er würde mich vielleicht erkennen. Oder auch nicht. Es ist ja nicht so, dass er oft an mich denkt.«

»Das weißt du nicht«, wandte Sarah ein.

»Doch, das weiß ich.«

Claire sah sie fest an, dann stand sie auf und schob ihren Stuhl an den Esstisch zurück, auf dem ein Strauß Rosen stand, die gelben Blüten wie aufgerissen und an den Rändern schon braun.

»Nur die Alten denken an die Jungen, nie andersherum.«

Und vielleicht ist das wahr, dachte Sarah später, obwohl sie zunächst widersprochen hatte. Vielleicht stimmte das, und vielleicht musste es so sein. Dass der, der alles vor sich hatte – ein Meer an Möglichkeiten, ein ganzes Leben zu bestehen –, für einige Zeit das vergaß, was hinter ihm lag.

Sie saß am Fenster im Café *Mundo*. Immer, wenn sie Geld hatte, aß sie hier. Die Köchin schnitzte Erdbeeren zu Blumen und Gurken zu Booten. Einmal hatte die Zitrone für den Fisch Flügel und einen Schnabel aus Karotte gehabt, ein Küken, zu schön, um es anzuschneiden.

Draußen schickte die Wintersonne die letzten Strahlen des Tages herab. Der Bürgersteig war gesäumt von einem kniehohen Schneewall, der nur noch ganz oben weiß war, darunter braun.

Direkt vor dem Café, auf einer roten Holzbank, saßen zwei Frauen und rauchten. Sarah hatte beobachtet, wie sie den Tabak in die dünnen Papiere verteilten, wie sie sie ineinanderrollten, anleckten und zuklebten. Es hatte solch eine Einigkeit zwischen ihnen geherrscht, eine Ähnlichkeit, die nichts mit ihrem Äußeren zu tun hatte – eine Synchronität ihrer Bewegungen, eine Harmonie, von der sie vielleicht nicht einmal etwas ahnten –, und Sarah hatte versucht weiterzulesen, aber immer wieder hatte sie zu den beiden Frauen hingesehen.

Sie wartete auf Chris. Letzte Nacht hatte es einen Vorfall gegeben, und es war nichts, das sich hatte lösen lassen. Sie waren spazieren gegangen. Chris war seltsam aufgedreht gewesen und davon überzeugt, dass die Lichter der Laternen zu ihm sprachen. Sie sagten natürlich nicht wirklich was, erklärte er, aber sie leuchteten so wundersam vor dem nachtblauen Himmel, nie habe er etwas Schöneres gesehen. »Du weißt nicht, wie glücklich mich das macht«, sagte er. »Hast du was getrunken?«, fragte Sarah, aber sie wusste da schon, dass es das nicht war. Und Chris wusste, dass sie es wusste. Er war die letzten Jahre zwischen manischen und depressiven Phasen geschwankt, und nachdem er einige Monate stabil gewesen war, ging es nun wieder los.

Das Problem war, dass er sich zu Beginn einer Manie so gut fühlte wie sonst nie und daher die Tabletten nicht mehr regelmäßig nahm. Er sei gesund, ob sie das nicht sehen könne. Ob sie blind sei? Sarah hatte die Angst wie einen kalten Griff in ihre Eingeweide gespürt und leichthin gesagt: Nein, aber müde. Sie war jetzt schneller gelaufen. »Morgen Nachmittag im *Mundo*«, hatte sie noch gerufen, sich aber nicht mehr nach ihm umgeschaut.

Die beiden Frauen vor dem Fenster hatten aufgehört zu rauchen, aber sie saßen noch auf der Bank. Sie schienen nicht zu reden, doch die Harmonie, die Sarah vorhin zwischen ihnen wahrgenommen hatte, war immer noch spürbar. Vielleicht sind es Schwestern, dachte sie, vielleicht ist es das.

Sie dachte an Polly, von der sie schon lange nichts mehr gehört hatte. Es war Basil, der sie auf dem Laufenden hielt, und wahrscheinlich erzählte er Polly auch von ihr. Die seltenen Male, die sie sich sahen, kam es immer zum Streit. Es ging um Kleinigkeiten, eine Betonung, ein unbedachtes Wort, aber eigentlich ging es um etwas ganz anderes. Wie Sarah Pollys Getue immer gehasst hatte! Dieses Einschmeicheln und Bezirzen. Babygetue, auch dann noch, als sie längst kein Baby mehr war. Und wie alle darauf reingefallen waren: ihre Eltern, die sie mit so viel Nachsicht behandelt hatten. Und Basil, der einfach zu gutmütig war.

Vielleicht würde sie Polly heute ja sogar mögen. Das Problem war nur, dass sie es nie lange mit ihr aushielt. Das Getue hatte sich zwar geändert – aber eigentlich rechnete Polly immer noch damit, dass alle ihre Unpünktlichkeit, ihre Vergesslichkeit und liebenswerte Verschrobenheit niedlich fanden. »Was ist es denn, was du so sehr an mir hasst?«, hatte Polly sie bei ihrem letzten Streit gefragt, und Sarah hatte innerlich bis zehn gezählt und dann tatsächlich versucht, es ihr zu erklären, zum ersten Mal überhaupt. Sie hatten nebeneinander auf dem Sofa in ihrem Elternhaus gesessen, und Sarah hatte sorgsam nach den richtigen Worten gesucht, wie eines ihrer psychologischen Lehrbücher hatte sie geklungen. Sie nannte Polly Beispiele für ihr Verhalten, sie machte sie nicht direkt nach, imitierte höchstens den Tonfall ein wenig, »so klang das etwa«, sagte sie, und wiederholte dann tatsächlich Wort für Wort, was Polly damals gesagt hatte, vor zehn, acht oder fünf Jahren, und Polly hörte ihr die ganze Zeit zu und sah sie mit großen, vollkommen erstaunten Augen an. Als Sarah geendet hatte und sie aufforderte, doch auch etwas zu sagen – aber was hatte sie eigentlich erwartet? Dass sie ihr zustimmte, oder was? –, sagte Polly langsam: »Du liebst mich nicht. Du magst mich nicht mal leiden.« Sie klang nicht traurig, eher verwundert, und Sarah korrigierte sie: »Doch, Polly, *lieben* tu ich dich schon.«

Es war inzwischen dämmrig geworden. Die zwei Frauen waren von der Bank aufgestanden und weggegangen, und Sarah hatte sich einen weiteren Tee bestellt und dann noch einen Kaffee. Chris würde nicht mehr kommen, und es überraschte sie nicht. Seine Krankheit hatte das Regime übernommen, und er hatte es zugelassen. Ja, nimm nur deine Tabletten nicht, verschwende dich und dein riesiges, manisches Ego, brich nur allen, die dich mögen, das Herz. Sie wählte Chris' Nummer. Irgendwo läutete es, und irgendwo ging er nicht ran. Sie war nicht mehr zuständig für ihn, aber sie konnte nichts dagegen tun, dass sie sich immer noch verantwortlich fühlte.

Im Sommer des vergangenen Jahres war Chris davon überzeugt gewesen, dass es seine Aufgabe war, die Burning Man Statue für das Festival in Nevada zu entwerfen, ihren Bau zu planen und zu beaufsichtigen. Auf riesigen Papierbögen, die er sorgfältig aneinanderklebte, entwarf er eine Skulptur – eine Art Haus, die an zwei sich umklammernde Menschen erinnerte, das Dach die hoch erhobenen, ineinanderverschlungenen Arme und Hände der beiden – und hängte sie an die Wohnzimmerwand ihrer gemeinsamen Wohnung. Wann immer Sarah daran vorbeiging, war sie genötigt, die Skulptur anzuschauen, und nach einigen Tagen spürte sie bei ihrem Anblick eine körperliche Übelkeit. Die akribisch gestrichelten Linien, die ekstatischen Gesichter der Figuren, ihre Augen, die gleichzeitig Fenster waren, der vierkantige Mund des Mannes (eine Tür) wurden für sie zum Ausdruck von Chris' alles verschlingender Gegenwart. Wenn er anfing, über seine Skulptur zu reden und darüber, was auf ihn zukommen werde – er verbat sich von vornherein Interviews, war aber bereit, die zu erwartenden Preise anzunehmen –, überkam sie ein überwältigendes Bedürfnis nach Ruhe. Sie hatte bald aufgehört, ihm zu widersprechen. Ließ seine Vorträge über sich ergehen, während sie im Kopf Listen aufstellte mit zu erledigenden Dingen.

Wenn er bemerkte, dass sie nicht zuhörte, konnte es passieren, dass er gemein wurde. Ohnehin verachtete er sie dafür, dass sie mit seinem Tatendrang nicht mithalten konnte. Wie aus einer Vorratskiste holte er das in den vergangenen Monaten gesammelte Wissen über sie hervor und pickte sich die Schwachstellen heraus. Ihre Eifersucht und Unsicherheit. Ihre Angst, nie gut genug zu sein. Solange sie sich mit ihm stritt, ließ er nicht locker. Erst wenn sie unter Tränen aufgab, wurde er wieder freundlich. Dann tröstete er sie wie ein Kind, das sich verletzt hatte, und Sarah fühlte sich gleichzeitig angezogen und abgestoßen von seiner Zuwendung.

Als er das Haus in Reno kaufte – kaum mehr als ein Trailer ohne Räder in einer heruntergekommenen Ecke der Stadt mit einem umlaufenden Streifen verdorrten Grases und einem rostigen Briefkasten in Form eines Pick-ups –, war es zum Streit gekommen. Er hatte all seine Ersparnisse dafür aufgebraucht, und dazu gehörte auch das Geld, das er für die Studiengebühr und für den gemeinsamen Urlaub zurückgelegt hatte. Er lachte, als sie ihm das vorhielt.

»Als ob ich danach einfach weiterstudieren könnte«, höhnte er und schüttelte verächtlich den Kopf. »Ich werde so viele Aufträge haben, dass ich dazu gar keine Zeit haben werde. Und zum Urlaub machen auch nicht. Weißt du, was ein Hemmschuh ist, weißt du das? So was brauch ich nicht, verstehst du?«

Er beugte sich zu ihr herunter und sah sie so kalt und nachdenklich an, als ob er sich einen Weg überlegte, sie loszuwerden. Es schien plötzlich ganz und gar nicht undenkbar, dass er sie töten und ihre Leiche auf möglichst geniale Art beseitigen würde. Sie musste fast darüber lachen, dass sie so erleichtert gewesen war, als es ihm nach der depressiven Phase, die diesmal mehr als drei Monate gedauert hatte, endlich besser ging. Als er ihr Lächeln sah, wurde sein Blick noch härter. Der Schlag, den er ihr versetzte, kam unerwartet und zielsicher – er traf sie an der rechten Schläfe, und nach einem kurzen Moment des Schmerzes machte sich eine umfassende Taubheit in ihr breit. Ihr Körper aber funktionierte noch, es war, als ob er nicht zu ihr gehörte, sondern zu einem Tier, das instinktiv nach einem Weg sucht, sein Leben zu retten. Sie rannte ins Bad, schloss hinter sich ab, setzte sich auf die geschlossene Toilette. Von da aus hörte sie in den nächsten Stunden, wie er an die Tür hämmerte, wie er sie anflehte zu öffnen, wie er schrie und Verwünschungen ausstieß, und dann folgte ein Monolog, in dem er, rational und scheinbar ruhig, darlegte, warum sie ihm gleichgültig sei. In all der Zeit bewegte sie sich kaum. Sie traute sich nicht, Badewasser einzulassen, obwohl ihr die Vorstellung zu baden verlockend erschien. Irgendwann stand sie auf und betrachtete ihr Gesicht im Spiegel, während im Hintergrund seine Worte auf sie niederprasselten. Sie durchsuchte den Badezimmerschrank nach einer Schere, die sie wie eine Waffe neben sich legte. Irgendwann feilte sie sich die Fingernägel. Wenn sie aus dem Fenster sah, lag weit unter ihr der Innenhof mit seinen Mülltonnen und dem überdachten Fahrradständer. Manchmal sah sie im Treppenhaus des gegenüberliegenden Hauses jemanden die Treppe hoch- oder runtergehen.

Als sie Schritte hörte und dann das Schließen der Wohnungstür, war es schon Nachmittag geworden. Immer noch traute sie sich nicht, das Badezimmer zu verlassen. Erst als sie ihn über den Innenhof gehen und sein Fahrrad holen sah, öffnete sie die Tür, zog sich Schuhe und Jacke an, nahm ihre Tasche und die Schlüssel und verließ das Haus. Den ganzen Weg durch das Treppenhaus, den Vorgarten, die Straße runter zur Bushaltestelle war sie sicher, dass er sie gleich einholen und erneut schlagen würde. Erst als sie bei ihrer Freundin ankam, beruhigte sie sich etwas. Zwei Tage später fuhr sie mit drei Freunden und einem Kastenwagen voller Umzugskartons zu ihrer Wohnung. Bereits nach dem ersten Klingeln öffnete Chris, und wenn er überrascht war, dass sie ihre Sachen in den mitgebrachten Kartons verstaute, ließ er es sich zumindest nicht anmerken. Er bot allen Kaffee an, aber niemand ging auf sein Angebot ein. Als sie den letzten Karton hinaustrug, stellte er sich ihr in den Weg. Die Freunde hatten schon die Wohnung verlassen, und Sarah spürte sofort wieder Panik in sich aufsteigen. Doch Chris schaute sie nur bittend an.

»Hast du noch eine Box übrig?«

Sie merkte, dass er sich diese Frage und alles, was jetzt noch kommen würde, vorher zurechtgelegt hatte.

»Warum?«

»Na ja«, sagte er unsicher. »Für mich. Ich bin doch das Wichtigste hier, oder?«

Er lächelte sie zittrig an, und ein Ekel überkam Sarah, von dem sie ahnte, dass er sich schon bald in Mitleid verwandeln würde.

»Nein«, sagte sie fest. »Nicht mehr.«

Dann schob sie sich an ihm vorbei und stieg langsam und konzentriert die Stufen hinunter, darauf gefasst, dass er sie stoßen würde. Aber das tat er nicht.

Obwohl Sarah eigentlich lernen musste – Mitte nächster Woche hatte sie eine Prüfung in Klinischer Psychologie –, brach sie nach dem Frühstück auf, um die Einkäufe für Claire zu erledigen. Es hatte die ganze Nacht geschneit, und auch jetzt fiel der Schnee in dicken, weichen Flocken, die gleichgültig und unablässig alle frei geschippten Wege wieder zudeckten. Irgendwann in den letzten Tagen musste das Laub vollständig abgefallen sein, dürr reckten die Bäume ihre kahlen Äste empor. Der Himmel war grau von Wolken, es war ein ausgelaugter Tag, von Anfang an. Sarah stülpte die Kapuze über und ging mit gesenktem Kopf, als könnte sie so unter dem Schnee hindurchschlüpfen. Im Schaufenster des Elektrogeschäfts räkelte sich die Katze des Besitzers, eine hellbraune Perserkatze mit einem flachen, arroganten Gesicht.

Der Supermarkt war kaum größer als der Gemüseladen. Zwischen zwei Regalreihen war gerade genug Platz, um einen der winzigen Einkaufswagen zu schieben. Jacques stand hinter der Theke und schnitt den gewünschten Käse in akkurate Scheiben. Er liebte es, Sarah etwas über die einzelnen Sorten zu erzählen, Nachhilfe für unsere Amerikanerin, nannte er das, und Sarah, die es gewohnt war, dass die meisten Kanadier die Amerikaner für unkultivierte, wenn auch freundliche Barbaren hielten, lächelte dazu und ließ sich doch nie überreden, Claire einen anderen als den bestellten Käse mitzubringen.

Als sie nach Hause kam, war Claire in ihrem Wohnzimmersessel eingeschlafen, und Sarah breitete eine Wolldecke über ihr aus. Sie räumte die Einkäufe in den Kühlschrank, dann ging sie in ihr Zimmer, um zu lernen. Zu ihrer eigenen Überraschung hatte sich in den letzten zwei Semestern gezeigt, dass sie besonders die Neuropsychologie mochte. Vielleicht weil es hier handfester zuging und es möglich schien, Verhaltensauffälligkeiten eindeutig zurückzuführen auf Defekte, Läsionen und Stimulierungen des Gehirns. Möglich auch, dass sie ein wenig für Pierre Broca schwärmte, einen der Gründer der Neuropsychologie. Nicht, dass Broca attraktiv gewesen wäre mit seinem rauschenden

Backenbart, eindeutig der Versuch, von der schlecht kaschierten Glatze abzulenken. Aber ihr gefiel, wie er sich zeitlebens für eine öffentliche Gesundheitsvorsorge eingesetzt hatte. Und auf eine Weise, die sie lieber nicht näher betrachten wollte, gefiel ihr auch, dass er ausgerechnet durch ein Aneurysma gestorben war, als habe ihm sein überaus begabtes Gehirn am Ende einen Streich spielen und die grundlegenden Geheimnisse seiner Spezies für sich behalten wollen.

Am späten Abend traf eine Nachricht ein.

Ich bin im Himmel. Ich stehe hier und schaue auf die Erde hinab. Die Sterblichen schauen zu mir auf, es ist Liebe überall. Vielleicht bin ich Jesus.

Sie schrieb zurück, fragte Chris, wo er sei. Aber es kam keine Antwort mehr. Dafür traf kurze Zeit später eine Nachricht ihrer Schwester Polly ein. Ihr Vater hatte vorgestern einen Herzinfarkt gehabt und war im Krankenhaus. *Keine Panik*, schrieb Polly in ihrer flapsigen Art. *Er ist schon auf dem Weg der Besserung. Du brauchst nicht zu kommen.*

Warum erfahre ich das erst jetzt?, schrieb Sarah, doch dann löschte sie die Nachricht. Sie wusste, warum Polly sie jetzt erst informierte, und sie wusste, dass sie keine ehrliche Antwort erhalten würde.

Sie schlief schlecht in dieser Nacht. Sah Chris vor sich, ohne jede Ähnlichkeit zu Jesus, nur Chris, wie sie ihn kannte, in irgendeiner Bedrängnis. Auch ihr Vater kam in dem Traum vor, eine Randfigur, nicht von Belang. Als sie um fünf Uhr aufstand, hatte sie das Gefühl, überhaupt nicht geschlafen zu haben. Um halb sieben versuchte sie Polly zu erreichen. Sie ließ das Telefon klingeln, bis das Besetztzeichen ertönte, dann legte sie auf. Als Claire kurz danach in die Küche kam, hatte Sarah den Tisch gedeckt.

»Ich brauche dein Auto«, sagte sie.

Und Claire stellte keine Fragen, nickte nur und tunkte die harte Kante ihres Brotes in den Milchkaffee.

Sie war sonst immer nach Hause geflogen. Die Landschaft mit dem Auto zu durchqueren, machte die Distanz realer. In Montreal war sie kurz in den Berufsverkehr geraten, aber als sie die Stadt hinter sich gelassen hatte, wurden die Straßen immer leerer. Nach einer Stunde war sie schon an der Grenze und hielt dem Beamten ihre Papiere hin. Er nahm sie, sah immer wieder von ihr zu dem Foto im Pass. Warum sie komme. Wie lang sie bleibe. Sie war nah dran, ihm vom Herzinfarkt ihres Vaters zu berichten, doch dann sagte sie nur: »Familienbesuch. Bis übermorgen.« Der Zöllner kniff die Augen zusammen. »Ein kurzer Besuch«, stellte er fest. Als sie nichts darauf sagte, zuckte er ganz leicht mit den Achseln und gab ihr den Pass zurück. Dann legte er zwei Finger grüßend an den Schirm seiner Kappe, und Sarah fuhr über die breite, weiß gestrichelte Fläche, die den Übergang zwischen den Ländern markierte.

Statt zweisprachiger Schilder nur noch englische. Sattelschlepper hupten, wenn sie sie überholte. An einer Tankstelle in Clinton County musste sie den Angestellten fragen, welches Benzin sie für den alten Volvo nehmen müsse. Er sah sie misstrauisch an. Vermutlich dachte er, sie habe das Auto gestohlen. Dann ging er mit ihr zur Zapfsäule und tankte 89er Super.

Die Sonne stand inzwischen hoch am Himmel, aber ihre Strahlen kamen gegen die eisige Kälte nicht an. Böschung und Tannen neben der Autobahn waren schneebedeckt. Einmal sah sie einen Hirsch zwischen den Bäumen stehen, wie er den Autos entgegenblickte, starr und verständnislos. Die Leichen kleinerer Tiere lagen an der Seite, und für Minuten erfüllte der beißende Ammoniakgeruch eines Skunks das Auto. Als sie in Poughkeepsie die Autobahn verließ, um sich etwas zu essen zu holen, waren fünf Stunden vergangen. Sie wählte die Nummer ihrer Mutter, aber niemand ging ran. Sarah stellte sich vor, wie ihre Mutter aufgelöst durch die Gänge des Krankenhauses lief und die Krankenschwestern verrückt machte. Auch Polly war nicht zu erreichen, wahrscheinlich versuchte sie ihre Mutter zu trösten oder wenigstens abzulenken. Sie hatte Sarah eine weitere Nachricht geschickt. Ihr Vater werde heute operiert, sie solle sich keine Sorgen machen. Basil sei auch da. Sarah wollte schon seine Nummer wählen, doch dann entschied sie sich dagegen. Sie würde sie alle überraschen. Polly, ihre Mutter, Basil, besonders ihren Vater. Es würde ihn freuen, das wusste sie. Sie hatten einander immer sehr nahgestanden. Tatsächlich würde ihr, wenn sie sagen müsste, was sie an ihm nicht mochte, nichts einfallen. Wenn sie sich gestritten hatten, waren das kurze, laute Auseinandersetzungen gewesen, die sie beide am liebsten sofort vergessen wollten, weshalb sie sich bereits nach wenigen Minuten gegenseitig entschuldigten. Es war egal, wer dabei den Anfang machte; der andere stimmte so rasch in die Entschuldigung ein, dass sie als gemeinsames Projekt durchgehen konnte. Warum hatten sie und Polly das nie hinbekommen? Warum konnten sie einander nicht so annehmen, wie sie waren? Ein Gefühl der Reue kam in Sarah auf. Sie war es gewesen, die Polly immer wieder zurückgewiesen hatte. Es gab seit jeher etwas in ihr, das sich gegen ihre Schwester sperrte.

Hinter Poughkeepsie wurde die Böschung für kurze Zeit grün, ein stumpfes, kraftloses Grün allerdings, und auf Höhe von Harrisburg waren die Wiesen links und rechts der dreispurigen Autobahn wieder mit einer dicken Schneeschicht bedeckt. Im Radio wurden Weihnachtslieder gespielt, und als zum dritten Mal *White Christmas* lief, schaltete Sarah aus. Das Blau des Himmels war in ein Silbergrau übergegangen. Von Chris war keine neue Nachricht gekommen. Während sie bei Carlisle im Stau stand – ein mit Hühnern beladener Farmtruck war in den Graben geraten, und Feuerwehrleute versuchten, die wild herumflatternden Hühner von der Autobahn zu scheuchen –, überlegte sie, wo er sein mochte. Die Wohnung hatte er kurz nach ihrer Trennung aufgelöst, und nachdem er einige Monate in seinem Trailer in Reno verbracht hatte, von wo er die Organisatoren des Festivals so lange mit seinen Plänen traktierte, bis sie ihm Kontaktverbot erteilten, hatte er sich irgendwann in Nevada selbst in ein Krankenhaus eingeliefert. Die Erkenntnis, dass er die auf die Manie folgende Depression vollkommen mittellos würde durchstehen müssen, trieb ihn zu seinen Eltern nach Ontario zurück. Seitdem tauchte er sporadisch in Montreal auf, vernünftig, ruhig und fassungslos angesichts von Sarahs Beschreibung seiner manischen Auftritte. Er war entschlossen, es nie mehr so weit kommen zu lassen – ein weiterer Plan in seinem Leben, der schiefgegangen war.

Etwas in ihr verstand sogar, dass er die Medikamente nicht nahm. Das Gefühl, das er zu Beginn einer Manie hatte, musste großartig sein: seine Selbstsicherheit, die Ungeduld in all seinen Handlungen. Die Überzeugung, begnadet zu sein, auserwählt, trug ihn wie ein magischer Wind durch den Alltag, und manchmal riss dieser Wind auch sie mit, ließ sie höher und höher steigen und alle Vorsicht vergessen. Als sie sich damals, vor zwei Jahren, in ihn verliebt hatte, war er in einer solchen Phase gewesen, und als sie erkannte, dass er manisch war, war es die Erinnerung an die wenigen Wochen, in denen sie beide unsterblich waren, die sie ausharren ließ.

Aber das war vorbei. Wenn sie sich jetzt um ihn kümmerte, dann aus Freundschaft. Sie musste ihn nur immer mal wieder daran erinnern. Und sich selbst auch.

Die Dämmerung hatte eingesetzt, bereit, den Tag einzupacken für die Nacht. Bei Hagerstown fuhr Sarah von der Autobahn ab, um zu tanken. Während das Benzin in den Tank lief, wartete sie im Auto. Sie nahm ihr Handy, keine neuen Nachrichten, dann las sie eine alte Nachricht von Chris und löschte sie. Als es an die Scheibe klopfte, fuhr sie zusammen. Der Mann, der in gebeugter Haltung vor dem Fenster stand, machte ein entschuldigendes Gesicht. Er war sehr jung, und auf eine leicht verwahrloste Art sah er gut aus. Seine dunkelblonden Haare waren so lang, dass sie über den Kragen seiner Armeejacke hingen, er hatte ein ovales Gesicht mit einem breiten Mund, und wenn er lächelte, entstanden direkt neben seinen Mundwinkeln kleine Grübchen. Sarah ließ die Scheibe herunter.

»Entschuldigung«, sagte der Junge mit einer unerwartet hohen Stimme, und Sarah dachte: Achtzehn, höchstens. »Meine Schwester und ich« – er zeigte auf ein Mädchen, das in einiger Entfernung vor einer der Betonsäulen saß, die das Vordach der Tankstelle stützten – »bräuchten eine Mitfahrgelegenheit.«

Er bedeutete dem Mädchen sich zu erheben, und tatsächlich stand sie langsam auf und kam einige Schritte auf Sarahs Auto zu. Dann verharrte sie und drehte sich ins Profil, als wollte sie sich Sarah präsentieren. Sie hatte lange Dreadlocks, die mit einem Tuch aus dem Gesicht gebunden waren, und über ihrem Parka trug sie einen Schal, der wie selbst gestrickt aussah und mehrmals um ihren Hals geschlungen war. Sie drehte sich wieder zu Sarah hin. Auf ihrem Gesicht lag ein abschätziger Ausdruck.

Sarah sah von dem Mädchen zum Jungen, der erwartungsvoll durchs Fenster schaute. »Wo wollt ihr denn hin?«

»Einfach Richtung Süden.«

»Ich muss gerade mal aussteigen«, sagte Sarah, und der Junge tat beflissen einen Schritt zurück, damit sie die Tür öffnen konnte. Als sie neben ihm stand, sah sie, wie groß er war:

sicher zwei Köpfe größer als sie, mit langen, schlaksigen Gliedmaßen. Seine Jeans hatte an den Knien Löcher, und die klobigen, schwarzen Armeestiefel standen offen.

Sarah steckte das Zapfventil zurück in die Säule, dann schloss sie den Tankdeckel. Als sie aufschaute, hatte der Junge wieder sein hoffnungsvolles Lächeln aufgesetzt.

»Ich fahre nur noch etwa hundert Meilen«, gab sie zu bedenken.

Der Junge zuckte mit den Achseln. »Ist doch schon mal was.«

»Okay«, sagte Sarah. »Dann steigt halt ein.«

Sie hießen Leila und Mitch und sie waren, wie sich schnell herausstellte, keine Geschwister.

»Wir sagen das immer nur«, erklärte Leila, die hinten eingestiegen war und sich nun zwischen die Vordersitze beugte. »Um uns alle Möglichkeiten offenzuhalten, du verstehst schon.«

»Ja«, sagte Sarah. »Klar.« Dann fragte sie: »Und, musstet ihr schon mal darauf zurückgreifen?«

»Worauf?«, fragte Leila.

»Na ja. Auf alle Möglichkeiten eben.«

Sie sah aus den Augenwinkeln, dass Leila und Mitch sich kurz anschauten.

»Also, wenn du von Sex sprichst«, Leilas Stimme war jetzt voller Verachtung, und sie ließ den Satz unvollendet. »Wir prostituieren uns nicht, wenn du das meinst.«

»Meinte ich nicht.« Sarah spürte, wie ihr Gesicht heiß wurde. Sie schaltete das Radio ein. Eine politische Sendung, es ging um die Schließung der Grenze zwischen Mexiko und den USA.

»Überhaupt sind wir erst seit heute Mittag unterwegs«, sagte Mitch. Sie waren in Baltimore gestartet und waren von einem Truckfahrer und von einer Familie mit vier Kindern und zwei Hunden mitgenommen worden sowie von einem Rentner, der ihnen auf der gesamten Fahrt Gleichnisse aus der Bibel zitierte. Als er in eine Raststätte ging, um für alle etwas zu essen zu holen, waren sie ausgestiegen und hatten sich hinter dem Gebäude versteckt, bis sie sicher sein konnten, dass er weitergefahren war.

»Bibeltreue alte Leute hatte ich genug zuhause«, sagte Leila, und Mitch erklärte: »Ihre Eltern sind Adventisten.«

Im Radio war nun ein Interview zu hören. Irgendein Experte stand Rede und Antwort, und Sarah drehte die Lautstärke ein bisschen höher.

»Oh Scheiße«, stöhnte Leila. »Hast du keine Musik?«

»Nein«, sagte Sarah. Doch sie drehte die Lautstärke wieder zurück. Im Auto hatte sich ein Geruch nach feuchter Wolle ausgebreitet. Sie schwiegen, und Sarah verfolgte das Interview weiter. Gestern hatte sie im Fernsehen Bilder vom Flüchtlingslager in Tijuana gesehen. Zwischen den Zelten hatte der Regen tiefe Pfützen auf dem Boden hinterlassen, vereinzelte Habseligkeiten lagen darin wie angeschwemmtes Treibgut.

»Man darf hier sicher nicht rauchen.« Leila klang ungeduldig. Fast so, als müsste sie ihre Wut mühsam im Zaum halten. Sarah drehte sich kurz zu ihr um, und Leila erwiderte ihren Blick mit hochgezogenen Brauen.

»Also?«

»Stell dir vor«, sagte Sarah. »Man darf hier nicht rauchen.«

Auf dem Beifahrersitz hatte Mitch begonnen, an seinem Daumennagel zu beißen. Sein Knie hüpfte auf und ab, als wäre er nervös, und er sah aufmerksam aus dem Fenster.

»Eigentlich krass, jemanden mitzunehmen«, sagte er. »Also schon cool, aber eben auch krass, verstehst du? Ich meine, wir könnten ja zwei Freaks sein, die scharf auf dein Geld und Handy sind.«

Er sah jetzt nicht mehr aus dem Fenster, sondern zu Sarah.

Bevor sie antworten konnte, sagte Leila: »Oder die dich aufschlitzen wollen, einfach so.« Sie prustete leise, als bereitete ihr die Vorstellung ein Vergnügen, das sie selbst überraschte.

Sarah spürte ihren Puls im Hals. Sie legte beide Hände fest um das Lenkrad. »Tja«, sagte sie. »Könnte schon sein.«

Mitch musste wohl etwas von ihrer Anspannung mitbekommen haben. »Wir machen nur Spaß«, beruhigte er sie. Seine eigene Nervosität schien verschwunden. Er hatte wieder sein Lächeln aufgesetzt, das ihn wahrscheinlich harmloser erscheinen ließ, als er war. Er drehte sich zu Leila um. Seine Stimme hatte jetzt etwas Einschmeichelndes an sich. »Machen wir doch, oder?«

Wieder das prustende Lachen. Dann beugte Leila sich nach vorne, sodass ihre Stimme nah an Sarahs Ohr war. »Aber klar doch«, flüsterte sie.

Am Straßenrand tauchte ein Schild auf, das die nächsten Ausfahrten ankündigte. Sarah las Hollyhock und fünfzehn Meilen.

»Da muss ich raus«, sagte sie. »In Hollyhock.«

»Hollyhock?«, fragte Leila. »Oh Mann, voll das Schicksal.« Sie stieß ein Schnauben aus.

»Warum Schicksal?«, fragte Mitch.

»Ich hab dir doch mal erzählt, dass mein Vater da lebt.« Sie machte eine theatralische Pause. »Also mein *Erzeuger*.«

»Ach, ja stimmt«, sagte Mitch gelangweilt, und Sarah fragte gleichzeitig: »Ehrlich? Wer ist das denn?«

»Liam heißt der. Liam Porter.« Leila klang aufgeregt, als sie weitersprach. »Ich hab den nie gesehen, bis vor Kurzem wusste ich nicht mal, dass es den gibt. Offensichtlich war meine Mutter nicht immer so bibeltreu.«

»Wie hast du denn von ihm erfahren?«, fragte Sarah.

»Ich hab ein paar Briefe gefunden, als ich nach Kleingeld suchte. Die hat ihm sogar Fotos von mir geschickt, so Babybilder, und er dann so: süß, brauchst du Geld? Wollte sie aber nicht.« Sie verstummte kurz. »Na, ist ja auch egal«, setzte sie hinzu.

»Sollen wir bei ihm vorbeigehen?«, fragte Mitch. »Ich meine, wär ganz gut zum Übernachten, oder?«

Es blieb eine Zeit lang still, dann sagte Leila: »Nee, lass mal.« Die Aufregung war jetzt ganz aus ihrer Stimme verschwunden und hatte Resignation Platz gemacht. Tatsächlich klang sie, als wäre sie den Tränen nah, aber als Sarah im Rückspiegel ihr Gesicht fand, sah sie, dass sie nicht weinte.

»Lass uns mal bei der nächsten Möglichkeit raus«, forderte Leila. »Am besten an irgendeiner Raststätte.«

»Ich glaube, da kommt keine mehr«, gab Sarah zu bedenken.

»Dann halt eine Tankstelle!«, rief Leila ungehalten. »Es wird ja wohl noch irgendeine beschissene Tankstelle kommen.«

Es hatte wieder zu schneien begonnen, als Sarah in Hollyhock ankam. Die Weihnachtsbeleuchtung auf der Hauptstraße war die gleiche wie früher: Tannenkränze, mit riesigen roten Samtschleifen versehen. Lichterketten, die um die Laternenmasten gewunden waren und sie wie Zuckerstangen aussehen ließen. Im Garten ihres Elternhauses war die Zeder mit blinkenden Lichtern geschmückt. Ein Rentier aus Draht mit leuchtender Nase stand neben der Haustür, und auf dem Namensschild, das Basil vor Ewigkeiten aus Ton gebastelt hatte, standen unter den Namen ihrer Eltern immer noch die aller Kinder: Polly, Basil, Sarah. Sogar Scotty, der inzwischen verstorbene Terrier, wurde genannt. Eine plötzliche Ruhe kam über sie. Es war, als sei sie ins Auge des Orkans getreten, wo alles still und unveränderlich verharrte.

Sie schloss die Tür auf.

»Ich bin da!«, rief sie und trat ein.

Sie war in Sicherheit, unverhofft und endgültig. Und als Polly aus der Küche kam – eine Schürze umgebunden wie die Karikatur einer Hausfrau und mit einem erschrockenen Ausdruck im Gesicht, bevor sie lächelte und auf ihre Schwester zuging –, umarmte Sarah sie mit einer seltsamen Zuversicht.

14
GÖTTER

Sie hatte das Geschirr bereitgestellt. Wasser in die Kaffeemaschine gefüllt, eine Filtertüte eingesetzt, drei Löffel Kaffee hineingetan. Flynn würde Milch trinken wollen, höchstens mit einem Schuss Kaffee darin, sodass die Milch einen Stich ins Braune hätte. Sie würden es am Morgen nicht eilig haben, aber Claire wusste nicht, ob sie vielleicht zu fahrig sein würde. Die Ausweise lagen bereit, und Claire hatte einen Brief an Sophie und einen an Sarah geschrieben, mit Anweisungen, was zu tun und wer zu informieren sei. Den Brief an Sophie hatte sie auf ihren Schreibtisch gelegt, den an Sarah in ihre Handtasche gesteckt. Auf dem Briefumschlag stand Sarahs Nummer und die Bitte, sie als Erste zu informieren. Sie sollte diejenige sein, die Sophie anrief, nicht die Polizei. Flynn hatte keinen Brief schreiben wollen.

Als Flynn ins Bett gegangen war, schaute sie die Nachrichten. Danach lief ein Film mit Cary Grant.

Schöne Menschen, fand sie, hatten etwas Beruhigendes an sich.

Früher, als sie noch Reisen unternommen hatten, war sie immer froh gewesen, wenn eine außergewöhnlich schöne Frau oder ein auffallend attraktiver Mann mitgeflogen waren. Als würde das Flugzeug mit ihnen darin nicht abstürzen können. Als gäbe es eine Aura der Begünstigung, die sich auch auf die Mitreisenden senken würde.

Sie hatte immer Angst gehabt, bevor das Flugzeug abhob. Aber sobald es in der Luft war, hatte sich die Angst gelegt und war einem beinahe behaglichen Fatalismus gewichen. Walter hatte einmal versucht, sie zu beruhigen: Wenigstens würden sie bei einem Absturz gemeinsam sterben. Sie hatte gelacht, aber er hatte es tatsächlich ernst gemeint.

Sie sah den Film nicht zu Ende. Sie ging ins Bett. Je früher dieser Tag endete, desto besser.

Sie hatte die Idee gehabt. Aber Flynn war derjenige gewesen, der sich sofort an die Planung gemacht hatte. Sarah, die ihren Bruder in Kalifornien besuchte, hatte Flynn vor der Abreise angeboten, ihren Computer zu benutzen, und so setzte er sich nach dem Mittagessen an Sarahs Schreibtisch und gab die Suchbegriffe ein. Er hielt den Kopf im schrägen Winkel zum Bildschirm, sodass es fast aussah, als misstraute er dem, was darauf erschien. Claire stand hinter ihm und schaute ihm über die Schulter. *Montreal* las sie, und *Selbstmord*. Doch die Ergebnisse waren nicht das, was sie gesucht hatten. Der Selbstmord eines Musikers. Informationen zur Krisenintervention und Suizidverhütung. Ein Amoklauf in der Provinz.

Flynn drehte sich nach ihr um. »Ich hol dir mal was zum Sitzen. Das hier kann dauern.«

Das erste Mal seit Tagen klang er nicht verzagt.

Beinahe unternehmungslustig, dachte sie verwundert.

Er ging in sein Zimmer und holte den Stuhl, den er als Ablage für seine Kleider benutzte.

»Hier.« Er stellte ihn so hin, dass Claire den Bildschirm würde sehen können, und sie bedankte sich und setzte sich schwerfällig.

Eine Liste der Hochhäuser in Montreal. Sechsundzwanzig insgesamt.

»Von der Höhe her würden die alle reichen. Auf dem Wasser braucht man mindestens sechsundsiebzig Meter«, erklärte er, »aber auf Land nur sechsundvierzig. Wobei es natürlich sicherer ist, wenn man auf Stein als auf Sand oder einer Wiese landet.«

Er sah Claire nicht an, während er sprach, sondern weiter auf den Bildschirm. Seine Stimme klang wie damals, als er sie über die Größe der Planeten, ihre Distanz zur Erde, die Anzahl ihrer Satelliten informierte. Frühreif, klug, sehr sicher. Wie alt war er gewesen, sechs oder sieben? Er war zu dieser Zeit oft bei ihr. Für Sophie und Andres war es eine Hilfe. Beide arbeiteten den ganzen Tag – Sophie als Juniorpartnerin in einer Anwaltskanzlei, Andres im Hotel. Hinzu kamen seine politischen Gruppen.

Claire und Flynn hatten damals viel miteinander unternommen. Nichts Spektakuläres. Donnerstags auf den Wochenmarkt, dienstags in den Supermarkt, wo er sich an der Kasse immer eines der kleinen Modellautos aussuchen durfte. Danach gingen sie in ein Café. Spielten Karten, oder Flynn zeichnete. Mal ins Freibad, ins Kindermuseum, in den Zoo. Flynn vor der riesigen Scheibe, hinter der sich die Seelöwen überraschend anmutig tummelten.

»Die Sache ist nur«, sagte er und tippte zwei neue Suchbegriffe ein – *Brücken* und *Montreal* –, »dass man da nirgends auf einen Balkon kann. Und in den Hotels lassen sich die Fenster nicht öffnen.«

»Verstehe«, sagte Claire. Sie war kurz verwundert gewesen, dass Flynn offenbar nicht das erste Mal nach Informationen suchte, und dann hatte sie gedacht: Natürlich. Sie war erleichtert, dass er nun nicht mehr alleine suchen musste.

»Dasselbe Problem mit den Brücken«, erklärte er. »Bis vor fünfzehn Jahren wäre das kein Problem gewesen. Aber jetzt haben sie überall diese Gitter hingemacht. Da kommt keiner mehr hoch.«

»Und Kirchen?«, fragte Claire. »Ich meine, Kirchtürme, zum Beispiel?«

»Da sind zu viele Leute«, winkte Flynn ab. »Oftmals noch ein Reiseführer. Nee, das wird nichts.« Auf seiner Stirn erschien eine senkrechte Falte, und er klang plötzlich ungeduldig. »Kennst du nicht jemanden, der in einem Hochhaus wohnt?«

»Nein«, sagte sie. »Und selbst wenn. Stell dir vor, wie der sich fühlen würde. Geht kurz aus dem Raum, und wenn er wiederkommt, sind wir vom Balkon gesprungen.«

»Könntest du überhaupt auf die Brüstung klettern?«

Sie sah ihn belustigt an. »Na ja, du müsstest mir wohl ein wenig helfen. Aber keine Sorge – es wäre nicht schlimm, wenn ich runterfallen würde.«

»Ja«, sagte er, »aber bitte auf der richtigen Seite.«

Sie lachten so lange, bis sich Claire die Tränen aus den Augenwinkeln wischen musste. In den letzten Tagen hatten sie beide viel geweint. Nie zusammen. Aber manchmal hatte sie so lange vor der Tür zu seinem Zimmer gestanden, bis er irgendwann verstummt war. Vielleicht war das etwas, an das sie morgen würden denken können: wie sie hier gemeinsam gelacht hatten.

Das Problem war natürlich ihr Alter. Sie war froh, wenn sie es mit ihrem Stock die Straße runterschaffte. Nicht daran zu denken, auf einen Berg zu klettern. Vielleicht aufs Dach ihres Hauses, hatten sie überlegt. Zu unsicher, hatte Flynn gesagt, zu niedrig. Die Aussichtsterrasse des Chalet Mont Royal war zwar hoch genug, aber das Terrain fiel nicht steil ab, sondern ging in eine Böschung über, sodass sie sich höchstens etwas brechen würden. Auch andere Todesarten waren ausgeschieden. Sie hatten keine Schusswaffen und hätten sie wahrscheinlich auch nicht bedienen können, obwohl das, statistisch gesehen, das Beste wäre, hatte Flynn bedauernd gesagt. Zyankali. Woher sollten sie das nehmen? Sie hatten keine Bewilligung dafür. Es wäre eine gute Methode gewesen – viel sicherer als Tabletten (nur sechsundvierzig Prozent erfolgreich, sagte er) oder das berühmte Aufschneiden der Handgelenke (lausige vier Prozent, er zog eine verächtliche Miene). Plastiktüte über den Kopf. Doch sie ahnten, dass sie sie runterreißen würden, wenn es so weit war. Erhängen. Sich vor den Zug werfen. Aber beides machte ihnen Angst. Und der Zugführer würde auch leiden, gab Claire zu bedenken.

Sie entschieden sich für die Dachterrasse des Hotels *L'Horizon*. Claire war eingefallen, dass sie dort einmal – vor Jahren – zu einer Geburtstagsfeier eingeladen gewesen waren, und dass sie sich damals gewundert hatte über die Sorglosigkeit, mit der Walter sich auf die breite Steinbrüstung setzte. »Pass auf«, hatte sie zu ihm gesagt und sich schaudernd über den Rand gebeugt. Unter ihnen lag eine ruhige Nebenstraße zur geschäftigen Rue Sainte Catherine. Eben schob sich ein Lastwagen durch die enge Gasse, hin und her schaukelnd und von hier oben lächerlich klein.

Flynn hatte sich nach den Öffnungszeiten erkundigt und per Telefon einen Tisch reserviert, für zwei Personen, um elf Uhr vormittags. Das Restaurant würde dann gerade geöffnet haben, noch keine Mittagsgäste in Sicht. Er hatte den Computer ausgeschaltet und zu Claire hingeschaut. Sie hatten beide unbehaglich gelächelt, und dann hatte Claire sich vorgebeugt und ihn umarmt, bis auch er schließlich seine Arme um sie legte.

Sechzehn Jahre war es her, dass Walter gestorben war. Er war eingeschlafen und nicht mehr aufgewacht. Eigentlich wunderbar, dachte Claire manchmal. Sie stellte sich gerne vor, dass er geträumt hatte und der Traum blasser und blasser geworden und schließlich verloschen war.

Es tröstete sie, dass er zum Altsein kein Talent gehabt hätte. Die Vorstellung, wie er an der Kasse stehen und minutenlang nach Kleingeld kramen, wie ihm jemand ungefragt über die Straße helfen würde. Kinderchor im Altersheim. Bingoabende. Er hätte das alles nicht gekonnt. Hätte hier rumgesessen, Zeitung gelesen und auf die Politiker geschimpft, und sie wäre sein einziges Publikum gewesen.

Sie hatte nicht erwartet, dass sie ihn so sehr vermissen würde. Von nichts hatte sie eine Ahnung gehabt, das erkannte sie jetzt. Wenn ihre Mutter gesagt hatte, alt zu werden sei ein Kampf, hatte sie gedacht: Besser als die Alternative. Jetzt war sie selbst dreiundachtzig und sich nicht mehr so sicher. Die Schmerzen waren das eine, daran konnte man sich gewöhnen. Aber nicht daran, so vieles nicht mehr zu können. Abhängig zu sein. Und die Einsamkeit.

Das Schlimmste aber war das Warten. Dass es die Erwartung abgelöst hatte. Dass nichts mehr kam, außer Krankheit und Tod. Und die Abschiede von den Freunden natürlich. Nicht, dass viele übrig waren. Wer hätte gedacht, dass sie die anderen überleben würde? Wäre sie weise, würde sie ihre Weisheit weitergeben. Aber leider, nichts zu holen. Obwohl Sarah sie oft so ansah, als hielte sie sie für weise.

Sie hatte Sarah das Gästezimmer gegeben. Manchmal, wenn sie ihre Schritte über sich hörte, Musik aus ihrem Zimmer, ihre Stimme am Telefon, stellte sie sich vor, dass es Sophie sei. Sophie als ein junges Mädchen, beschäftigt mit ihrem Leben. Damit, sich Schritt für Schritt von ihr zu entfernen. Es war ihr schwergefallen, sich damit abzufinden. »Sieh es als Chance«, hatte eine Freundin damals zu ihr gesagt. »Fang etwas Neues an.«

Aber das hatte sie nicht gewollt. *Verlass mich nicht.* Sie sagte es nicht, aber sie dachte es, wenn sie ihrer Tochter zusah, wie sie sich die Haare bürstete, die Wimpern tuschte. Wie sie ihre

Tasche packte mit Sachen für die Nacht, weil sie bei einer Freundin übernachten wollte. Und Sophie hatte sie kurz umarmt und ihr einen Kuss auf die Wange gegeben, und sie hatte nie vergessen, sich noch einmal nach ihr umzuschauen, wenn sie vom Vorgarten auf die Straße trat.

Sophie war Andres begegnet, als sie neben ihrem Studium in einem Hotel in der Innenstadt jobbte. Sie hatte als Zimmermädchen angefangen, aber weil sie drei Sprachen sprach, konnte sie bald an der Rezeption aushelfen. Andres arbeitete bei den Gärtnern mit, und offenbar stellte er sich geschickt an, auf jeden Fall verschonten der Gärtner und sein Gehilfe ihn mit ihren Späßen, mit denen sie sonst die Studenten triezten.

Sophie und Andres verbrachten schon bald die Pausen miteinander im nahe gelegenen Park, aßen ihre mitgebrachten Brote und unterhielten sich. Andres würde im nächsten Jahr seinen Abschluss in Politikwissenschaft machen, doch seine Arbeit in verschiedenen Komitees hatte ihn ernüchtert. Sicher, er war weiterhin ein begeisterter Anhänger von Jean Chrétien und ein ebenso erbitterter Gegner Pinochets, vor dem seine Familie aus Chile geflohen war. Aber in seiner Arbeit in den Komitees und Ortsgruppen der Liberalen Partei hatte er auch vieles gesehen, was ihm missfiel. Neid, Geltungssucht, Intrigen. »Wie überall«, hatte Sophie achselzuckend gesagt, und er hatte geantwortet: »Schon klar. Aber hier geht's doch um was Größeres.« Vielleicht war diese Ernsthaftigkeit der Grund, warum Sophie sich in ihn verliebte. Und als er kurz darauf sein Studium schmiss und das Angebot des Hotels annahm, unterstützte sie ihn darin.

Walter tobte.

»Ein mexikanischer Gärtner. Was für ein Klischee!«, rief er, als Sophie ihnen von Andres und ihrer Verlobung erzählte.

»Er ist Chilene«, entgegnete Sophie sehr ruhig. Danach antwortete sie nur noch knapp auf Walters Fragen, und als er drohte, sie nicht weiter zu finanzieren, setzte sie ein ironisches Lächeln auf und sagte: »Kein Problem. Andres verdient dann ja Geld. Als Gärtner.«

Es war nicht so, dass Walter nicht versucht hätte, sich zusammenzureißen. Das war er schon seinem Selbstbild schuldig. Er hatte keine Vorurteile, war viel gereist und hatte in der Verwaltung der Universität mit Menschen aus allen Ländern zu tun. Aber er verstand nicht, dass einer eine Chance bekam und sie nicht nutzte. Auch Claire fand das schwer zu verstehen. Sie arbeitete an einem kleinen College außerhalb Montreals und war zuständig für die Stipendienvergabe. Gut möglich, dachte sie, dass auch Andres ein Stipendium gehabt hatte.

Als Andres das erste Mal zu Besuch kam, versuchte Walter, ihm freundlich zu begegnen, doch Claire spürte sofort die Spannung zwischen den beiden Männern. Obwohl Andres erst vierundzwanzig war, war er nicht gewillt, sich von Walter einschüchtern zu lassen. Mit seinen schwarzen Korkenzieherlocken, die ihm wie eine Fellmütze um den Kopf standen, und seinem blassen Gesicht mit hoher Stirn und langer gerader Nase hatte er etwas Stolzes an sich, er erinnerte Claire an einen Stierkämpfer. Dazu passte das Spielerische daran, wie er und Walter einander herausforderten und belauerten, immer bereit, dem anderen einen Stich zu versetzen. Die Hauptsache für Andres war jedoch Sophies Zuneigung, ihrer schien er sich sicher zu sein. Und so war er großzügig bereit, sich um Walter zu bemühen – aber nur so weit, wie es ihm angemessen schien. Der Rest, spürte Claire, müsste von ihnen kommen.

Und sie versuchten es. Sie luden Sophie und Andres, die bereits nach wenigen Wochen eine gemeinsame Wohnung in der Altstadt bezogen hatten, an den Wochenenden zu sich ein. Sie trafen sich mit Andres' Familie in einem Restaurant am See und sahen seinen jüngeren Schwestern dabei zu, wie sie ihre hellen Röcke rafften, um mit den Füßen durchs Wasser zu waten. Walter unterhielt sich mit Andres' Vater, der als Löter in einer Stahlfabrik arbeitete und einen starken spanischen Akzent hatte, und Claire ließ sich von seiner Mutter die Adresse eines Orthopäden aufschreiben, der bei Rückenschmerzen Wunder vollbringen sollte. Am Tag der Hochzeit trafen sie sich alle mit zwanzig weiteren Gästen vor dem prächtigen Rathaus der Stadt und gingen danach gemeinsam in ein Fischlokal, wo Walter einen Saal reserviert hatte, in dem als Überraschung eine vierköpfige Swingband auf das Hochzeitspaar wartete. Claire tanzte an diesem Nachmittag mit Walter, mit Andres, dessen Vater und einmal auch mit ihrer Tochter, und sie hatte das Gefühl, dass jetzt, wo Sophie und Andres verheiratet waren, die Spannungen zwischen Walter und Andres verschwinden würden.

Stattdessen kamen neue Spannungen hinzu, größere. Meist ging es um Geld, aber Claire wusste, dass es nicht eigentlich der Umstand war, dass Andres als Gärtner wenig verdiente. Es war die fehlende Perspektive, wie Walter es nannte. Die Genügsamkeit. Der Mangel an Ehrgeiz.

»Aber vielleicht holt er seinen Abschluss ja noch nach«, gab sie zu bedenken, doch Walter lachte nur trocken. Sie sagte: »Oder er wird Politiker.«

Denn Andres hatte wieder begonnen, zu den Sitzungen der verschiedenen Komitees zu gehen, und als es auf die Neuwahlen zuging, war er einer derjenigen, die an den Nachmittagen und frühen Abenden in der Nachbarschaft umhergingen, an den Türen klingelten und für die Wiederwahl des Präsidenten warben. Walter zuckte abschließend mit den Schultern und verbarg sein Gesicht hinter der Zeitung, und Claire sah ihn noch eine Weile an und ging dann wortlos aus dem Raum.

Dass es ausgerechnet an dem Tag zum Streit kam, an dem

Sophie ihnen von ihrer Schwangerschaft erzählte, nahm Claire Walter lange übel, und auch als sie sich wieder vertragen hatten – sie und Walter, nicht etwa Walter und Andres –, blieb etwas zurück. Sie hätte nicht sagen können, was genau. Vielleicht das Wissen um etwas, was sie schon lange geahnt hatte. Sie zweifelte nicht an Walters Liebe zu ihr. Aber es war eine egoistische Liebe, keine, hinter der er sich zurücknahm.

Es war um Politik gegangen, aber eigentlich war das egal. Es war einfach ein politisches Thema gewesen, und Walter hatte die Gelegenheit genutzt, Andres anzugreifen. Claire war nicht einmal sicher, dass er an das glaubte, was er sagte, und sie hatte das Gefühl, dass auch Andres das ahnte. Vielleicht war es einfach nur eine begrenzte Zeit möglich, einen Konflikt zu unterdrücken, der sich Bahn brechen wollte. Womöglich, dachte Claire, würde dieser Streit, an dessen Ende Andres wutentbrannt aus dem Haus stürmte und Sophie ihm eher verzweifelt als wütend folgte, auch etwas Reinigendes haben. Wie ein Gewitter, nach dem die Luft frischer war als zuvor.

Sie hatte sich getäuscht. Erst nach der Geburt des Kindes – eines Jungen, den Andres und Sophie Flynn nannten – sahen sie sich wieder, und während sie und Sophie verzückt das winzige, zerknautschte Gesicht und die unendlich zarten Finger und Zehen betrachteten, gebannt von diesem Wunder, wie Claire bewegt sagte, standen Andres und Walter nebeneinander und tauschten hölzern Gemeinplätze, bevor sie ganz verstummten. Auch in den folgenden Wochen und Monaten kamen sie einander nicht näher, und dann starb Walter, schlich sich still und heimlich im Schlaf davon, und Claire ertappte sich bei dem Gedanken, dass dieser Tod seiner Sturheit geschuldet war, seiner offensichtlichen Unfähigkeit nachzugeben.

Als Sophie und Andres acht Jahre später mit Flynn nach Vancouver zogen, fühlte sie sich beraubt. Sie vermisste ihre Tochter, aber noch mehr vermisste sie ihren Enkel, mit dem sie so viel Zeit wie möglich verbracht hatte. Er hatte sie Oma Claire genannt, aber wenn er Claire sagte, klang es immer wie Klar. Sie verbesserte ihn nicht, denn genau so fühlte sie sich, wenn sie mit ihm zusammen war. Ihr bestes, ihr sonnigstes Ich. Mit einer Geduld ausgestattet, die sie gegenüber Sophie in diesem Alter nie gehabt hatte.

Eine Zeit lang telefonierten sie mehrmals die Woche, und Flynn erzählte ihr am Telefon ausführlich von seiner neuen Schule, den Freunden, seinen Spielsachen. Dann wurden die Gespräche seltener, und irgendwann kam Flynn nur noch widerwillig ans Telefon. Claire war inzwischen Ende siebzig, und das Reisen wurde allmählich zu anstrengend für sie. So kam es, dass sie sich nur noch einmal im Jahr sahen, und als Sophie und Andres die letzten zwei Jahre entschieden, die Weihnachtsferien auf Hawaii zu verbringen, sahen sie sich gar nicht mehr.

Manchmal träumte sie noch von Flynn. Er war jetzt siebzehn Jahre alt, ein junger Mann. Aber in ihren Träumen war er wieder klein, drei oder vier vielleicht, und er sagte *Gemuse* statt *Gemüse*, und *schon* statt *schön*. Wenn er ins Bett ging, sagte er: *Gute Nacht, gute Schlacht*, und dann umarmte er sie, so fest er konnte, und flüsterte: *Oma Klar, meine liebe Oma Klar*.

Vor einem Jahr, als die Einsamkeit zu schlimm wurde, schrieb sie einen Zettel. *Zimmer zu vermieten im Quartier Mont Royal*. Sie wusste, dass ihr Wohnviertel bei den Studenten begehrt war, es hatte das, was sie als gemütlich empfanden: kleine Läden, Cafés, bunte alte Häuser. Sie schrieb eine Zimmermiete dazu, die lächerlich gering war, verlangte aber außerdem kleinere Hilfsdienste im Haushalt.

Die erste Studentin, die sich meldete, war Sarah, und vielleicht waren es die langen blonden Haare, die sie an Sophie erinnerten, oder ihr Lachen, aber sie gab ihr das Zimmer und ging am nächsten Tag zur Universität, um den Zettel vom Schwarzen Brett zu nehmen.

Und dann, vor zwei Wochen, der März hatte gerade erst begonnen, war der Anruf gekommen, und sie erfuhr von der Diagnose. Ein Glioblastom, am Hirnstamm. Es gab nichts, was man dagegen tun konnte, und es war nichts, womit Flynn leben konnte. Eine Operation war von vornherein ausgeschlossen. Bestrahlungen und Chemotherapie würden ihm einige Monate schenken. Fünf, sechs, sicher kein Jahr. Gentherapie? Antikörper? Ja, wenn Flynn erst in einigen Jahren erkrankt wäre, dann vielleicht. Andres hatte sich tagelang zurückgezogen. Im Internet gesucht. Telefoniert. Er hatte sich die Aufnahmen aus dem Krankenhaus schicken lassen, hatte sie an andere Ärzte verschickt, auch nach Japan, Russland, Europa.

»Er hat Flynn zu einem interessanten Fall gemacht«, sagte Sophie am Telefon. »Zu einer Herausforderung, verstehst du? Aber niemand hat angebissen, weil eben niemand etwas machen kann. Und als ihm das klar wurde, hat er sich in seine Arbeit gestürzt.«

Sophie hatte resigniert geklungen, als sie sagte: »Wenn er so weitermacht, wird er bestimmt ein ganz hohes Tier. Mindestens Senator. Oder Ministerpräsident. Hauptsache, er muss nicht bei uns sein.«

Und Flynn? Stand unter Schock, natürlich. Weinte viel in den ersten Tagen und machte dann dicht. Rückkehr zur Normalität. Ging zu seinen Freunden, als ob nichts sei. Lag nach der Chemotherapie auf dem Sofa vor dem Fernseher. Kaufte sich von seinem Geld ein gebrauchtes Motorrad, an dem er herumschraubte, wann immer es ihm gut genug ging.

»Es ist so verkehrt«, sagte Sophie. »Ich muss vor ihm sterben, verstehst du? So ist die Reihenfolge. Alles andere ist falsch.«

Ihre Worte gingen in Schluchzen unter, und Claire strengte sich an, sie zu entschlüsseln, als könnte sie so einen Weg aus dem dunklen Loch finden, in das sie unvermittelt gestürzt war. Sie hatte das Gefühl zu beben. Es war, als ob sämtliche Fasern ihres Körpers zitterten.

»Ich möchte kommen«, sagte sie schwach.

Sophie zog geräuschvoll die Nase hoch und räusperte sich. »Deswegen rufe ich an. Er möchte dich besuchen.«

Claire spürte in all dem Schmerz, der ihre Brust umklammerte, ein sanftes Glimmen, wie ein warmes Licht. Sie sagte: »Wirklich? Oh bitte, ja, er soll kommen.«

Und dann versuchte sie, so leise wie möglich zu weinen, und Sophie – mehr als viertausend Kilometer entfernt – versuchte das auch.

Es war Sophie, die als Erste wieder sprach. »Weißt du, es ist genau so, wie man es sich denkt. Dass das von jetzt auf gleich kommt: eben war noch alles gut, dann nichts mehr. Und du gehst raus aus dem Krankenhaus und stehst zwischen all den Leuten auf der Straße, und die Sonne scheint auch noch, diese Scheißsonne, und alles ist aus. Du stehst da mit deinem Sohn, und der will deinen Arm nicht um die Schulter haben, weil ihm das peinlich ist, so in der Öffentlichkeit, und dann weißt du plötzlich nicht mehr weiter, nicht ein bisschen.«

»Mein Liebling«, sagte Claire. »Mein armer Schatz.«

Sie konnte im Hintergrund ein lautes Geräusch hören, wie ein Hämmern.

»Was ist das?«

»Nichts. Eine Baustelle. Ich komme gerade von der Arbeit. Warte kurz.« Schweigen, dann Sophies Stimme. »Jetzt sitze ich an der Bushaltestelle.«

»Wie habt ihr es gemerkt?«, fragte Claire.

»Doppelbilder. Er hat so komisch vor dem Fernseher gesessen, irgendwie schräg, und als ich ihn nach dem Grund fragte, sagte er, er sehe sonst Doppelbilder. Ich habe gedacht, es seien die Augen, weißt du. Dass er eine Brille bräuchte!« Sophie stieß ein fassungsloses Schnauben aus.

»Und der Augenarzt schickte euch weiter zum Neurologen?«

»Ja, genauso war es. Warte, der Bus kommt.«

Claire konnte ein Piepen im Hintergrund hören, dann war es für ein, zwei Minuten still, nur ein Rauschen drang zu ihr.

»Er kommt also nächsten Dienstag an«, meldete sich Sophie wieder. Sie hatte die kurze Unterbrechung genutzt, um sich zu sammeln, und ihre Stimme klang plötzlich sachlich. »Er nimmt sich ein Taxi am Flughafen. Es kann sein, dass er komisch läuft, so schräg, weißt du. Und auch den Kopf irgendwie schief hält. Wenn er Kopfschmerzen bekommt, muss er eine Schmerztablette nehmen. Er soll das nicht aushalten, okay?«

»Gut.« Claire hatte sich Notizen gemacht. Die Wörter auf dem Zettel vor ihr gaben ihr Halt. Schmerztablette, Flughafen, Taxi. Sophie. Flynn. »Vielleicht kann Sarah ihn abholen.«

»Wer ist Sarah?«

Claire erklärte es ihr. Sie war sich eigentlich sicher, dass sie Sarah schon einmal erwähnt hatte, aber vielleicht täuschte sie sich auch. Sie und Sophie hatten in letzter Zeit nicht eben oft miteinander gesprochen.

»Wohnt sie in meinem Zimmer?«

»Nein. Im anderen.«

Sie schwiegen beide. Dann sagte Claire: »Sie ist keine Ersatztochter, oder so.«

Sophie sagte mit müder Stimme: »Ach, Mama, das wäre mir im Moment auch egal.«

Die Geringschätzung in Sophies Stimme gab Claire einen Stich, aber sie war entschlossen, sich nichts anmerken zu lassen. »Schon klar.«

»Er hat dich vermisst.« Sophies Stimme klang jetzt ganz anders. Beinahe schuldbewusst.

»Das freut mich. Nein«, korrigierte Claire sich, »ich meine –«

»Ich weiß schon, Mama«, sagte Sophie.

Sie hatte wieder zu weinen begonnen. Claire sah sie vor sich, wie sie im Bus saß, das Telefon am Ohr, erschüttert von dem Schicksal, das sich so unerwartet und entschlossen gegen sie gewendet hatte. Claire würde ihr Leben für Sophie und Flynn geben, sie müsste darüber nicht einmal nachdenken. Aber der Gedanke war überflüssig, und es war überflüssig, ihn auszusprechen.

»Ich wünschte, ich könnte dir helfen.«

»Das tust du ja schon.« Sophie atmete tief ein. »Ich habe furchtbare Angst, Mama. Um ihn. Und davor, ihn zu überleben. Das wird dann«, sie sprach jetzt sehr leise, fast war es, als vertraute sie ihrer Mutter ein Geheimnis an, »für den Rest meines Lebens meine Aufgabe sein: weiterzuleben und das irgendwie auszuhalten.«

Sie konnten beide nicht viel essen.

»Cornflakes«, sagte Flynn. »Was für eine Henkersmahlzeit.«

»Du kannst ja im Restaurant noch etwas essen«, sagte Claire.

Flynn sah sie unverwandt an. »Ich glaube, eher nicht.«

Sie waren sehr früh aufgestanden. Im Badezimmer hatte sie ihn duschen hören, dann war er in die Küche gekommen, mit nassen Haaren, in Jeans und T-Shirt.

Jetzt gingen sie nebeneinander die Straße entlang. Das Viertel hatte sich, seit Claire mit Walter hierhergezogen war, sehr verändert. Die ehemals ehrwürdigen Stadthäuser, die noch aus der Zeit der Jahrhundertwende stammten, hatten fast alle bunte Verzierungen bekommen: ein grüner Giebel und Dachfirst hier, ein roter Balkon dort, am nächsten Haus ein ganzer Erker in knalligem Gelb. Auf der hohen Mauer ihrem Haus direkt gegenüber hatte vor etlichen Jahren plötzlich eine riesige Frau geprangt, mit violetten Haaren und übergroßen Augen, mit denen sie auf die Vorbeigehenden herabzuschauen schien. Claire erinnerte sich, dass Flynn als kleiner Junge Angst vor ihr gehabt und dann eines Tages beschlossen hatte, diese Angst zu überwinden. Er hatte Claire gebeten zu warten und war dann beherzt über die Straße gegangen, nicht ohne sich vorher sorgsam nach links und rechts umzusehen. Claire hatte ihm zugeschaut: der kleine Junge vor der Riesin, deren Fingerspitzen er mit seiner Hand berührte.

Nun ging er an der Frau vorbei, ohne sie eines Blickes zu würdigen. Sein Gang hatte etwas von einem Betrunkenen an sich, als bemühte er sich, auf einer Linie zu laufen, und trete immer wieder daneben. Es war ihr zuvor nicht aufgefallen, aber er hatte es auch nie so eilig gehabt wie heute.

»Ich kann nicht so schnell.« Es hatte keinen Sinn, ihm zu erklären, dass sie bei jedem Schritt das Gefühl hatte, auf Watte zu gehen. Irgendein eingeklemmter Nerv in ihrem Rücken, hatte der Arzt ihr erklärt – tatsächlich hatte er den Namen des Nervs genannt, aber sie hatte ihn vergessen. Man könnte operieren, sagte er, aber die Gefahr, dass sie danach gelähmt sei, sei groß. Er riet ihr davon ab, und Claire hatte den Eindruck, dass ihm die ihr verbleibende Zeit zu kurz für den Aufwand schien. Das machte sie wütend, aber vor allem fühlte sie sich entmutigt. Für einen Moment sah sie sich durch seine Augen, und bis heute hatte sie sich davon nicht erholt.

Flynn blieb stehen und drehte sich nach ihr um. Er sah verfroren aus in seiner dünnen Jeansjacke.

»Willst du dich unterhaken?«, fragte er, und sie nahm seinen Arm und zwang ihn so, langsamer zu gehen. Bei jedem Schritt stießen sie sanft und unausweichlich gegeneinander.

»Wir haben Zeit, weißt du.«

Flynn nickte. »Ich weiß.«

»Hast du Angst?«

»Ja, sehr«, sagte er. »Aber weniger als die letzten Wochen.«

Sie hatten vorgehabt, den Bus zur Rue Saint Catherine zu nehmen und von da aus zu laufen, aber jetzt sagte Claire, dass sie ein Taxi nehmen wolle.

»Wir müssen nur eins finden.« Flynn sah skeptisch auf die vorbeifahrenden Autos.

»Erst mal müssen wir eine Bank finden«, beschied Claire, während sie bedächtig weiterging, als drohe sie vollends ins Stocken zu geraten, wenn sie erst einmal stehen blieb. Vor einem Spielzeugladen fanden sie schließlich eine Bank. Flynn musste ihren Arm halten, als sie sich langsam auf die niedrige, hellgrün lackierte Metallfläche niederließ.

»Oh je«, seufzte sie. »Hier steh ich nicht mehr auf.«

Flynn setzte sich neben sie und stützte seine Ellbogen auf den Knien ab. Eine Mutter mit zwei kleinen Mädchen blieb vor dem Schaufenster stehen. Die Mädchen zeigten auf das, was sie haben wollten, und die Mutter sagte, das könne sie gut verstehen. Der Fellbesatz der Kapuzen umrahmte die Mädchengesichter wie ein Glorienschein. Claire fand sie unendlich schön.

»Ich habe gestern in der Stadt die Obdachlosen gesehen«, sagte Flynn. Er sah Claire nicht an, sondern schaute mit gefurchter Stirn geradeaus, als befände sich auf der anderen Straßenseite etwas, das schwer zu erkennen, aber unbedingt sehenswert war. »Ich kann mich gar nicht erinnern, dass hier früher schon so viele waren.«

»Ich weiß noch, wie du einmal dein Taschengeld eingesteckt hast, um es einem Obdachlosen zu geben«, erinnerte sich Claire. »Du hattest keinen Bestimmten im Kopf. Suchtest einfach irgendeinen. Ich fand das lieb von dir.«

»Ich kann mich nicht erinnern«, wiederholte er.

»Aber es stimmt schon«, fuhr sie fort. »Es sind mehr geworden. Im Sommer stehen am Abend plötzlich Zelte mitten auf den Bürgersteigen, fremd wie Ufos.«

»Und im Winter?«

Flynn sah sie jetzt fragend an, er schien wirklich an ihrer Antwort interessiert zu sein.

»Keine Ahnung. In Wohnheimen? Bei der Heilsarmee? Auf jeden Fall nicht draußen, das überlebt keiner.«

»Tja«, sagte Flynn. »Darauf läuft's hinaus.«

Er nahm sein Handy aus der Hosentasche, suchte im Internet nach der Nummer eines Taxidienstes. Dann sah er sich nach der Hausnummer um und bestellte ein Taxi.

»Kommt in fünfzehn Minuten«, sagte er, und Claire sagte: »Danke.«

Flynn schaute in den Himmel, der hinter den weißen Wolken ein zaghaftes Blau zeigte.

»Es ist alles so unwirklich«, sagte er. »Findest du nicht?«

»Ja«, sagte sie, »doch.« Sie suchte seinen Blick. »Sollen wir umkehren? Was meinst du?«

»Nein!« Er rief es fast.

»Bitte nicht«, setzte er hinzu, und sie nahm seine Hand in ihre und nickte.

»Merkwürdige Vorstellung, keinen Schnee mehr zu erleben«, sagte er nach einer Weile.

»Das ist jetzt eine der Sachen, die mir weniger fehlen werden«, sagte Claire.

»Und was wird dir fehlen?«

»Ich weiß nicht.«

Sophie. Das Haus, die Fotos darin, ein paar ihrer Sachen. Sarah, Andres, zwei, drei Freundinnen, aber nicht wirklich. Das Gefühl, wenn es, wie jetzt, nach einem langen Winter endlich wärmer wurde.

Nur diesen Frühling noch, dachte sie, und vielleicht die lauen Abende, die satte Sommerstadt.

»Deine Mutter. Und dir?«

»Meine Mutter, mein Vater. Meine Freunde. Meine Freundin.« Flynn hatte den Blick gesenkt und beide Hände um seine Knie gelegt.

»Von ihr hast du gar nichts erzählt«, sagte Claire.

»Stimmt.«

Er schien auch jetzt nicht gewillt, über sie zu sprechen, und Claire wartete schweigend, ob er noch etwas sagen würde.

»Ich habe Schluss gemacht, nachdem ich die Diagnose bekommen hatte. Ich hatte keinen Trost übrig, verstehst du? Und ich wollte nicht, dass es ihr schlecht ging. Oder zumindest«, er klang resigniert, »wollte ich ihr dabei nicht zusehen. An meinem Grab zusammenbrechen soll sie natürlich schon.«

Er verzog die Mundwinkel zu einem halben Lächeln, und Claire sagte: »Natürlich. Das ist das Mindeste.«

Dann wurde sie ernst.

»Große Liebe?«, fragte sie, und Flynn sagte: »Nein. Aber trotzdem war's ganz gut.«

Als das Taxi kam, stand Flynn auf und winkte, und der Fahrer parkte das Auto in zweiter Reihe, stieg aus und lief auf Claire zu, um ihr aufzuhelfen. Er hatte glänzend schwarze Haare, die glatt anlagen. Seine Haut hatte die Farbe von gebranntem Ton, und über der Oberlippe trug er einen akkuraten Schnurrbart, der von grauen Haaren durchsetzt war.

Claire setzte sich auf den Beifahrersitz. Das Taxi roch nach Lavendel und war sehr sauber. Sie nannte dem Fahrer die Adresse, und er nickte und fädelte sich in den vorbeifließenden Verkehr ein. Vom Spiegel hing eine Kette aus Holzperlen herab, an der ein herzförmiger Fotorahmen befestigt war. Das Foto eines kleinen Mädchens darin. Ein Blumenkranz auf den schwarzen Haaren.

»Meine Tochter«, erklärte der Fahrer, als er Claires Blick bemerkte. »Lange her.«

Er warf ihr einen Seitenblick zu, bevor er in den Rückspiegel und auf die Straße sah.

»Wie alt ist sie jetzt?«, fragte Claire.

»Siebzehn.«

Der Verkehr in der Innenstadt war dicht. Jede Ampel schien auf Rot zu springen, kaum dass sie sich ihr näherten.

»Schwieriges Alter«, sagte der Taxifahrer. »Sie will alles haben, aber nicht viel tun. Hat keine Ahnung, was sie mal machen will. Nur, dass sie Spaß haben will, und zwar sofort, das weiß sie.«

Er hatte die Augenbrauen hochgezogen und schüttelte unwillig den Kopf. Obwohl er schon oft über seine Tochter gesprochen haben musste, schien er noch immer erstaunt über ihr Verhalten. Claire sah von ihm zum Bild seiner Tochter, und ein Gefühl von Neid schnürte ihr den Hals zu. Als sie sich zu Flynn umdrehte, sah sie, wie er regungslos aus dem Fenster schaute, als müsste er die letzten Eindrücke seines Lebens sammeln und zu einem komplizierten Puzzle zusammensetzen.

Vor dem Hotel hielt der Fahrer an und stieg rasch aus, um Claire die Tür zu öffnen und aus dem Auto zu helfen. Sie gab ihm ein übertriebenes Trinkgeld, dann hakte sie sich bei Flynn unter und ging mit ihm auf die Eingangstür des Hotels zu. Im Aufzug zum obersten Stock sah sie in den getönten Spiegel mit seiner unechten Patina. Ihr Gesicht war fahl, und die Haare, die unter der Wollmütze hervorschauten, sahen strähnig aus. Sie strich sie glatt. Flynn stand hinter ihr, sein Blick auf die roten Zahlen geheftet, die die Etage anzeigten.

Das Restaurant war gerade geöffnet worden. Es war ein halbrunder Saal mit einer spiegelverglasten Theke in der Mitte. Alle

Wände bestanden aus Glas und gaben den Blick auf den Himmel frei. Ein Kellner und eine Kellnerin in weißen Hemden und langen weißen Schürzen waren damit beschäftigt, die Tische mit kleinen Blumenvasen zu bestücken, in denen je ein Arrangement aus drei Blüten steckte. Claire hatte das Gefühl, alles überklar zu sehen: das Rosa der Blüten auf den strahlend weißen Tischtüchern, das junge Gesicht der Kellnerin, ihr Lächeln, mit dem sie sie zu einem Tisch am Fenster führte. Die Terrasse war leer, die Tische und Stühle zusammengerückt. Dunkelgrüne Sonnenschirme lehnten gebündelt in einer Ecke.

»Wir müssen auf die Terrasse«, sagte Flynn. Seine Stimme klang seltsam gepresst, und Claire konnte Panik darin wahrnehmen. Sie legte ihm eine Hand auf den Arm und sagte leise: »Wir setzen uns erstmal hin, okay?«

Die Kellnerin war unschlüssig neben dem Tisch stehengeblieben. Die hohen Menükarten hielt sie wie einen Schild vor ihren Körper. Claire wandte sich ihr zu.

»Ich habe meinem Enkel von der Aussicht vorgeschwärmt«, erklärte sie. »Ob wir nachher wohl mal auf die Terrasse können?«

Die Kellnerin sagte ratlos: »Es ist abgeschlossen.« Sie reichte Claire und Flynn die Menükarten, und mit dieser vertrauten Handlung schien ihre Sicherheit zurückzukommen. »Aber ich kann bestimmt für Sie aufschließen.«

»Danke«, sagte Claire und lächelte. »Das ist sehr freundlich von Ihnen.«

Flynn hatte ihr gegenüber Platz genommen. Mit hängenden Armen beugte er sich nach vorne und stierte auf die Tischdecke. Sein Atem ging schnell, und Claire wusste nicht, ob seine Aufregung vom dem herrührte, was sie vorhatten, oder von den Schwierigkeiten, die ihnen dabei begegneten. Sie legte ihre Hände geöffnet auf den Tisch, aber Flynn rührte sich nicht. Er erinnerte Claire an ein kleines Tier, das unversehens in eine Falle geraten war und nun ängstlich auf weiteres Unheil wartete.

»Wir müssen das nicht machen«, sagte sie leise, ihre geöffneten Hände immer noch auf dem Tisch wie eine übersehene Willkommensgeste. Sie sprach langsam und eindringlich wie zu einem störrischen Kind. Es war wichtig, dass er verstand, was sie ihm jetzt sagte. »Wir können einfach etwas trinken und nach Hause gehen, verstehst du?«

Er antwortete immer noch nicht, und Claire wusste nicht, ob er ihre Worte gehört und ob er sie verstanden hatte. Undeutlich nahm sie wahr, dass weitere Gäste in das Restaurant kamen. Sie hörte Stimmen und erkannte die der Kellnerin wieder. Dann wurden die Stimmen leiser, offenbar wurden die Gäste in den hinter der Theke liegenden Teil des Restaurants geführt.

»Auch wenn wir das hier nicht zu Ende bringen, bin ich für dich da. Ich komme mit nach Vancouver, und vielleicht gibt es, wenn es soweit ist, auch eine andere Möglichkeit, gemeinsam –«, fing sie an, doch Flynn unterbrach sie.

»Ich kann das nicht.« Er klang wie gehetzt. Sein Blick auf sie war voller Panik. Als wäre sie es, die ihn in die Ecke drängte. »Ich kann das nicht allein, verstehst du? Ich kann nicht darauf warten, was mit mir passiert, ich schaff das nicht, ich habe Angst, solche Angst, vor den Schmerzen, aber auch davor zu sterben. Dass ich das alleine hinbekommen muss, dass ich alleine da rübermuss, dass verflucht noch mal kein Weg daran vorbeiführt.«

Ein Schluchzen würgte ihn, und er holte tief Luft und richtete sich ein wenig auf. Die ganze Fassade der Normalität, hinter der er sich seit seiner Ankunft in Montreal verborgen hatte, war zusammengebrochen, und Claire konnte sehen, wie er um Fassung rang und wie sie ihm entglitt.

»Aber dann weiß ich auch, dass das nichts bringt, wenn wir

gleichzeitig sterben. Das ist ja albern. Sterben wir halt beide, was bringt das schon?«

Er vergrub das Gesicht in seinen Händen und weinte. Claire sah ihm dabei zu, dann legte auch sie sich die Hände vors Gesicht. Als sie sie wieder wegnahm, sah sie die Kellnerin, die in einiger Entfernung stehen geblieben war und unschlüssig zu ihnen herüberschaute. Ihre Blicke trafen sich, und sie kam zögerlich näher.

»Der Schlüssel ist nicht hier«, sagte sie stockend. »Der Chef hat ihn, und er ist noch nicht da.« Sie sah betreten zu Flynn, der immer noch weinte, und schnell wieder zu Claire. »Er kommt gegen eins. Wenn Sie vielleicht dann noch mal wiederkommen wollen?«

»Ja«, sagte Claire. »Danke.«

Die Kellnerin ging zur Theke und machte sich an den aufgereihten Flaschen zu schaffen. Flynn hatte aufgehört zu weinen, aber er verbarg immer noch sein Gesicht, wie ein Kind, das sich so unsichtbar machen möchte. Er wünscht sich weg, dachte Claire, und dann dachte sie: Ich mich auch.

Aber noch waren sie da. Ängstlich und verloren. Winzige Punkte im Universum, das ohne sie weiter bestehen würde, ein sich unendlich drehendes Rad, so gleichgültig gegenüber ihrem persönlichen Weltuntergang. Und alles, was wir haben, ist das, dachte Claire. Dieser Tag, diese Stunde. Wir zwei hier.

Sie würde Flynn nicht alleinlassen. Sie würde bei ihm bleiben und ihn begleiten, bis zum Ende und darüber hinaus – es war ohnehin unvorstellbar, ohne ihn weiterzuleben. Doch zum ersten Mal in ihrem Leben war sie plötzlich davon überzeugt, dass das Ende nicht das Ende war.

»Hab keine Angst.« Sie wiederholte im selben beruhigenden Tonfall: »Hab keine Angst.«

Irgendetwas in ihrer Stimme bewog Flynn, die Hände vom Gesicht zu nehmen und sie anzusehen.

»Komm.«

Sie griff nach ihrem Stock, den sie an die Tischkante gehängt hatte, und stützte sich schwer darauf, um sich zu erheben. Mit der anderen Hand fasste sie Flynns Hand, und langsam gingen sie aus dem Restaurant, ohne die Kellnerin anzuschauen, die einen Schritt zurücktrat und ihnen hinterhersah, erstaunt und misstrauisch, als wären sie zwei Götter, herabgestiegen vom Olymp und nur kurz unter den Menschen weilend.

15

SCHERBEN

Nomi ließ ihren Blick schweifen. Von der Federzeichnung an der Wand – der Mount Fuji mit der vierstöckigen Pagode im Vordergrund – über die tiefblaue Vase, die sie und Saul einmal auf einem Flohmarkt erstanden hatten, bis zu dem Jadebaum, den sie bei einem Versandhandel für Japanfans bestellt hatte. Ihr alter Bonsai, eine Ulme, die sie jahrelang beschnitten und gepflegt hatte, bis ihr Stamm dick und rau war und das Blätterdach mehrere Ebenen bildete, hatte sie einer der Krankenschwestern geschenkt, als sie vor fast acht Monaten nach Japan gegangen war. Im Nachhinein war es ein Segen, dass sie ihre Möbel nicht direkt nach Japan verschifft, sondern sie in einer der Boxen untergebracht hatte, die man eigens zu diesem Zweck anmieten konnte. Noch während sie im Hotel wohnte, ließ sie alles in die Wohnung in der Irving Street bringen. Einer der Kollegen im Krankenhaus hatte ihr angeboten, ihr beim Einrichten zu helfen, und da sie ihn von früher kannte – sie hatten kurz in derselben Abteilung gearbeitet, bevor sie mit ihrer Familie nach Hollyhock gezogen war –, nahm sie sein Angebot an. Nun standen ihre Möbel hier, in der kleinen Zweizimmerwohnung, und es war seltsam, sie fern ihrer vertrauten Umgebung wiederzusehen. Wie alte Freunde, die sich, genau wie sie selbst, in ihrem neuen Leben erst zurechtfinden mussten und sich dabei nicht sehr geschickt anstellten.

Ihre Rückkehr nach Japan war nicht so verlaufen, wie sie es sich erhofft hatte. Von Anfang an war ihre Familie ihr mit Skepsis begegnet. Es war, als ob alle sich fragten, was sie eigentlich bezweckte. Nomis Erklärung schien sie nicht zu überzeugen. Heimweh nach so langer Zeit?, fragte ihre Mutter, als wäre das eine ganz und gar abwegige Vorstellung, und ihr Vater sagte gemessenen Tones, er habe nicht die geringste Ahnung, was sie mit *kultureller Heimat* meine. War Heimat nicht da, wo ihre Familie war?, fragte ihre Schwester Yuna sanft, und als Nomi schon antworten wollte, genau das sei es ja eben, verstand sie plötzlich, wen ihre Schwester gemeint hatte. Vielleicht war das der Moment gewesen, in dem Nomi klar wurde, dass einmal eingeschlagene Lebenswege sich nicht einfach umkehren ließen.

Zunächst ignorierte sie diese Erkenntnis jedoch. Sie suchte sich ein Zimmer in der Nähe ihres Elternhauses, um jeden Tag vorbeischauen zu können. Aber obwohl ihr Vater demnächst fünfundachtzig wurde und ihre Mutter nur vier Jahre jünger war, kamen sie erstaunlich gut zurecht. Sie waren beide langsamer geworden – ihre Bewegungen wirkten manchmal wie unter Wasser, als müssten sie bei jedem Schritt gegen sanfte Widerstände anrudern –, doch in dieser Langsamkeit gelang es ihnen mühelos, die täglichen Aufgaben zu bewältigen. Ihre Mutter kochte jeden Vormittag, und ihr Vater stand mit der Ergebenheit eines Bernhardiners in der Küche herum und führte getreulich die Aufträge aus, die seine Frau ihm erteilte. Wenn Nomi zum Essen vorbeikam, überließen ihre Eltern ihr den Abwasch, aber sie taten es wohl vor allem deshalb, damit ihre Tochter das Gefühl hatte, gebraucht zu werden. In der Anfangszeit hatte Nomi manchmal die Einkäufe erledigt, aber nach einigen Wochen hatte ihre Mutter sie gebeten, das Einkaufen wieder der Nachbarin zu überlassen. Nomi hatte gar nicht gewusst, dass zwischen ihren Eltern und der Nachbarin schon seit Jahren eine solche Regelung bestand. Alles in allem schien jeder damit glücklich zu sein, und Nomi musste einsehen, dass sie in dem gut laufenden Räderwerk eher eine Störung war als eine Hilfe.

So kam es, dass sie oft Yuna besuchte, die im Stadtzentrum wohnte. Nomi genoss es, zweimal in der Woche zu ihr zu fahren. Yuna war vor Kurzem mit ihrem Mann in das beschauliche Kagurazaka-Viertel gezogen, in ein schmales, zweistöckiges Haus in einer Gasse mit Kopfsteinpflaster und einem Spielplatz, über den ein steinerner Pandabär wachte. Außer den Rufen der Kinder war es still hier, und manchmal schien es Nomi kaum vorstellbar, dass sie sich mitten in Tokio, unweit des Kaiserpalastes befanden. Sie hatte sich mit ihrer Schwester schon immer gut verstanden, vielleicht, weil sie so unterschiedlich waren, dass sie einander nicht in die Quere kamen. Sie wusste, dass Yuna ihren Entschluss, nach Japan zurückzukommen, nicht verstand, und sie rechnete es ihr hoch an, dass sie sie nicht darauf ansprach. Doch manchmal fiel es beiden schwer, um die Leerstelle herumzureden. Warum war sie hier, und was hatte sie vor, waren die zwei Fragen, die unübersehbar über ihnen schwebten wie hungrige Vögel. Eigentlich hatte Nomi nicht geplant, sich so bald nach einem neuen Job umzusehen – tatsächlich hatte sie sich sogar überlegt, für einige Zeit ganz mit dem Arbeiten aufzuhören. Doch jetzt begann sie, auf einschlägigen Websites nach Stellen zu suchen. Wenn sie abends alleine mit einer Tasse Tee in der Hand in ihrem Zimmer saß und das Treiben unter ihrem Fenster betrachtete, konnte es vorkommen, dass sie im einen Moment die neue Freiheit genoss, nur um im nächsten von einem Heimweh ergriffen zu werden, das sie in tiefe Ratlosigkeit stürzte, war doch dieses Heimweh der Grund für ihre Rückkehr nach Japan gewesen. Nun schien es seine Richtung zu ändern wie eine launische Katze, und zu ihrer Überraschung schloss es nicht nur ihre Kinder und die Arbeit im Fauquier Krankenhaus ein, sondern auch Hollyhock mit seinen Kleinstadtstraßen und -geschäften. Als sie merkte, dass sie sich sogar nach ihrem Mann sehnte, wurde ihr klar, dass der Umzug nach Japan übereilt gewesen war.

Es war nicht daran zu denken, nach Hollyhock zurückzuziehen. Ihre Stelle war inzwischen mit einer jüngeren Ärztin besetzt, die sich, glaubte man Saul, allgemeiner Beliebtheit erfreute. Sie fand es rücksichtslos von ihm, das ihr gegenüber zu erwähnen, auch wenn sie ihn danach gefragt hatte. Dafür bekam sie eine Stelle am Medical Center in Washington, wo sie und Saul vor mehr als zwanzig Jahren schon einmal gearbeitet hatten. Wie durch einen Zeittunnel geschickt, fand sie sich an ihrem früheren Arbeitsort wieder, auch wenn das Medical Center seit damals modernisiert worden und kaum wiederzukennen war. Von ihrer Wohnung in der Irving Street konnte sie mit dem Fahrrad zur Arbeit fahren, und es gab Momente, in denen sie sich jung und ungebunden fühlte und mit ihrem Leben ganz zufrieden war.

Aiko hatte sie zweimal in Washington besucht, und sie hatten sich Essen liefern lassen und sich über die Arbeit im Krankenhaus unterhalten. Vor Kurzem hatte Aiko ein Praktikum begonnen, im Universitätsspital von Pittsburgh auf der gynäkologischen Station, und Nomi hoffte insgeheim, dass ihr diese Erfahrung nicht die Lust auf eigene Kinder nehmen würde.

Kenji war noch nicht zu Besuch gekommen, auch Saul nicht, aber er hatte ihr einen Link zu der Immobilienseite geschickt, auf der das Haus angeboten wurde. Der Kaufpreis erschien Nomi unverschämt hoch, aber schon bald gingen Angebote ein, und weil es so viele waren, konnten sie tatsächlich den angestrebten Preis erzielen. Kaum, dass das Geld auf seinem Konto eingegangen war, überwies Saul ihr die Hälfte. Er war auf geradezu pedantische Weise korrekt, und sie hasste ihn dafür. Sie waren einander nun nichts mehr schuldig, auch wenn Nomi ahnte, dass Saul bis heute nicht verstand, warum sie gegangen war. Es war nicht so, dass ihre Liebe sie plötzlich verlassen hatte; es war eher ein Verblassen gewesen, ein allmähliches Schwinden. Sie konnte es selbst nicht begreifen. Hinzu kam, dass sie ihren Gefühlen gegenüber misstrauisch geworden war. Was, wenn sich nicht nur der Umzug nach Japan, sondern auch die Trennung eines nicht so fernen Tages als Fehlentscheidung entpuppen und sie beschämt und reumütig zurücklassen würde? Für Nomi war es ungewohnt, sich selbst nicht trauen zu können, und es fiel ihr schwer, diese bisher unbekannte Seite ihres Charakters zu akzeptieren.

Sie sah auf die Uhr, kurz nach sechs. Bis nach Hollyhock würde sie eineinhalb Stunden brauchen. Sie raffte sich auf, nahm ihre Tasche und die Autoschlüssel und ging zur Tür.

In Hollyhock ging der Frühling seinem Ende zu. In den Beeten vor dem Rathaus mit seiner grün schimmernden Kuppel blühten die Blumen in so zufälliger Anordnung, als habe der Wind die Samen hierhergetragen. Alte Geschäfte waren verschwunden und durch neue, schickere ersetzt worden, die Restaurants hatte ihre Stühle und Tische auf den Bürgersteig gestellt. Ganz Hollyhock schien sich seit einigen Jahren gemausert zu haben, um vom reizlosen Provinzort in den Rang einer lebenswerten Kleinstadt aufzusteigen. Es war, als schüttelte es die ländliche Ödnis ab wie ein Hund die Wassertropfen. Und das, was darunter sichtbar wurde, war hübsch herausgeputzt und entschlossen, sich nicht kampflos zu ergeben.

Sie fand einen Parkplatz in einer der Seitengassen. Als sie in die Davis Street einbog, konnte sie bereits einige Leute vor dem kleinen Buchladen stehen sehen. Sie hatte ihren Sohn vermisst, viel mehr, als er ahnte.

Zwischen den Regalen und Tischen waren etliche Stuhlreihen aufgebaut worden, und Nomi setzte sich in eine der mittleren. Als sie sich umdrehte, konnte sie Saul durch die Tür kommen sehen, und sie wollte schon winken, da sah sie, dass er nicht alleine gekommen war. Hinter ihm lief eine große, kräftige Frau mit welligem Haar, das sie sich mit einer Hand aus dem Gesicht strich, während sie sich an der anderen Hand, erkannte Nomi jetzt, von Saul ziehen ließ wie ein junges Mädchen. Er lächelte vor sich hin, als habe er den Hauptpreis in einer Tombola gewonnen, und Nomi drehte sich rasch um und senkte den Blick auf das Buch in ihrer Hand. *Kenji Block* stand darauf, jedes Wort in einer eigenen Zeile, und darunter der Titel des Buches: *Brent*. Die Buchstaben waren schwarz auf weißem Grund, das ganze Buch sah aus wie ein Leuchtkasten, der den nächsten Kinofilm anpries, und Nomi starrte auf den Namen ihres Sohnes, bis er vor ihren Augen verschwamm.

*

Dan parkte seinen Pick-up in der Einfahrt und begann, die Werkzeuge abzuladen. Vielleicht könnte man sie diese Nacht auch draußen lassen, dachte er, aber es war so unvermittelt Sommer geworden – seit gestern waren die Temperaturen plötzlich hochsommerlich, auch wenn der Juni noch lange nicht vorbei war –, dass er dem Frieden nicht traute. Den ganzen Tag hatte er sich auf den Abend gefreut, und als er mit Jacob im Schatten des Hauses, an dem sie seit einer Woche arbeiteten, Pause machte, musste er an sich halten, um ihm nicht davon zu erzählen. Er sah vor sich, wie er ihm das Buch schildern würde und seinen Plan, dem Autor heute Abend ein paar Fragen zu stellen – denn das war es ja, wofür so eine Lesung gut war –, aber dann kam ihm in den Sinn, dass Jacob sich bemüßigt fühlen könnte, ihm von seinem eigenen Leben zu erzählen. Darum sagte er nichts und hörte nur zu, als Jacob das riesige Loch im Dach beschrieb: drei von den vier Schichten Dachpappe waren durch, und beim nächsten starken Regen würde auch die letzte nachgeben.

Während er duschte, überlegte Dan, ob er eine seiner Schwestern hätte fragen sollen, ob sie zur Lesung mitkäme. Aber beide hatten mit ihrem Leben im Moment genug zu tun, und er wollte nicht den Eindruck erwecken, als ob er ihre Zuwendung bräuchte. Außerdem würde er ohnehin den einen oder anderen Bekannten treffen. Sie waren eine recht überschaubare Runde von Eingeschworenen, die sich keine der Lesungen in der *Hollyhock Book Passage* entgehen ließen, und auch wenn sich keine Freundschaften daraus ergeben hatten, hatte es doch etwas Verbindendes, an so unterschiedlichen Vorträgen wie jenem zur heilenden Wirkung der Freundlichkeit (*Der Hasen-Effekt: Länger, glücklicher und gesünder leben mit der bahnbrechenden Wirkung der Sanftmut*) oder zum Einfluss der geologischen Entwicklungen auf die menschliche Zivilisation teilgenommen zu haben. Am meisten Zuschauer gab es immer, wenn ein Thriller auf dem Programm stand oder bei Lesungen zu feministischen Büchern, bei denen es passieren konnte, dass Dan der einzige männliche Zuhörer war. Er kam sich dann manchmal vor wie ein Spion, der sich einen entscheidenden Wissensvorsprung verschaffte.

Mit dem Rad fuhr er die Straße entlang in Richtung Zentrum. Vor einigen Wochen hatte er es aus der Garage geholt, wo es lange unbenutzt gestanden hatte. Die letzte Radtour lag Jahre zurück – wahrscheinlich war es der Tag gewesen, als er und Dolores mit Ruben von Hollyhock nach Linwood gefahren waren. Ruben musste damals zehn oder elf Jahre alt gewesen sein, und Dan erinnerte sich, wie sie hintereinander die acht Kilometer in den Nachbarort fuhren – Dolores vorneweg, dann Ruben und Dan als Schlusslicht. Es war keine entspannte Fahrt gewesen, so viel wusste er noch. Er hatte die ganze Zeit auf Rubens Hinterrad geschaut, das irgendwie zu eiern schien. Auf jeden Fall war es dem Jungen unmöglich gewesen, auf einer geraden Bahn zu fahren, und jedes Mal, wenn sich ein Auto näherte, hatte Dan Achtung gerufen. *Achtung. Achtung. Achtung.* In Linwood angekommen hatte sich jeder ein großes Eis geholt, und Dolores hatte Dan zugezischt, dass er das ewige Achtung-Schreien lassen könne. »Wir hören selbst, wenn ein Auto kommt, okay?« Ruben hatte an seinem Eis geleckt und einen so unbeteiligten Gesichtsausdruck aufgesetzt, dass Dan für einen Moment dachte: *Er* hört ganz bestimmt nicht, wenn sich ein Auto nähert. Aber dann wurde ihm klar, dass Ruben das für ihn machte: sich für ihn den Anschein gab, nicht mitzubekommen, dass sie sich schon wieder stritten.

Natürlich gab es auch jetzt noch keinen Radweg, und soviel Dan wusste, war auch keiner in Planung.

Das Buch hatte er auf den Gepäckträger geklemmt. Er hatte es direkt nach Erscheinen gekauft, da er schon das erste Buch von Kenji Block gelesen hatte. Kurzgeschichten. Manche hatten ihm gefallen, andere nicht, aber allen war etwas eigen gewesen, das ihn interessierte. Er konnte sich selbst nicht erklären, was. Vielleicht, dass die Geschichten nie ganz aufgingen. Dass etwas zwischen den Zeilen stand, das er, Dan, sich selbst erschließen musste. Das zweite Buch war glatter, womöglich besser. Aber was Dan berührte, war nicht die Machart des Buches, sondern seine Handlung. Nicht, weil es hier in Hollyhock spielte – das tat es nämlich, auch wenn der Ort einen anderen Namen hatte, aber das war für einen Einheimischen schnell zu entlarven. Nein, es war etwas anderes, das Dan in seinen Bann zog. Das Buch schien ihn, so seltsam es war, direkt anzusprechen. Es war fast, als habe der Autor beim Schreiben auch an ihn, Dan Kulinski, gedacht. Als habe er gewusst, dass die Geschichte der beiden Jungen – des

Halbasiaten und des Halbafrikaners, die so anders waren als ihre Umgebung –, auch seine, Dans, Geschichte war. Dan ertappte sich dabei, eifersüchtig zu sein auf die Freundschaft der Jungen, die sich bald vollkommen zu ergänzen schienen. Wie dringend hätte er als Kind eine solche Freundschaft gebraucht, wie sehr hatte er sich das gewünscht. Aber es hatte sich einfach nicht ergeben. Was er dem Autor übel nahm, war, dass er die Freundschaft scheitern ließ: eine Frau brachte die beiden Männer auseinander. Klar, das konnte vorkommen. Dass die Freundin des einen mit dem anderen plötzlich auf und davon ging. Dass sie fröhlich in der Ferne vor sich hin lebten und dann und wann aufmunternde Post schickten, wie für ein zurückgelassenes Kind. Aber warum musste es immer so sein? Warum verdammt noch mal konnte so eine Freundschaft nicht fortbestehen, selbst wenn beide dieselbe Frau liebten? Was ist das für eine Welt, wollte er Block heute fragen, in der nicht einmal die Literatur Ausnahmen zulässt?

Doch wahrscheinlich würde er gar nichts davon sagen und höchstens beim Signieren eine leise Anmerkung machen. Mit rasendem Puls gestehen, dass ihm das Ende nicht gefiel. Er hatte Angst vor diesem Abend. Nicht nur davor, sich mit einer Bemerkung hervorzutun, das auch. Aber mehr noch fürchtete er, dass die Begegnung etwas von dem Trost nehmen würde, den das Buch für ihn hatte. Dass dieses Gefühl der Freundschaft – zu dem Buch, seinen Figuren, dem Autor – sich in Nichts auflösen und nur den Eindruck zurücklassen würde, betrogen worden zu sein.

Die Ampel in der Silver Pine Road leuchtete grün. Dan beschleunigte und fuhr rechts an einem weißen Mercedes vorbei, der abbiegen wollte. Zwölf, elf, zehn zählten die Ziffern an der Ampel herunter, neun, acht, sieben. Ein heftiger Stoß traf ihn am Hinterrad und schleuderte ihn vom Sattel, und für den Bruchteil einer Sekunde stellte er sich vor, wie er aussehen musste: wie in einem dieser Slapstickfilme, in dem nichts, aber auch gar nichts schmerzhaft war.

Atmen. Es tat weh, Luft zu holen, sie in die Lunge zu pressen, die keinen Raum zu haben schien. Besser nichts reinlassen, keins der Geräusche, der Lichter, der Gesichter, in diesen Kokon aus Dunkelheit und Schmerz. Einem fast sanften Schmerz, dachte er verwundert. Wie ein Kräuseln des Wassers auf dem See. Und stand da nicht Ruben neben ihm, während die winzigen Fische um ihre Füße schossen wie Funken? Gib mir die Hand, Dad. Er hatte nicht gelacht damals, hatte nicht gesagt, du hast doch wohl keine Angst, hatte ihm einfach die Hand hingehalten, kostete ja nichts, einen Schritt weiter, zwei, im nächsten Jahr kannst du schwimmen. Dolores, die ihn umarmt. Seine Eltern, so lang hat er sie nicht gesehen, ihre schlichten, uneitlen Gesichter, fast glaubt er ihren Akzent zu hören, er hatte sich manchmal dafür geschämt. Jetzt nicht, jetzt war alles gut. Seine vier Freunde, die Band, nicht eben großartig, aber er hatte es geliebt, mit ihnen zu proben, die Auftritte eher Pflicht als Kür. Masha, die sich um ihn sorgte, schon immer, als sei eigentlich sie die Ältere. Hey, bist du nicht, kleine Schwester, und schau an, jetzt lächelt sie. Sieht plötzlich aus wie damals als Kind. Stuart, Robert, Anna, Toby. Die kleine Louisa, wie sie neben ihm im Autoscooter sitzt, ihre spitzen Freudenschreie, wenn sie ein anderes Auto rammen. Und Amy. Er war sich plötzlich sicher, dass sie unglücklich war, auch wenn er den Grund nicht kannte.

Er würde sie danach fragen, nahm er sich vor. Wenn all das hier überstanden war, würde er sie fragen, warum sie unglücklich war, und sie würde es ihm verraten.

Und wenn er irgendwann – nicht heute Abend, so viel war klar – Kenji Block begegnen würde, würde er ihm sagen, dass er unrecht hatte. Freundschaft und Liebe verschwanden nicht einfach. Sie waren immer da, während das Leben, so unaufhaltbar und überraschend, auf die eine oder andere Weise verging.

*

Alice Okafor stand vor dem runden Spiegel, der in ihrem Schlafzimmer hing. Ihr Haar hatte das Grau von Straßentauben, ein helles, glänzendes Grau, das ihr eigentlich ganz gut gefiel. Im Bad konnte sie Gary hören, er musste das Wasser voll aufgedreht haben, und wahrscheinlich ließ er es in die Schale seiner geöffneten Hände laufen und tauchte sein Gesicht hinein. Kaltes Wasser, immer nur kaltes Wasser, auch wenn er duschte, als lebte er immer noch in dem kargen Blockhaus, das seine Eltern sich in Wyoming ins Nichts gestellt hatten. Er war damals acht Jahre alt gewesen, und der Umzug von Chicago in die steppenartige Einsamkeit hatte ihn nachhaltig beeindruckt. Vor dem Haus breitete sich eine endlose Wiese aus, auf der manchmal eine Herde Büffel graste, die über Nacht aufgetaucht war und nach ein, zwei Tagen wieder verschwand. Solange die Büffel vor dem Haus grasten, trauten Gary und seine Eltern sich nicht vor die Tür. Von einem der kleinen Fenster aus, die neben der Eingangstür in Höhe seines Kopfes eingebaut waren, betrachtete Gary die Tiere. Ihre bulligen Nacken mit dem struppigen Fellbehang, ihre stumpfen Nasenrücken, die erstaunlich kurzen Beine. Für seinen Vater waren die Büffel nur weitere Gesandte des Teufels, gegen die es anzubeten galt, und Gary und seine Mutter schickten sich in diese Deutung und stimmten in die endlosen Litaneien des Vaters ein. Heute glaubte Gary, dass die Büffel Gesandte der Farmer waren, um die städtischen Aussteiger zu vertreiben. Als er und seine Mutter zwei Jahre später nach Chicago zurückkehrten, blieb der Vater in seiner Blockhütte. Die Büffel waren schon länger nicht mehr aufgetaucht, das Beten hatte offenbar geholfen.

Gestern hatte Gary einen Brief erhalten, mit der Nachricht, dass sein Vater vor einigen Wochen verstorben sei. Es hatte ziemlich lang gedauert, bis er in seiner Hütte gefunden worden war, und dann hatte es wiederum einige Zeit gebraucht, seine Identität zu klären. Falls Gary trauerte, sah man es ihm nicht an. Er hatte seit Jahren keinen Kontakt zu seinem Vater gehabt, und die Traurigkeit, die Alice in sich spürte, verbarg sie vor ihm. Sie schien ihr anmaßend, und wahrscheinlich ging es dabei auch gar nicht um Garys Vater.

»Bist du so weit?«

Gary stand im Türrahmen und sah sie von da aus lächelnd an. Seine Wangen waren gerötet, er sah erfrischt aus.

Alice nahm ihre Haare hinter dem Kopf zusammen und hielt sie aus dem Gesicht. »Findest du, ich sollte sie abschneiden?«

»Um Himmels willen.«

Er kam zu ihr herüber. Sie sah im Spiegel, wie er seinen Kopf über ihre rechte Schulter schob, und sie konnte seine kühle Haut an ihrem Hals spüren. Mit einer Hand fasste er nach ihrem Zopf und löste ihn.

»Ich liebe deine Haare, das weißt du doch.«

»Sie sind grau wie von einer alten Frau. Oder einer Straßentaube.«

»Dann färbe sie doch einfach.«

»Nein.«

Sie schüttelte den Kopf, damit er von ihr abließ, und tatsächlich löste er sich von ihr und lächelte ihr ratlos im Spiegel zu.

»Schon gut«, sagte sie.

»Also, wenn ihr den Superstar sehen wollt, müsst ihr jetzt mal kommen!«, rief Polly von unten, und Gary rief zurück, dass sie schon auf dem Weg seien.

»Hat Basil eigentlich das Buch gelesen?«, fragte Polly, als sie im Auto saßen. Sie lehnte sich zwischen den Sitzen nach vorne, und Alice wunderte sich wieder einmal, dass ihre jüngere Tochter es offensichtlich nicht eilig hatte, von zu Hause auszuziehen. Es war, als wollte sie die Zeit des Abschieds hinauszögern. Das College, das sie sich ausgesucht hatte, würde es ihr ermöglichen, in Hollyhock wohnen zu bleiben. Alice hoffte nur, dass Polly das nicht wegen ihr machte. Sie wollte kein Mitleid. Sie wusste nicht einmal, ob sie wollte, dass Polly so lange zu Hause blieb. Vielleicht wäre es für sie und Gary ganz gut, auf sich alleine gestellt zu sein. Immerhin war es das, was sie für den Rest ihres Lebens erwartete, und womöglich wäre es an der Zeit, sich daran zu gewöhnen.

»Bestimmt«, sagte Alice. »Es handelt doch von ihm.«

»Glaubst du, dass es ihm gefällt? Also, ich würde ja ausflippen, wenn einer ein Buch über mich schreiben würde.«

»Vor Freude oder vor Wut?«, fragte Gary.

»Na ja.« Polly lachte. »Kommt natürlich drauf an.«

Im Rückspiegel konnte Alice sehen, wie Polly überlegte.

»Ich glaube, wenn jemand so über mich schreiben würde wie Kenji über Basil, fände ich es gut.« Sie zuckte mit den Schultern. »Na ja, gut, und irgendwie ein bisschen indiskret, weiß auch nicht.« Sie lehnte den Kopf an die Scheibe. »Ich glaube nur nicht, dass Kenji die Sache richtig sieht«, sagte sie leise.

»Was?«, fragte Gary und drehte sich zu seiner Tochter um. »Was sieht wer nicht richtig?«

»Ich glaube nicht, dass Basil und Lucy ein Paar sind.« Polly sah ihren Vater mit schräg gelegtem Kopf nachdenklich an. »Ich glaube, die beiden sind Freunde, mehr nicht. Und als sie merkten, dass sie beide mit Kenji nicht mehr zusammen sein konnten, sind sie gemeinsam weggegangen.«

Ihre Stimme war nun wieder selbstsicher – sie hat etwas Altkluges, geradezu Auftrumpfendes an sich, dachte Alice, als imitiere sie einen Detektiv in einem dieser alten Krimis, Hercule Poirot vielleicht oder Sherlock Holmes.

»Ich glaube, sie konnten ihn beide nicht mehr ertragen, aber aus genau gegensätzlichen Gründen«, verkündete Polly.

Gary sah Alice von der Seite an. »Und *ich* glaube, das ist mir jetzt zu hoch«, sagte er.

Alice gab ein Geräusch von sich, kein Lachen, aber etwas in dieser Richtung. Sie standen an der Ampel und sie wartete darauf, dass es grün wurde, doch in Gedanken war sie bei Basil. Sie hatte schon lange geahnt, dass ihr Sohn und Lucy kein Paar waren, aber konnte das stimmen, was Polly gesagt hatte? War Basil von der Ost- an die Westküste gezogen, um von Kenji fortzukommen, weil er ihn liebte, und nicht – wie sie immer gedacht hatte – vor allem deshalb, um sich aus seiner Übermacht zu befreien? Es war nicht so, dass sie Kenji nicht mochte, im Gegenteil. Er war so häufig bei ihnen im Haus gewesen, dass er für sie fast wie ein zweiter Sohn war, und als Basil ihm hinterher nach New York gezogen war, hatte sie sich gefreut, ihn in Kenjis Obhut zu wissen. Aber natürlich hatte sie auch immer gesehen, dass Kenji derjenige in ihrer Freundschaft war, der dominierte. Und manchmal war es schmerzlich gewesen zu sehen, wie sehr Basil ihn brauchte und wie viel Raum er ihm in seinem Leben gab. So viel, hatte Alice manchmal gedacht, dass nicht mehr viel für andere blieb. Vielleicht war das der Grund gewesen: dass er ihn liebte, mehr als Kenji und sie alle geahnt hatten. Alice spürte einen Stich des Mitleids in der Herzgegend, als ob hier, in diesem faustgroßen fleischigen Organ, tatsächlich die Seele sitzen würde. Die Ampel wechselte auf Grün und sie fuhr an.

»Wie auch immer.« Sie bemühte sich, einen heiteren Ton anzuschlagen. »Ich freue mich, Kenji mal wieder zu sehen. Mal schauen, ob er sich sehr verändert hat.«

»Oh Gott«, sagte Polly und schnaubte, »die halbe Schule war damals in ihn verliebt, und das einzig Erträgliche war, dass er es nicht wusste.«

»Ach ja?« Gary sah Polly verwundert an. »Ist mir gar nie aufgefallen, dass er so schön war.«

»Tja, ist wohl einfach nicht dein Beuteschema«, sagte Polly.

»Mein *was*?«, fragte Gary irritiert.

»Hier wird ein Parkplatz frei«, rief Polly statt einer Antwort, und ihre Mutter setzte den Blinker und wartete geduldig, bis der graue Lieferwagen aus seiner Lücke herausgefahren war. Dann fädelte sie sich umständlich in die Parklücke ein.

»Schaut mal, da vorne«, sagte Polly, als sie an den hellen Schaufenstern vorbei in Richtung der Buchhandlung gingen. »Das ist doch Kenjis Mutter. Ich dachte, die sei in Japan.«

»Im Moment auf jeden Fall nicht«, sagte Alice.

Gary nahm ihre Hand, und sie lächelte ihm aufmunternd zu. Sie würde für ihn da sein, wenn ihn heute Nacht, morgen oder erst in einigen Tagen, wenn er schon gar nicht mehr damit rechnete, die Trauer überfallen würde, als habe sie die ganze Zeit im Hinterhalt gelauert.

Die Buchhandlung war hell erleuchtet, ein großes Plakat mit Kenjis Konterfei hing im Schaufenster, darunter war sein Roman zu kunstvollen schwarz-weißen Türmen aufgebaut wie die Skyline einer Stadt. Die Menschen, die bis eben noch vor dem Laden gestanden hatten, gingen jetzt zu ihren Plätzen, und Alice folgte Gary und Polly zu drei Stühlen in einer der vorderen Reihen. Die Müdigkeit, die sie vorhin beim Anblick ihres eigenen Spiegelbildes erfasst hatte, drohte wieder über sie zu kommen, und diesmal war sie so groß, dass Alice sich am liebsten irgendwo verkrochen hätte wie ein Waldtier im Unterholz. Das Licht wurde ausgeschaltet, im Laden war es jetzt beinahe dunkel. Dann gingen zwei Lampen an, deren Strahler genau auf das Pult im hinteren Teil des Ladens gerichtet waren. Sie schloss die Augen. Applaus erklang, jemand rief Kenjis Namen, vielleicht ein Freund aus der Schulzeit, ein paar Lacher waren zu hören. Doch Alice hielt die Augen noch eine kleine Weile geschlossen.

*

»Kommst du?«, fragte Zora und griff nach ihrer Jeansjacke.

»Geh ruhig schon, ich brauch noch ein bisschen«, sagte Lizzy.

Zora nickte ihr zu. »Okay. Bis morgen.«

Lizzy hängte den Kittel in ihren Spind, nahm die Frühstücksbox und die Wasserflasche heraus und verstaute sie in ihrer Tasche. Dann bürstete sie sich die Haare und tuschte vor dem kleinen Wandspiegel die Wimpern nach. Es war kurz vor acht, sie hatte ihre Schicht für heute beendet, während der letzten zwei Stunden würden Ellie und Leroy, der neue Filialleiter, allein zurechtkommen. Als sie an der Kasse vorbeiging, winkte sie Ellie zu, die gerade eine Kundin bediente, und Ellie rief ihr einen Gruß an Ozzy nach und setzte ein Lächeln auf, das Lizzy und die Kundin einschloss.

Den ganzen Tag über hatte Lizzy immer wieder an den Fluss denken müssen. Daran, dass gestern, als sie mit Zac hingefahren war, das Wasser ganz durchsichtig gewesen war und sie bis zum Grund hatte schauen können, zumindest am Rand, wo es nicht tief war. Die hellgelben Kiesel. Kleine Fische, die hin und her schossen, bereit, sofort das Weite zu suchen, wenn ein Schatten auf sie fiele. In diesem Jahr hatte Zac keine Angel mitgenommen. In den Jahren zuvor hatte er nie etwas gefangen, und offensichtlich fühlte er sich inzwischen zu alt, um das Spiel aufrechtzuerhalten. Das umständliche Auspacken der Angel, das Entwirren der Schnur, das Anbringen des Köders, das Auswerfen über die

Schulter nach vorne, ins tiefere Wasser hinein. Vielleicht hatte er es ohnehin nur für sie gemacht.

Sie hatten sich einen flachen Felsen am Ufer gesucht, Lizzy hatte die Brote und Coladosen ausgepackt, und dann hatten sie nebeneinandergesessen und gegessen. Nach der Mittagszeit waren immer mehr Leute gekommen. Ein Kanu war vorbeigefahren, eine Familie mit zwei Kindern, und Lizzy hatte grüßend genickt, während Zac weggeschaut hatte.

In der Schule hatte es Probleme gegeben, mehrere Lehrer hatten sich über ihn beschwert. Offenbar störte er den Unterricht durch Zwischenrufe, die die anderen Kinder zum Lachen bringen sollten.

»Gelingt ihm das denn?«, hatte Lizzy gefragt, als seine Klassenlehrerin sie anrief, und die Lehrerin hatte einen Moment gestutzt und dann ungeduldig gesagt, dass es darum nicht gehe. Aber Lizzy konnte nicht aufhören, darüber nachzudenken, ob Zacs Witze Anklang fanden oder die anderen Kinder nur genervt mit den Augen rollten.

Am Fluss berichtete sie ihm von dem Anruf, und als er nichts darauf sagte, fragte sie: »Muss das sein?«

Er zuckte mit den Schultern und warf einen Kiesel ins Wasser.

»Finden die anderen dich denn witzig?«

Wieder nur ein Achselzucken. Auf der gegenüberliegenden Uferseite konnte Lizzy einen Hund sehen, der aus dem Wald heraus auf das Wasser zusprang und kurz vorher abbremste. Sein langes rotbraunes Fell glänzte in der Sonne, und er hob zu einem wütenden Gebell gegen das Wasser an.

»Also *ich* finde dich witzig.« Lizzy sah Zac an, der einen neuen Kieselstein in seiner Hand hielt und eingehend betrachtete. »Es ist nur so, dass es eine Zeit für Witze gibt und eine fürs Lernen, und beides zusammen geht schlecht. Verstehst du das?«

Zac schleuderte den Stein ins Wasser, wo er fast geräuschlos versank. Dann sagte er betont harmlos: »Nein. Ob du es mir wohl noch ein paarmal erklären kannst?«

Sie hatte daraufhin gelacht. Hatte ihn damit wegkommen lassen, statt ihm das Versprechen abzunehmen, mit den Zwischenrufen aufzuhören. Auf dem Fluss hatten sich an den Stellen, an denen das Wasser durch Felsen gestaut wurde, Ringe und Strudel gebildet, wie von kleinen unterirdischen Quellen, und Lizzy hatte eine Handvoll Steine genommen und versucht, genau die Mitte der Wirbel zu treffen.

Als sie ins Freie trat, blieb sie einen Moment stehen, um die Luft einzuatmen. Es war so viel milder, als sie erwartet hatte. Während sie in der klimatisierten Neonhelle des Ladens gewesen war, war in Hollyhock der erste Sommerabend des Jahres angebrochen.

Ozzy lehnte neben der Eingangstür von *J. C. Penney* und rauchte eine Zigarette. Seit Anfang des Jahres war er aus der Klinik raus, zurück in Linwood, in der kleinen Einzimmerwohnung, deren eine Wand mit Polaroids dicht bestückt war. Immer, wenn Lizzy ihn dort besuchte, waren neue Bilder hinzugekommen. Eine schnurgerade Straße, ein Baum, irgendwelche Leute, die Lizzy nicht kannte.

Er war wieder so schmal wie früher und hatte sein Haar abschneiden lassen. An den Seiten kurz, bauschte es sich über der Stirn. Unter der Lederjacke trug er ein weißes T-Shirt, dazu dunkelblaue, enge Jeans.

»Ich weiß gerade nicht, ob du es bist oder James Dean«, sagte Lizzy statt einer Begrüßung, und Ozzy fuhr sich durch die Haare und sagte: »Ich glaube, der Friseur stand auf die Fünfziger.«

Er schmiss die Zigarette weg und umarmte seine Schwester kurz.

»Sieht super aus.« Lizzy hängte sich bei ihm ein. »Hast du Hunger?«

»Klar.«

Sie entschieden, ins *Frost* zu gehen. Lizzy hatte bis elf Uhr Zeit, dann musste die Babysitterin, eine Schülerin der letzten Highschool-Klasse, die mit Zac immer so lange Monopoly spielte, bis sie vollkommen bankrott war, nach Hause gehen. Lizzys Mutter hatte seit einigen Monaten einen neuen Freund, bei dem sie die meisten Abende verbrachte.

»Hast du ihn schon kennengelernt?«, fragte Ozzy, als sie die Davis Street entlanggingen.

»Einmal.« Lizzy machte ein gleichgültiges Gesicht. »Er heißt John. Komischer Typ, macht einen auf Prince Charming. Aber immerhin hat er einen Job, Steuerberater oder so.« Sie zuckte mit den Achseln. »Hauptsache, sie ist glücklich.«

»Wenigstens für eine gewisse Zeit.« Ozzy lachte freudlos.

Auf dem Bürgersteig kam ihnen eine Gruppe von Mädchen entgegen, Lizzy schätzte sie auf sechzehn oder siebzehn Jahre. Sie nahmen die ganze Breite des Bürgersteigs ein, als wüssten sie, wie schön sie waren, und Lizzy und Ozzy traten zur Seite und sahen ihnen für ein paar Sekunden hinterher. Eine kleine, zäh wirkende Frau schob einen Mann im Rollstuhl, und zwei Frauen mit einem struppigen Hund schlenderten von Schaufenster zu Schaufenster.

»Hey, den kenn ich.«

Ozzy blieb vor dem großen Schwarz-Weiß-Foto eines Mannes stehen. Es hing im Schaufenster der Buchhandlung, und als Lizzy ihr Gesicht an die Scheibe hielt, konnte sie sehen, dass die Buchhandlung voller Menschen war, die auf den aufgereihten Stühlen saßen. Wer keinen Platz mehr gefunden hatte, lehnte an der Wand, einige schienen auch auf dem Boden zu sitzen.

»Der war in der Parallelklasse. Ein Koreaner oder Japaner oder so.« Ozzy stellte sich neben sie, und für einen Moment sah sie ihn im Schaufenster gespiegelt, seinen suchenden Gesichtsausdruck.

»Also kennen ist vielleicht etwas zu viel gesagt«, murmelte er.

»Er hat ein Buch über eine Freundschaft geschrieben«, stellte Lizzy fest, die den neben dem Foto hängenden Werbetext gelesen hatte. »Und offenbar ist er damit ziemlich erfolgreich. Ein *New-York-Times-Bestseller*«, zitierte sie.

»Na, sagenhaft.« Ozzy sah nun wieder auf das Foto. Es lag etwas Feindseliges in seinem Blick. So, als ob er jemandem wiederbegegnet sei, bei dem ihm erst nach und nach einfiel, dass er ihn aus gutem Grund nicht mochte.

»Komm, lass uns weitergehen«, sagte Lizzy.

Sie zog ihn am Arm mit sich fort, und er gab sofort nach.

»Hast du was von Tara gehört?«, fragte sie, und er sagte abweisend: »Ich höre *nie* was von Tara.«

»Na ja.« Lizzy lachte unbehaglich. »Du meldest dich allerdings auch nie bei ihr.«

»Stimmt.« Ozzy fischte die Zigarettenschachtel aus der Jackentasche, steckte sich eine Zigarette in den Mund und zündete sie an. »Und darum ist das ja auch ganz in Ordnung so«, sagte er.

»Ich weiß nicht.« Sie blieb vor dem Zoogeschäft stehen, und er stellte sich zu ihr und folgte ihrem Blick auf die großen schillernden Fische, die sehr langsam im Aquarium hin und her trieben.

»Manchmal denke ich, ich bin schuld«, sagte sie, ohne den Blick von den Fischen abzuwenden.

»Ich weiß. Du denkst immer, dass du schuld bist, an so ziemlich allem.«

Er zog an der Zigarette und ließ den Rauch aus der Nase entweichen. »Wenn irgendjemand an irgendwas Schuld hat, dann die Mutter. Ist immer so. Du kannst also später bei Zac die ganze Schuld übernehmen, aber in diesem Fall: Fehlanzeige.«

Ein Kichern gluckste aus ihm heraus wie kochendes Wasser aus einem Topf, und obwohl Lizzy nichts von dem, was er gesagt hatte, komisch fand, musste auch sie kichern.

»Auf jeden Fall ist Tara glücklich«, sagte sie, als sie weitergingen. »Sie hat einen Freund, der offensichtlich richtig nett ist, obwohl er aus so einer verkorksten Ostküsten-reiche-Leute-Familie kommt, und vielleicht bringt sie ihn mal mit hierher.«

»Also alle happy«, stellte Ozzy übertrieben leutselig fest. »Und was ist mit dir?«

»Och ja.«

Sie waren am *Frost* angekommen, und es schien gut besetzt, aber nicht voll zu sein.

Lizzy sah ihren Bruder belustigt an. »Und selbst?«

»*Och ja.*«

Er lächelte. Dann verschwand das Lächeln von seinem Gesicht, und sie sah auf einmal all das, was hinter ihm lag: die Verzweiflung und Verlorenheit. Die Unsicherheit, ob das, was er dachte und fühlte, stimmen konnte. Die Angst, in diesem Loch, diesem schwarzen, lichtlosen, einsamen Loch, für immer ausharren zu müssen, ohne Hoffnung auf einen Ausweg. Sie fühlte eine Liebe zu Ozzy, die so groß war, dass sie für sein ganzes Leben reichen würde. Egal, was käme, könnte er sich darauf verlassen, auch wenn es wahrscheinlich nicht das Geringste helfen würde.

Sie trat einen Schritt auf ihn zu und legte ihren Kopf an seine Schulter. »Komm«, sagte er leise, nachdem sie eine Weile so verharrt hatten. »Lass uns reingehen und die Jukebox rauf und runter hören.«

*

Es war das eine, nach Hause zu kommen. Aber es war etwas ganz anderes, als gefeierter Schriftsteller nach Hause zu kommen. Er hatte es allen gezeigt, und obwohl das nie seine Absicht gewesen war, bereitete es ihm große Befriedigung.

Als sein Vater ihn einlud, bei ihm in der neuen Wohnung zu

übernachten, lehnte er ab. Es schien ihm unmöglich, zwischen den Rollen des Sohnes und Schriftstellers hin und her zu wechseln. Am Ende würde er sich fühlen wie ein Kind, das sich aufspielte. Außerdem bezahlte der Verlag die Hotelzimmer für ihn und seine Lektorin. Tessa begleitete ihn auf einige der Lesungen und übernahm die Moderation, und sie hatten es sich zur Gewohnheit gemacht, danach in der Hotelbar noch etwas zu trinken und den Abend durchzusprechen. Das eine oder andere Mal kamen noch andere Leute mit, und das eine oder andere Mal verbrachte Kenji die Nacht nicht allein. Es wunderte ihn immer noch, wie bereitwillig die Frauen sich mit ihm einließen, und dieses Wundern, sagte Tessa eines Morgens zu ihm, sei das Einzige, was ihn davor bewahre, ein kompletter Scheißkerl zu sein.

Während er im kleinen Aufenthaltsraum hinter der Buchhandlung wartete, hörte er die Geräusche: das Stühlerücken, die Mikrofonprobe, das Klingeln, mit dem die Kasse geöffnet und kurz darauf wieder geschlossen wurde. Bei den ersten Lesungen war er so aufgeregt gewesen, dass seine Stimme sich manchmal für Sekunden in kieksende Höhen verabschiedet hatte, aber mit der Zeit machte es ihm nichts mehr aus, vor die Leute zu treten. Meist las er die gleichen Textstellen vor, und wenn Tessa die Moderation übernahm, stellte sie ihm die immer gleichen Fragen. Beide bemühten sich, ihr Gespräch jedes Mal so klingen zu lassen, als führten sie es zum ersten Mal, aber wenn er Anekdoten einflocht oder eine witzige Bemerkung machte, wurde ihm manchmal ganz elend bei der Vorstellung, dass Tessa sie zum x-ten Mal anhören und pflichtschuldig darüber lachen musste.

»Fertig?«

Sie saß ihm gegenüber an dem kleinen Holztisch und sah ihn mit freundlicher Herablassung an. Die Besitzerin der Buchhandlung hatte ihnen Kaffee gekocht, dann war sie mit ihren zwei

Angestellten wieder im Verkaufsraum verschwunden, um alles vorzubereiten.

»Lass uns noch fünf Minuten warten«, sagte Kenji und fuhr sich mit Daumen und Zeigefinger über die Mundwinkel.

»Ist wahrscheinlich ein bisschen seltsam, in der alten Heimat aufzutreten«, sagte Tessa und sah abwesend an ihm vorbei.

»Na ja.« Er reckte den Kopf ein wenig, als gelte es ihren Blick einzufangen wie einen verirrten Ball. »Lucy und Basil sind ja nicht hier, das macht's etwas leichter.«

»Bist du sicher?« Sie sah ihn nun wieder direkt an. »Vielleicht überraschen sie dich ja ebenso wie du sie.«

Kenji schüttelte den Kopf. »Sie haben mir schon geschrieben. Also Lucy hat geschrieben, nachdem sie das Buch gelesen hatte, aber sie erwähnt auch Basil in ihrem Brief.« Er nahm einen Schluck von seinem Kaffee und fuhr sich wieder über die Mundwinkel. »Sie mochten das Buch, aber es sei, wart mal: wie hat sie geschrieben? Es sei meine *subjektive Wahrheit*, die mit der ihren nicht übereinstimme, aber das könne ja auch nicht der Anspruch sein. Sie sehe«, er lachte kurz und bitter, »dass ich mir *Mühe gegeben* hätte, das alles zu verstehen, und das rechne sie mir hoch an.«

»Das war alles?«

»So ungefähr.«

Kenji schob sich mit einer Hand die langen Haare aus der Stirn. Sie hatte noch etwas geschrieben, aber das erwähnte er nicht. Sie hatte geschrieben, es sei an der Zeit, dass er mit Basil spreche. Wahrscheinlich, schrieb sie, sei das schon lange überfällig.

Aber Kenji wollte nicht. Vielleicht, wenn er das Buch nicht geschrieben hätte. Doch das Schreiben der Geschichte – ihrer *gemeinsamen* Geschichte – hatte ihr Ende herbeigeführt. Mit Staunen hatte er bemerkt, dass er endlich das alles hinter sich lassen konnte: die Liebe zu Lucy, die Freundschaft mit Basil, den bodenlosen Abgrund, der sich vor ihm aufgetan hatte, als er beides verlor.

Das Licht schien grell auf den weiß laminierten Tisch, an den Kenji sich setzte, und als er die Augen hob und ins Publikum schaute, schoben sich für einen Moment schattige Flecken in sein Blickfeld. Dann erkannte er seine Mutter, die ihm aufmunternd zulächelte, und seinen Vater, der einige Stuhlreihen von ihr entfernt saß. Es war immer noch ein ungewohntes Bild für ihn, seine Eltern auf diese Weise getrennt zu sehen. Sie hätten zwei Fremde sein können, die sich nur zufällig im gleichen Raum befanden.

Ganz vorne erkannte er Lucys Eltern, die ihn erwartungsvoll musterten, und er erinnerte sich, wie sehr er immer von ihnen eingeschüchtert gewesen war, wenn er Lucy besucht hatte. Vielleicht weil sie Psychiater waren und er den Eindruck hatte, sie beobachteten jede seiner Regungen genau, um sie später wie unter einem Mikroskop zu sezieren. Als er Lucy davon erzählte, lachte sie. »Die haben ihre eigenen Probleme«, sagte sie. »Vielleicht beneiden sie uns einfach um unsere Beziehung.« Aber sie hatte ihm auch einmal gesagt, wie ihr Grabspruch einst lauten sollte: *Geliebte Lucy, zu Tode analysiert*.

Erst als Tessa schon angefangen hatte, ihn und sein Buch vorzustellen, sah er Basils Eltern. Sie saßen in der zweiten Reihe, und die junge Frau neben ihnen musste Polly sein. Als sein Blick auf Basils Mutter fiel, hob sie kurz die Hand, und Kenji lächelte ihr zu. Es hatte eine Zeit in seinem Leben gegeben, in der er ihr vollkommen vertraut hatte, aus irgendeinem Grund hatte er das vergessen. Sie war es gewesen, die ihn angerufen hatte, nachdem Lucy und Basil fortgegangen waren, und es war eines der seltsamsten Telefongespräche gewesen, das er je geführt hatte.

Sie hatten Belangloses geredet, und dann hatte er unvermittelt angefangen zu weinen, minutenlang hatte er in den Hörer geschluchzt, und das Einzige, was sie von Zeit zu Zeit gesagt hatte, war: *Ich weiß*.

Aber was weiß man schon?, dachte Kenji, während Tessa zum Ende ihrer Rede kam. Hier lag sein Buch, fast vierhundert Seiten dick, und vielleicht war all das, was er zu wissen glaubte, falsch. Vielleicht war es einfach nicht möglich, jemals wirklich etwas über den anderen zu wissen. Doch was bleibt dann?, fragte er sich und blickte, als wollte er sich blenden, in das grelle Licht der Scheinwerfer.

Momente des Verstehens, dachte er, leuchtende Scherben des Glücks.

Applaus ertönte, und Tessa nickte ihm auffordernd zu. Er schlug die erste Seite auf und las.

DANK

Ich möchte all jenen Personen danken, die an der Entstehung dieses Buches beteiligt waren: An erster Stelle Claudia Vidoni und Werner Löcher-Lawrence, außerdem Maria-Christina Boerner und Sonja Jones. Ich danke Britta Egetemeier, Susanne Krones, Susanne Klein und dem restlichen Verlag für Zuspruch und Enthusiasmus und Bernhard Vidoni für seine Recherchen im Hintergrund. Ich danke Aimee Knight und Nathan Knight für ihr Büro, ihren Kaffee und die Schokolade. Ich danke Michael Duick und John Goodman für die medizinische Beratung. Meiner Familie danke ich für ihre Unterstützung und ihr Vertrauen – besonders meinem Mann Guido Mingels, Barbara Mingels, Elfriede Mingels und meinen Kindern Henry, Margo und Bela, die ziemlich oft versuchten, möglichst leise zu sein. Auch Kathrin Thalmann Egli und Toni Thalmann danke ich.

Ich danke den Mitgliedern der Schreibwerkstatt *Tolle Worte*, dass ich mit ihnen sechs Jahre lang zusammenarbeiten und für das vierte Kapitel auf ihre Erfahrungen und Texte zurückgreifen durfte – vor allem auf die Beiträge von Dennis Seidel, Heinz Thomsen, Johannes Plomitzer, Nora Poppensieker, Sarah Gorski, Lina Strothmann, Jesus Alam, Stefanie Thies und Gunda Breul auf der Website www.tolle-worte.de. Dank an dieser Stelle auch an Frank Nestler und Tamina Stiefs.

Die Kunstwerke im zehnten Kapitel sind inspiriert von den Bildern Etel Adnans. Obwohl die Karriere der Malerin ähnlich verlief wie die meiner Protagonistin Frances Selma, ist Letztere in allen persönlichen Belangen eine rein fiktive Figur.

ANNETTE MINGELS
Was alles war
ROMAN

PENGUIN VERLAG